L. Schwann

Geschichte der Familie Schenk von Nydeggen insbesondere des Kriegsobristen Martin Schenk von Nydeggen

Nach archivaischen und anderen Quellen bearbeitet

L. Schwann

Geschichte der Familie Schenk von Nydeggen insbesondere des Kriegsobristen Martin Schenk von Nydeggen
Nach archivaischen und anderen Quellen bearbeitet

ISBN/EAN: 9783742898296

Hergestellt in Europa, USA, Kanada, Australien, Japan

Cover: Foto ©Raphael Reischuk / pixelio.de

Manufactured and distributed by brebook publishing software
(www.brebook.com)

L. Schwann

Geschichte der Familie Schenk von Nydeggen insbesondere des Kriegsobristen Martin Schenk von Nydeggen

Weber & Deckers lith Cöln

Nach einem auf Holz gemalten Originale auf Schloss Blÿenbeck

 Geschichte

der Familie

Schenk von Nydeggen,

insbesondere

des Kriegsobristen

Martin Schenk von Nydeggen.

Mit geschichtlichen Nachrichten

über

Afferden, Blyenbeck, Hillenrath, Swalmen und Assell, Arßen, Gribbenforst, Walbeck, Geystern, Heyen u. a. Güter.

Nach archivalischen und andern authentischen Quellen bearbeitet.

Köln und Neuß.

Commissions-Verlag der L. Schwann'schen Verlagshandlung.
1860.

Vorwort.

Die vorliegende Monographie beansprucht weiter nichts, als einen kleinen Beitrag für die Geschichte des ehemaligen Oberquartiers Geldern zu liefern. Keines unserer niederrheinischen Fürstenthümer hat so gründliche und umfassende Schriften über die heimathliche Geschichte aufzuweisen, als das alte Herzogthum Geldern. Neben den ältern schätzenswerthen Arbeiten eines Pontanus und Slichtenhorst besitzen wir über dieses Land die auf gründlichen Quellenstudien beruhenden Geschichtswerke von Bondam, van Spaen und Nyhoff. Nichtsdestoweniger ist aber das Quartier Ruremonde, in welchem die Wiege des Herzogthums zu suchen ist, über Gebühr stiefmütterlich behandelt worden, während die bis zur Utrechter Union (1579) mit diesem Gebietstheile vereinigt gewesenen drei andern Viertel: Nymegen, Zütphen und Arnheim sich einer weit ausführlicheren Behandlung zu erfreuen haben. Wenn diese Erscheinung zum Theil durch die frühe Trennung des Oberquartiers von den übrigen Stammlanden und dessen gänzliche Entfremdung in Folge confessioneller Gegensätze ihre Erklärung findet, so liegt doch die Hauptveranlassung hierzu in der Unkenntniß der genannten Historiker mit den Geschichtsquellen jenes Gebietes. Diese sind namentlich in den städtischen Archiven von Venlo, Geldern, Goch und Straelen in genügender Zahl vorhanden, um die Vorzeit dieses Landes befriedigend aufklären zu können. Dank dem Aufschwunge, den die nur zu lange vernachlässigte Lokalgeschichtsforschung in den letzten Jahren genommen hat, werden diese bis jetzt noch gänzlich unbenutzten Archive durch sachkundige und opferwillige Männer geordnet und für die Wissenschaft zugänglich gemacht. Wir nennen hier den auf diesem Felde besonders thätigen Secretair des geldernschen historischen Vereines, Herrn Friedrich Nettesheim, der ein größeres Werk über die Regenten- und Volksgeschichte des Herzogthums Geldern unter besonderer Berücksichtigung des Oberquartiers vorbereitet, dem wir mit Spannung entgegensehen.

Außer den städtischen Archiven bieten auch die Privat-Archive einzelner älterer Familien höchst werthvolle Materialien für die Landesgeschichte, unter denen das des Herrn Erbmarschalls Franz Egon Reichsgrafen von und zu Hoensbroech auf dem Schlosse Haag bei Geldern sowohl durch die Zahl, als den Werth der vorhandenen Urkunden besondere Beachtung verdient. Der Herr Graf hat dasselbe, geleitet durch eine rühmenswerthe Vorliebe für die Geschichte der Heimath von dem genannten Herrn Nettesheim aufs Neue vollständig ordnen lassen und hierdurch für geschichtliche Forschungen nutzbar gemacht. — Dieses Ordnen wurde auch die Veranlassung zu vorliegender Arbeit. Es fand sich bei derselben eine so große Anzahl bisher unbekannter Dokumente bezüglich der 450 Jahre lang im Oberquartier angesessenen, erst gegen Anfang des 18. Jahrhunderts ausgestorbenen abligen Familie Schenk von Nydeggen, insbesondere des Martin Schenk von Nydeggen, über dessen Abkunft die widersprechendsten Ansichten herrschten, daß die Aufforderung sehr nahe lag, das so gewonnene Material unter Hinzuziehung des in gedruckten Werken zerstreut Vorfindlichen zu einer Geschichte zu verarbeiten. Hierzu gab der Herr Graf den Auftrag, dessen Erledigung in vorliegender Arbeit versucht worden ist.

Die Eintheilung derselben macht nun einige Worte der Entschuldigung nöthig. Der Geschichte der Familie Schenk von Nydeggen glaubten wir einige historische Notizen über Afferden und Blyenbeck vorausschicken zu müssen, 1. weil um diese Orte sich der bedeutendste Theil der Familiengeschichte dreht und 2. weil wir in Darlegung der Rechtsverhältnisse dieser freien Herrlichkeiten dem Geschichtsfreunde einen Dienst zu erweisen hofften.

Nothwendig mußte die Familiengeschichte nach den verschiedenen Linien abgehandelt werden; indessen haben wir dabei die Reihenfolge nicht eingehalten und die der Zeit nach älteste Linie von Blyenbeck und Afferden erst nach Abhandlung der sämmtlichen übrigen Linien folgen lassen, indem an sie die Geschichte des dieser Linie angehörigen Martin Schenk sich enge anschloß. Ein Dazwischenschieben dieser hätte aber die Familiengeschichte zu sehr auseinandergerissen.

In die Familiengeschichte haben wir, vielleicht mit Unrecht, kurze Notizen über die bedeutenderen Familiengüter einfließen lassen. Wir glaubten die gebotene Gelegenheit benutzen zu müssen, um die vielen, meist unbekannten Nachrichten über dieselben hier niederzulegen und damit für weitere Forschungen einen Anhaltspunkt zu bieten.

Was nun die Geschichte des im Munde des Volkes noch immer fort lebenden wilden Kriegers Martin Schenk von Nydeggen betrifft, so wurde nichts versäumt, dieselbe möglichst vollständig zu liefern. Das Reichsarchiv zu S'gravenhaage, das Provinzialarchiv zu Düsseldorf und die städtischen Archive von Cöln, Nymegen, Venlo, Geldern, Goch und Straelen haben Beiträge dazu geliefert. Trotzdem bleiben noch manche Perioden seines Lebens, besonders die seiner Raubzüge im kölner Lande, dunkel, auf deren Aufklärung wir indeß verzichten mußten.

Im Januar 1860.

Der Verfasser.

Inhaltsverzeichniß.

Dritter Abschnitt.

Geschichte des Kriegsobersten Martin Schenk von Nydeggen.

Erstes Capitel.

Martin Schenk's Herkunft und Familienverhältnisse S. 144.

Zweites Capitel.

Schenk's kriegerische Thätigkeit in staatischen und demnächst in spanischen Diensten 1576—1585.

Drittes Capitel.

Schenk wieder in staatischen und daneben in truchseffischen Diensten und sein Tod vor Nymegen 1585—1589.

Viertes Capitel.

Charakter Schenk's.

Fünftes Capitel.

Blyenbeck nach dem Tode Schenk's.

Anhang.

von Cöln um lehnsherrliche Bestätigung des Vertrages,
womit sie ihren großen Zehnten zu Afferden gegen das
den Eheleuten Rütger von Alpen und Luckarde von Mierlo
gehörige Gut zu Blyenbeck vertauschen; vom 5. Mai
1405. S. 311.

III. Anlage. Winand Schenk van Nybeggen trägt dem Erzbischofe Friedrich von Cöln sein Burghaus Blyenbeck zu
Lehn auf und empfängt dasselbe zu Lehn zurück; vom
29. Oktober 1407. S. 312.

IV. Anlage. Wilhelm Schenk van Nybeggen stiftet seiner Gattin Mechtilbis ein Anniversarium in der Abtei Grafenbael;
1271, 13. März. S. 315.

V. Anlage. Wilhelm von Gülich, Herzog von Geldern rc.,
bekennt von Heinrich Schenk von Nybeggen, Ritter, aus
Gunst vier Jahre lang die Hälfte der im Dorfe und
Kirchspiele Walbeck zu hebenden Beden und Steuern er-
halten zu haben und verspricht, Walbeck wie sein eigen
Land beschützen zu wollen u. s. w.; vom 7. April 1382.
S. 316.

VI. Anlage. Erklärung des Carmeliter P. J. Floracus, Pastor
von Beert, und des Schöffen Wilhelm Wurchmann, betreffend die durch die Soldaten von Geldern im J. 1580
oder 1581 vorgenommene Beraubung der Kirche von
Beert; vom 27. Juni 1617. S. 317.

VII. Anlage. Stammbaum der Schenk von Nybeggen.

VIII. Anlage. Stammbaum der Schenk von Nybeggen zu
Sevenum.

Erster Abschnitt.

Die Herrlichkeit Afferden und das Schloß Bltyenbeck.

§ 1.

Geographische Lage.

Das am rechten Ufer der Maas gelegene Dorf Afferden (Aefferden) — nicht zu verwechseln mit dem zwischen Maas und Waal gelegenen Dorfe gleichen Namens — wird südlich von der Gemeinde Bergen, östlich vom ehemaligen Niederamte Goch (Hassum, Hülm), nördlich von der Gemeinde Heyen und westlich von der Maas begrenzt. — Genau finden sich die alten Grenzen in einer uns erhaltenen Beleydinge (Grenzbegehung) beschrieben, die 1436 durch das Gericht und die ältesten Leute von Afferden aufgenommen wurde. Dieselbe bildete die Basis zu allen spätern Grenzregulirungen, weshalb wir sie im Anhange (Nro. 1.) wortgetreu mittheilen. — Das Dorf wird in seiner Länge durchschnitten von der alten Hoch- oder Heerstraße, die über Gennep nach Nymwegen führt. An derselben wurden vor einigen Jahren unfern des Dorfes römische Alterthümer gefunden.

Eine Stunde von Afferden, landeinwärts, an der Straße nach Goch, liegt das schöne Schloß Blyenbeck¹) in Mitten einer großen, längs der Maas sich hinziehenden Heide, welcher durch zahlreiche Tannenkulturen und fruchtbare Felder der Character der Oede und Einförmigkeit genommen ist. Uralte zum Schlosse gehörige Bauernhöfe umgeben Blyenbeck im Kreise und beleben die stille Einsamkeit der Gegend.

§. 2.

Rechtliche Verhältnisse.

Afferden, ehedem eine freie Herrlichkeit, war getheilt: zwei Drittel nebst Blyenbeck waren ursprünglich Lehen der Erzbischöfe von Köln, daneben später (1528) Lehen des Herzogs von Geldern; ein Drittel Lehen der Grafschaft Kuik. Dem entsprechend hatte Afferden auch bis zum J. 1540 — wo es in Einer Hand vereinigt wurde — zwei Herren, welche die Gerichtsbarkeit zwar gemeinschaftlich ausübten, jedoch nicht mit gleichen Rechten. Die Ernennung der Schöffen scheint gemeinschaftlich geschehen zu sein, während jeder Theil seinen eigenen Richter bestellte. Von diesen hatte der Richter des einen Drittheils, das zuerst den Meerlair, dann den Blitterswick und später den Aschenbroich gehörte, im Gericht nur Sitz, keine Stimme; er war ein schweigender Richter (een swigent richter), wohingegen der Richter der kölnischen Lehen, welche Eigenthum der Schenk von Nybeggen waren, der tägliche und sprechende Richter (daegelix ende spreckende richter) war, „welcher auch die Schöffen berief und allein ohne den Andern binnen der Herrlichkeit Afferden Recht sprechen und Aufträge und Pfändungen, von wem auch immer sie verlangt würden, vornehmen konnte, ausgenommen einzig, wenn die Gerichts-

---

¹) Unzweifelhaft führt es diesen Namen nach dem in der Nähe des Schlosses fließenden Bache: blye beek, d. h. lustig fließender Bach.

ſtzung in der Kirche gehalten wurde (als die genechten in
der kercken geboeden werden), wo dann der Richter des
einen Drittheils verbunden iſt, dabei zu ſitzen und zu helfen,
einem Jeglichen Recht zu thun." — Sowohl Einſaſſen wie
Fremde, die wegen eines Vergehens feſtgenommen wurden,
mußten nach Blyenbeck geführt werden (te stockeu en blocken)
wo ſie im Burgverließ in Haft gehalten wurden; dabei blieb
dieſem Hauſe die Vergütung für Koſt-, Brücken- und Schließ-
geld vorbehalten. Bezahlte der Gefangene ſeine Koſt nicht
ſelber, ſo mußte der Herr des einen Drittheils ſeinen Antheil
hieran, wie auch an den ſonſtigen Koſten, z. B. für die Fol-
terung und Hinrichtung mit zahlen. Endlich konnte der Herr
von Blyenbeck auch ohne Willen des Andern die Gefangenen,
welche Leib und Gut verwirkt hatten, hinrichten laſſen. —
Natürlich durften die Herren nicht willkürlich über das Gut
und Blut ihrer Unterthanen aburtheilen, vielmehr waren auch
ſie an die Geſetze der Herrlichkeit gebunden. Dieſe ſind uns
in dem „Land- und Bankrecht" erhalten. Daſſelbe wurde aber
erſt ſpät aufgezeichnet und wie es die Gelegenheit mit ſich
brachte, vor und nach vervollſtändigt; daher die uns nach
einer aus dem Anfange des 16. Jahrh. ſtammenden Abſchrift
vorliegenden Land- und Bankrechte ohne Syſtem in größter
Unordnung durcheinander laufen. Ausdrücklich heißt es in
dieſer Beziehung in dem beſagten Recht — auch nicht etwa
am Schluſſe, ſondern in der Mitte deſſelben — „daß noch
viele andere Sachen ſeien, wodurch dem Herrn Leib und Gut
und andere Strafen verfallen, als die hier verzeichneten, die der
Kürze wegen hier nicht geſchrieben ſind, auch nicht geſchrieben
werden könnten, welche der Herr oder der Richter in deſſen
Namen mit Recht ſuchen kann." — Kam irgend ein Recht in
Frage, ſo wurden die Schöffen oder andere alte Einwohner
gerichtlich vernommen und ihre Ausſage in einer Urkunde nie-
bergelegt, was dann als unverbrüchliches Recht galt. So
ertheilen 1507 Richter und Schöffen Zeugniß in Betreff der

Gerichtsbarkeit der beiden Herren von Afferden und 1518 geben die Schöffen, die „an eenen ghevryden ghericht en gespannere bank oem eenen yghelick recht te doen en te wysen" sitzen, dem Richter auf ihren Eid darüber Kundschaft, „was ihr Land- und Bankrecht und ihre Gewohnheit von Alters her gewesen und noch sei in Bezug auf freie Erb-, Gewinns- und Lehn-Güter. Sehen wir uns dieses „Recht" etwas näher an. — Nach demselben betrug die höchste Geldstrafe V Mark oder drei goldene Klinkert's [1]) in welche z. B. derjenige verfiel, welcher im Streite oder sonst ein Messer zog, eine Piecke oder eine gespannte und geladene Armbrust oder eine Büchse nahm, oder mit einer andern Waffe Jemanden schlug und stieß; derjenige, welcher ein Beil oder dergleichen in einem „Gefecht in die Hand nimmt und durch die Luft schwingt", wenn er dadurch auch Niemandem Schaden zufügt; endlich auch der, welcher auf den sogen. Kaninsbergen, dem Broich oder anderswo Vieh hütet, Heide mäht, Rasen plaggt, im Venn Torf steckt, Sand wegholt, außerhalb der Herrlichkeit mahlen läßt u. s. w. Die gleiche Strafe zahlte der Brauer oder Wirth, welcher nicht volles Maaß verzapfte. Ein Faustschlag und ein Fußtritt kostete einen alten boddreger [2]); der, welcher einen Andern biß, daß er blutete, wurde mit 4 alten Schilden [3]) bestraft. — Leib und Gut verwirkte, wer sich eines Diebstahls schuldig machte, Gewalt brauchte oder Jemanden damit bedrohte; gegen den Herrn, dessen Richter, den Boten und die Schöffen „sprach", selbst wenn er betrunken war; wer Verrätherei, große oder kleine, beging u. s. w.

Für jede Gerichtssitzung erhielt der Richter einen alten

---

[1]) V mark = 182 tinsgroten; 1 tinsgr. = 4 denere; 3 tinsgr. = 1 schilling oder 2 stüber.

[2]) „1 alden boddreger oft soe voel, als man mit hoey meyen verdient", d. h. oder soviel, als man mit Heumähen verdient.

[3]) 1 alder schild = 2 mark.

boddreger, der Bote 2 oder 3 Quart Bier; für die Be-
siegelung eines Schöffenbriefes mußte dem Richter und den
Schöffen ½ Viertel Wein gezahlt werden [1]). Der Richtplatz
der Herrlichkeit lag, wie dies damals allgemein Herkommen
war, auf der Grenze von Afferden und zwar auf der andern
Seite der Maaß, dem sogenannten Walbertsweert, wo ein Stück
Land lag, das zu Afferden gehörte und dem Herrn zins- und
steuerpflichtig war. Auf diesem Platze ließ der Herr von Afferden am „pütten ende galgen“, d. h. auf jede Weise richten;
hier offenbar deßhalb, um sein Eigenthumsrecht an diesem
entlegenen Stücke Land zu wahren. Dieses Recht wahrte
er aber auch noch auf andere Weise; ließen nämlich die auf
der Maas fahrenden Schiffe die Pferde und Leinen über dies
Land gehen, so mußte der Gerichtsbote das Schiff mit sammt
der Ladung in Beschlag nehmen, indem er auf die Pferde und
Leinen schlug.

Die Güter zu Afferden theilten sich in freie Erbgüter, in
Leibsgewinns- und in Lehngüter. Die freien Erbgüter
fielen unmittelbar unter die Jurisdiction des Gerichts von
Afferden, das sie festete, löste und übertrug. Die Leibs-
gewinns- oder Erbzinsgüter, von denen die Besitzer
einen jährlichen Zins an unveränderlich feststehenden Tagen,
und zwar am Tage St. Lambert, St. Martin, St. Peter, St.
Andreas und Maria Geburt dem Herrn von Afferden zu zahlen
hatten, wurden auf des Herrn Lagerbuch, nicht vor dem Gerichte, sondern vor zweien Lathen [2]) gefestet, gelöst und über-

---

[1]) Ein eigenes Schöffensiegel erhielt Afferden erst Anno 1538. Dasselbe zeigt die heil. Pfarrpatrone Cosmas und Domianus und hat die
Umschrift: Gemeno Scehpen van Afden, wie es Nro. 4 hier abgedruckt ist.

[2]) Lathen waren die Besitzer von Leibgewinnsgütern, persönlich
freie, dinglich unfreie Leute. Vergl. Lacomblets Archiv f. d. Geschichte
d. Niederrheins I. 1. Heft. Näheres über die Afferdensche Lathenver-
fassung finden wir nicht.

tragen. Sie durften ohne Consens des Herrn weder beschwert, noch getheilt werden und mußten mit zwei Händen gegen Erlegung einer Abgabe (einem holländischen Gulden oder dem doppelten Zins) gewonnen werden [1]). Starb die eine Hand, so mußte sie von einer andern binnen 6 Wochen wieder gewonnen werden, sonst fiel dieser Theil dem Herrn zu [2]). — Lehngüter zählte Afferden vier: 1) $14\frac{1}{2}$ Morgen Land, 2) den Hof Overpas in der Honschaft Helsum, Kirchspiel Weeze, (die Lehngerechtigkeit wurde 1700 durch den Richter zu Calbeck, Gysbert Hopp, mit 101 Species Rthlr. und 2 goldenen Ducatons abgelöst), 3) das zum Hofe van den Raembyck zu Weeze gehörige Gut, welches die Freiherrn von Loe zu Wissen zu Lehn hielten und 4) $\frac{1}{3}$ vom sog. Flyray auch het Holland genannt, dem Muttergottesaltar resp. der Bruderschaft vom h. Sakrament zu Afferden gehörig. Erstere drei wurden zu kölnischen Lehnrechten mit 5 Mark oder 15 Culdgulden. Letzteres mit 3 Goldgulden vor dem Lehnherrn und den Lehnmannen erhoben.

Auch besaß der Herr von Afferden dort **koermoedige Güter.** Ende des 15. Jahrh. werden uns sieben Personen genannt, koermoedige luede, deren Güter koermoedspflichtig waren. Diese waren ursprünglich Leibeigene und so gehörte deren Eigenthum dem Herrn. Später gab ihnen der Herr das Recht, ihr Eigenthum auf ihre Kinder übergehen zu lassen, wofür sie indeß eine Abgabe (koermoede, Wahlgabe), die anfänglich nach der Wahl des Herrn aus einem Stück der

---

[1]) Mit zwei Händen gewinnen, d. h. von zwei berechtigten Personen mußte das Eigenthumsrecht unter Bezahlung einer bestimmten Abgabe gewonnen werden.

[2]) Diese Güter brachten dem Herrn von Afferden noch im 16. Jahrhundert ein: 786 groten (1 groten = 4 denare), 5 alde moerken (à 1 Stüber), 1 Pennink (½ Stüber), 184 Hühner, 27 Kapaunen, 2 Enten, ca. 45 Malter Gerste, 11 Malter Roggen u. 60 Malter Hafer.

Hinterlassenschaft bestand, nachher in Geldleistungen umgewandelt wurde, zu zahlen hatten.

Außer den persönlich freien Besitzern dieser Güter, zählte Afferden auch unfreie Leute: Eigenluede, Leibeigene, die am Schlusse des 15. Jahrh. auf 5 Geschwister (Familie Mirmans) zusammengeschmolzen waren und mit allen ihren Nachkommen von Geschlecht zu Geschlecht dem Herrn angehörten.

Die Herren von Afferden waren unumschränkte Könige in ihrem Lande; sie erhoben Steuern, zu denen jeder dort Begüterte beitragen mußte; sie empfingen jährlich von den angrenzenden Ortschaften für die Erlaubniß, in der Afferden'schen Heide ihr Vieh weiden zu dürfen, aus jedem Hause, das Kühe besaß: von Hoelum und Siebengewalt 1 Malter Hafer, von Pleeze 1 Malter Hafer und 1 Huhn und von Bergen 3 Faß Hafer und 1 Huhn; sodann für die Benutzung des Dycks bei Bergen aus jedem Hause, wo Roggen gesäet wurde, 2 Hühner, und aus jedem Hofe (es waren deren 4 zu Bergen) 1 Kapaun und 1 Huhn. Sie besaßen den großen Kornzehnten auf dem Hofe vpter Horst allein und durch die ganze Herrlichkeit mit den Pastoren von Afferden und Bergen und den Kanonikern von Xanten [1]) zwar gemeinschaftlich, jedoch konnten sie den sog. Gabeltheil vorab nehmen und den Andern ihren Theil zumessen; dazu vereinnahmten sie den schmalen Zehnten gleichfalls auf dem Hofe vpter Horst und in der ganzen Herrlichkeit von „Rübsaat, Bienen, Lämmern, Spanverkeln, Gänsen, Hühnern und Flachs"; endlich besaßen sie das Weggeld [2]), den Mühlenzwang und die Bieraccyse zu Afferden; es mußte

---

[1]) Die Kanoniker verkauften den Zehnten im Hoelumschen Felde an Adrian von dem Bylant, Herr v. Well, der ihn am 29. August 1540 an den Herrn von Afferden käuflich übertrug.

[2]) Von einem losen Pferde mußte ½ Stbr., von einem Karren 1 Stbr. von einem Karren mit 2 Pferden 1½ Stbr., von einem Wagen 2 Stbr.; von einer Kuh ½ Stbr. und von einem Schaaf und Schwein 1 Ortgen Weggeld bezahlt werden.

nämlich von jedem Gebräu 6 resp. 4 alde vlemps (vlämische) [1] gezahlt werden, dabei durften aber jedesmal nur 9 resp. 6 Faß Gerste verbraut werden; für jedes Faß mehr wurde ein alter böddreger erhoben. [2] Von jedem von Außen in die Herrlichkeit gebrachten Faß Bier war ein alter boddreger zu zahlen.

Hiergegen genoß die Herrlichkeit dem Herzoge von Geldern gegenüber vollständige Freiheit. Als die Herrn von Afferden auf „fleißiges Begehren" des Herzogs zu den Lasten des Dar-tiers beigetragen hatten, welche zur Bezahlung von Reitern und Fußknechten erforderlich gewesen, erklärte Carl von Egmont, Herzog von Geldern am 31. Juli 1495 [3] für sich und seine Nachfolger, „daß die Herrn von Afferden ihm solche Gunst und Hülfe nicht von Rechtswegen, sondern allein aus rechter Gunst und Liebe zu ihm erwiesen haben und daß dieses ihren Privilegien und Freiheiten nicht hinderlich sein solle." In gleicher Weise erklärte Kaiser Carl V. am 10. September 1547 [4] bei ähnlicher Gelegenheit, die Herrlichkeit Afferden in ihren alten Privilegien und Freiheiten, Gerechtigkeiten und guten Gewohnheiten halten und sie in der Folge mit Beden und Steuern nicht beschweren zu wollen.

§. 3.

Kirchliche Verhältnisse.

Die Pfarre Afferden gehörte ursprünglich zur Erzdiö-cese Cöln und war dem Dekanat Geldern zugetheilt. In einem dem 13. Jahrh. angehörigen Codex, den Dr. Binterim und Mooren in dem Werke „die alte und neue Erzbiöcese Cöln"

---

[1] 1 alde vlemps = 7 alde moerken; 1 ald moerken = 1 denar.

[2] Diese Bieraccyse bestand bis zur franz. Revolution fort, so aber, daß alljährlich von den Brauern eine Abgabe gezahlt werden mußte.

[3] Orig. im Archiv Haag.

[4] Desgl.

Band II. mittheilen, wird Afferden (S. 25) als zu den Pfarreien des Archidiakonats Xanten gehörig folgendermaßen aufgeführt: „Afferden procuracio sex solidi. peticio XVIII denarii." Hiernach mußte die Pfarrgemeinde Afferden dem Propsten von Xanten in jedem Schaltjahre die Procuratio d. h. die Beköstigung des Archidiakons bei Kirchenvisitationen mit 6 Schillingen und daneben eine andere Abgabe (petitio, Bede) von 18 Denaren zahlen. (1 Solidus = 12 Denare). Nach einem Codex des 14. Jahrh. (ebendaselbst Band I) betrug das Einkommen des Pastors zu Afferden 5 Mark (1 marca = 12 solidi), welches Band II. S. 25 zu 6 Mark angegeben wird.

Im 16. Jahrhundert zählte die Pfarre 200 Kommunikanten und zur selben Zeit bestand das Einkommen des Pastors in einem Zehnten, welcher auf 20 Goldgulden geschätzt wurde. (l. c.)

Bei Bildung der Diöcese Ruremonde — 1561 — wurde Afferden dieser zugetheilt; bei der französischen Occupation Ende des vorigen Jahrhunderts zur Diöcese Aachen geschlagen, später aber wieder der Diöcese Ruremonde einverleibt. Der durch die Wiener-Schluß-Acte vom 9. Juni 1815 zu Afferden geschlagene Theil der Bauerschaft Hassum wurde auch der Pfarre zugetheilt, was durch die Circumscriptionsbulle vom 16. Juli 1821 bestätigt wurde. Jetzt hat Afferden 1600 Einwohner und 1000 Kommunikanten, während die Zahl der letzteren 1750 nur 320 betrug. [1])

---

[1]) Die Pfarre Afferden hat sich seit der Mitte des vorigen Jahrh. unverhältnißmäßig schnell und zwar um 70 Feuerstellen vermehrt; sie zählte 1814 bereits 300 Wohnungen. Trotzdem bestanden dort bis zum J. 1823 gute Verhältnisse; eigentliche Armen waren nicht vorhanden. Die ausgedehnten Gemeindegründe boten den Bewohnern hinreichenden Unterhalt für sich und ihre Familien und ihrem Vieh genügende Nahrung. Die Heide wurde als Brand benutzt und der Ueberfluß in Goch und Umgegend verkauft. Als aber diese Gemeindegründe theilweise verkauft

Die Pfarrkirche, den heiligen Märtyrern Cosmas und Damianus geweiht, besaß zwei Benefizien oder Vicarien: die unserer lieben Frau und die des heil. Johannes des Evangelisten. Sodann gehörte zu ihr die Kapelle des heil. Antonius des Eremiten zu Hoekelum, einer zu Afferden gehörigen Bauerschaft, und die in der Nähe Afferdens bei dem neuen Kirchhofe gelegene Kapelle, der schmerzhaften Mutter geweiht.

Ueber die Stiftung der Vicarien ist uns selber nichts bekannt; nur findet sich im Lagerbuch der Herrlichkeit eine Urkunde eingetragen, wonach Jan van Helden, Vicarius des Altars unserer l. Frau, 1554 sein Haus, genannt Wevers Hofstatt, der Vicarie zum vollen Eigenthum verschreibt. — Beide Vicarien sind jetzt zu einer verschmolzen und deren Güter der Verwaltung der Kirchenfabrik übergeben. Sie waren zur französischen Zeit eingezogen und dem Domainenbureau zu Cleve zugetheilt, ja zum Verkaufe bestimmt worden. Der Verkauf unterblieb jedoch und die Güter kamen an die Kirche zurück. Unter holländischer Herrschaft wurden dieselben wiederum eingezogen und erst, als Afferden belgisch geworden war, durch König Leopold I. mittelst Dekret vom 11. Oktober 1838 der Kirchenfabrik restituirt.

Das Patronat der Pfarre wie der Vicarie besaß der Herr von Afferden.

Die Kapelle zu Heukelom wurde durch einen Rector verwaltet, der verpflichtet war, dem Pastor in der Verwaltung der Sakramente, dem Beichthören und Katechisiren beizustehen. Er wurde von dem Herrn von Afferden, dem Pastor und den Bewohnern von Heukelom gemeinschaftlich präsentirt.

---

waren, gestalteten sich ganz andere Verhältnisse. Viele Ansiedlungen fanden statt; die Menschen vermehrten sich in bedeutender Progression, damit auch die Armuth, und nun bildete sich auf den früher freien Gemeindegründen ein bedeutendes Proletariat, wodurch für die Gemeinde drückende Zustände sich entwickelten.

In dem der schmerzhaften Mutter Maria geweihten Kreuz-kapellchen wurde ehemals an allen Freitagen die hl. Messe gelesen. Dies geschieht auf Befehl des Diöcesanbischofs nicht mehr, da dies Kirchlein zu klein ist. Das Glöckchen desselben trägt die Inschrift: Amore Passionis Anno 1612.

Die Pfarrkirche hat in den drei letzten Jahrhunderten mannichfache Schicksale erlitten. Während sie Mitte des 16. Jahrhunderts restaurirt worden zu sein scheint, — die noch vorhandene Einfassung einer jetzt zugemauerten Thüre trägt die Jahreszahl 1542, — hatte sie Ende desselben Jahrhunderts durch den damals in dortiger Gegend tobenden Krieg viel zu leiden, so daß eine Restauration im Chore, Mittelschiff, Thurme und in der Sakristei vorgenommen werden mußte. 1607 brannte die Kirche nieder, wurde aber sofort unter dem Pastor Johann von Goch wieder aufgebaut. In den mörderischen Kriegen des 17. und 18. Jahrhunderts hatte die Kirche gleich-viel zu leiden; um das Jahr 1704 wurde sie zweimal aus-geplündert.

Bemerkenswerth ist im Innern der Kirche der Hauptaltar wegen seines schönen, alabasternen Schnitzwerks, die Leidens-geschichte des Heilandes darstellend, wovon eine alte Notiz sagt, daß er 1542 angefertigt, von England unter Heinrich VIII. herübergekommen und vom damaligen Besitzer von Blyenbeck (Deberich von der Lippe genannt Hoen) der Kirche geschenkt worden sei. Die beiden Seitenaltäre, den vorerwähnten Vica-rien entsprechend, sind einfach und bieten nichts bemerkenswerthes.

Die drei schönen Glocken der Kirche verdienen erwähnt zu werden. Die kleinste und älteste derselben wurde im Jahre 1616 durch Peter von Trier gegossen; sie trägt die Inschrift: „Dor dat vier byn ick gevloten, Peter van Trier heft my gegoten A? 1616." — Die größte Glocke ist ein Werk des Johannes von Trier, der sie im Jahre 1653 gegossen hat. Sie hat folgende Inschrift: „Ad majorem Dei ac B. V. Marie storumque urbani Cosme et Dimiani gloriam hec fusa campana, regente Dóio Theodoro Barone Schenk de Nydeggen, Dⁿⁱ de Blyenbeck, Afferden, Gribbenvorst D. Pastore Wilfrido vam Bogaert. Joannes a Trier me fecit. Anno Domini 1653." Die mittlere und jüngste, die Johannes Fremi gegossen, hat folgende Inschrift: „Ad majorem Dei, B. V. Mariae ac SS. Cosme et Domiani gloriam. Sub illustrissimo Dⁿⁱ Arnoldo Marchione de Schenk de Niedecken etc. et Dⁿⁱ Maria Cath. March. de Hoensbroech coniugum, Pastore R. D. Laur. Simons fusa sum. Joannes Fremi me fecit 1705."

In die Sorge für Beleuchtung der Kirche theilten sich ehedem der Pastor und beide Herren von Afferden. Der Pastor hatte vom Tage des hl. Johannes Evang. (27. Dezember) bis zu Johannis Geburt (24. Juni) die Kerzen zu liefern; von da bis zu Johannis Enthauptung (29. August) waren der Herr von Blitterswick und sodann bis zum 27. Dezember die Schenk zur Lieferung der Kerzen verpflichtet.

Das Kirchen- und Armengut wurde durch Kirchen- resp. Armenmeister verwaltet, die durch den Herrn von Afferden auf zwei Jahre angestellt wurden und über diesen Zeitraum vor dem Gericht und den Bevollmächtigten des Herrn, wie vor dem Dechanten und dem Pastor Rechnung ablegen mußten.

S ch u l e. Die Schullehrer von Afferden wurden vom Herrn von Afferden ernannt. Das Recht dieser Berufung beruhte auf einer Schenkung, die Barbara von der Lippe genannt Hoen im Jahre 1647 machte. Sie legirte nämlich der Herrlichkeit Afferden „damit die heranwachsende Jugend zur Ehre Gottes, zu ihrer und ihrer Nächsten Seligkeit instruirt werden möge," die Summe von 1000 Gulden zum Behuf der Schule und zum Unterhalte des Lehrers, wobei die Schöffen Namens der Gemeinde die Anstellung des Lehrers dem Hause Blyenbeck übertrugen.

Jetzt hat Afferden zwei Schulen. Im Jahre 1841 wurde bei der zunehmenden Bevölkerung und großen Ausdehnung der

Gemeinde in der Bauerschaft Siebengewalt die zweite Schule
eingerichtet, ein neues Schulhaus gebaut und ein Lehrer angestellt.

Als eine für die Sittengeschichte nicht unwichtige Notiz
möge hier die Erzählung eine Stelle finden, wie die Schulkinder von Afferden im Jahre 1720 die Fastnachtstage zu-
brachten. Es hatte sich dort nämlich unter der Schuljugend
die Gewohnheit gebildet, diese Tage in Saus und Braus zuzubringen und das erforderliche Biergeld in der Gemeinde zusammen zu betteln, was sie „voye jaegen" nannten. Die
Frau von Blyenbeck, Marquisin Schenk, trat dem entgegen und
sie beauftragte ihren Scholtis, durch den Lehrer sowohl das
„voye jaegen," als das Trinken der Schulkinder in und außerhalb der Schule zu verbieten. Nichtsdestoweniger aber trieben
die Kinder am Sonntag vor Fastnacht das Geld zusammen;
und obschon am folgenden Tag, dem „raesenden" Montag,
das Trinken durch den Gerichtsboten bei einer Strafe von drei
Goldgulden nochmals verboten worden war, so wurde dasselbe doch an diesem Tage bis zum Abend in der Schule
fortgesetzt. — Am andern Morgen fand der Scholtis bereits
um ½8 Uhr in der Schule zwei Knaben bei einer Teute Bier;
er jagte die Jungen heraus, schloß die Schule und steckte den
Schlüssel ein. — Hierdurch aber hatte der Scholtis die Bewohner Afferdens auf die Beine gebracht. Sie glaubten ihre
Kinder in ihren alten Gerechtsamen schützen zu müssen und
sandten sofort eine Deputation an den Scholtis, die den
Schlüssel herausfordern und die Aufrechthaltung einer Gerechtigkeit, „welche von 100 zu 100 Jahren im Gebrauche gewesen," verlangen solle. Der Scholtis indessen erklärte, daß
er die Schule nur öffnen lasse, im Falle der Lehrer unterrichten wolle und wies sie ab. Nun suchten die Einwohner,
an ihrer Spitze der rebellische Gerichtsbote und die Schöffen,
die Schule auf andere Weise zu öffnen, was ihnen auch mittelst eines Diebsschlüssels gelang. Es wurde Bier herbeige-

bracht und diesen und den kommenden Tag (Aschermittwoch) bis zum Mittag von der Schuljugend lustig gezecht.[1])

Stiftung. Dieser Episode lassen wir eine in mehr als einer Hinsicht interessante kirchliche Stiftung folgen, die sowohl für die gute Gesinnung, als für den Glauben der Stifter, welche uns späterhin noch oft begegnen werden, zeugt. Im Jahre 1544 trafen nämlich Deberich von der Lippe genannt Hoen, Herr zu Gribbenvorst, Afferden und Blhenbeck, und Aelheit Schenk von Nydeggen, seine eheliche Hausfrau, die Anordnung, „daß zur höchsten Ehre des allmächtigen Gottes und zum Heile und Troste aller elendigen, betrübten Seelen der Lebenden und Abgestorbenen der Pfarrer von Afferden bis zu ewigen Tagen an allen Sonn- und Feiertagen nach der Predigt, sodann an allen Freitagen nach dem hl. Evangelium das versammelte Volk zu gemeinsamem Gebet für alle betrübte Seelen, für Einigkeit und brüderliche Liebe unter einander auf das allerfleißigste und so bringend, wie immer möglich, ermahnen solle in folgender Art und Weise: „„Liebe Freunde! Da wir allhier versammelt sind im Namen des Herrn, so wollen wir erstlich fleißig betrachten und bedenken, daß uns Christus der Herr im hl. Evangelium mit mannichfaltigen Gleichnissen und Geboten ernstlich ermahnt und geboten hat, allzeit ohne Unterlaß zu bitten, indem Er sagte: Bittet, so sollet ihr empfangen, suchet, so sollet ihr finden, klopfet an und es wird

---

[1]) Wie wir erfahren, hat diese Sitte sich an der Maas bis zur neueren Zeit erhalten. Zu Swalmen wurde sie Anfangs dieses Jahrhunderts also gefeiert: Die Knaben, auf den Köpfen Hüte von buntem Papier, zogen in feierlichem Aufzug durch das Dorf von Haus zu Haus, voye jagend. Zwei der Pfiffigsten unter ihnen führten dabei das Wort, in scherzhafter Weise Geld, Würste, Eier und dergleichen erbittend. Die Hausfrau holte dann etwas von dem Geforderten hervor und legte es in die von einem der Knaben getragene Kiepe. In den Fastnachtstagen selbst wurde das so Erjagte heiter und lustig verzehrt und in der Schule Bier getrunken. Aehnlich geschah dies zu Gribbenvorst.

euch aufgethan werden. Ihr sollt wissen, daß ihr dieses Seines Gebotes wegen sündigt, wenn ihr fluchet, schwöret, lüget oder betrüget; aber daß ihr auch sündigt, wenn ihr nicht Gott den Herrn bittet, Ihn nicht anruft in der Noth, Ihm nicht dankt und Ihn nicht lobt für Seine göttlichen Gaben und Wohlthaten.

Zum Zweiten wollen wir betrachten, daß Christus uns gnädiglich gelobt und zugesagt hat, so zwei oder drei in Seinem Namen versammelt seien, dann wolle Er mitten unter ihnen sein, und um was wir Seinen Vater in Seinem Namen bitten, daß werde Er uns geben; auf dieses tröstliche Gelöbniß hin ermahne ich euch alle aus Liebe, daß ihr mir helfen wollet, bitten und anrufen den allmächtigen Gott, damit Er mit den Augen Seiner Gnade und Barmherzigkeit ansehen wolle alle verkehrten, elenbigen und verblendeten Sünder und sie durch Sein göttliches Wort und Seinen Geist bekehre und erleuchte, auf daß sie zur Erkenntniß ihrer Sünden und der göttlichen Gnaden kommen; damit er auch mit Gnade und Barmherzigkeit gedenken wolle aller Seelen unserer Freunde und Voreltern und auch aller elenbigen, betrübten Seelen, welche nach dem Willen Gottes vor uns gegangen sind den Weg, den wir auch, wenn unsere Zeit kommt, gehen müssen; daß Gott sie wolle erfreuen und trösten und daneben uns Menschen hier auf der Erde auch verleihe Seine göttliche Gnade, auf daß alle diejenigen, die hier sind im rechten christlichen Glauben, in der göttlichen und brüderlichen Liebe, in einer wahren starken Hoffnung und in einem ehrsamen, tugendhaften Leben von Tag zu Tag sich vermehren und vervollkommnen, aufwachsen und zunehmen, damit wir allhier in dieser kurzen betrübten, vergänglichen Zeit mit den Andern also leben möchten in Seinem göttlichen Frieden, Seiner Liebe und Einigkeit, wie der Herr uns befiehlt im Evangelium Johannis: Ein neues Gebot gebe ich euch, daß ihr einander liebet; daran sollen alle Menschen erkennen, daß ihr meine Jünger seid, daß

ihr euch unter einander liebet; — damit wir in der letzten
Stunde des Todes und seines rechtfertigenden Urtheils vor
Seinen Augen heilig und straffrei möchten befunden werden
und als gehorsame Kinder von ihm empfangen das Erbe des
ewigen Lebens. Die dies begehren, sprechen mit Andacht ihres
Herzens ein Pater noster und Ave Maria." "[1])

Um diese schöne Andacht für ewige Zeiten zu erhalten,
gaben die Stifter der Kirche zu Afferden ein Leibgewinnsgut,
6¼ Morgen 2 Saalen groß, das der jedesmalige Pastor mit
einem brab. Stüber gewinnen mußte. Die Urkunde darüber
wurde sowohl in das Lagerbuch der Herrlichkeit — wo sie sich
noch befindet — als in das Meßbuch der Kirche niedergeschrie-
ben. Aus Letzterm ist sie verschwunden und damit auch die
Andacht.

Gilde. Die Errichtung der Gilde oder Bruderschaft
zu Afferden gehört einem jüngern Datum an. Um das Jahr
1700 wurde zur Vergrößerung der Andacht zum hl. Sakramente und Verschönerung der Frohnleichnamsprocession die
Bruderschaft vom hl. Johannes Evang. gestiftet. Sie erhielt
1721 von der zeitigen Herrin, Maria Catharina Marquisin
Wittwe Schenk von Nydeggen geb. Marquisin von Hoensbroech zur Fundation ein Stück Heide geschenkt, das mit Holz
bepflanzt wurde. Dieses sog. Gildenbüschchen verkauften die
Gildemeister am 29. September 1768 an Franz Lothar Reichsgrafen von und zu Hoensbroech für 100 Gulden clevisch. —

Wir schließen dieses Kapitel mit einem Verzeichniß der uns
bekannt gewordenen Pastore von Afferden.

Herr Ludolph, 1433, 1438. Er war zugleich Vicar
des hl. Geist-Gasthauses zu Goch, woselbst er residirte.

Heinrich Schenk von Nydeggen, 1519, † 1537,
Bastardsohn des Herrn von Afferden, Johann Schenk von
Nydeggen. Er war ein besonderer Wohlthäter der Armen und

---

[1]) Diese Anrede ist der Stiftungsurkunde wortgetreu entnommen.

vermachte ihnen zu jährlicher Spende: auf Aschermittwoch eine Tonne Hering; am stillen Freitag eine Tonne Bier und ein Scheffel Weizen; am Vorabend der Kirmeß 2 Malter Roggen; beim Jahrgebächtniß seines Todes ein Scheffel Gerste. Bei Letzterm erhielt die Kirche ein Faß Gerste, eben so viel jeder Vicar und der Küster. Die neun fremden Priestern, welche dabei assistiren, erhalten jeder 3 Stüber brab. und die Kirche noch 1 Pfund Wachs.

Franz Deckers, 1537—1570.

Gottfried Gansmalt, † 1593.

Von 1595—1606 soll die Pfarrstelle unbesetzt gewesen und sollen die Geschäfte durch den Pastor von Heyen versehen worden sein. Der Krieg hatte zu der Zeit, wie später eingehender besprochen werden wird, Afferden beinahe menschenleer gemacht. — Im Widerspruche hiermit steht eine Urkunde von 1598, worin Caspar von der Lippe, genannt Hoen, zeitiger Herr von Blyenbeck, mit „dem würdigen und wolgeleerten Wesselius von Solyngen, Pastoren und Pfarrherrn von Afferden" über dessen Unterhalt u. s. w. einen Vertrag schließt. Es liegt die Vermuthung nahe, daß er bestimmt war, die neue Lehre der Reformatoren in Afferden zu predigen, worauf wir indeß später noch einmal zurückkommen.

Johann von Goch, 1606—1626. Er restaurirte die 1607 abgebrannte Kirche.

Wolfgang van Dael, 1626—1651.

Wilfrid van dem Bogaert, 1651—1653.

Johann Brure, 1653—1656.

Arnold Berslegen, 1656—1679. Unter ihm brannte die Pastorat ab, wobei es dem Pastor kaum gelang, sich selbst zu retten.

Paul Bossen, 1679, starb 1697 zu Linne. Er errichtete in seiner Pfarre 1688 die Rosenkranz-Bruderschaft, welcher von da ab alle Pfarrgenossen bei ihrer ersten hl. Communion beitreten.

Mathias Beusen, 1697—1704.

Laurenz Simons, 1704—1729.

Caspar Mooren, 1729—1739.

Arnold Martin Reymans, 1739, † 31. Mai 1754.

Peter Erkens, 1754, wird 1776 Dechant von Geldern, starb am 27. September 1795.

Johann Balthasar Tricat, 1795—1825. Er starb am 17. Februar 1829.

Johann Wilhelm Meßmaeckers, geb. 1787 zu Sittard, 1821 Kaplan, 1825 Pastor von Afferden. Er legte vor dem Dorfe auf einem durch die Kirchenfabrik angekauften Platze einen neuen Kirchhof an, der 1850 im März durch den Dechanten Verheyen zu Venray eingeweiht wurde. Auch errichtete er in seiner Pfarrkirche die Bruderschaft vom hl. Herzen Mariä, zur Bekehrung der Sünder, die am 16. November 1843 eingeführt, am 16. Januar 1844 der Erzbruderschaft zu Paris einverleibt worden ist. In diesem Augenblicke, Ende 1859, beträgt die Zahl der dort als Mitglieder Eingeschriebenen über 17,000. Unter ihm wurde die Pastorat durch Ankauf des Nebenhauses vergrößert, 1846, und im darauf folgenden Jahre neu erbaut.

§. 4.

Geschichtliches.

Für die älteste Geschichte von Afferden bietet uns die Etymologie des Wortes Afferden einen interessanten Anhaltspunkt.

Nach einem in den Nyhoffschen Bydragen voor vaderlandsche Geschiedenis en Oudheidkunde (Band VI. S. 244) enthaltenen Aufsatze von P. C. Molhuysen dürfte der Name Afferden mit dem in England vorkommenden Offerton synonim sein und auf den angelsächsischen Fürsten Offa hinweisen.

Hiernach wäre Afferden, wobei Molhuysen das zwischen Maas und Waal gelegene im Auge hat, eine angelsächsische Stiftung.

Ohne uns auf eine nähere Begründung dessen einzulassen, wollen wir nur die historischen Thatsachen in Bezug auf den Aufenthalt der Angelsachsen in den Niederlanden kurz so mittheilen, wie sie uns von Molhuysen erzählt werden, ihm die volle Verantwortung dafür überlassend.

Gegen Ende des dritten Jahrhunderts wurden die Sachsen durch die Ereignisse, welche zur Bildung des Dänischen Staates beitrugen, gezwungen, ihre ersten Wohnplätze auf dem Cimbrischen Eiland zu verlassen und über die Elbe nach dem Süden zu ziehen. Diesen Weg schlugen alle die ein, welche im Binnenland gewohnt hatten und nichts von der Schifffahrt verstanden. Sie mögen Overyssel und Zütphen bevölkert u n d d i e A n g l e n ü b e r d i e O s s e l a n d i e M a a s g e d r ä n g t h a b e n. Für Diejenigen der Sachsen, die als Küstenbewohner die Schifffahrt trieben, blieb der Westen übrig. Gegen das Jahr 284 kamen die Sachsen unter römische Herrschaft, das Litus Saxonicum bildend. 409—411 machten sie sich vom römischen Einflusse frei; doch nun bekamen sie es mit den vordringenden Franken zu thun, denen die Sachsen und Anglen nicht lange widerstehen konnten. Bald darauf lesen wir auch von dem Uebergang derselben nach Brittannien, wo sie die 7 Königreiche stifteten, während die Zurückgebliebenen unter fränkische Herrschaft geriethen.

In diesen Thatsachen findet nun die oben aufgestellte Behauptung, in Bezug auf Afferden zwischen Maas und Waal ihre volle Bestätigung, und mit Recht dürfen wir auch von unserm Afferden dasselbe sagen, indem nichts dagegen streitet, daß auch dieses angelsächsische Stiftung sei. War doch auch das gegenüber liegende Gebiet der Grafschaft Kuik eine Besitzung der Angelsachsen. (Dulje Gesch. v. Kuik.)

Gehen wir nun über zur urkundlichen Geschichte, so finden wir Afferden zuerst in dem oben erwähnten Codex aus dem

13. Jahrhundert genannt. Die zweitälteste Nachricht bringt uns eine Urkunde vom 26. März 1317; in derselben überträgt Derich genannt Vogelsanck an Theodor genannt Luef von Cleve, Graf von Hillerode, „sein Eigenthum und Recht, das er an etlichen zu Asforden gelegenen Gütern hat, die ehedem dem Gerard Queck zugehörten und den vierten Theil aller der Güter bildeten, die Willem van Pleze dort besaß." Sodann schenkt Luef von Cleve die genannten Güter dem Cistercienser-Kloster Grefendael als ein Almosen.[1]

Die Herrlichkeit Afferden tritt uns gleich Anfangs als getheilt entgegen; bereits 1360 werden Goesen Hagedorn als Richter zu Afferden „von onser vrouwen wegen van Floersem" und Johann Meerselman als Richter daselbst „van ons heren wegen heren Jacops van Myrlar, here van Mylendonk" genannt.[2]

Wann und wie diese Theilung geschehen, darüber geben unsere Urkunden keine Auskunft. Die zwei Drittheile von Afferden, welche kölnisches Lehen waren, finden wir also 1360 im Besitze der Schenk von Nydeggen, die auch den Beinamen von Floersem (Floersheim) führten, während der dritte Theil als kuiksches Lehen dem Jacob von Myrlar, Herrn von Mylendonk gehörte. Später kam auch dieser Theil an die Schenk. — Sehen wir wie.

Im Jahre 1397 kam Sybrecht von Blitterswich in den Besitz des genannten Theiles. Am 30. November 1397 erklärte Jacob, Herr zu Meerlair (Meerla) unter Mitbesiegelung seines Bruders Jan, Herrn zu Milendonk und seines Neffen Rolman van Arendael, Herrn zu Well, daß er und seine Erben kein Recht an der Herrlichkeit Afferden, Lehngut der Herrlichkeit Kuik, haben und gelobt er, den Sybrecht van Blitterswyck im Besitze derselben nicht stören zu wol-

---

[1] Orig.-Urk. im Archiv von Grafendael (Neukloster.)
[2] Mittheilung des Hrn. Dr. Bergrath von Goch nach Grafendaeler Urkunden.

len, welche Erklärung. Jacob, Herr zu Meerlair vor den Lehnmannen seiner Herrschaft Kuick, Johan van Bruechunsen und
Reynart von Buerla wiederholte.[1) Eybrecht von Blitterswyck
quittirte 1415 dem Adolph, Grafen von Cleve allen Schaden,
welchen er durch das Uebernachten der Gemahlin des Grafen,
Maria von Burgund, zu Blaseyck, an seinen Gütern zu Asserden erlitten hat.[2]) Nach Sybrecht's Tode folgte im Besitze
Heinrich von Blitterswick, der 1450 starb. Dessen
Wittwe Jutta van den Bylant erhielt von ihren Kindern Heinrich, Johann und Lysbeth die Leibzucht von Asserten, was
1450 am 12. April die Bestätigung des Herzogs Arnold von
Geldern erhielt. Der älteste Sohn Heinrich von Blitterswick, verheirathet mit Luyt (Aleyt) van Assels, wurde noch im
selben Jahre belehnt. Ihn beerbte Johann van Assen-
brock zu Malenburg, Sohn von Georg und Mechtild von
Blitterswick, der 1506 die Belehnung empfing. Johann gerieth
in große Geldnoth und verpfändete mit seinem Sohne Georg,
dem Gemahl von Sophia von der Recke, ihren Antheil an
Asserden an Derick von der Lippe, genannt Hoen, Herrn zu
Asserden, und Aleit Schenk von Nydeggen, Eheleute, für 1850
Gulden. 1540 am 26. Juni verkauften sie diesen sodann
Asserden für die Summe von 2800 Gulden, wobei sie sich
noch die Auswahl eines Pferdes aus sechs Pferden oder dafür
100 Goldgulden und für die Gemahlin „ein ehrliches Geschenk
oder Kleinod" im Werthe von 40 Goldgulden vorbehielten.
Die gerichtliche Uebertragung an die Käufer erfolgte am 19.
Oktober 1540 mit Zustimmung von Georg's Schwestern Anna
und Lutgard van Assenbroeck.[3]) So war Asserden nun
in Einer Hand vereinigt.

Die zwei Drittheile von Asserden hatten sich unterdessen

---

[1]) Orig.-Urk. im Archiv Haag.
[2]) Fahne, Gesch. d. Köln. Geschl. II. 212.
[3]) Die betreffenden Urkunden im Archiv Haag.

in der Familie Schenk von Nybeggen von Vater auf
Sohn fort vererbt, bis sie Anfangs des 16. Jahrhunderts in
den Besitz des Dederich von der Lippe genannt Hoen,
der Aelheid, die einzige Tochter von Winand Schenk
von Nybeggen, heirathete, kamen. Ein Prozeß, den Dederich mit den natürlichen Kindern von Winand's Brüdern über
den Besitz von Afferden und Blyenbeck lange Jahre führte,
endigte zu seinen Gunsten, und Dederich erwarb zu seinen
Theilen von Afferden den dritten, kurfschen Lehns. Dederich's
Sohn Caspar von der Lippe genannt Hoen hatte von
den nimmer ruhenden Schenk'schen Bastardkindern erst recht
Vieles zu leiden; 1579 wurde ihm sogar Afferden mit Blyenbeck von Martin Schenk, dem bekannten Kriegsobristen,
einem Abkömmling der Bastarde, entrissen. Hiermit beginnt
für Afferden eine Zeit der Leiden und Drangsale, die zu vollständiger Auflösung des Gemeindelebens führte und erst nach
vielen Jahren ihr Ende erreichte. Afferden kam kurz nach dem
Tode von Martin Schenk wieder in den Besitz des Caspar
Hoen, dessen älteste Tochter Alelb, ihrem Gemahl Christoffel Schenk von Nybeggen aus der Linie von Hellenrath,
Afferden nebst den andern väterlichen Gütern, zubrachte. Von
nun an blieb Afferden in dem ungestörten Besitz der Schenk
von Nybeggen, die so ihre alten Stammgüter wieder erlangt
hatten. Mit Arnold Dieberich Marquis Schenk von
Nybeggen starb die Familie[1] aus (1709) und als 1736
seine Wittwe, Maria Catharina Marquisin von und
zu Hoensbroech, die er zur Erbin eingesetzt hatte, ihm in's
Grab gefolgt war, kamen die Güter an den durch testamentarische Verfügung eingesetzten substituirten Erben Franz Ar-

---

[1] Noch jetzt erinnern die Namen einiger Grundstücke zu Afferden
an die Familie der ehemaligen Besitzer; z. B. Schenkenbid, ein Weg,
welcher von der sog. Lakai durch ein morastiges Broich nach Siebengewalt führt; der Schenkenpaß, eine Wiese im Leegfeld zu Afferden und
die Schenkenpässe, Holzungen in der Gemeinde Wemb.

nolb Adrian Marquis und Reichsgraf von und
zu Hoensbroech, Neffen von Maria Catharina. Kurz vorher war Afferden, das bis dahin zum Oberquartier (Ruremonde)
des Herzogthums Gelbern gehört hatte, durch den Utrechter
Vertrag von 1713 mit andern Gemeinden von den Stammlanden losgetrennt und Preußen zugetheilt worden, welches
schon 1703 faktisch davon Besitz genommen hatte.

Bis hierhin war die Geschichte von Afferden unzertrenn-
lich von derjenigen der Familie Schenk von Nydeggen, weshalb wir in Vorstehendem nur eine flüchtige Uebersicht derselben gegeben haben, das Nähere der Familiengeschichte vorbe-
behaltend. Eine andere Familie tritt nun in die Geschichte von
Afferden ein, die mit ihrem Namen und ihrem Ansehen der Herrlichkeit Afferden und Blyenbeck neuen Glanz verleiht: die der
Reichsgrafen und Marquisen von und zu Hoensbroech, Erbmarschälle des Herzogthums Gelbern.

Es liegt außer dem Bereiche gegenwärtiger Arbeit, näher
auf die Geschichte dieser alten und hervorragenden Familie ein-
zugehen, und müssen wir uns darauf beschränken, hier in aller
Kürze die Namen derjenigen zu nennen, welche dem oben genannten Franz Arnold Adrian Reichsgrafen von
und zu Hoensbroech als Herren von Afferden gefolgt sind.
Er war vermählt mit Anna Catharina Sophia Reichsgräfin von Schönborn-Buchheim-Wolfsthal, die
ihm 24 Kinder schenkte. In seine Zeit fällt der 7 jährige Krieg,
der auch Afferden schwer heimsuchte, das in den Jahren 1757
bis 1762 zur Bezahlung der von der französischen Armee ausgeschriebenen Contributionen nicht weniger als 14,818 Daler
clevisch und 11,326 Gulden clevisch leihweise aufnehmen mußte.

Franz Arnold Adrian starb 1759 und hinterließ seinem ältesten Sohne Franz Lothar auch die Herrlichkeit
Afferden nebst Blyenbeck. Franz Lothar, verheirathet mit
Sophia Charlotta Reichsgräfin von der Leyen
und Hohengerolseck sollte der letzte Herr der freien Herr-

lichkeit Afferden sein. Gegen Ende seines Lebens brach die französische Revolution mit ihren Schrecken auch über die hiesigen Lande ein; Anfangs der 90er Jahre des vorigen Jahrhunderts wurde Afferden von den Franzosen occupirt und damit die Jahrhundert alte Freiheit der Herrlichkeit zerstört. Sie mußte gegen die alte Selbstständigkeit die Willkührherrschaft fremder Machthaber eintauschen, die nach den Grundsätzen der modernen Staats-Oekonomie kein weiteres Interesse am Wohlergehen der Gemeinde hatten, als das der größeren Steuerfähigkeit. — An Contributionen hatte die Gemeinde, so weit dies bekannt, von 1790—1796 die Summe von 11,400 cleo. Gulden zu zahlen und 104 Malter 1 Faß Hafer zu liefern.

Franz Lothar starb 1796. Ihm folgte sein Sohn Clemens Wenzeslaus Reichsgraf von und zu Hoensbroech. Das Verhältniß zwischen Blyenbeck und Afferden war ein Anderes geworden; das Band herrlicher Rechte, was beide aneinander kettete, war zerrissen, damit aber nicht das wechselseitiger Anhänglichkeit, vielmehr blieb fortan das gute Einvernehmen beider ungestört.

Afferden verblieb unter französischer Herrschaft bis 1815, wo es dem neugeschaffenen Königreich der Niederlande zugetheilt wurde. Vergrößert wurde es durch die Wiener Schluß-Acte vom 9. Juni 1815, welche die Grenze zwischen den Niederlanden und Preußen regulirte und (Art. 66) feststellte, daß der auf dem rechten Maasufer belegene Boden bis zu einer Entfernung von 1000 Ruthen niederländisches Gebiet sein solle. Es kamen dabei Theile der Gemeinde Hassum an Afferden.

1730 trennte sich Afferden mit Belgien von Holland und wurde erst 1839 als ein Theil des dem Deutschen Bunde einverleibten Herzogthums Limburg dem Königreich der Niederlande wiederum zurückgegeben. — Jetzt bildet Afferden mit Heyen, Bergen und Well eine Bürgermeisterei, deren Bürgermeister seinen Sitz zu Bergen hat.

Clemens Wenzeslaus starb 1845. Er war in erster

Ehe vermählt mit Alexandrine Freyin von Loe; in zweiter Ehe mit Eugenia Reichsgräfin von Schaes-berg zu Krikenbeck.

Kinder aus erster Ehe sind:

1. Franz Egon Reichsgraf von und zu Hoens-broech, Herr zu Blyenbeck, Erbmarschall des Herzogthums Geldern, vermählt mit Mathilde Freyin von Loe.

2. Sophia, verheirathet mit Friedrich Reichsfrei-herrn von Fürstenberg zu Körtlinghausen.

Aus zweiter Ehe:

3. Carl Reichsgraf von und zu Hoensbroech, Herr zu Hillenrath, Türnich ꝛc., vermählt mit Sophia Freyin von und zu Brenken.

4. Mathilde, vermählt mit Arthur Reichsgraf von Goltstein zu Breyl.

Ueber das Schloß Blyenbeck, dessen Geschichte nicht von der Afferdens zu trennen ist, haben wir noch Folgendes nachzutragen.

Das Burghaus Blyenbeck war bis 1405 Eigenthum der Familie von Alpen. In diesem Jahre schlossen Rütger von Alpen, Herr zu Gairstorp und Frau Luckarbe van Mierle mit Winand Schenk van Nydeggen, Ritter, und Frau Aleit von Bellinchauen einen Vertrag, womit jene „ihr Gut und Hof zu Bllenbeke, gelegen in der Herrlichkeit und im Gerichte von Afferden,“ gegen den großen Zehnten von Afferden, der das Eigenthum dieser war, eintauschten. Dieser Zehnte war Lehn der kölnischen Kirche und so baten Winand Schenk und seine Frau den Erzbischof von Köln, Friedrich III. mittelst Urkunde vom 5. Mai (des dinxdags na des helgen Cruys dach Inuentio) 1405, den Tausch zu genehmigen.[1]) Wahrscheinlich erfolgte diese Genehmigung auch. Indessen erhielt Winand 1407 den Zehnten von Rütger von Alpen in Erbpacht für

---

[1]) Anhang Nro. II.

25 Malter Roggen und 25 Malter Hafer zurück und trug nun dem Erzbischof Friedrich am 29. Oktober 1407 „das Burghaus und den Hof von Blibenbeke mit Zubehör und den Zehnten von Afferden" zu Lehn auf. Am selben Tage wurde sodann Winand im Beisein von Emich, Grafen zu Leiningen, Johann, Herrn zu Ryfferscheid, Gobart van Drachenfelz, Ritter, Tilgyn van Brempt, Amtmann zu Rheinberg und Rost von Monreail, Hausmarschall, belehnt.[1]) Die erwähnte Erbpacht verkaufte am 7. März 1426 Johann von Myrlar, Herr zu Milendonk, der dieselbe von seiner Schwester „Luckarbe von Garsborp," Wittwe Rütgers van Alpen ererbt hatte, an Derich Schenk von Nydeggen, Herrn zu Afferden.[2])

<h2 align="center">§. 5.</h2>

<h3 align="center">Die Burg zu Afferden.</h3>

Die Geschichte der Burg zu Afferden beschränkt sich auf folgende wenige Notizen. Zuerst finden wir sie im Jahre 1379 genannt. Am 13. Januar des genannten Jahres trug Ritter Heinrich Schenk van Nydeggen genannt von Floers-heim für sich und seine Erben das Haus zu Afferden, so wie es in seinen Gräben befestigt und gezimmert ist oder werden mag, („dat huis tot Aefferden, so woes dat begrauen, ge-veist end getymmert is, of naemals mach werden") seinem Herrn Adolph, Grafen von Cleve und dessen Nachkommen als eigen Offenhaus auf. Er (Heinrich) und seine Nachkommen sollen das Haus halten und empfangen von den Grafen von Cleve und diesen bewahren, so daß diese ihn und seine Erben zu allen Zeiten von eben dem Hause zu Afferden gegen Jeden, in welcher Angelegenheit und so oft es sein mag, aussenden könne. Als Bürgen für dieses sein Gelöbniß stellte Heinrich

---

[1]) Anhang Nro. III.
[2]) Orig.-Urk. im A. H.

Schenk: Winand van den Velbe, Johan van den Velbe, Gebrüder, Baerse van Bouyngen, Wynnich van Branckenem,
Jacob van Byemsbick und Heynric van Puyflike.[1])

Acht Jahre später wurde das Haus zu Afferden Gegenstand eines Vertrages zwischen Wilhelm van Gülich, Herzog
von Geldern, und Adolph, Grafen von Cleve. Am 14. Oktober 1387 vereinigten beide Fürsten sich, die gegenseitigen von
ihren Vorfahren herrührenden Schuldforderungen fünf Jahre
lang auf sich beruhen zu lassen, den Unterthanen des Einen
in des Andern Gebiete freies Geleite zu gewähren, und mög-
liche Anstände durch einen angeordneten Rath schiedsrichten zu
lassen; bei derselben Gelegenheit heißt es vom genannten Hause:
„Von dem Hause zu Afferden haben wir vertragen, daß wir,
Adolf, Graf von Cleve, das Haus halten sollen 6 Wochen
lang nach diesem Vertrage; bis dahin mögen wir dasselbe ab-
brechen oder dem Herrn Schenken überliefern; und das, was
wir Herzog von Geldern darnach dem Hause zuwenden, sollen
wir Graf von Cleve für uns nicht beanspruchen, sofern wir
Herzog von Geldern es niederwerfen. Wenn es indessen sich
ereignen sollte, daß einer von uns deßhalb mit dem Herrn
Schenken oder seinen Verwandten in Krieg geriethe, so soll
einer den andern helfen 'wehren und mit ganzer Macht und
mit gutem Willen Widerstand thun."[2])

Ob in Folge dessen das Haus wirklich niedergerissen worden ist oder nicht, darüber fehlt leider eine jede Nachricht.
Eben so wenig läßt sich über die Veranlassung dieser Ver-
tragsbestimmung Genaueres ermitteln. Sollte der Abbruch der
Burg Aefferden vielleicht eine weitere Folge der damals gegen
die vielen Raubschlösser gerichteten Landfrieden gewesen sein,
wodurch sich die Fürsten zu gemeinsamem Schutze ihrer Unterthanen verbündeten? — Die Schlösser Griepekoven, Linn, Dick,

---

[1]) Lacomblet Urk.-Buch III. 828.
[2]) Lacomblet l. c. III. 920.

Alpen u. a. m. wurden um dieselbe Zeit als Raubschlösser erobert und theilweise niedergelegt.

Nur noch einmal taucht die Burg in einer Urkunde von
1536 auf, wo sie jedoch einfach nur genannt wird. Indessen
läßt sich wohl mit Bestimmtheit vermuthen, daß in Folge des
erwähnten Vertrages das Haus damals schon geschleift worden,
wobei immerhin die Möglichkeit bestehen bleibt, daß die Rudera
desselben noch 1536 gestanden und den Namen der Burg erhalten haben. — In diesem Augenblicke ist eine jede Spur
der ehemaligen Burg verschwunden, selbst die Sage schweigt
von ihr. Indessen läßt sich die Lage derselben wohl mit Bestimmtheit angeben. Als nämlich vor einigen Jahren auf der
zwischen der Maas und dem Dorfe Afferden gelegenen Wiese,
der sogenannten Heerenweid, Nivellirungsarbeiten vorgenommen
wurden, fanden sich dort dicht beim Dorfe unweit des jetzigen
Fährhauses auf einer kleinen Anhöhe, die mit breiten, noch
sichtbaren Gräben umzogen ist, bedeutende alte Fundamente,
welche auf einen festen Bau, der hier gestanden haben muß,
schließen lassen. Mit Recht darf man annehmen, daß hier die
Burg gestanden hat. Auch spricht die Sage dafür, indem die
meisten Maasburgen, wie Gennep, Heyen, Well, Arssen, Wel-
stern, Bormeer u. A. ganz in derselben Weise unweit der
Maas erbaut sind und eben dadurch ihre Festigkeit erhielten.
Zudem haben sich bisher noch nirgendwo anders Spuren der
ehemaligen Burg gefunden.

Zweiter Abschnitt.

Geschichte der Familie Schenk von Nydeggen.

§. 1.

Geschichte der Familie bis zur Trennung der Linie.

Das Geschlecht der Schenk von Nybeggen führt seinen Namen von dem im 13. Jahrhundert von ihm verwalteten Schenkenamte der Grafen von Jülich, deren Residenz das berühmte Schloß Nybeggen war.

Als Ersten des Namens finden wir „Christianus pincerna" (Schenk) 1225[1], 1226[2], 1227[3], 1232[4], 1234[5], 1237[6], 1246[7], in Jülich'schen Urkunden als Zeuge. 1230[8] und 1233[9] wird er „Christianus pincerna de

---

[1] Lacomblet Urk.-Buch II. 122.
[2] id. II. 139.
[3] id. IV. 653.
[4] id. II. 186.
[5] id. II. 196.
[6] id. II. 224 und 225.
[7] id. II. 306.
[8] Teschenmacher, Annal. 218.
[9] Lac. l. c. II. 193.

Nideke" und 1234 [1]) vom Grafen Wilhelm von Jülich ausdrücklich „pincerna noster" genannt. Er stand bei dem Grafen von Jülich in hohem Ansehen: durch Urkunde vom 10. September 1250 [2]) ernannte ihn derselbe neben Gottfried Marschall von Kelefe und Renard von Drune zum Schiedsrichter in künftigen Streitigkeiten zwischen dem Grafen und dem Erzbischofe von Cöln, Conrad von Hochsteden, wozu dieser ebenfalls drei Schiedsrichter zu bestellen hatte. 1260 [3]) finden wir ihn als Schultheißen des dem Stifte Rellinghausen zugehörigen Hofes Froißheim (Christianus de Nidegghen, miles, sculthetus curtis Vroezheim) mit seinem Sohne Wilhelm, Theodor, Herr von Heinsberg, machte ihn 1275 [4]) für 10 Mark jährlicher Zinsen aus Brakeln zu seinem Manne.

Christian's Sohn „Wilhelmus pincerna de Nideggen" kömmt 1275 [5]) und 1287 [6]) als Zeuge und 1275 [7]) im Oktober als Schiedsrichter zwischen dem Stift zu Kerpen und dem Herrn der Burg vor. Er wird auch Weßstein zubenannt. Am 1. April 1279 [8]) verkauft er mit seinen Söhnen Ludolfus, Christianus, Arnoldus und Hermannus alle Güter, die sie zu Geyen besitzen, nämlich einen Mansus pflugbares Land und den Zehnten nebst dem Patronat der Kirche von Geyen an das Domcapitel zu Cöln. Wilhelm war verheirathet mit Mechtilbis, die 1271 starb und im Kloster Grevenbael bei Goch (Neukloster) begraben wurde. Als Stiftung einer Memorie für dieselbe schenkte Wilhelm dem Kloster eine Rente von 3 Maltern Gerste und 3 Maltern Hafer aus

---

[1]) Lac. II. 197.

[2]) id. II. 361.

[3]) id. II. 494.

[4]) Kremer Akad.-Beiträge I. S, 17.

[5]) Lac. l. c. II. 668.

[6]) id. II. 832.

[7]) id. II. 683.

[8]) id. II. 724.

seinen Gütern zu Heyen unter der Bestimmung, daß am Tage
des Universariums dem Kloster eine pitancia verabreicht werde.
Die Stiftungsurkunde trägt das Datum: Acta sunt hec
apud vallem Comitis A? d[n]! M? CCLXXI° tercio Idus
Martii (13. März 1271), und hat an rothseidenen Schnüren
das Siegel in grünem Wachs, wie es in der beigegebenen Tafel
Nro. 1 abgedruckt ist. Die Umschrift lautet: S. Wilhelmi
pincerne d. Nydecken. [1])

Wilhelms ältester Sohn „Ludolphus miles, quon-
dam filius pincerne de Nidegge" (Ludolph, Ritter,
Sohn des verstorbenen Schenk von Nybeggen) gelobt am 9.
März 1292 [2]), künftig nur dem Stifte Rellinghausen selbst die
Gefälle des Hofes zu Vlorshem anweisen zu wollen. Er be-
siegelte 1293 (feria sexta post dominicam quae cantatur
Laetare Hyerusalem) die Theilung des Schlosses Rode zwischen Johann genannt Scheiffart und seinen Verwandten und
den Brüdern Werner und Johann. [3]) Arnold und Christian kommen noch 1301 [4]) vor.

Hiermit verlassen uns leider alle Nachrichten über die
Familie. Erst 1346 begegnet uns wieder Heinrich Schenk
von Nybeggen als Herr von Afferben. [5]) Vermuthlich
war er ein Enkel von Wilhelm, welcher nach der eben mitgetheilten Schenkungsurkunde zu Heyen, einem Nachbarorte von
Afferben, begütert war. 1359 wurde er im Landfrieden zwischen den Herren, Rittern, Knappen und Städte der Lande
Geldern und Cleve verpflichtet, nöthigenfalls vier gewaffnete
Männer und Pferde zu stellen. [6]) 1379 am 13. Januar [7])

<hr>

[1]) Anhang Nr. IV.
[2]) Lac. l. c. II. 936.
[3]) Notiz im Archiv Haag.
[4]) Fahne Geschichte der Jülich'schen Geschl. I. S. 384.
[5]) Urkunde im Archiv Haag.
[6]) Nyhoff Gedenkw. II. Nr. 89.
[7]) Lac. l. c. III. 828.

trug er dem Herzoge Adolph von Cleve sein Burghaus
Aefferden als Offenhaus auf. Er wird in dieser Urkunde genannt: „Heynrich Schencke von Nyetdeicken
anders geheissen van Floershem, ridder", wie
dies auch anderwärts mehrfach geschah. — Er befreite 1386
am 1. April (des Sonnendags in der vasten als men singht
Letare) „Griete van Mulle en die geboerdt, die van der
voerg. grieten coemet en alle dat daer af comen mocht
ten ewighen daghen" von der „coermoedicheit en gehoor-
samschap", mit der sie ihm angehörte, von dem „wasse
(Wachs) en ander haeve", welche sie ihm geben mußte und
gibt ihr das Recht freier Dienstleute. ¹)

Am 12. Juli 1389 verkaufte er an Elbrecht van Eyll.
Coerts Sohn, den Hof tot Münster, gelegen in der Vogtei
Gelderlands, lehnrührig dem Herzoge von Geldern, später
Münstermannshof genannt. ²)

Außer Aefferden besaß Heinrich auch die Herrlichkeit Walbeck. Aus dieser hatte er dem Herzoge von Geldern, Wilhelm von Jülich, im Jahre 1381 vier Jahre lang
die Hälfte der Beden und Steuern geschenkt und dafür das
Versprechen erhalten, daß der Herzog das Dorf und Kirchspiel
Walbeck wie sein eigen Land beschützen, beschirmen und vertheidigen wolle. Zugleich bekannte der Herzog, daß weder er
noch seine Erben an dem hohen und niedern Gericht, wie auch
an der Herrlichkeit von Walbeck irgend ein Recht besäßen. ³)

Heinrich war verehelicht mit Aleid von Rayde
(Raede), der muthmaßlichen Erbin von Walbeck, aus welcher
Ehe drei Kinder hervorgingen: 1. Wynand, verheirathet mit
Aleid von Bellinghoven, 2. Heinrich und 3. Lisbeth,
Nonne zu Grevenbael. Letztere hatte dem Kloster Gaesdonk

---

¹) Mitth. d. Hrn. Dr. Bergrath zu Goch nach Grafenbaeler Urkunden.
²) Mitth. d. Hrn. Dr. Bergrath zu Goch.
³) Urkunde Nr. V. im Anhange.

jährlich 33 Paar Schuhe „tot eenre ewyger almissen geordineert ter eren gaids ende mynre alderen ende vrynden ende mynre sielen selicheit“ und 1443 op s. michaels dach archangeli (29. September) bestimmt, daß diese nach ihrem Tode alle Jahre auf St. Martin durch den Prior und Convent an arme Leute vertheilt werden sollten und zwar 11 Paar an arme Männer, 11 Paar an arme Weiber und 11 Paar an arme Knaben oder Mädchen im Alter bis zu 15 Jahren. Hierfür gab sie dem Kloster im darauffolgenden Jahre 70 Goldgulben. [1]

In der Erbtheilung vom 31. Dezember 1403 [2]), die außer von den Contrahenten von Rütger von Blodorp und Steven van Brempt, Neffe respective Schwager der Brüder, besiegelt worden, erhielt Wynand Schenk die Herrlichkeit Aefferden nebst dem Kirchenpatronat von Heyen [3]) und das Gut von Detter-

---

[1]) Mitth. d. Hrn. Dr. Bergrath nach Gaesdonker Urkunden.

[2]) Org. Urk. im A. H.

[3]) Hier möge es uns verstattet sein, folgende Notiz über Heyen, einem Nachbarorte von Afferden, niederzulegen. — Das Schloß und die Herrlichkeit Heyen (Heiden) finden wir zuerst im Besitze des Geschlechts derer von Spannerbock (Spanreboch), die mit den Herren von Genney dasselbe Wappen führen, ursprünglich vielleicht derselben Familie angehörten. Elisabeth, die Tochter von Arnold von Spannerbock, Herrn zu Heyen und von Galant von Mevert, brachte ihrem Ehemanne Alter Knipping, Drosten in der Lymers, zu Sevenar und Emmerich, († 1624) Heyen zu. Seine Tochter Galant heirathete als Erbin von Heyen, Georg von Boenen, Herrn zu Oberfeld († 1626). Ihn beerbte Agnes Margaretha von Boenen, seine Tochter, die sich 1644 mit Gisbert Johann von Vittinghoff genannt Schell († 1662) vermählte. Von dessen Kindern erhielt Engelberta Elisabeth, Heyen, das sie dem Heinrich Werner Freiherrn von Diepenbrock zu Buldern in die Ehe brachte. Ihm folgte sein Sohn Johann Hermann, Herr zu Buldern, Heyen, vermählt mit Elisabeth Josina Wilhelmine Voigt von Elspe, der 1747 starb und Heyen seiner Tochter Louisa Elisabeth Friederika Freiin von Diepenbrock hinterließ. Sie heirathete Caspar Adolf von Rom-

sum, während Heinrich mit einigen Geldrenten und dem Hofe ten Broke im Kempener Lande abgefunden wurde.

In Bezug auf Walbeck und der nicht genannten Güter erklärten die noch lebenden Eltern, daß diese nach ihrem Tode an ihre Söhne fallen sollen. Wynand jedoch übertrug seinen Antheil an „dem Hause Walbeck mit seinen Vorburgen, Baum- und Kohlengärten, so wie es steht und gelegen ist binnen seinen Gräben und Grenzen" sofort seinem Bruder Heinrich

Wynand, der 1405 Blyenbeck erworben, hatte einen Sohn, Heinrich, welcher frühe gestorben zu sein scheint; seine Güter fielen an seinen Bruder Heinrich, der somit Herr von Afferden, Blyenbeck und Walbeck war. Er heirathete Lisbeth N., nach einer Urkunde von 1420 Alheib N.; aus welchem Geschlechte sie gewesen, ist unbekannt. Als besondere Wohl- thäter des Klosters Gaesdonk wurden er, seine Gemahlin Aleib und ihre Verwandten und Kinder aller guten Werke des Klosters theilhaftig erklärt und versprochen zum Heile ihrer Seelen bis zu ewigen Zeiten täglich eine h. Messe lesen zu wollen. [1]

Heinrich starb am 8. Dezember 1452. Im Umgange der Kirche zu Kloster Grevendael (Neukloster) lag sein Grab- stein mit folgender Inschrift: „Anno domini 1452 den 8. Decembris starff her henrich Schynk van Nyddeggen, Rid-

---

berg zu Brünninghausen, dem sein Sohn Gisbert, Freiherr von Romberg zu Brünninghausen als Herr von Heyen folgte. Dieser war vermählt mit Carolina von Böselager zu Heesen und starb 1859. Seine Kinder sind:

1. Clemens, Herr auf Buldern, vermählt mit Maria Anna Reichs- freiin von Fürstenberg-Stammheim.

2. Conrad, Herr auf Bladenhorst, vermählt mit Auguste Reichs- gräfin von Merveldt-Lembeck.

3. Paula, vermählt mit Franz Egon Reichsfreiherrn von Fürsten- berg-Stammheim (seit 1840 preuß. Personal-Graf.)

4. Isabella († 1852), vermählt mit Friedrich Reichsgrafen von Wolff-Metternich zu Vinsebeck.

[1] Mitth. d. Hrn. Dr. Bergrath.

der, Heer van Walbeck, den Got genadig sy . . . . op s. andriestag des h. apostels." [1]

Er hinterließ zwei Söhne und eine Tochter. 1. D i e b r i ch , 2. J o h a n n und 3. A l h e i t , Gemahlin von Engelbert von Brempt, Drosten zu Straelen.

D i e b r i ch , Herr der Herrlichkeit Afferden und Blyenbeck und der halben Herrlichkeit Walbeck heirathete A e l h e i t v o n B ü r e n , Erbin von Arßen und Velden, Tochter von Johann von Büren und Aleib von Arendahl. — Die Geschichte der von ihm gestifteten Blyenbecker Linie wird weiter unten folgen.

J o h a n n , Herr der andern Hälfte von Walbeck, vermählte sich mit I r m g a r d v o n S ch o e n a u (Schoenauwen) [2]. Er war ein thätiger, sehr angesehener und reicher Mann. Herzog Arnold von Geldern verpfändete ihm am 1. Mai 1444 für 5000 rheinische Gulden Schloß und Herrlichkeit Middelaer mit Zoll und Zubehör [3]), welche Pfandschaft am 28. April 1474 durch Carl den Kühnen von Burgund, „weil er kein Rebelle gegen den Herzog geworden und seinen Sohn bei der Eroberung Gel. derns ihm habe dienen lassen", bestätigt wurde. [4]) Er kämpfte 1468 in der Schlacht bei Straelen auf Seiten seines Herzogs Adolf, gegen Johann, Herzog von Cleve. [5])

1477 sandte ihn Herzog Adolf v. Geldern von Gent in Flandern aus an den Magistrat zu Venlo, um mit demselben

---

[1]) Mitth. d. Hrn. Dr. Bergrath.

[2]) In der 1595 auf der Jülichschen Hochzeit ausgehängten Stamm-tafel des Arnold Schenk von Nydeggen ist Johann's Frau als eine von Leyenburg bezeichnet. Das Wappen stimmt jedoch genau mit dem einer Urkunde anhängenden Siegel der Irmgard von Schoenauwen überein, wo sie ausdrücklich als Gattin von Johann genannt wird. Beides ist richtig. Nach Kok's Vaderlandsch Woordenboek XXVI. deel haben die Leyenburg bei Besitznahme des im Stifte Utrecht gelegenen Hauses Schoenauwen den Namen dieses Hauses angenommen.

[3]) Nyhoff Gedenkw. IV. Nr. 211.

[4]) Rechnung des Quartiers Ruremonde v. 1473 — 1476.

[5]) S. v. Hasselt's geldersch maandwerk. 1807 S. 451.

wegen eines Anlehens zu unterhandeln. Er brachte dasselbe auch zum Abschluß und überbrachte dem Herzoge 1000 rheinische Gulden, deren Empfang dieser mit Urkunde vom 31. März 1477 bescheinigte. [1])

Am 29. September 1483 erwarben er und seine Gemahlin das Haus Westerholt zu Drueten von ihrem Schwager und Bruder Wilhelm von Schoenauwen, der sie „soe my dat Westerholt myt synen toebehoer aff verbrant, myne hacue genomen ind woest gelacht was, ind my dat selue Westerholt myt synen toebehoer mytten rechten affgewonnen was, voer een deels mynre Scholt ick sculdich was", gebeten hatte, „dat sy om goeds will en alle waeldaden willen waeldoen wolde ende helpen my alden armen manne, dat ick doch die lengde nyet ganss broet eu bede en om myure scolt wille nyet geuangen en worden offte dat land van Gelre tsamen rumen en dorffte", das Haus zu kaufen. Die Kaufsumme betrug 933 rhein. Gulden und 18 Stüber und eine Jahrrente von 25 Gulden, die nach Willems Tode an seinen Sohn Otto von Schoenouwen mit 185 Gulden 20 Stbr. abgelöst werden kann. Der Kaufakt ist mitbesiegelt von Zegher, Herr zu Groesbeck, Hoenien etc., Reyner van Zeller, Willems Schwager und Hermann von Bronchorst. [2])

Johann starb zu Mibbelaer am 24. Mai 1491 und wurde begraben im Chore der Kirche des Kreuzherrn-Klosters St. Agatha, das Mibbelaer gegenüber am linken Ufer der Maas liegt. Ein prächtiger Stein deckt noch heute das Grab; er hat folgende Inschrift: „Int jaer ons here MCCCCXCI op te XXIIII dach van de

---

[1]) Orig.-Urkunde im Archiv der Stadt Venlo.

[2]) Schon im Jahre vorher hatten Wilhelm von Schoenauwen, Lisbeth, seine Frau und Otto, ihr Sohn, an Johan Schink, Ritter, zum Behuf von Arnt Schynk v. Nydeggen den Hof Westerhout zu Drueten mit dem „Hontspoel u. Ryelaed" und der Herrlichkeit, welche Willem zu Drueten besitzt, übertragen. Der Hof war vielfach beschwert, so dem Neukloster mit 30 Stbr. u. s. w.

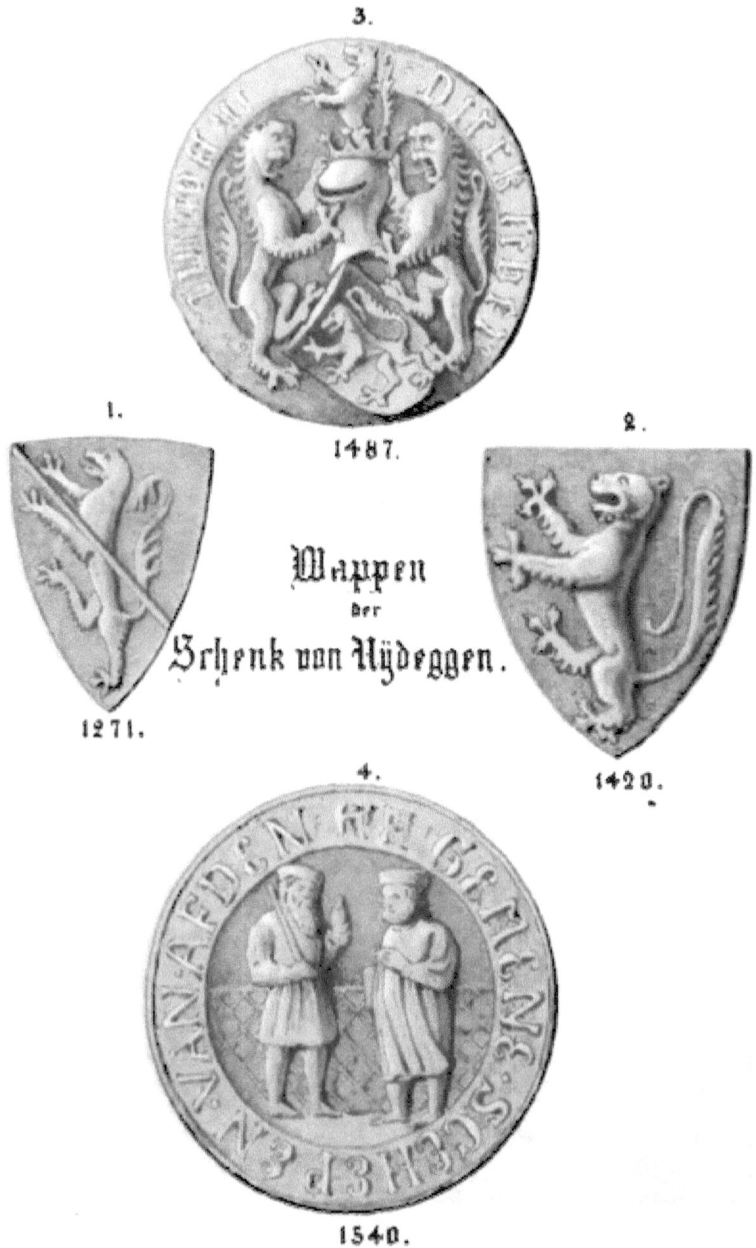

Schöffenſiegel von Afferden.

Mey sterft heer Joha Schenk va͞ Nydegge͞ ritter, heer tot Walbeck, bidt Got voer die Ziell."

Seine Kinder waren: 1. Otto, 2. Arnold und 3. Syffard.

Otto, Herr von Walbeck, Drost zu Wachtendonk und Geldern, heirathete eine Tochter von Alard von Goer zu Kalbenbroich und wird der Stifter der Bergischen Linie zu Vorst und Horst. (Litt. A.)

Arnold, Drost zu Middelaer, heirathete 1486 Isabella von Oest, Erbin von Hillenrath; er ist der Stammvater der Linie Hillenrath, später Afferden, Blyenbeck u. s. w. (Litt. B.)

Syffard, ehelichte Christophel von Wylack, Herrn von Gribbenforst, Huet ꝛc., Drosten zu Gennep, Sohn von Gobbart und Jutta (Greite) von Byland. Sie starb am 29. August 1484, ihr Gemahl am 18. Mai 1521. Beide wie ihr Sohn Otto († 14. Juni 1557) sind im Chore der Kirche zu St. Agatha begraben, wo die schönen und wohlerhaltenen Grabsteine noch jetzt ihr Grab decken. Der Stein der Syffard trägt die Inschrift: Int jaer ons here MCCCCLXXXIIII op ten XXIX dach in den Oest sterft joncfer Rykkart Schenk va͞ Nydegge, Cristoffels van Wylackz huisvrou; bidt got voor die ziell."

Hier ein Wort über das Wappen der Schenk von Nybeggen. Dasselbe hat im schwarzen Felde einen goldenen Löwen. So siegelte 1271 Wilhelm Schenk von Nybeggen (Nr. 1 der beigegebenen Tafel), 1292 Ludolf Schenk von Nybeggen (Archiv Düsseldorf), 1420 Ritter Heinrich Schenk von Nybeggen, Herr von Walbeck, dessen Siegel in alter heraldischer Form einer Originalurkunde im Archiv Haag anhängt und Nr. 2 beigegeben ist. Das gleichfalls einer im Archiv Haag befindlichen Originalurkunde von 1487 anhängende Siegel des Derich Schenk von Nybeggen (Nr. 3) hat das Schild wie oben, als Helmzierde den Löwen wiederholt und als Schildhalter zwei Löwen.

§. 2.

Litt. A.

Die Linie von Walbeck, Vorst und Horst.

I. Der Stifter dieser Linie Otto Schenk von Nybeggen, Herr von Walbeck, Drost von Gelbern und Wachtenbonk, Rath des Herzogs von Gelbern, hatte zur Gemahlin
die Tochter von Alard von Goer zu Kalbenbroech.

Wie sein Vater, so hielt auch er Anfangs treu zu seinem
Herzoge Carl von Egmont, dem er im Kampfe gegen Philipp
dem Schönen von Burgund auf mannigfache Weise Beistand
leistete. So lieh er ihm 8300 Goldgulden, wofür derselbe am
6. März 1502 2000 Gulden aus den Gelbrenten, Herbst- und
Maibeben der Vogtei Gelbern auf sieben Jahre an Otto verschrieb. [1] Im September 1503 nahm er die Stadt Wachtenbonk für den Herzog ein; die Burg blieb hingegen noch in
Feindeshand. Der Herzog forderte die Stadt Venlo auf, Otto
Schenk mit ihrer Artillerie, mit Pulver und Kugeln bei Eroberung der Burg beizustehen und ihm die große Schlange
„die bonte griet" zu leihen. [2]. Otto unterwarf nun auch
die Burg und erhielt vom Herzog mit Urkunde vom 4. Dezember 1504 [3] das Versprechen der Vergütung seiner Aus-
lagen bei Befestigung und Bewahrung der Stadt und Burg
Wachtenbonk.

Des Herzogs Stellung wurde mit jedem Tage schwieriger,
Philipp errang bedeutende Vortheile über ihn. Carl entbot
Otto Schenk, dessen Treue zu wanken begann, zu sich nach
Gelbern — wozu er ihm am 8. August 1505 einen Geleits-
brief [4] ausstellte — und schloß dort mit ihm eine Ueberein-

---

[1] Orig. im Archiv zu Arnheim.
[2] Orig. Briefe im Archiv zu Venlo.
[3] Copialbuch zu Arnheim.
[4] id.

kunft, wonach dieser das Haus und die Stadt Wachtendonk noch weitere zwei Monate für ihn bewahren solle, was vom Herzoge am 18. Aug. dess. Jahres durch Urkunde [1]) bekräftigt wurde.

Um diese Zeit ging der ansehnlichste Theil des Geldernschen Adels, die Bronkhorst, Wisch, Sevenbergen u. a. zu Philipp dem Schönen offen über; auch Otto Schenk mit seinem Bruder Arnold, seinem Sohne Heinrich und Schwiegersohne Otto von Byland, Herrn von Well, gehörten zu ihnen. Otto bot dem Könige Philipp bereits im September 1505 seine Dienste und Schloß und Stadt Wachtendonk an, verlangte aber 20,000 rhein. Gulden als Ersatz für die bei Einnahme und Bewachung derselben gehabten Kosten, wenn der König ihm nicht Wachtendonk erblich übertragen wolle. Im Falle der Uebertragung solle dann der König auf seine Kosten 25 Fußknechte zur Bewahrung des Plazes stellen und an Otto jährlich 400 Philippsgulden auszahlen. Philipp stimmte dem leztern Vorschlage bei, übertrug an Otto und seine Erben als freies Eigenthum Stadt und Schloß Wachtendonk, zu deren Bewachung er 25 Fußknechte zu stellen versprach und gab ihm eine jährliche Pension von 400 Philippsgulden, wobei der König Alles zu vergessen erklärte, was Otto und seine Verwandten gegen ihn früher gehandelt, wie er auch nicht zulassen werde, daß man Otto deshalb ferner irgendwie belästige. [2])

Ueber Otto's weitere Unternehmungen fehlen uns alle Nachrichten, nur wissen wir, daß eine Aussöhnung mit dem Herzoge stattgefunden hat. 1517 ging Carl v. Egmont mit Otto einen Vertrag ein, womit diesem und den andern Betheiligten worunter Arnold und Heinrich Schenk und Otto von Byland, die herzogliche Gnade wiedergegeben wurde. Otto behielt Stadt, und Burg Wachtendonk, durfte sie aber keinem fremden Fürsten und keiner fremden Stadt übergeben, sondern nur dem Her-

---

[1]) Copialbuch zu Arnheim.
[2]) Nyhoff Gedenkw. VI. I. 530.

zoge, bem es freistaub, Wachtenbonk mit 17,000 Gulben ein-
zulöfen. [1])

Otto starb balb nachher am 14. April 1518, und wurde
in der Pfarrkirche zu Wachtenbonk begraben. Sein schöner,
noch gut erhaltener Grabstein zeigt einen gewappneten Ritter und
hat die Inschrift: „Int jaer MCCCCXVIII den XIIII dach
van April starf here Otto Schenck van Nideggen, Ritter
here tot Walbeck. Bidt vor die Siel." Otto hinterließ zwei Kinber: Heinrich und Elisabeth, welche Leßtere 1. Otto v.
dem Bylant, Herrn zu Weß, Sohn von Heinrich und Johanna von Arenbael und 2. Jacob v. Domburg (Dombergen), Ritter, Herr zu St. Achten (Agatha) und Johanns-Kirche,
Statthalter des Oberquartiers von Gelbern heirathete. (Domburg
erhielt 1532 vom Herzoge die hohe Gerechtigkeit über Spraland
und Oestrum, fiel aber später in des Herzogs Ungnade.)

II. Heinrich, Herr zu Walbeck und Brempt, Drost
zu Wachtenbonk, vermählte sich 1. mit Agnes von Brempt,
Erbin von Brempt, Tochter von Joh. v. Brempt und 2. mit der
Wittwe von Gert van der Heiden, Anna (Elsken) von
Bittinghoff genannt Schell, († 1526), Tochter von
Robert und Margaretha von der Recke. — Unter ihm empör-
ten sich die Wachtenbonker. Sie widersetzten sich dem Drosten,
weigerten ihm sowohl als ben fürstlichen Gesandten und Amtleuten den Gehorsam und brachten die ganze Stabt in Aufruhr
und Meuterei. Um diesem für die Folge vorzubeugen, erklärten der
Herzog und seine Räthe am 30. Oktober 1530, die Bürger, die
durch ihr Benehmen Leib und Gut, sowie ihre Privilegien verwirkt hätten, von nun an des Rechts der Wahl von Bürgermeister, Schöffen und Geschwornen verlustig und ermächtigte den
Drosten daselbst mit deren Ernennung. Diesem übertrug er die
ganze Macht; ohne dessen Belieben sollte der Rath auch nicht
einmal das Recht des Gebots und Verbots haben. [2])

---

[1]) Slichtenhorst l. c. 351.

[2]) Slichtenhorst l. c. 413. Copialbuch von Arnheim.

Heinrich hatte drei Kinder: 1. Otto, der Stammherr; 2. Irmgard, Erbin v. Walbeck und Brempt, heirathete Adrian von dem Bylant, Herrn zu Rheidt, Sohn von Heinrich und Cath. v. Nesselrode[1]); 3. Agnes vermählte sich

______

[1]) Walbeck, Schloß und Herrlichkeit, waren, wie wir gesehen, unter den Schenk von Nydeggen getheilt worden; die eine Hälfte verblieb der Blyenbecker Linie, während die andere an die neue Walbecker Linie kam. Die letztere Hälfte, wozu auch das Schloß gehörte, brachte Irmgard Schenk ihrem Gemahl Adrian von dem Byland zu, den sein Sohn Bertram beerbte. Bertram's Sohn Heinrich von dem Byland hinterließ es seiner Tochter Sophia, die 1. Thomas von Grammay, welcher 1632 im Zweikampfe fiel, und 2. Arnold von Wyenhorst zur Donk heirathete. — Wer ihnen als Herr von Walbeck folgte, ist uns unbekannt geblieben; wir finden indessen später die Familie von Bönninghausen im Besitze von Walbeck. Von ihnen vermögen wir nur folgende Geschwister zu nennen: 1. Lothar Carl Anton Freiherr von Bönninghausen, Herr von Walbeck, Lochtenberg und Bresenbael ꝛc. ꝛc., geb. 1718; 2) Otto Johann Caspar. geb. 1720, ehemaliger Lieutenant unter de la Motte, 1773 im im Reichsstift Thorn, verh. mit Elisabeth Magon; 3. Cornelius Johann Franz, geb. 1723, Lieutenant unter de la Motte; 4. Franziska Florentina, verh. mit Carl Lorenz Melchior von Bock, Herrn zu Warenburg, und 5. Maria Albertina († 31. Dez. 1755), verh. mit Christoph Egidius Christian von Puytelinck († zu Walbeck den 27. Mai 1736). — Einer der Genannten verkaufte das Haus Walbeck an den Kriegsrath von Ammon, dessen Erben dasselbe im Jahre 1857 zum öffentlichen Verkaufe brachten. wobei es den Herren von Hymmen zugeschlagen wurde.

Um die eine den Schenk Blyenbecker Linie gehörige Hälfte von Walbeck erhob sich zwischen den rechtmäßigen Schenk'schen Erben (Deberich von der Lippe gnt. Horn und Gothard Haes) und den Bastard- kindern von Derick Schenk ein langer Prozeß, der zu Gunsten der Erstern endigte. Mittelst Vertrages d. d. 1534 übertrug sodann Deberich Hoen sein Anrecht auf Walbeck an Gothard von Haes (Gatte von Catharina, der Tochter von Friedrich von Hüls und von Petronella Schenk von Nydeggen). Gothard starb kinderlos und nun scheint Walbeck an die Frau von Deberich Hoen, Adelheid Schenk von Nydeggen, die in erster Ehe mit Reyner van Gelre verheirathet gewesen war, zurückgefallen zu sein. Eine Tochter Reyners, Catharine van Gelre war mit Heinrich (Reiner) von Steprath verheirathet und hat ihm vermuthlich Walbeck zugebracht, wenigstens finden wir die Familie von Steprath von da ab im Besitze von Walbeck. Auf Reiner von Steprath folgte als Herr von

mit dem Jülich-bergischen geheimen Rath und Amtmann zu
Elberfeld Johann von Ketteler zu Nesselrode ¹), Sohn von
Gotthard v. K. und Sibilla Sophia v. Nesselrode. Sie starb
1602. (Fahne führt noch ein viertes Kind auf: Johann
† 1515, das er mit Irmgard der ersten Frau zuschreibt.)

III. Otto, Herr zu Kesselreibt, wurde durch seine vor
1548 geschlossene Ehe mit Agnes Quad von Wickraed,
T. v Wilhelm und Cathrin (Elisabeth) von Plettenberg ²),
Herr von Vorst und Horst und Erbschenk des Herzogthums
Berg. Nach deren Tod heirathete er Anna von Plettenberg, T. Bertrams und der Anna v. Nesselrode. — 1572
wurde er mit Hahn und Hilden belehnt, 1585 finden wir ihn
auf der jülichschen Hochzeit. 1592 wohnte er auf der Burg
Horst und starb 1600 ³) mit Hinterlassung von 7 Kindern:
aus erster Ehe 1. Heinrich, 1588 in der Ruhr ertrunken;
2. Otto, 1587 in Frankreich gestorben; 3. Agnes, Erbin von
Vorst, verheirathet mit Werner von Galen, zu Muchhausen;
4. Anna, verehelicht mit Robert Stael von Holstein; 5. Angela, gest. 1639, vermählt mit Johann Friedrich v. Calcum
genannt Lohausen, Churbrandenburgischer Rath und Hofmeister;
aus zweiter Ehe: 6. Johann Heinrich, und 7. Robert,
verheirathet mit Eva Heyer. Dieser wurde durch Testament

Walbeck sein Sohn Diedrich von Steprath-Dobbendael, verheirathet mit
Johanna Maria von Dornich; auf ihn Reiner Johann, des Vorigen
Sohn, den seine Tochter Johanna Maria beerbte. Sie heirathete Johann
Carsilius von Dornich zu Laethousen gegen 1700, dessen Sohn Wilhelm
Caspar Franz von Dornich Besitzer der halben Herrlichkeit Walbeck und
Twisteden wurde. Seine Tochter Johanna Elisabeth heirathete Hermann
Adolph von Nagel zu Vornholz, dessen Nachkommen noch im Besitze des
unter Walbeck belegenen Rittergutes Steprath sind.

¹) Nach Fahne's Gesch. d. Westph. Gesch. S. 246 h. Johanns
Bruder Wilhelm v. Ketteler, resign. Bischof v. Münster, nach seinem
Uebertritt zur lutherischen Religion, Anna Schenk v. Nydeggen, deren
Eltern nicht genannt werden.

²) v. Steinen Westph. Gesch. III. 543.

³) Frh. v. Mering Gesch. der Burgen IX. 125.

seines Vaters, gefertigt im Schenkenhof zu Cöln, wegen seiner
unabligen Heirath auf einen Pflichttheil von 3500 Thlr.
gesetzt; er focht das Testament an und erhielt durch Vergleich 8000 Thlr. und 60 Thlr. Verzichtspfennige [1]). Ein
Sohn von ihm heirathete eine Kaufmannstochter aus Rheinberg; ihr Sohn vermählte sich nach von Spaen [2]) mit N.
ter Brüggen, Tochter von N. ter Brüggen zu Hosenacker bei
Sonsbeck und von N. von Ripperda. Vermuthlich ist es
Deberich Heinrich Schenk von Nyeggen, der Anna Elisabeth von Brüggen zur Frau hatte und dessen Tochter Anna
Franzisca 1734 den Johann Anton Freiherrn von Wyenhorst [3]) zur Donk heirathete.

VI. Johann Heinrich, Herr zu Horst, Erbschenk von
Berg, heir. Wilhelma Quaed von Wickrab, T. v.
Wilhelm Quaed zu Großbullesheim und Barbara (Anna) von
Floborp [4]); sie starb am 7. März 1648.

Er wurde 1615 mit Hilden und Hahn belehnt. Nach
Fahne [5]) hatte er drei Kinder:

1. Otto Wilhelm, welcher 1638 mit Hilden und Hahn
belehnt wurde und am 3. Februar 1679, 43 Jahre alt, starb.

2. eine Tochter, die sich mit N. von Schonbeck zu Tischen-
broich vermählte, und

3. eine Tochter.

Ueber die fernere Descendenz dieser Linie gibt Fahne [6])
folgende Notizen:

Roland, 1615 mit Haus Heyer belehnt. Er war verheirathet
1619 mit Anna Regina, Tochter von Johann Richard Herrn
zu Elß und Anna v. Elß, gest. 1663 (v. Spaen's Nachlaß);

---

[1]) Fahne l. c. S. 384.
[2]) von Spaens Nachlaß.
[3]) Org.-Ehevertrag im A. Haag.
[4]) v. Steinen l. c. III. 546.
[5]) Fahne l. c. S. 384.
[6]) id.

Friedrich Anton 1689 mit Hahn und Hilden belehnt;

Felix Theodor 1728 mit Hahn und Hilden belehnt;

Maria Sophia, am 5. Januar 1725 gestorben, war 1. mit Conrad Daniel von Berlebach und 2. am 26. August 1708 mit Johann Bongard zu Hilden vermählt.

Eine Schenk dieser Linie heirathete ca. 1560 Bernard Bertram von Bittinghoff, gnt. Schell, Erbdrost des Stifts Essen.

§. 3.

Litt. B.

Linie Hillenrath.

I. Arnold Schenk von Nybeggen, Drost zu Mid-belaer erhielt bei der brüderlichen Theilung die Pfandschaft von Middelaer und das im Holländischen gelegene Haus Westerholt, während seinem ältern Bruder Otto die Herrlichkeit Walbeck zufiel. Am 23. September 1486 schloß er mit Isa-bella von Oest, ältesten Tochter von Derich v. Oest, Küchen-meister und Rath des Herzogs von Geldern und Aleid v. Tüschenbroich, gnt. Eggenralbe, den Chevertrag [1]), der besiegelt wurde von Arnold's Vater und Bruder, von Wilhelm von Schoenauwen, Peter v. Tuschenbroich, gnt. Eggeraibe, von den Schwestern Isabella's, von Werner v. Bongart, Reyner v. Holthuysen, Drosten v. Krikenbek, Christoffel v. Wylack, Wy-nant Schenk v. Nybeggen, Engelbert v. Brempt junior, Johan Pleck, Robert v. Berch gnt. von Dorffenbael, Herrn zu St. Cor-nelimünster, Daem. Speeß v. Bullesheim u. Balden, v. Berch gnt. v. Dorffenbael.

Isabella brachte in die Ehe das Schloß Hillenrade mit allem Zu- und Inbehör und der Vorburg, wie es in Gräben und bepackten Wällen liegt; den Hof zu Hillenrade,

---

[1]) Orig. im A. H.

die Mühle, die Pastorei u. 12 kurmoedige Güter zu Swalmen, den Zoll zu Assel u. v. a. Güter.

Die Burg oder das Schloß Hillenrade war Lehn der Herzoge von Geldern und seit unvordenklichen Zeiten im Besitze der Familie von Oest ¹). Bereits finden wir 1381 Derich v. Oest als Besitzer genannt. Mit Urk. v. 7. Dezember 1392 verpflichtet er sich, den Bürgern von Cöln drei Jahre lang mit seiner ganzen Macht beizustehen und wenn es mit dem Erzbischofe Friedrich zum Kriege kommen sollte, seine beiden Schlösser Hillenrad und Swalmen den Cölnern zu öffnen. ²)

Folgende Stammtafel möge den Besitzwechsel im 15. Jahrh. nachweisen:

Derick von Oest, Ritter, h. Felicitas.

Derick v. Oest, Ritter, 1402 belehnt.

Johann v. O., 1406 belehnt, h. Wilhelma v. Bellinhoven (Sie führt in ihrem Wappen 3 Schellen.)

1. Derick v. O., 1460 belehnt, h. Aleid v. Tuschenbroich gnt. Eggenralbe, T. v. Peter und Alverta v. Brempt.   2. Thomas.

1. Isabella, Erbin v. Hellenrath, 1484 belehnt, h. Arnold Schenk v. Nybeggen.   2. Felicitas, h. Everard v. Brempt, Drost zu Stralen.   3. Alverta, h. Werner v. Palant, Drost zu Wassenberg.

4. u. 5. Nonnen.

Arnold Schenk v. N. wurde 1487 mit Hillenrath belehnt, zugleich auch mit der damit verbundenen Herrlichkeit Swalmen, dem Haus zu Swalmen und dem Rechte auf den Elmpter Busch.

Die Herrlichkeit Swalmen, welche ihren Namen nach

---

¹) Die Oest führen als Wappen im rothen, mit goldenen Steinen bestreuten Schild einen rechtsschrägen goldenen Balken.

²) Orig. Urk. im Stadtarchiv zu Cöln.

dem Flusse Swalm, der hier in die Maas mündet, führt,
gehörte ehedem einem Geschlechte gleichen Namens. 1313 verkaufte Seger Busken v. Swalmen, (Sygerus Voskini de
Sualmis, wie er bei Nyhoff Gedenkw. I. 152 genannt wird),
welcher durch einen gegen den Herrn von Kuyk geführten
Krieg in Noth gerathen war, an den Grafen von Geldern,
„dat hooge gericht, die clockeschlach en te richten tuschen
Hals en buyck“ zu Swalmen unter der ausdrücklichen Bedingung, daß dieser von Swalmen und Asselt [1] weder Steuern
noch Beden fordern dürfe und ihn und seine Unterthanen
in allen Gerechtigkeiten belasse. Das hohe Gericht war Lehn
der Herren von Cranenbunk, und Wilhelm, Herr von Cranenbunk, übertrug mit Urkunde vom 10. Januar 1314 (Nyhoff
l. c.) dieses und das Brauamt zu Swalmen an den Grafen
Reinold v. Geldern. Ob Letzteres mit dem in einem alten
Dokumente als Eigenthum der Grafen von Geldern aufgeführ-
ten greeuen Recht, das von Andern greeuen Recht genannt
wird und in gewissen jährlichen Einkünften von 12 oder 13
Goldgulden und 14 oder 15 Malter Hafer bestand, ein und
dasselbe ist, läßt sich schwerlich entscheiden. — Die niedere
und mittlere Jurisdiktion blieb in Händen der Herren von
Swalmen.

1381 am St. Lucas Tage [2] verkaufte Robin von Swalmen, Kanonikus zu St. Servatius in Maestricht an seinen
Neffen, Ritter Derich von Oest und dessen Gemahlin Felicitas
alle seine zum Hause zu Swalmen gehörenden Güter und Erbe
nebst dem Zolle auf der Maas zu Asselt (was er vormals
von Johann, Herrn von Seuenberge, Kranenbonc und Hoeps
zu Lehn empfangen hatte), nachdem am 2. Juli 1379 [3] Maria und Wilhelm, Herzogin und Herzog von Geldern erklärt

---

[1] Asselt war mit Swalmen zu einer Herrlichkeit verbunden.
[2] Orig. Urk. im A. H.
[3] Desgl.

hatten, ihn und die Dörfer Swalmen und Asselt in dem Besitze aller der Rechte zu halten, welche sie zu Zeiten der verstorbenen Eltern Robins besaßen[1]). Arnold starb am 5. Juli
1526, seine Frau war bereits am 15. April 1502 gestorben.
Beide fanden ihr Grab im Chore der Kirche zu St. Agatha
neben dem ihres Vaters. Die prächtigen Grabsteine tragen
die Inschrift: „Iut jaer ons heren MCCCCCXXVI op den
V dach in Julio sterft Arnt Schenk van Nydegge, heer
van Hillenraey, drosz tot Middeler, bidt vo de ziell,

und

Int jaer ons heren MCCCCC ende II op den XV dach
va de April sterfft joffer Isabel Schenck dochter va Oest,
bidt got voor de ziel."

Arnolds Ehe war mit zwei Söhnen und einer Tochter
gesegnet:

1. Christoffel, der Stammherr;

2. Johann, Herr zu Ophemere, Drost zu Middelaer,
heirathete 1. Johanna von Werdenburg, Tochter von Erwe-
ber und Henrica von Vianen[2]) und 2. am 6. Juni 1549 Isabella Pieck, Tochter von Jacob Pieck, Herrn v. Isenboren
und Maria v. Balveren. Sein einziger Sohn zweiter Ehe
Arnold turnirte 1585 auf der Jülichschen Hochzeit und
starb 1588, wie es scheint, kinderlos. Wer ihn beerbt hat, ist
unbekannt;

3. Maria Adelheid, heir. Hermann v. Wachten-
bek, der 1537 als Klev. Landmarschall die Vereinigung der
vier Länder Cleve, Jülich, Berg und Mark unterschrieb u. 1540
für Herzog Wilhelm als Brautwerber an Johanna, Königin
von Navarra, gesandt wurde.

II. Christoffel, Herr von Hellenrath, Swalmen und

Affelt, ehelichte durch Ehevertrag[1]) vom 8. August 1528 Anna von Flodorf, älteste Tochter des Erbvogten von Ruremonde Gerhard v. Flodorf und der Elisabeth v. Stammel (Stammheim). Den Ehevertrag besiegelten Johann Schenk v. Nydeggen, Herr zu Ophemeren, Hermann v. Wachtendonk, Drost zu Kranenburg, Werner v. Balant, Hr. zu Breidenbent, Heinrich Schenk v. Nydeggen, Herr zu Walbeck, Otto v. Wylack, Drost zu Gennep, Daem van den Bungard zu Blatten, Adrian v. Byland, Hr. zu Well, Jelis v. Ryemsdick, Amtmann zwischen Maas u. Waal, Wilhelm v. Blodorf zu Goir, Wylhelm v. Stammel, Johann, Hr. zu Elmpt u. Burgau, Scheyfart v. Meroide, Herr zu Heymersbach u. Amtmann zu Libberg, Johann v. Groisbeck, Herr zu Homen, Melchior Beck, Drost zu Stock, Lubbert Turck, Hr. zu Hemert, Wilhelm v. Blodorp, Hr. zu Dalenbroich, Leuth u. Ryckelt, Dierich, Hr. zu Mylenbunk u. Meyerick, und Rutger von Oelbrugg zu Velde.

Carl von Egmont, Herzog v. Gelbern, verpfändete an Christoffel für 1000 Guldgl. das hohe Gericht zu Swalmen u. Affelt nebst dem „Greeuenrecht".

Er wurde 1543 bei der Belagerung von Düren getödtet und hinterließ sieben Kinder:

1. Arnold, Stammherr,

2. Johann, Prior zu Siegburg,

3. Otto Wilhelm, Deutschordensritter und Commandeur zu Paffendorf.

4. Christoph, der muthmaßlich Gertrud v. Beringen heirathete, die spätere Ehefrau von Joh. v. Blittersdorf,

5. Ludger, Kanonikus zu Utrecht, gestorben in Liffland,

6. Isabella, heir. laut dem zu Cöln im Hofe von Nassau am 13. Juni 1558 abgeschlossenen Ehevertrage[2])

---

[1]) Orig. im A. H.
[2]) Desgl.

Arnolb Blankart, Amtmann zu Bilich, Sohn von Otto Ludwig v. B. u. Eva Beißel von Gymnich,

7. Anna, Nonne im Kloster Münster zu Roermonde.

III. Arnold, Herr v. Hillenrath, Swalmen, Asselt ꝛc. heirathete laut Ehevertrag[1]) v. 23. Januar 1556 Maria Huyn von Amstenrath, Tochter der Eheleute: Arnt Huyn zu Geleen u. Henrica v. Maschereel. Bei der Heirath waren zugegen und besiegelten den Vertrag: Johann, Herr zu Elmpt u. Burgau; Gerard v. Blodorf; Otto v. Wachtendonk, Drost v. Gennep; Johann v. Leraid; Johann Schenk, Drost zu Middelaer; Otto v. Wylack, Hr. v. Gribbenforst; Arnt v. Wachtendonk, Drost zu Cranenburg; Deberich v. d. Boeßeler, Erbschenk; Gerard v. Groesbeck, Dechant zu Lüttich und Aachen; Johann v. Goir Landkommandeur der Balley Biesen; Floris v. Maschereel, D. O. R., Commandeur v. Bücht; Gerard v. Imstenroth, Erbvogt zu Mere; Wilh. v. d. Bongart, Hr. zu Winanzrabe, Johann v. Groesbeck, Hr. zu Huymen, Malden u. Beeck; Abrian v. Boedberg, Erbmarschall, unb Franz v. Hanxeler, Drost zu Millen.

Arnold hatte 3 Kinder:

1. Christoffel, der Stammherr;

2. Gerhard, geb. 8. Februar 1563, Kanonikus an der Kathedrale zu Lüttich, der am 3. März 1590 auf alle Erbgüter verzichtet, unb

3. Gertrud, Chanoinesse zu St. Anna in Münsterbilsen, gest. am 14. Dezbr. 1623.

IV. Christoffel, Herr v. Hillenrath, Swalmen, Asselt ꝛc., 1561 geboren, schloß am 4. März 1590 auf dem Hause Horn mit Abelheid von der Lippe genannt Hoen, Tochter von Caspar v. d. Lippe, Herrn zu Blyenbeck, Asferden, Gribbenforst, Betgenhausen und Pfandherrn der Grafschaft Horn u. Gertrub v. Bylant, eine

---

Eheverabredung [1]), die außer von seinem Bruder Gerard von folgenden Rittern besiegelt wurde: Arnt Huyn v. Amstenrath, Hr. zu Geleen u. Wachtendonk; Wilhelm Huyn v. Amstenrath, Gouverneur u. Kapitain der Besatzung von Rees; Winand v. Leerath zu Hunstorf; Joh. v. Ruischenberg, Hr. zu Setterich, Jülich'scher Rath, Amtmann zu Wilhelmstein u. Eschweiler; Hermann v. Cortenbach; Caspar Huyn v. Amstenrath, Kammermeister des jungen Herzogs v. Jülich; Winand v. Imstenraide, Hr. zu Mehr; Johann v. Bronkhorst u. Batenburg, Graf zu Gronsfeld, Freiherr zu Rengberg und Herr zu Alpen; Gobbart v. Aer, D. O. R., Commandeur zu Gemerdt; Otto v. d. Bylant, Hr. zu Reidt u. Bremt, Jülich'scher Rath und Statthalter zu Sparenborg; Wilhelm Quaidt v. Wickrath, Hr. zu Büllesheim, und Rolmann v. d. Bylant, Hr. zu Halt u. Epaldorp.

Adelheid brachte die genannten Güter ihres Vaters, welche zum Theil eine so unglückliche Geschichte haben und ehedem Jahrhunderte lang der Familie Schenk angehörten, in die Ehe, wodurch Christoffel zu großem Reichthume und Ansehen gelangte. Später erwarb er auch noch das Haus Brempt. Am 5. November 1618 nämlich verkaufte ihm Agnes von dem Bylant, Gattin von Jacob von Coswaren, Grafen zu Rhell, Freiherrn zu Rheidt und Herrn zu Brempt dieses ihr adeliges Haus Brempt mit seinen Zingelgraben, dem Vorhof u. s. w. für 21,000 Rthlr.

Brempt, im Amte Montfort gelegen, war ehedem durch die Heirath von Agnes von Brempt mit Heinrich Schenk von Nydeggen an diesen, und durch die Ehe der Tochter Heinrich's mit Adrian von dem Byland in diese Familie gekommen. Es vererbte sich später an dessen Enkelin Agnes von dem Byland, die vorgenannte Gemahlin von Jacob von Coswaren, deren Ehe kinderlos geblieben war. Sie hegte ganz besondere

---

[1]) Orig. im A. H.

Zuneigung zu Arnold Diedrich, dem ältesten Sohne von Christoffel Schenk und übertrug ihm am 17. Juni 1619 zwei Drittheile der Kaufsumme von Brempt (der erste Termin war bereits abgezahlt), nachdem sie ihm bereits am 30. October 1618 alle ihre übrigen Güter unter Crüchten, Brempt, Brüggen und anderswo im Oberquartier Gelderns gelegen, erblich geschenkt hatte.

Christoffel, der bereits 1585 auf der Jülichschen Hochzeit turnirte, finden wir 1623 als Deputirten der Stände des Oberquartiers Ruremonde mit dem Erbmarschalle Adrian von Hoensbroech zu Sgravenhage, um mit dem Einnehmer der Contributionen wegen Verminderung derselben für das Land in Unterhandlung zu treten. In derselben Eigenschaft als Deputirter legte er am 26. Juni 1617 den ersten Stein zu dem in Ruremonde zu erbauenden Kloster der Klarissen.

Er starb am 9. März 1624. Seine Ehe war mit 11 Kindern gesegnet:

1. Arnold Diedrich, der Stammherr;

2. Otto Wilhelm; er erlangte mit sehr großen Kosten nach zurückgelegten geistlichen Stubien eine Dompräbende zu St. Lambert in Lüttich, welche er 10 Jahre verwaltete. Er resignirte und heirathete die Tochter eines Lütticher Weinwirthes. Daburch in die Ungnade seiner Mutter und Geschwister gefallen, verlangte er Alimentation, die er, als sie ihm verweigert wurde, auf dem Rechtswege erzwingen wollte. In Folge dessen enterbte ihn die Mutter: „nicht allein wegen des gezeigten Ungehorsams, sondern auch wegen der Unwürdigkeit seiner Heirath, woraus bereits Kinder entsprossen seien, die nicht nur nicht fähig werden können, an den Rechten, Privilegien und Vorzügen der zwei uralten Stammhäuser Theil zu nehmen, sondern auch weder auf Ritterconventen und Landtägen Profession thun, noch in abeligen Männer- und Frauenstiften aufgenommen werden können.“ Er erhielt nur einen Hof nebst Ländereien bei Neustabt, der nach dem ehemaligen Besitzer Haus Witthem

genannt wurde, dessen Rittermäßigkeit Otto Wilhelm später vergebens prätendirte.

Ueber dieses Gut ließ sich nur Folgendes ermitteln. Anfangs des 15. Jahrhunderts verkauften Wilhelm von Blotorf, Erbvogt von Kuremonde, Gaebert und Wilhelm von Blodorf, Gebrüder, und Johann, Herr zu Milendonk, Schwager der Vorigen an Johann, Herrn zu Withem: Ysche und dessen Gemahlin Cathryne (Hoen zum Broich) ihre sämmtlichen Güter zu Neustadt, die Lehen des Herzogs von Geldern waren. Nach Johanns Tode kamen sie an dessen gleichnamigen Sohn, der aus denselben op sente Remeys dach des hilligen Bischoffes 1482 dem Dechant und Kapitel unserer l. Frauen Kirche zu Aachen für eine geliehene Summe von 620 Gulden eine Jahrrente von 31 Goldgulden verschrieb, die zum Nutzen des Kirchenbaues verwendet werden sollte. Die darüber sprechende Urkunde [1] ist mitbesiegelt von Johanns Brüdern: Friedrich v. Witthem, Ritter und Erbmarschall des Herzogthums Limburg, und Johann v. Witthem. — 1510 ist Johann van Goer im Besitze der Güter, die an seine Tochter Bertha van Goer, Ehefrau von Johann v. Groesbeck gelangten, an deren Stelle am 31. Juli 1564 ihr Sohn Seger v. Groesbeck und auf dessen Bitten am 4. September dess. Jahres sein Schwager Arnt Huyn v. Amstenrath belehnt wurde. Um dieselbe Zeit scheinen die Güter, die im Namen Haus Witthem vereinigt wurden, an die Familie Schenk gekommen zu sein.

Otto Wilhelm heirathete nach dem Tode seiner Frau mittelst Ehevertrag vom 27. April 1660 [2] die Wittwe von Diedrich Westrum zu Holtum, Magdalena von Bentink zu Wolfsrath, Tochter von Phil. Heinrich (nach Fahne Westph. Geschl. Johann Wolfgang) v. B., Pfalz-Neub. Kämmerer, Ober-Jäger- u. Forstmeister, Hofmeister und Amtmann v. Millen u. Born, und Justina Maria von und zu Wiez (nach Fahne l. c

---

[1] Orig. im A. H.

[2] id.

Welchs). Er erhielt nunmehr das adelige Gut Ulbenborg unter Swalmen, woraufhin er am 10. November 1663 zum Landtage verschrieben wurde. (Dieser uralte Rittersitz, damals wie jetzt eine Ruine, wurde auch das alte Haus zu Swalmen, Haus Rathem genannt, und war mit dem dabei gelegenen Neuenhof verbunden.)

1667 ließ er sich in die Bruderschaft der schmerzhaften Mutter Gottes, welche 1658 zu Gaesdonk errichtet worden war, aufnehmen. Er starb 1676.

3. Deberich, Herr von Blyenbeck, Afferden u. Gribbenforst, als solcher auf dem Quartierstage von Ruremonde im August 1625 aufgeschworen, vermählte sich laut Ehevertrag vom 9. Dezember 1653 ¹) mit Anna Margaretha von Nassauw, Tochter von Phil., Herrn zu Grimhuysen und Margaretha v. Cortenbach, die ihr adeliges Gut Faesherte im Valkenburgischen mit allem Zubehör in die Ehe brachte. Deberich starb im September 1661; sein einziger Sohn folgte ihm schon 1663 ins Grab. Die Wittwe, welche sich 1662 in die oben erwähnte Bruderschaft aufnehmen ließ, heirathete bald nachher Johann Gerhard von Oestrum, Herrn zu Moesbergen.

4. Heinrich, trat in den Deutschorden, wo er am 4. Mai 1632 seine Profeß that. 1651 am 13. Juni kaufte er von Junker Gillis von Hafften das adlige Gut zu St. Obilienberg genannt Overloo oder Overen, und starb am 8. Dezbr. 1664 als Commandeur von Groutray und Bernsheim. Overloo kam an seine Nichte Anna Maria.

5. Anna Barbara, Chanoinesse im Stifte Fröndenberg, heir. 1630 Ernst Goswin von Bobelschwingh, Staatischer Rittmeister, Herr zu Ickeren und Loburg, Sohn von Jobst Wilh. u. Jobst v. Haßfeld. Sie starb im Oktober 1665 mit Hinterlassung dreier Kinder: Otto, Maria und Clara. Ihr Mann war bereits Ende 1640 gestorben.

---

¹) Orig. im A. H.

6. Maria Clara, heir. Ferdinand Freiherrn von der Hovelich, Herrn zu Lavenburg, Lohmar, Vettelhoven, Churcölnischen u. fürstl. Pfalz-Neuenburgischen Kammerherrn, geh. Rath u. Amtmann zu Liebberg, und starb 1679.

Außer diesen urkundlich vorkommenden Kindern hat von Spaen in seiner Stammtafel noch folgende, die in den Familienpapieren nirgendwo genannt werden.

7. Johann Christ., Religiose zu St. Gertrub in Löwen;

8. Caspar, jung gestorben;

9. Gerhard, jung gestorben.

10. Caspar, erschlagen in der Schlacht vor Leipzig 1631;

11. Gertrub, Stiftsdame zu Münsterbilsen, gest. 1623.

V. Arnold Diedrich, Herr von Hillenrath, Swalmen, Asselt, Blyenbeck, Afferden, Gribbenforst, Betgenhausen u. s. w., heirathete gemäß Ehevertrag vom 20. Juni 1620 [1]) zu Lüttich Maria d'Oyenbrugge von Duras, T. v. Wilhelm Bannerherrn v. Melbert, vom Lande u. Kastell Roest, Herrn zu Bombroek, Broelinghen, Hayons u. Belvaur, souv. Herrn v. Gemprez, u. Anna v. Corswaren. Bei der Heirath assistirten und besiegelten ben Ehevertrag Seitens des Bräutigams: Gerard Schenk, Domherr zu Lüttich; Franz Diberich von Blankart, Erbburggraf von Coelmont u. Churcölnischer Kammerherr, und Seitens der Braut: Ernst d'Oyenbrugge von Duras, Freiherr v. Thlene; Dionis v. Potters, Hr. zu Thempt, Gouverneur u. Kapitain des Kastells, der Lande und des Herzogthums Bouillon, K. K. Kammerherrn, u. Lambert d'Oyenbrugge v. Duras.

Aus Arnold Diederichs Leben wissen wir nur, daß er in seiner Jugend unter dem Könige von Spanien gedient hat obschon das Land den Staaten unterworfen war.

Er starb 1653 und hinterließ 8 Kinder:

1. Christoffel, Stammherrn;

2. Gertrub, vermählt 1641 mit Claude de Culz,

---

[1]) Orig. im A. H.

seigneur du Magny, Sohn v. Marc und Guillemette de Champagne, schenkte ihrem Gemahl vier Kinder: a. Heinrich, geb. 1642, Obristwachtmeister eines Rgts. Cavallerie, welcher 1677 Philippine Carol. Therese Dancels b'Altenrebe heirathete; b. Albegond, geb. 1643, Nonne zu Grevenbael; c. Anna Alex., geb. 1658, h. Nicol. Franz Baron v. Villers, Brigadegeneral; d. Claude, Mönch zu St. Gertrud in Löwen. (Am 9. September 1685 verzichteten sie auf die Erbnachfolge in den Schenk'schen Gütern.) Gertrud starb am 17. Juli 1679 zu Schloß Hellenrath.

3. Margaretha, heirathete I. am 14. April 1648 Nicolas, Freiherrn be Four, S. v. Joh. und Antonetta b'Augy; II. 1653 Johann Daniel von Geloes, Hr. v. Lobos u. Elmpt, S. v. Stephan u. Anna be Campene. Aus zweiter Ehe entsproßten 2 Kinder: Heinrich Georg und Arnold Stephan, der Elisab. Veronica, Freiin von Spee ehelichte.

4. Arnold, worüber nichts Genaueres zu unserer Kenntniß gekommen ist;

5. Caspar, Herr zu Brempt, trat zu Altenbiesen in den Deutschorden, wo er am 8. Dezbr. 1653 seine Profeß ablegte. Er wurde Commandeur zu Ordingen u. Sierstorf u. Feldmarschall. Als Solcher erhielt er am 1. Juli 1667 von Don de Moura et Cortereal, Marquis de Castelrodrigo Erlaubniß, 100 Kürassiere auf eigene Kosten zu werben, nachdem er bereits ein Regiment von 369 Pferden zu 7 Compagnien geworben hatte. 1666 übertrug er das Haus Brempt seinem Bruder Christoffel.

Er entwickelte eine nicht unbedeutende Thätigkeit in Angelegenheiten des Landes. Am 24. November 1674 erhielt er von den Ständen des Oberquartiers den Auftrag, zu Maestricht mit dem französ. Intendanten und zu Brüssel mit dem Grafen von Montery über Herabsetzung der geforderten Contributionen und wegen Freigebung des freien Verkehrs auf der Maas zu unterhandeln, desgleichen am 25. März und 22. Dezember

1675 in gleicher Angelegenheit.[1]) In jüngern Jahren ent-
sprach sein Leben nicht seinem Stande: von seiner Concubine
Maria Emerentiana Dausque werden wir noch später sprechen
müssen. Später kehrte er zu ernsterem Leben zurück. Am 24.
August 1683 erklärte F. Reginaldus Groningensis, Provinzial
der Kapuziner zu Cöln, ihn aller Verdienste und Gnaden des
Kapuzinerordens theilhaftig.[2]) 1686 schenkte er der Kirche zu
Swalmen einen neuen Hochaltar, den er von Meister Jan
Thyssen verfertigen ließ. Auch ließ er zu Blyenbeck bedeutende
Reparaturen und Neubauten vornehmen. Er starb zu Brüssel,
mit den heil. Sterbesacramenten versehen, am 24. April 1688.
Der Leichnam wurde einbalsamirt, mit dem weißen Ordens-
kleide bekleidet in einem sechsspännigen Wagen unter Begleitung
zweier Jesuitenväter nach Afferden gebracht und dort beigesetzt.
Die Eingeweide waren zu Brüssel in der Kirche der Zellenbrü-
der begraben worden.

6. Gottfried, über den sich gleichfalls nichts Näheres
angeben läßt;

7. Anna Maria, h. Johann Wilhelm Freiherrn
von u. zu Cortenbach, Herrn zu Bracht und Erbvogten von
Ruremonde, Sohn von Joh. Wilh. u. Lucia v. Blodorf. Die Ehe-
beredung wurde am 22. April 1655 zu Hillenrath geschlossen.

8. Anna, Nonne im Neukloster zu Grevenbael, gest. 1702.

VI. Christoffel, der in seiner Jugend die Universität
Cöln besucht hatte, gelangte durch den frühen Tod seines
Vaters sehr jung zum Besitze des bedeutenden Erbes. Dies
machte den stürmischen Jüngling gar übermüthig und händel-
süchtig. So befand er sich am Frohnleichnamsfeste 1652 in
Gesellschaft seines künftigen Schwagers, des Erbvogten von Ruremonde Johann Wilhelm von Cortenbach im Hause des Rathsherrn von Blitterswick zu Ruremonde, als er unter dem Vor-

---

[1]) Orig. Instructionen i. A. H.
[2]) Orig. Urk. i. A. H.

geben, der Erbvogt habe ihn (Christoffel scheint etwas gehinkt zu
haben) „ghekonterfeidt ende hinkende naergedanst," das
Haus verließ und diesen durch den reformirten Kapitain Si-
ceram auf einen bestimmten Platz und zur festgesetzten Stunde
zur Satisfaktion herausfordern ließ. Das Duell wurde indeß
durch den Gouverneur verhindert, Christoffel arretirt und durch
des Gouverneurs und des Kolonells Dossery Vermittlung mit
dem Erbvogten ausgesöhnt, nachdem er ihn noch ein zweites
Mal durch den Capitain Pleuren hatte fordern lassen.

Ein anderes Mal suchte der junge Christoffel Händel mit
dem Drosten des Amtes Gelbern, Adrian von Hoensbroech;
doch auch hier wurden die Partheien, aber erst auf der zum
Duell bezeichneten Stelle versöhnt.

Aerger machte es Christoffel am 16. April 1655. Unter
den an diesem Tage zu Ruremonde versammelten Provinzialstaaten befand sich auch Baron von Bocholt, Drost des Amts
Pelt und Lehnstatthalter des Prinzen von Lüttich. Es ist nicht
bekannt, was dieser dem Christoffel zu Leibe gethan; die Prozeßakten erzählen, daß Christoffel zu Pferde den genannten
Baron auf offener Straße mit einem Stocke verfolgt und danach
mit einem Pistol in der Hand angegriffen habe. — Natürlich
machte er es mit ärmeren Leuten nicht besser. So wird erzählt,
daß er einem armen Radmacher, der ihm Geld verschuldete,
gedroht habe, „ihm ein Pistol an sein Ohr setzen zu wollen,"
wenn er nicht bald bezahle.

Den Fuhrmann des Rathsherrn Lom ließ er jämmerlich
durch seinen Knecht durchprügeln, weil er seinem Karren nicht
sogleich ausgewichen war.

Mit seinen Nachbarn lebte er gleichfalls nicht sonderlich
in Frieden: Junker Johann Wilhelm von Baeren zu Neuen-
broek war mit ihm wegen der Jagd in Streit gerathen und
schon war es zu Thätlichkeiten gekommen, als P. Theodor
Maen aus der Gesellschaft Jesu dazwischen trat und einen Vergleich bewerkstelligte, der im Kloster der Jesuiten zu Ruremonde
unterzeichnet wurde.

Troß alledem gelangte er schon bald zu hohen Ehren und zu noch größerer Macht. Am 18. Januar 1655 kaufte er in öffentlicher Sitzung für 18,600 Pfund flam. à 40 Groten die hohe, mittlere und niedere Jurisdiktion der Dörfer Swalmen und Asselt [1]), was indeß einen allgemeinen Protest sowohl Seitens der Schöffen und Insassen dieser Dörfer, als auch Seitens der Besitzer von Rittergütern hervorrief, obschon Christoffel die alten Freiheiten der Herrlichkeiten bestätigte und sie zu wahren versprach. — Am 9. Februar 1658 [2]) ernannte ihn Johann von Oesterreich, Statthalter ꝛc., zum Staatsrath von Gelderland (Conseiller de robe court ou conseil de Gueldre) und am 29. April 1658 [3]) Philipp König v. Spanien zum Rath von Geldern. Mit diesen Würden stieg auch seine Prätension. In dem Kampf Einiger der Ritterschaft gegen das Recht des Erbmarschalls, in den Versammlungen der Stände den Vorsitz zu führen — welche Würde Arnold Adrian Freiherr v. Hoensbroech bekleidete — stand er in erster Reihe und mußte er auch aus diesem Streite für sich den Vortheil herauszuziehen, daß ihm als Herrn von Hillenrath der Vorsitz im Falle der Abwesenheit des Erbmarschalls eingeräumt wurde.

Unter all diesen Kämpfen mußten nothwendig seine Vermögensverhältnisse leiden und wurde er dadurch gezwungen, am 19. September 1667 das Gut Betgenhausen im Jülich'schen an Erich Adolph Grafen von Salm und Reifferscheidt und dessen Gemahlin Magdalena Landgräfin von Hessen zu verpfänden, was später einen Prozeß veranlaßte, der in seinem mehr als anderthalbhundertjährigen Verlauf große Geldsummen verschlang.

Zur Zeit Christoffels hatte Swalmen und Asselt häufig durch durchziehende Kriegstruppen sehr viel zu leiden.

---

[1]) Orig. Urk. im A. H.
[2]) Desgl.
[3]) Desgl.

1659 und 1671 mußten sie zur Abwendung militärischer Exe-
kution 1000 Rthlr. respective 200 Dukaten leihen; desgleichen
1673 eine Summe Geldes, nachdem die Franzosen eine geraume
Zeit lang vier ihrer Einwohner als Geißeln in Maeseyck festgehalten hatten. Das Jahr 1674 war für beide Dörfer ein
besonders unglückliches. Nachdem sie von Weihnachten 1673
an durch fortwährende Einquartierung spanischer und holländischer Soldaten ausgesogen worden waren, fielen die Franzosen
in die Gemeinden und steckten am Vorabende von Peter u. Paul
1674 die Dörfer in Brand, wobei über 80 Höfe in Asche gelegt
wurden. Ueberdies mußten sie noch 3803½ Rthlr. bezahlen.
Kaum hatten die armen Einwohner ihre Gehöfte wieder aufgebaut, als sie 1694 von Neuem vom Feinde heimgesucht
wurden. Ihre Häuser wurden wiederum niedergebrannt und
ausgeplündert. — Hier mag beispielsweise die Größe der allein
im J. 1683 von Christoffels Gütern erhobenen Contributionen
einen Platz finden.

Es hatten zu zahlen:

1. Swalmen u. Asselt 1883 Gl. 6 St. 8 Ort;
2. Asserden 882 „ 10 „ — „
3. Gribbenforst 1355 „ — „ — „
4. Nieustadt 1278 „ 6 „ 8 „
5. Crüchten 1586 „ 5 „ — „

Hiervon Christoffel für seine Güter, ad:

1. 472 Gl. 15 Stb. — Ort;
2. 150 „ — „ — „
3. 177 „ 11 „ — „
4. 182 „ 12 „ 4½ „
5. 52 „ 14 „ — „
____
1033 Gl. 52 Stb. 4½ Ort.

Die Stadt Nieustadt und das dabei gelegene Haus
Witthem hatte Furchtbares zu leiden. Drei Monat lang
kampirte die Armee der Alliirten auf den Nieustädter Feldern,

fouragirte und verwüstete die Gegend auf eine schreckenerregende Weise; das Heu und Gras brauchten die Soldaten für ihre Pferde, Bäume fällten sie in unglaublicher Zahl zu ihrem Bedarf, Wohnungen rissen sie nieder, alles Vieh nahmen sie weg. — 1678 im Juli wurde die Stadt von Soldaten des Generals Schonbergen überfallen, ihrer Pferde und Kühe beraubt, die Pfarrkirche zum h. Joh. Baptist, wohin die armen Einwohner ihre letzte Habe geflüchtet hatten, erbrochen und nicht nur das geflüchtete Gut, sondern auch alles Kirchengut bis auf die Ornamente geraubt. Solcher Plünderungen hatte Neustadt in diesem Jahre noch einige zu bestehen, so im September, wo 2 Regimenter Brandenburger unter Colonel Hamel und dem jungen Fürsten von Holstein die übrig gebliebene Fourage wegholten.

Afferden mußte 1668 zur Bezahlung der französischen Contribution 100 Rixdaler und 200 silberne Ducatons, 1677 250 silberne Ducatons und 1684 700 Gulden „om aff te wehren den brandt waermede onse nabuyren syn beschaedigt geworden tot betalinghe van de Contributie door de Fransche" aufnehmen.

Christoffel hatte sich am 9. April 1661 auf dem Schlosse Melbert mit der Chanoinesse Philipotta Anna d'Oyenbrugge, Tochter von Gottfried b'Oyenbrugge und Anna Maria b'Oyenbrugge von Duras zu Melbert, vermählt.[1]) Er starb am 24. März 1680 zu Schloß Hellenrath. — Seine Frau schenkte ihm vier Kinder:

1. Arnold, Stammherr;

2. Heinrich, geboren am 27. Dezember 1663, Herr zu Albenburg bei Swalmen, 1684 aufgeschworen, trat in den Deutschorden und legte am 20. October 1688 seine Profeß ab. Er ward Commandeur von Ramerstorf und Beckefort, später

---

1) Orig. Ehevertrag im A. H.

auch von Bernsheim und Administrator der Landcomthurei zu Altenbiesen. Im Dezember 1729 lebte er noch.

3. **Gottfried Engelbert,** geboren am 1. August 1667, am 25. November 1689 bei der Geldrischen Ritterschaft aufgeschworen, trat in den Dienst des Herzogs von Lüneburg und Zell und stand 1690 unter dem Regiment des Obersten Frank.

4. **Angelina,** geboren am 30. Januar 1671, trat im September 1698 in den Orden der Ursulinen zu Roermunde.

Zwei Kinder starben gleich nach der Geburt.

VI. **Arnold,** Herr von Hellenrath, Swalmen, Asselt, Blyenbeck, Asserden, Gribbenforst, Betgenhausen u. s. w., geboren am 31. August 1662, verlor zu frühe seine Eltern. In jugendlichem Leichtsinne verwickelte er sich in eine Angelegenheit, die seine besten Jahre vergällen sollte. Er lernte nämlich bei seinem Oheim Caspar Schenk die angebliche Wittwe des Grafen de Bruay, Maria Emerentiana Dausque kennen; diese Dame wußte ihre Netze nach dem jungen, unerfahrnen Arnold so gut auszuwerfen, daß sie ihn zur Eingehung einer Ehe bewog. „Durch Trunk, böse Ueberredung und irrige Anregung überlistet" — wie Arnold selbst erklärt — schloß er am 30. März 1682 ohne von dem Verhältnisse seiner Erwählten zu seinem Oheim Caspar etwas zu wissen, im Alter von 19 Jahren die Heirath. Indessen schon bald ward der junge Ehemann enttäuscht: nach einem 8monatlichen Zusammenleben erfuhr er den übeln Ruf der angetrauten Gattin und sofort trennte er sich von ihr, indem er am 7. Dezember desselben Jahres auf dem Hause Dilborn einen feierlichen Protest gegen diese seine Ehe erhob, welche durch das Verhältniß mit Caspar Schenk allerdings von vorne herein ungültig war.

Er zog nun in den Krieg gegen den Erbfeind des Christenthums und machte im April 1684 „van Intentie syn ons te begheuen in den militairen dienst van Syne keyserlicke Maj. met resolutie om des noodich Lyff ende Leven tegen den Erffvyandt van't Christendom te consacreeren", sein Testament.

Währenddessen wurde beim geistlichen Gerichte die Aufhebung der Ehe betrieben. Maria Emerentiana Dausque oder d'Ausque war, wie die Prozeßakten ergeben, zu St. Omer im Lande Artois geboren, wo ihr Vater Quacksalber war, sich aber später für einen medicinae doctor ausgab. Hier lernte sie der Prinz von Conbé kennen, dessen Concubine sie wurde. Später trat sie in ein ähnliches Verhältniß zu Charle Hypolite de Spinola, comte de Bruay, franz. General und Gouverneur von Lille ꝛc. ꝛc., dem sie zwei Kinder schenkte, die uns als Carl Hippolit und Philipp Anton Spinola genannt werden.[1] Nach dessen Tode bediente sie sich seines Namens und Titels und nannte sich Gräfin v. Bruay, weshalb des Grafen Sohn sie vor Gericht zog. Vom Rath von Mecheln verurtheilt und verhaftet, entkam sie und flüchtete ins Jülicherland. Nun lernte sie den Deutschritter Caspar Schenk kennen, mit dem sie den intimsten Umgang pflegte. Ihre Ehe mit dessen Neffen Arnold war daher ungültig; weshalb das geistliche Gericht zu Jülich am 18. September 1684 die Nichtigkeit derselben aussprach. Hiergegen appellirte aber Frau Dausque nach Rom. Arnold, welcher Ende 1684 zurückgekehrt war, ging nun selbst nach Rom, um die Sache durch seine persönliche Anwesenheit zu fördern. Auch wandten sich der P. Rector der Jesuiten zu Roermunde Theodor Maenen und die Gelbernschen Landstände an den Jesuitengeneral Carl von Noyelle zu Rom, mit der Bitte, die schleunige Betreibung des Prozesses zu befürworten. Die Bestätigung des Jülichschen Urtheils erfolgte bald unter Verurtheilung der Appellantin in die Kosten.[2] Zum Danke

---

[1] Am 26. November 1687 übertrug Maria Emerentiana diesen ihren Söhnen ihre freiadligen Häuser, Höfe und Ländereien zu Bovenberg und Bongarden, die sie 1678 von Johann Adolf, Prinzen von Schwarzenberg, Herrn von Simborn ꝛc. ꝛc. gekauft hatte.

[2] Nach den Orig. Prozeßacten im A. H.

hierfür stiftete Arnold mit Urkunde vom 27. Juni 1694 im Kloster Tranz Cedron der Annunciaten zu Venlo eine h. Singmesse und die Lesung zweier Vigilien für die Erben der Häuser Hillenrath und Blyenbeck, wofür er dem Kloster eine von ihnen dem Hause Gribben schuldige Erbpacht übertrug. [1])

Sodann vermählte er sich am 5. Dezbr. 1694 auf dem Schlosse Haag bei Geldern mit Maria Catharina Marquisin von u. zu Hoensbroech, Tochter des berühmten Diplomaten und Erbmarschalls von Geldern, Arnold Adrian Marquis von und zu Hoensbroech, Freiherrn von Erbbrüggen, Schellebelle u. Wanselen, Herrn der Vogtei und des Nieder-amtes Geldern und von Westmeerbeck ꝛc. und der Dorothea Henrietta von Cottereau. Die Ehe vollzog der Pastor von Geldern, Frater Ambrosius wegen der geschlossenen Zeit in aller Stille in Gegenwart von Johann Mathias von Afferden und Frater Marcellus a S. Petro.

Im darauffolgenden Jahre — am 21. Dezember 1695 — erhob ihn Carl IV., König von Spanien „wegen der guten „Dienste, welche ihm und seinen Vorgängern Arnold und des-„sen Vorfahren geleistet; wegen des Eifers, der Treue und „Standhaftigkeit, die sie bei den Unruhen in den Niederlanden „erwiesen, wobei sie große Verfolgungen und Güterverluste „erlitten, und wegen ihrer Abstammung von den Herzögen von „Brabant, deren Wappen sie bisher ohne Widersprüche ge-„führt [2]); endlich weil sie die vorzüglichsten Aemter im Ober-

---

[1]) Orig. Brief im A. H.

[2]) Diese Annahme beruht auf einer Urkundenfälschung, deren die übelberüchtigten Brüder Peter Albert und Johann de Launay anzuklagen sind. Diese unverschämten Fälscher waren die Söhne eines Kassierers, beanspruchten aber nichts weniger, als den Freiherrntitel und die Ab-stammung von den Herzögen von Burgund, deren Wappen Peter Albert an seinem Hause aufgehängt hatte. Sie machten ein Geschäft daraus, für theures Geld Genealogien adliger Familien aufzustellen und dieselben möglichst hoch hinauf zu führen, zu welchem Zwecke sie falsche Urkunden

„quartier Gelderns sowohl im Kriegs- als Civildienste bekleidet,
„einige von ihnen auf eigene Kosten Regimenter zu königlichem
„Dienste ausgehoben und mehrere Ritter des Deutschordens

Diplome ꝛc. anfertigten und den betreffenden Familien verkauften. Dabei
kam ihnen ihre amtliche Stellung, die sie sich zu erringen gewußt, sehr
zu statten, indem Peter Albert als Herr von Disel, Fontaine, Edelmann
des königl. Hauses, Wappenherold, Generallieutenant der Artillerie u.
s. w., und Johann als Vicomte de Zelande, Herrn von Montigny, Ritter
des Ordens von Portugal, Wappenkönig oder erstem Wappenherold
hohes Ansehen genossen und leicht Glauben fanden. Endlich wurden die
Betrüger entlarvt, Peter Albert aller seiner Aemter entsetzt und Johann
am 16. Mai 1687 zu Tournay durch den Strang hingerichtet.

Die Uebereinstimmung des Schenk'schen Wappens mit dem der Herzoge von Braband klug benutzend, suchten die Launay die Abstammung
der Schenk von dem Helden der Worringer Schlacht, Gottfried von Brabant, Bruder des Herzogs Heinrich, zu beweisen. Zu diesem Zwecke
legten sie dem Christoffel Schenk von Nydeggen drei, angeblich aus dem
Nachlasse des gelehrten Butkens, Verfassers der troph. brab. herkommen-
de Original-Urkunden vor, die Christoffel mit 100 Dukaten bezahlen
mußte, während er für Anfertigung der Genealogie 50 Dukaten zu
zahlen versprach. — Diese Urkunden, welche noch im Archiv Haag vorhanden und bis jetzt selbst geübten Augen als ächt erschienen sind, erwiesen sich bei näherer Untersuchung als gefälscht. Es sind auf Pergament
geschriebene, gut erhaltene und mit unverkennbar ächten Siegeln versehene
Dokumente. Des letzterwähnten Umstandes wegen ist die Fälschung
nur so zu erklären, daß ächte mit den betreffenden Siegeln versehene
Urkunden durch geschickte Manipulation von dem Text gereinigt und
dann neu beschrieben worden sind, wobei es billig Wunder nimmt, daß
von der alten Schrift bei zweien nicht die geringste Spur übrig geblieben ist. Nur die jüngste Clever Urkunde läßt deutlich die alten Schrift-
züge noch erkennen. — Wenn die etwas gezwungene Schrift zweier
Urkunden schon Verdacht erregte, so mußte die Form und ganze Oeconomie
der Clever Urkunde jeden Zweifel an die Verfälschung nehmen. Schon
die lateinische Sprache dieser Urkunde ist ungewöhnlich, ebenso die Ein-
gangsformel: „Nos Adolphus Dei gratia comes", indem die Grafen
von Cleve erst bei ihrer Erhebung zur Herzogswürde (1417) sich „von
Gottes Gnaden" nennen. Aehnlicher ungewöhnlicher Ausdrücke finden
sich dort viele. Das anhängende Reitersiegel ist gleichfalls gefälscht.
Reitersiegel waren Ende des 14. Jahrh. überhaupt nicht mehr gebräuch-

„gewesen, was Arnold's jüngerer Bruder sei", zum Marquis und das Land Hillenrath nebst der Herrlichkeit Swalmen zum Marquisat. Auch wurde er am 12. Januar 1697 zum Rath des Fürstenthums Geldern ernannt.

---

lich; die unten am Siegel befindliche Wappenfigur ist dazu später eingegraben. Soviel über die äußere Beschaffenheit der Urkunden nach dem Urtheil eines auf diesem Felde bewanderten Gelehrten.

Was nun den Inhalt der Urkunden betrifft, so kann derselbe eine ernste Prüfung eben wenig aushalten. In der ersten, vom 4. Mai 1312 datirten Urkunde erklärt Johann, Herzog von Lothringen, Brabant und Limburg „wegen der guten Dienste, welche ihm sein Oheim Gottfried von Brabant, Graf von Aerschot, geleistet", dessen in zweiter Ehe mit Aemile Sophia von Alpen gezeugten Sohn Heinrich von Brabant genannt von Aerschot, Herr von Afferden, Binsfeld, Nieugoor und Steenberghe, für großjährig.

Hiernach hätte also Gottfried von Brabant zur zweiten Frau eine von Alpen gehabt, während Butkens, von dem diese Urkunden herrühren sollen, nichts davon weiß! Die einzige Gemahlin Gottfrieds, Johanna, Frau zu Vierson und Berry ꝛc., überlebte aber ihren 1302 in der Schlacht bei Courtray gefallenen Mann, dem sie 7 Kinder geschenkt hatte; es kann also von einer zweiten Frau nicht die Rede sein und ist die Urkunde somit falsch. — Nach der zweiten Urkunde vom 25. Februar 1341 überträgt der obengenannte Heinrich von Brabant, Herr von Afferden und Neugoor unter Zustimmung seiner Gattin Beatrix genannt Sheerenberghe, Tochter Adam's, und seiner Kinder: Gottfried von Brabant, Herrn zu Halt, und Fredegondis von Schenk genannt von Nideken, Eheleute; Heinrich von Brabant, Bischof von Nazaris; Ludolph, Herrn von Steenberg und Wilhelm, Kleriker und Kanonikus von Brabant, Herrn von Binsfeld, der Kirche zu Nieugoor das Allodium zu Hernes im Dorfe Rode mit 5 Mensuren Land. — Natürlich fällt mit der vorigen auch diese Urkunde, wozu kömmt, daß die in derselben genannten Personen weder in Urkundenbüchern, noch in Geschichtswerken vorkommen. Dasselbe läßt sich von der dritten Urkunde sagen, welche vom August 1375 datirt und wodurch Adolph, Graf von Cleve, „seinem Verwandten „Heinrich von Brabant genannt Schenk, Ritter, Herrn von Afferden, „Nideken, Nieugoor wegen der ihm in den meisten Treffen und Kämpfen „erwiesenen Treue und Ergebung und wegen der von Gottfried und „Heinrich von Brabant, dessen Vater und Großvater geleisteten Dienste," das Dorf Oberloon mit dem Schlosse, den Ländereien, Waldungen,

Seine Gemahlin schenkte ihm einen Sohn, der zu Blyen-
beck 1695 geboren, in der am 6. Juni 1696 auf dem Schlosse
Haag vollzogenen feierlichen Taufe die Namen seiner beiden
Großväter Christoph Arnold Adrian erhielt.

Seine Pathen waren: Arnold Adrian Marquis von und
zu Hoensbroech und Angela, Freyin von Schenk. — Dieser
hoffnungsvolle Erbe fand am 28. September 1703 zu Hillenrath einen unglücklichen Tod. Man erzählt, er habe spielend
mit einer geladenen Büchse sich selbst erschossen. Sein Bild
findet sich noch auf dem Schlosse Blyenbeck.

Arnold testirte seiner Gemahlin sein ganzes Vermögen
und starb am 31. August 1709 zu Blyenbeck. Sie wurde am
14. September 1717 von der Kaiserin Eleonora Magdalena
Theresia mit dem Sternkreuzorden geschmückt und folgte ihrem
Gemahl in's Grab im Monat September 1736, nachdem sie
ihre sämmtlichen Güter ihrem Neffen Franz Arnold Adrian
Marquis und Reichsgrafen von und zu Hoensbroech vermacht
hatte.

Wiesen, Villen u. s. w. zu Lehn aufträgt. — Sollte nicht auch der Graf
von Cleve gewußt haben, daß die Schenk nicht Herrn von Nidelen
waren? — Leider konnten wir in eine nähere Untersuchung des materiellen Inhalts der beiden letzten Urkunden nicht eintreten, da uns das
Material dazu fehlte; die bekannten Quellenwerke geben auch nicht die
geringsten Anhaltspunkte für eine solche Untersuchung.

Die drei Dokumente ergeben nun folgende Abstammung:

Gottfried v. Brabant, Herr v. Aerschot, Sohn des Herzogs Heinrich III.
v. Lothringen und Brabant, heir. Sophia v. Alpen.

Heinrich v. Brabant, Herr v. Afferden ꝛc., h. Beatrix v. Sheerenbergh.

Gottfried v. B., Hr. zu Halt, heir. Fredegondis Schenk gen. v. Nidelen.

Heinrich von Brabant, genannt von Schenk, Herr zu Afferden.

Von Letzterm, der den Namen seiner Mutter angenommen, sollten
nun die spätern Schenk abstammen. Es bedarf aber nur eines einfachen
Hinweises auf die Geschichte der Familie, um die ganze Grundlosigkeit
dieser Behauptung einzusehen und wollen wir uns auch eine jede fernere
Beweisführung ersparen.

Unter Arnold wiederholte sich für Afferden jene fürch-
terliche Zeit, welche im 16. Jahrh. — wie an seiner Stelle
erzählt werden wird, — Afferden verwüstet und menschenleer
gemacht hatte. Diesmal war es der um die spanische Erbfolge geführte Krieg, der die Verwüstung in unsere arme Gemeinde trug. Zuerst wurden 1702, wie die Eingesessenen in
einer im November 1704 geschriebenen Supplik[1]) erzählen,
„durch die französische Armee unsere Kirche und Häuser
„zweimal ausgeplündert, das Korn und Gras fouragirt, die
„Leute s. v. nackend ausgezogen, zum Theil gar todt geschossen;
„viele Pferde, der größte Theil der Kühe und alle Schafe weg-
„genommen, alle von dem Kirchspiele entlegenen Gehöfte abge-
„brochen und ruinirt, so daß in demselben Jahre weder Korn
„noch Gras hat gezogen werden können, die Gemeinde aber
„demungeachtet vermittelst militairischer Execution gezwungen,
„Fourage zur Belagerung von Venlo, Ruremonde, Stevens-
„weert und Maestricht zu liefern, zu welchem Ende viele Gelder
„negotiirt werden mußten. Daneben haben wir bei der Bela-
„gerung von Geldern viele Fourage, Faschinen, Pfähle und
„Pallisaden außer dem Brandholz für die Offiziere, desgleichen
„täglich Karren zur Beiführung von Munition, Pioniere zur
„Aufbauung und Schlichtung der Schanzen und zur Säu-
„berung der Gräben liefern müssen, zugleich aber nun seit zwei
„Jahren einige Karren mit doppeltem Gespann in das hollän-
„dische Lager zur Führung der Munition nicht ohne große
„Kosten schaffen und da wir dies nicht prästiren konnten,
„schwere militairische Execution ertragen müssen. Hierzu kom-
„men die fortgesetzten Durchmärsche und Einquartierungen der
„Kriegstruppen, denen wir Kost und Trank sammt Fourage,
„wie auch den auf der Maas auf- und abgehenden Convois,
„Brod und Bier, den Offizieren aber vieles Geld liefern
„mußten."

---

[1]) Orig. im A. H.

5*

Im darauffolgenden Jahre mußte die Gemeinde nicht nur an die vereinigten Staaten ihr Contingent an 200,000 Gulden abführen, sondern auch ihre Quoten an der von Preußen ausgeschriebenen Contribution von 200,000 Gulden zahlen, nicht mitgerechnet den Antheil der an die preußischen Soldaten zu liefernden Fourage und die vom 1. Juni bis 3. August an die Garnison Gennep abgeführten 100 Rationen u. s. w. Für Geldern sollte sie im November 1703 18 vierspännige Wagen, 5 Karren mit doppeltem Gespann und 5 Einspänner zur Aufbauung der dortigen Mühle stellen, obgleich sie so viele Wagen und Pferde gar nicht besaß. Endlich mußte sie außerdem noch täglich an die Dragoner zu Gennep 23 Rationen liefern.

Daß hiernach die so ausgeplünderte und ausgepreßte Gemeinde Afferden total verarmte, bedarf keines weitern Beweises. Indessen dieser Zustand dauerte noch Jahre lang fort. So finden wir, daß der preußische Commandant von Geldern, General Horn, 1706 dem zu Afferden kommandirenden Oberoffizier Befehl zur Execution der dort beizutreibenden Gelder ertheilte und 1707 Ordre zur Zahlung von 129 Gulden 10 Stbr. als Antheil an 10,000 Gulden und von 287 Gulden 8 Stbr. als Antheil an 12,000 Gulden Subsidien, wie auch zur Lieferung von 120 eichenen Pallisaden, deren 5000 für die Festung Geldern nöthig waren, gab. — 1709 lagen kaiserliche Reiter und vom 23. September 1710 ab eine Compagnie Dragoner dort im Quartier. Im Winter 17 1/7 cantonirte zu Sambeck, Afferden gegenüber, die Compagnie des Rittmeisters Pallant vom Regiment des Generals Freiherrn v. Wassenaer, Herrn von Obbam Ein Reiter dieser Truppe, Anton Brits mit Namen, welcher zu Sambeck verheirathet war, ging am 12. Februar 1711 über die Maas, um in der Gemeinde Afferden Holz zu stehlen. Hierin durch einen gewissen Willemsen aus Afferden gestört, schlug er diesen der Art nieder, daß ein baldiger Tod erfolgte. Brits wurde der Marquisin Schenk zur Verurtheilung übergeben und nachdem er am 27. Juni 1711 die Tortur erlitten, am darauffolgenden 1. August durch den Chirurgus und Nachrichter von Cleve und Geldern H. Claessen enthauptet.

Durch den Frieden von Utrecht vom 11. April 1713 kam Afferden auch rechtlich in den Besitz Preußens.

Swalmen und Asselt waren bei dem spanischen Erbfolgekriege nicht besser gefahren. Schwere Einquartierungen, bei denen das Drückende derselben noch durch alle möglichen Quälereien vergrößert wurde, sogen das Land aus.

1702 raubte und plünderte die von Xanten auf Ruremonde rückende französische Armee des Herzogs von Burgund in beiden Gemeinden; Swalmen brannten sie am 28. Juli 1702 nieder. Nicht minder groß war der Schaden, welcher im selben Jahre durch holländische und andere Hülfstruppen bei der Belagerung Ruremondes angerichtet wurde. Dem Schlosse Hillenrath wurde allein an Holz für ca. 1000 Rthlr. abgehauen. Der ganze Schaden der Herrlichkeit Swalmen wird auf 9239 Rthlr. berechnet.

Das Maaß des Elends wurde voll, als 1717 zu Swalmen eine Seuche ausbrach, die drei Pastore und ein Drittel der Einwohner wegraffte.

§. 4.

Westphälische Linie.

Diese Linie, welche sich höchst wahrscheinlich von der Horster und Vorster Hauptlinie abzweigte, besaß das in der Grafschaft Arnsberg gelegene Gut Berlnghausen.

Von diesem Gute berichtet von Steinen Westph. Geschichten II S. 1432, daß Kurfürst Ferdinand von Cöln dasselbe 1616 von Heinrich Schilngel gekauft und an die Schenk von Nybeggen gegeben habe.

1698 und 1699 wohnte dort Bernhard Diebrich Schenk von Nybeggen.

Außer ihm findet sich noch Adam Richard Adolph Schenk von Nybeggen, der Anna Clara Elisabeth von Cloedt zu Hanxleben, Stiftsdame zu Nötteln, Tochter von Jobst und Anna von Galen, heirathete. Er hatte zwei Töchter:

1. Maria Balbina, Erbin von Beringhausen, heirathete Diederich Franz Wilhelm von Gaugreben zu Oberalme;

2. Maria Ottilia, heirathete 7. October 1731 Franz Peter Ignatius Wolter von Brabeck, Herr zum Lohause, Sohn v. Ignaz Wolter und Susanna Maria Marg. v. Heiden. Mit diesen starb die Familie Schenk hier aus. —

Noch mögen hier folgende Familienglieder, deren Abstammung nicht hat ermittelt werden können, ihren Platz finden:

Baron Schenk von Nybeggen, Großdechant von Warmye, Großpropst zu Ermeland, geh. Rath des Königs von Polen, welcher 1725 zu Arnsberg seine Aufschwörung nachsuchen wollte. Sein Bruder war gleichfalls polnischer geheimer Rath und verheirathet. [1])

§. 5.

Linie zu Sevenum. [2])

Außer den bis jetzt abgehandelten ritterbürtigen Linien der Schenk von Nybeggen blühte zu Sevenum bei Horst im Lande von Kessel ein Zweig der Familie, dessen Stifter nicht zu ermitteln war, wahrscheinlich aber in einem der vielen Bastarde der Söhne von Derik Schenk (Linie Blyenbeck) zu

____

[1]) Nach einer Notiz im A. H.

[2]) Die Nachrichten über diese Linie verdanken wir größtentheils der entgegenkommenden Freundlichkeit des Herrn Bürgermeisters Everts zu Sevenum und seines hochwürdigen Bruders, Herrn Professor Everts zu Kolduc.

suchen ist. Diese Linie theilt sich mit dem Beginne des 17. Jahrhunderts wiederum in zwei Branchen, von denen die eine von Heinrich Schenk, die andere von Martin Schenk abstammt. Höher hinauf vermochten wir ihre Abstammung nicht nachzuweisen. Zwar ergeben die Kirchenbücher von Sevenum, daß 1578 am 14. Juni ein Sohn von Johann Schenk und Elisabeth von Dordt auf den Namen Martin getauft worden, indessen fehlt ein jeder Beleg für die Annahme, daß dieser mit dem obigen Martin ein und dieselbe Person ist, wie denn auch Beide nicht mit dem Kriegsobristen Martin Schenk († 1589) zu verwechseln sind.

A.

I. **Heinrich Schenk von Nydeggen** war vermählt mit **Theodora v. Hüls** und hatte drei Kinder: Friedrich, Maria und Andreas.

1. **Friedrich**, geb. 1601, Pastor von Wankum, starb 1654 im Rufe der Heiligkeit.

Sein Leben schildert Pater Ord. S. F. Born in seinem „Seraphischen Sternenhimmel"[1]) folgendermaßen:

Leben des wohlehrwürdigen und edlen Priesters Friederici Schenk von Nyddegen.

In dem Jahr 1601 ist in dem Dorff Sevenum gelegen in dem Amt Kessel, ungefehr zwey Stunden von Venlo in dem Hertogthumb Geldern an der Maas, aus edlen Eltern geboren der Herr Fredericus Schenk. Sein Vatter war Henricus Schenk von Nyddegen, seine Mutter Theodora von Hüls, beyde edle und tugentsame Leuth, welche ihre Kinder in der Forcht Gottes sehr wol auferzoghen haben. Fredericus ware von Natuur der Andacht und Einsamkeit sonderlich zugethan also daß er nach gehörter Rhetoricam sich fürgenomen ein Cathüser zu werden, ist auch angenomen und gekleidet worden, weilen aber die Fisch seiner Natur wiederstrebeten ist er in einer zehrende Krankheydt gefallen.

---

[1]) Die von Mich. Sintzel besorgte Bearbeitung dieses Buches bringt diese Vita S. 246 in sehr dürftigem Auszuge. Wir geben sie nach der ersten von J. Born selbst besorgten Auflage.

von welcher er auch, also ausgemergelt worden, daß er nach Außsagen der Doctoren nicht lange leben konte, es wäre, dan, daß er das Closter verliese u. sich dur das Fleisch spiesen wederumb erholete.

Die gotsförchtige Eltern, so ihren Sohn liebten, unterreden sich mit mit dem P. Prior und wurde für rathsamb befunden, der Sohn müste das Closter und Novitiat aufgeben. Nach erlangter Gesundheid stehet Fridericus fleißig an bey den P. P. Recollectis aufgenomen zu werden, in dem dritten Orden S. Francisci, in welchem er mit dem Gedanken höher gestiegen und Priester geweyhet worden von dem hochwürdighsten Hern Jacob a Castro sehr berümbten Doctore der Universität zu Loven und Bischoff zu Ruremonde.

Zu selbiger Zeit wurde Kayser Ferdinand von unterscheidlichen Fein-den angegriffen, dan Fredericus der Pfalzgraff machte sich selbsten zum König in Böhmen, Bethlem Gabor wolte König in Ungarn sein. Gusta-vus Adolphus König in Sweden brace ein in das Romische Reich. Viele vorneme Hern in Niederland machten sich auf gen Wien in Oestreich, dem Kayser bei zu stehen. Unter diesen ware der Freyherr von Birnmund zur Nierßen, zu welchen sich Fredericus der ehrwürdige Priester gesellete, die Soldaten in christlichen Sitten und Eyffer zu er-halten und ihnen die h. h. Sacramente mit zu theilen. Fredericus predigte ihnen mit allem Eyffer und ermahnete sie zur Andacht und Gottesförcht, er stellete ihnen vor, daß keine bessere Soldaten wären, als welche ein reines Gewissen habe, dan diese den Todt nicht hätten zu fürchten. Mit ein Wort: er that seine Jonction so rühmlich, daß er wie ein guter Hirt geehret und wie ein geistlicher Vatter geliebet wurde und dorfte keiner in seiner Gegenwart fluchen oder schwören. Nach vollendetem Kriege komt Fredericus mit hochgemelt Freiherrn von der Nerßen wederum nach Hauß und durch sonderliche Verhängniß Gottes und Gnade oder Präsentation des Königs in Spanien erlangte Frederi-cus die Seelsorge oder Pfarr zu Wandum in dem Amt Krielenbeck unweit von Venlo und Wachtendonk, welche Seelsorg er auch viele Jaeren, als ein trewer Hirt verwaltete. Keine Leinwand trug er an seinem Leib, sondern an Platz des Hembs den demüthigen Tertiarier Rock und unter selbigem ein Cilicium; gegen die Arme war er so mild und frey gebig, daß er ihnen vielmals 100 Gulden austheilte, und weil er an Patrimonial oder väterlichen Gütern reich ware, gab er das Ein-komen seiner Pfar den Armen; er ließ keinen Armen ungetröstet von sich gehen. Vor dem Winter ließ er bringen ein ganzes Stück Tuch die Bedürftigen zu bekleiden, welche unter seiner Seelsorge wohnten, wie auch Stockfisch und Häring den Armen in der Fasten mit zu theilen. Seine Mägde hatten Befehl, alle Geistliche in seiner Abwesenheit wohl zu empfangen und zu beherbigen.

In dem Jahr 1654 spürete dieser wohlehrwürdige Herr, daß die Zeit seines Lebens zum Ende liet, dann seine Kräfte durch unaufhörliches Wachen, Beten und Fasten merllich geschwächt waren, und damit er dem Tode mochte vorkommen, begibt er sich dem 5. April nach Wachtendonk sein voriges Testament einzurichten: in welchem er verordnet, daß sein todter Leichnam in der Kirche der Herrn Canonicorum regularium, auf dem Sand genannt bey der Stadt Straelen und gestiftet von dem Hertogen von Geldern zu Ehren der schmerzhaften Jungfrau und Mutter Gottes Maria solte begraben werden unter dem Thurm gemelter Kirchen ohne einige Pracht; selbigem Kloster vermachte er 1200 gl., hingegen sollten die Geistlichen verpflichtet seyn, alle Samstag die Conventual Misse zu singhen zu Ehren unserer lieben Frau; insgleichen des Freitags zu singen die Litanei von Loretto mit der Antiphon: haec est praeclarum vos, und dan des Sontags den Catechismum zu halten. Der Pfarrkirche zu Wanckum vermachte er 600 gls. samt einigen Acker, damit alle Sontag die christliche Lehr gehalten und für die Kinder Bilder und Rosenkränze für den Werth von 10 gls. eingekauft wurden.

Zu Sevenum seinem Vaterland hat er auch eine christliche Lehr gestiftet und weil er allda ein Personat gehabt, hat er selbiger Kirche auch ein merkliches Legatum hinterlassen. Die wohlehrwürdige P. P. der Societät Jesu zu Ruremonde, die P. P. Franciskaner zu Weerd, zu Ruremond, zu Venlo und zu Venrah, die P. P. Capucyner zu Geldern, die P. P. Carmelyter zu Boxmer, die P. P. Dominicaner zu Calcar, die Oratores zu Kevelaer, item die armen Clarissen Annuntiaten, Ursulinen, Tertiarien und andere Kloster haben genossen die Freygebigkeit unseres gottsgeliebten und wohlehrw. Priesters Frederici Schenk, also, daß der meiste Theil seiner Hab und Guts unter die Armen Christiist ausgetheilt worden.

Seinen Brüdern und Schwestern hat er von seinen Patrimonial-Gütern so viel hinterlassen, daß sie völlig vergnüget die Disposition ihres Herrn Bruders gerühmet haben.

Nach verfertigtem Testament ware er einig und allein beschäftigt sich zu einem seligen Tod zu bereiten, als er in dem September Anno 1654 mit einer tödtlichen Krankheit wurde ergriffen, sah er wohl daß sein Lebenslauf verflossen, empfinge deswegen mit innerlicher Andacht die h. h. Sacramente und liegend auff seinem Strohsack und mit seinem Cilicio bekleidet seufzete und verlangte er zu sein bei seinem Geliebten im Himmel; ist selig aus dieser Welt verschieden den 23. September. Wurde kraft seines Testaments zu Sandt bei denen Canonicis regularibus unter dem Kirchthurm begraben und also haben die Armen einen tröstlichen Vatter, seine geistlich Schaf einen guten Hirt, seine Bruder und

Schwester einen guten lieben Freund verloren, dessen Gedächtniß sei ge-
benedeit in Ewigkeit.

2. Maria, geb. am 24. April 1607;

3. Andreas, geb. am 23. März 1609.

II. Andreas, Scholtis des Amts Kessel, ehelichte Elisabeth Römers, die ihm acht Kinder schenkte:

1. Johann Adam, geb. 3. April 1643, Kapitain;

2. Theobor, Stammherr;

3. Anna Lucia, geb. 27. Sept. 1645;

4. Friedrich, geb. 7. März 1647, 1684 Canonikus,
1708 Dechant der Stiftsherrn der Collegiatkirche zu Heinsberg,
fundirte am 17. September 1701 eine hl. Messe zu Sevenum,
starb am 19. Juni 1715;

5. Dorothea, geb. 7. Juli 1649;

6. Franz, geb. 18. Mai 1652;

7. Sibilla Caspara, geb. 13. Mai 1654; heir. am
11. April 1679 Jacob, Herrn von Darth;

8. Maria, geb. 11. April 1655.

III. Theobor, geb. 25. Mai 1644, heirathete 1696
Anna Maria Schenk von Nybeggen, Tochter von
Martin und Maria Margar. von Boekhorst; er starb am 16.
Juli 1720, seine Frau am 14. Dezember 1737.

Ihre Kinder:

1. Maria Margaretha Ursula, geb. 10. Novbr.
1697, gest. 27. Mai 1771. Sie war verheir. mit Johann
Theobor Verberckt, Prätor in Gribbenforst und Secretair
zu Sevenum;

2. Maria Elisabeth Hester, geb. 31. August 1699,
gest. unverehelicht am 20. Januar 1765. Sie schenkte der
Pfarrkirche zu Sevenum einen vergolbeten Kelch mit der Inschrift: „Praen. Dom᷊ᵗ M. E. H. Schenk de Nydeggen.
D. D. 1765."

3. Anna Lucia, geb. 6. März 1701;

4. Maria Anna Theresia, geb. 30. Januar 1702, gest. unverehelicht am 2. Juli 1782;

5. Johann Martin Adam, geb. 25. Januar 1704, Preuß. Lieutenant, Herr zu Blasrath, heirathete Johanna Adriana Sibilla de Roomer, Erbin von Blasrath, geb. 1716, Tochter von Johann Adrian de Roomer und Isabella Maria von Dorth. Nach seinem kinderlosen Tode heirathete die Wittwe Arnold Carl Philipp August Graf von Baro, Baron du Magny, Herr zu Caen und Blasrath, Drost zu Stralen († 20. Sept. 1796).

B.

I. Martin Schenk hatte zur Frau Elisabeth N., die ihm vier Kinder schenkte:

1. Johann, geb. 17. Sept. 1595;

2. Theodorica, geb. 21. Mai 1597;

3. Theodorica, geb. 5. April 1599, und

4. Theodor, geb. 18. Mai 1607.

II. Theodor war Amtmann zu Lottum, führte einige Jahre das Rentamt des Amts Kessel und starb 1659. Er war verheirathet mit Anna Maria von Hückelhoven, Tochter von Arnold und Elisabeth von Rheidt, und hatte drei Kinder:

1. Johann Heinrich, geb. 8. August 1632, Kanonikus zu Wissel;

2. Martin, Stammhalter, und

3. Adolph, geb. 9. Dezember 1635.

III. Martin, geb. 10. Juli 1633, Doctor juris, 1668 Lieutenant-Drossart des Amts Kessel starb am 5. Januar 1704. Seine Frau Maria Margaretha de Bockhorst, gest. 12. April 1688, hatte ihm 14 Kinder geschenkt:

1. Theodor Arnold, geb. 27. August 1662, unverheirathet gest. 8. September 1708;

2. Philipp Franz, geb. 19. Oct. 1663;

3. Jacob Friedrich, geb. 19. Sept. 1665;

4. **Anna Maria**, geb. 21. October 1666, heirathete am 10. Septbr. 1696 Theodor Schenk von Nybeggen, Sohn von Andreas.

5. **Jacob**, geb. 15. Januar 1668, gest. 10. Juli 1714 unverehelicht;

6. **Caspar**, geb. 12. Januar 1669;

7. **Cornelia Franzisca**, geb. 26. Febr. 1670, gest. 22. Januar 1761 zu Geldern, war vermählt mit Heinrich von Dorth († 22. Oct. 1742 zu Geldern);

8. **Philipp Heinrich Franz**, geb. 23. Juli 1671;

9. **Heinrich Ignaz**, Stammherr;

10. **Margareta Elisabeth Sebastiana**, geb. 20. Januar 1675;

11. **Hyacinthus Wilh.**, geb. 31. Januar 1676;

12. **Wilhelm**, geb. 3. April 1677;

13. **Johanna Clementina**, geb. 25. Dezbr. 1678, und

14. **Albegonda**, Franziskanerin von der dritten Regel, gestorben am 18. Dezember 1719.

IV. **Heinrich Ignaz**, geb. 9. November 1672, Licentiat beider Rechte, Herr von Oyen und Broekhuysenvorst, Drossard des Amts Kessel, Amtmann von Lottum, 41 Jahre lang apostolischer Syndicus des Convents der Recollecten zu Venray, starb 18. März 1747. Er war vermählt (1708) mit **Mechtildis Cnop** (Cnox) von Ruremonde, die am 22. Februar 1737 starb.

Ihre Kinder waren:

1. **Johann Martin Joseph**, Stammhalter;

2. **Max Theodor Arnold**, geb. 6. August 1710, Rath, Amtmann und Domainen-Rentmeister zu Geldern, Herr von Oyen und Broekhuysenvorst, († 6. Januar 1763 zu Geldern), vermählt 21. Juni 1737 zu Geldern mit **Anna Maria Franzisca Coninx** († 11. Novbr. 1783), nachherige Gemahlin von Ludwig Edmund Gregor Freiherrn von Blankart, Herrn zu Issum ꝛc. († 2. August 1790).

Kinder:

    1. **Peter Franz**, geb. 24. April 1738, gest. 17. März 1746;

    2. **Maria Ludowica Mechtilbis**, geb. 4. Mai 1739, Nonne;

    3. **Johann Joseph Martin**, geb. 23. März 1740, gest. 5. April 1740;

    4. **Maria Cunera Theresia Martina**, geb. 17. April 1741, Nonne;

    5. **Anton Franz Bernard**, geb. 30. Juni 1742, jung gestorben;

3. **Anton Heinrich Ignaz**, geb. 15. Septbr. 1711;

4. **Maria Theresia Gertr.**, geb. 2. Mai 1713, starb 1. Juni 1793 als Gattin des Schullehrers Theodor Wynants zu Sevenum;

5. **Clara Josepha Franziska**, geb. 25. März 1714, gest. 7. Febr. 1793, unverheirathet;

6. **Anton Franz Jacob**, geb. 3. Nov. 1716, Ehegatte von Johanna Christina von Ravenstein, die ihm einen Sohn schenkte:

    Theodor Martin Wilhelm, geb. zu Nymwegen am 17. Dezember 1773, allbort als Friedensrichter und Gemeinderath am 25. August 1853 gestorben;

7. **Cäcilia Catharina Theresia**, geb. 24. März 1718;

8. **Abelgunba Maria Anna Theresia**, geb. am 6. September 1720, gest. 1799. Sie heirathete am 22. Juli 1755 Johann Arnold von Splinter zu Uebem.

V. **Johann Martin Joseph**, geb. 19. Juni 1709, Trossard von Kessel, heirathete Maria Elisabeth von Ravenstein, die am 1. Februar 1793 starb. Ihre fünf Kinder sind zu Mibbelaer geboren:

    1. **Lambert Gerhard Anton**, geb. 11. Oct. 1754;

    2. **Johann Wilhelm**, geb. 17. August 1756;

3. **Friedrich Johann Arnold**, geb. 17. Oct. 1768, gest. zu Sevenum am 2. Februar 1825;

4. **Max Joseph Ignaz**, Stammhalter, und

5. **Anton Jacob Cornelius**, geb. 10. Okt. 1762, gest. 30. Sept. 1763.

VI. **Max Joseph Ignaz**, geb. 13. Juni 1761 Signifer Legionis de Hessen Darmstadt Graviae Praesidiariae, heirathete **Johanna Maria Catharina Smits** aus Herzogenbusch. Ihr Sohn **Johann Martin Joseph**, geb. am 1. Novbr. 1785, ist der Vater des jetzt noch lebenden Priesters der Diöcese Ruremonde **Johann Joseph Schenk von Nydeggen** und des am 24. März 1859 im Alter von 49 Jahren zu St. Michiels-Gestel verstorbenen **Adrian Franz Joseph Schenk von Nydeggen**, welcher seiner Frau geborne Venhorst, ein Töchterchen hinterläßt. Mit ihm stirbt der Name der Schenk von Nydeggen aus.

Noch finde ich, einer Bastardlinie angehörig, Meister **Johann Schenk von Nydeggen**, verheirathet mit **Margaretha von Wylack**, behandet mit dem Hof to Kynderhuyß zu Nyel 1635. Ihre Kinder **Christoffel** und **Catharina** Ehefrau von N. von Rißwick, werden 1658 mit demselben Hof behandet.

von Spaen's Nachlaß hat noch folgende Familie: **Johann Schenk's** Sohn **Adolph Schenk** kaufte durch Johann von Wittenhorst, Herrn zur Horst, Baerle bei Blerick 1577; er heirathete **Cornelia von Keverberg**. Ihr Sohn **Arnold** hatte mit seiner Frau **Helena von Haren** zwei Kinder: **Johanna Cornelia**, verheirathet mit Hans Wilhelm von Haren, gest. 1699, und **Arnold Seger Schenk**. —

Schloß Blijenbeck.

§ 6.

Linie zu Blyenbeck und Afferden.

Heinrich's ältester Sohn Diederich Schenk von Nybeggen hatte, wie wir gesehen, die Erbin von Arßen und Velden, Alheit von Büren, geheirathet und vereinigte so in seiner Hand bedeutende Besitzungen; Afferden, Blyenbeck, das halbe Walbeck, Arssen, Velden und viele andere kleinere Güter waren sein Eigenthum. Hierzu fügte er noch als Erbe des Ritters Goesen Steck das Haus Crubenborch nebst Zubehör und alle dessen Güter mit ihren gesammten Rechten.

Diederich zählte zu den Wohlthätern des Klosters Gaesdonk: 1443 am 1. Juni gab er dem Prior und Convent das Hazen-Gut zu Baerle in Erbzins und schenkte am 23. Mai 1450 dem Kloster das Anrecht auf 1½ Morgen Land in der Schalbe (ein Stück Erbe bei dem Kloster)[1].

Er war 1442, 43 Marschall des Herzogs von Cleve.[2]

Seine Ehe war mit 11 Kindern gesegnet: 7 Knaben und 4 Mädchen: Wynand, Johann, Roelmann, Derich, Heinrich, Otto, Thomas, Petronella, Adelheid, Anna und Elisabeth. Von ihnen widmeten sich fünf dem geistlichen Staude; Otto trat zu Siegburg, Thomas zu Corneliumünster, Adelheid[3] und Anna zu Grafenbael[4] (Neukloster) und Elisabeth zu Geldern im Kloster Nazareth ein.

Nur Wynand und Petronella verheiratheten sich, jedoch erst nach dem Tode des Vaters. Dieser erfolgte im Jahre

---

[1] Mitth. des Herrn Dr. Bergrath.

[2] v. Spaen's Nachlaß.

[3] Sie erhielt 1487 als Aussteuer alle Laibschaften und Güter zu Haessum. Org. Urk. im A. H.

[4] Sie erhielt 1487 als Aussteuer eine Jahrrente von 11½ Mltr. Gerste, 11½ Mltr. Hafer und 1½ Mltr. und 1 Faß Roggen. Orig. Urk. im A. H.

1487 (zwischen Mai — August). Das väterliche Erbe kam nun zur Theilung und zwar gemäß einer am 7. August 1487 durch die erwählten Scheidungsfreunde: Johann Schenk von Nydeggen, Herrn von Walbeck, Küchenmeister Wolter von Bueren, Johan Hoen von dem Broil, Reyner von Holthausen, Herrn von Krikenbeck und Engelbrecht von Brempt, Drosten von Stralen festgestellten Erbscheidung [1]). Hiernach erhielten:

1. Wynand, der älteste, das Haus Arßen und die Dörfer Arßen, Velden und Schanlo mit allem Zubehör (Zehnten, Renten, Pächte u. s. w.).

2. Johann das Haus Blyenbeck und die Herrlichkeit Afferden nebst Zubehör, das Gut zu Ottersum (klevisches Lehn), die vier Höfe von Blyenbeck: Albenhof, Vogelshegge, Bulshefe und Hyn Cronens jetzt Boßhof.

3. Roelmann die Hälfte der Herrlichkeit Walbeck und das Gut zu Pieze.

4. Derick ein Gut im Gelderland, das Gut zu Nysterich, Myßlingen und Loet, den Hof ter Nierßen bei Hoest und verschiedene Geldrenten.

5. Heinrich das Haus Hoest bei Weeze mit Korn-, Voll-, Oel- und Lohmühle, und 5 Höfe, dann das Kirchenpatronat von Weeze und den Hof angen Eyndt zu Afferden.

6. Petronella verschiedene Geldrenten.

Johann glaubte sich indessen benachtheiligt und bat Wilhelm, Bruder zu Egmont, Herrn zu Bormeer und Haeps um Untersuchung der Erbtheilung. Es wurde nun ein neuer Tag angesetzt und unter Zuziehung der genannten Scheidungsfreunde (ausgenommen Johann Hoen van dem Broeck) mit Genehmigung der Brüder 1488 beschlossen, daß Johann zu dem Hause Blyenbeck die Bieraccise mit den Zehnten, Erb-Hühnern und Kapaunen, was vordem seinem Bruder Roelmann zugetheilt

---

[1]) Orig. im A. H.

worden war, erhalten und mit diesem die Waſſer- und Roß-
mühle zu Afferden gemeinſchaftlich gebrauchen ſolle [1]).

Johann erhielt auch einen Theil der Güter, welche ſein
Vater von Ritter Goeſen Steck ererbt hatte, zu dem er ſpäter
die übrigen Theile ſeiner Brüder erwarb. Er verkaufte die-
ſelben nachher an Joſt, Grafen von Holſtein und Schauenburg,
Herrn zu Gemen und Maria, deſſen Gemahlin.

Johann, Herzog von Cleve, verpfändete ihm 1492 [2]),
Samstag nach St. Victor, „ſeine Gerechtigkeit und Herrlichkeit,
hohe und niedere, von Geuengewalt, gelegen im Amte Gech
bei dem Kloſter Gaesdonk und beſtehend in 6 Rathſtellen und
einem Hof‟, worüber er am 18. Februar 1492 dem Herzoge
einen Revers ertheilte.

Wynand Schenk von Nydeggen, Herr zu Arßen
u. Velden, heirathete nun Johanna von der Donk, Tochter von Claes, Herrn zu Opbicht und Papenhoven und Oy
von Peterſum.

Der hierüber im Januar 1489 aufgenommene Ehever-
trag [3]) wurde beſiegelt von den Brüdern des Bräutigams, von
Friedrich v. Hüls, Reyner v. Holthuyſen, Herrn v. Krikenbeck,
Engelbrecht v. Brempt, einer- — und von Gerlink von der
Donk, Domherrn zu St. Martin in Utrecht, Oheim der Braut,
Arnt, Herrn zu Blitterswich, Henrich v. Honſtein gnt. v. Bo-
melsborg und Claes v. d. Donk, Bruder der Braut, an-
dererſeits.

Die einzige Tochter aus dieſer Ehe war Adelheid,
Erbin von Arßen, Velden, Schaulo.

Sie heirathete im Jahre 1503 Reyner von Gelre,
Baſtardſohn des Herzogs Adolph von Geldern, Herrn zu
Gruensvort, Droſt zu Veluwe, Herzoglicher Rath und ſpäter

---

[1]) Orig. Urk. im A. O.

[2]) Desgl.

[3]) Desgl.

Statthalter des Oberquartiers Ruremonde (1509). Der am
29. Juni 1503 aufgenommene Ehevertrag[1]), welcher von Rey-
ner's Bruder, Carl von Egmont, Herzog von Geldern, bestä-
tigt wurde, ist mitbesiegelt von Wilhelm von Gelre, Bastard,
Kanonikus von Xanten, Johann von Boedberg, Erbmarschall,
Elweder von Parlo, Vogt der Vogtei Gelderland, und von
Claes von der Donk, Herrn zu Opbicht, Kolmann und Derich
Schenk von Nybeggen.

Reyner war ein wackerer Degen, „dem es nicht an
Tapferkeit fehlte, wenn nur das Glück ihn nicht geflohen
hätte", wie Slichtenhorst sagt. Er stand seinem herzoglichen
Bruder in den vielen Fehden, die dieser für sein Erbe zu bestehen hatte, treu bei und wurde zweimal gefangen; 1503 zu
Mibbelaer, von wo er nach Brabant geführt wurde, und 1505
vor Hattum, wo er sich durch seine Standhaftigkeit und Tapferkeit besonders auszeichnete. Herzog Carl schenkte ihm aus
Dankbarkeit „also onse lieue maigh ind Bastartz brueder
Reyner van Gelre, Drosset op Veluwen ons mennichfoldi-
gen trouwen dienst gedaen heeft ind vorder doin sall" am
2. März 1502[2]) zwölf Morgen Land mit Grund und Holzung
in der Moßten bei Gruensfort in der Veluwe, wovon er am
St. Victorslag 1503 auf Reyners Bitte dessen Frau die Leibzucht bewilligte. — Desgleichen übertrug der Herzog ihm 1513
alle Ländereien und Erbe, die Henrik von der Stege, der wegen
seiner Halsstarrigkeit und der den Karthäusern zu Ruremonde
erwiesenen Feindschaft nicht allein seine Güter, sondern auch
sein Leben durch herzogliches Urtheil verwirkt hatte, in der
Vogtei Ruremonde besaß[3]).

Bereits 1496 am 13. Oktober hatte er ihm aus dem Zoll
zu Wageningen 100 Pfund und aus den Einkünften von

---

[1]) Orig. im A. H.

[2]) id.

[3]) Slichtenhorst Gesch. Gelderns S. 319, 332.

Venlo und Krikenbeck 150 Rheinische Gulden jährlicher Rente überwiesen.[1])

Reyner erwarb 1517 am Tage St. Vitus und Modestus von Jost, Grafen von Holstein und Schauenburg, Herrn zu Gemen und seiner Gemahlin Maria die von Johann Schenk von Nydeggen angekauften, von Ritter Goesen Steck herkommenden Gerechtsame an der Herrlichkeit Meyerich, an dem „Wairtzpenning" aus dem Zoll zu Orsoy, an der Crombeck, den Höfen Jugenbremen, Uenbrock, Spicker, Gansberch, der Pfandschaft des Amtes Dinslacken und dem Amte des Hofmeisters Ailf von Wylack[2]), und kaufte später die Hälfte der Herrlichkeit Gribbenvorst von demselben Grafen Jost von Holstein, der dieselbe von seiner Mutter Carda von Gemen geerbt hatte.[3])

---

[1]) Nyhoff Gedenkw. V.

[2]) Urkunde im Archiv Haag.

[3]) Das Schloß zu Gribben, jetzt unter dem Namen „das gebrochene Schloß" (het gebrocke slot) bekannt, besaß ehedem die Gerichtsbarkeit über die Herrlichkeit Vorst oder Gribbenvorst, worin es sich später mit dem ebendort gelegenen Rittergute Barsdonk theilte. — Gribben war Geldrisches Lehn. 1311 trug es Wilhelmus de Milne, miles, Dnus d Gribben et Wickrade dem Grafen Reinald v. Geldern als Lehn und Offenhaus auf. Seine 1355 gestorbene Tochter Elisabeth brachte dasselbe an ihren Gemahl Friederich, Herrn von dem Berg, dessen zweiter Sohn Wilhelm († 1387) Haus und Gut Gribben 1357 dem Grafen Reinald v. Geldern wiederum zu Lehn auftrug. 1389 finden wir im Besitze Friederich, Herr von Wevelinghoven und Gribben, dessen Sohn Wilhelm das Schloß Gribben nebst den Herrlichkeiten Vorst und Velden 1407 an Wilhelm, Herrn von Broekhuysen verpfändete. Wilhelm's Tochter Anna, Erbin von Wevelinghoven und Gribben heir. Heinrich, Herrn zu Gemen, dessen Tochter Carda dem Johann, Grafen von Holstein-Schauenburg, Gemen und Gribben in die Ehe brachte. Der Sohn dieser, Jobst Graf von Holstein-Schauenburg und seine Frau Maria Gräfin von Nassau verkauften Gribben 1517 an die Eheleute Reiner von Gelre und Aelheid Schenk von Nydeggen. Aelheid's zweiter Gemahl Deberich von der Lippe gnt. Hoen führte wegen der Hoheit und Herrlichkeit von Gribben-

Reyner starb Ende 1522, nachdem er am 28. Oktober 1522 erklärt hatte, daß seine Kinder nach seinem Tode verpflichtet sein sollten, ihrer Mutter diejenige Summe zurückzuzahlen, welche sie zur Tilgung ihrer gemeinschaftlichen großen Schulden verwenden würde. Die Schulden waren so bedeutend, daß der Herzog der Wittwe zu Hülfe kommen mußte. Er übertrug ihr am 9. Januar 1523 [1]) die Rente von 150 Goldgulden aus dem Amte Krikenbeck, wohingegen er das Haus Greunsvort an sich nahm.

Die Wittwe Aelheid heirathete später, wie wir sehen werden, Tederich von der Lippe genannt Hoen.

Wynands Schwester **Petronella** heir. 1488 **Friedrich**

vorst gegen die Herren von Barsdonk mehrere Prozesse, die sein Sohn Caspar 1567 durch Vertrag beendigte. Caspar's Tochter Aelheid brachte, wie bereits gemeldet, unter Anderm auch Gribbenvorst an die Familie Schenk von Nydeggen, von der es in die gräfl. Familie von Hoensbroech kam. — Barsdonk war gleichfalls Geldrisches Lehn. Im 14. Jahrh. finden wir als seinen Besitzer Barß von Barsdonk genannt, dem Gerhard von Barsdonk 1391 folgte. Gerhard's Tochter Aelheid, vermählt mit Wilhelm Brantz von Breide und der Sohn ihres Bruders Wilhelm, Arnt von Barsdonk, empfingen 1401 die Belehnung von Barsdonk, sowohl wie von der Hälfte von Gribbenvorst. Arnt's Tochter Aelheid heir. Johann v. Brempt und verkaufte Barsdonk mit dem Rechte an Gribbenvorst an Ritter Godart von Wylich, Drosten zu Gennep. Unter dessen Sohne Christoffel und Enkel Otto brachen die Streitigkeiten mit Tederich von der Lippe aus, von denen oben Erwähnung geschehen ist. Barsdonk vererbte sich fortan in der freiherrlichen später gräflichen Familie von Wylich und Lottum von Vater auf Sohn, bis des 1759 gest. Ludwig, Grafen von Wylich und Lottum Tochter Louise es an ihren Gemahl Alex. Ludwig Rolmann Freiherrn Quaed von Wickrad zu Zoppenbroch brachte. Die Wittwe ihres Sohnes Carl Freiherr von Quaed, Josina Louise Henriette, verkaufte diese Güter sodann 1755 an Franz Arnold Adrian Marquis und Reichsgraf von und zu Hoensbroech, der als Besitzer der andern Hälfte von Gribbenvorst diese Herrlichkeit wieder vereinigte.

[1]) Urk. im A. H.

von Hüls, Sohn von Friedrich und Johanna von Boedberg. Der am 5. Febr. 1488 aufgenommene Ehevertrag [1]) wurde besiegelt vom Erzbischofe Hermann von Cöln, Johann von Boedberg, Erbmarschall, Friedrich und Gottschalk von Hülse, zu Raede, Gebrüder, Luther von Stamheim, von den Brüdern der Braut, von deren Oheim Johann Schenk von Nyveggen zu Walbeck, von Johann Hoen von dem Broek, Reyner von Hollhuysen und Engelbrecht von Brempt. Die beiden Söhne aus dieser Ehe Friedrich und Hermann starben jung; die einzige Tochter Catharina heir. Gaert Haes, Herrn zu Hüls.

Die übrigen vier Brüder blieben unverheirathet, führten aber ein wüstes Leben. Sie brachten dadurch nicht nur über ihre Familie, sondern auch über die Bewohner der ihnen zugehörigen Ortschaften namenloses Elend. Ihre Lebensweise bietet daher ein trauriges Bild der damaligen Zeit und möchte deren nähere Darlegung, wenn auch unerquicklich, so doch in mancher Hinsicht belehrend sein. Wir halten uns dabei strenge an die vorliegenden, zahlreichen urkundlichen Berichte und vermeiden auf's Aengstlichste von Eigenem hinzuzuthun. Das glauben wir hier noch besonders hervor heben zu müssen, daß nicht der Wunsch, zu unterhalten, zur Vorlegung dieses nichts weniger als schönen Sittengemäldes getrieben hat, sondern einzig und allein die Hoffnung, dadurch der vaterländischen Geschichtsforschung einen kleinen Dienst zu erweisen.

Schon zu Lebzeiten des Vaters führten die Brüder Schenk — Winand nicht ausgenommen — ein wollüstiges Leben.

Winand hatte zwei natürliche Kinder: 1. Martin Schenk, Bürger und ganz kurze Zeit Scholtis zu Geldern. Er heirathete 1521 die Wittwe des Gerit Schietmanns, Tochter von Maes Cluyten. Seine Bestallung als Scholtis wurde durch

---

[1]) Orig. im A. H.

Befehl der Herzogin Wittwe Elisabeth 1549 widerrufen; 2) Winand, Richter zu Afferden.

Johann erscheint als Vater von fünf unehelichen Kindern: 1. Heinrich, Pastor von Afferden, † 1537 (hatte nach einer von ihm ausgestellten Urkunde gleichfalls uneheliche Kinder); 2. Christian heir. Johanna, wovon Lambert und Derich Schenk; 3. Lambert, Richter von Afferden, heir. Byken, wovon a. Johann, der Anna von Holthuysen und b. Derick, der Agatha N. ehelichte; 4. Johann, und 5. Johanna, die Albert v. Redinkhoven, Scholtis von Doesburch heirathete [1]).

Rolmann (1510) hatte einen unehelichen Sohn: Johann, der um d. J 1481 geboren ist.

Heinrich (gestorben 1517—18) Herr zu Huest, kömmt als Vater von 6 außerehelichen Kindern vor, deren Mutter Alheidis Heigeraidt war. Sie heißen: 1. Derick, Vicar der Pfarrkirche zu Weeze, 2. Johann, 3. Gysbert, dessen zwei Söhne Stephan und Arnt zu Uedem wohnten, 4. Otto, 5. Alheidis, und 6. Catharina [2]).

Doch ärger als diese wirthschaftete Derich, welcher etwa um das Jahr 1515 nach dem Tode der ältern Brüder Herr von Afferden, Blyenbeck und Walbeck wurde. Es werden drei seiner Mägde genannt, mit denen er in unerlaubten Verhältnissen lebte: Catherin Rütten, Gertgen Bürgers und Aelheid Custers, sämmtlich aus Arßen gebürtig. Als Sohn der Gertgen Bürgers kommt Otto vor, welcher zu Goch wohnte; mit Alheid Custers hatte Derich 8 Kinder: Derick, Peter, Heinrich Johann, Winand, Margaretha, Abelheid und Maria. Die Kinder sowohl wie die Mutter siedelten mit Derick Schenk, als

---

[1] 1520 op dynxdach in dye heylge Wech schenkte Johann's Bruder Derid Schenk von Rydeggen diesen Kindern 20 Morgen Land im hohen und niedern Felde zu Afferden.

[2] Sie werden in einer im Stadtarchiv von Goch befindlichen Urk. v. 21. Juni 1518 genannt.

er in den Besitz Blyenbecks gekommen war, dorthin über, wo
sie ein ihrer würdiges Leben führten. Die Kinder waren indessen immer als natürliche Kinder sowohl von ihrem Vater
als auch vor dem Gerichte, behandelt worden und erhielten auch
eine ganz gewöhnliche Erziehung. So lernte Peter malen,
Heinrich schnitzeln; Johann wurde Bierbrauer und trieb später
zu Afferden im Hause des Richters Bierwirthschaft, und Maria
trat 1513 auf Betreiben des Vaters bei der Frau von Eynat-
ten geborene Aleid Hoen von dem Broeck als Magd in Dienst,
verheirathete sich dann mit einem Brauer aus St. Peter bei
Mastricht, Namens Franz von Limburg, Claes Sohn. Der
jüngste der Brüder, Winand, wurde zum geistlichen Stande
bestimmt und empfing im J. 1517 auf Verwenden seines
Oheims Reiner von Gelre, vom Weihbischof von Cöln, Theodo-
ricus Episcopus Cyrenensis, nachdem wegen seiner unehelichen
Geburt Dispens ertheilt worden war, die Tonsur.

Daß bei diesem gewissenlosen Treiben am meisten Schenks
Unterthanen zu leiden hatten, begreift ein jeder leicht, der nur
in etwa die damaligen Verhältnisse kennt und weiß, in welchen engen Beziehungen diese zu ihrem Herrn standen. Die
Richter und Schöffen von Afferden klagen darum auch:

„daß die Kinder ihren Vater förmlich allen Geschäften
„entzögen, so daß sie (Richter und Schöffen) in keinerlei sie
„selbst oder das Kirchspiel betreffenden Sachen, wie groß und
„wichtig diese auch mochten gewesen sein, mit ihm hätten spre-
„chen oder Rath pflegen, auch bei Streitigkeiten u. s. w. weder
„Verschriften noch Briefe hätten erlangen können und daß sie
„allzeit auf der Brücke des Hauses Blyenbeck mündlich durch
„die Kinder abgefertigt worden wären, wodurch das Kirchspiel
„dann zu Brandschatzungen und großem Schaden gekommen
„sei. Schenk sei in keiner noch so wichtigen Angelegenheit zu
„zu ihnen gekommen, bis daß man ihn todt zur Kirche ge-
„bracht hätte.“

Wie es mit dem religiösen Glauben bei ihnen bestellt

war, sagt uns eine handschriftliche Notiz aus der damaligen Zeit; hiernach hatte Derik Schenk und seine Kinder in 5 Jahren, wo sie zu Blyenbeck wohnten, weder die hl. Sakramente empfangen, noch das an den vier Hochzeiten schuldige Opfer entrichtet.

Derick Schenk war so alt und schwach geworden und mochte wohl fühlen, daß es mit ihm zu Ende gehe. Er machte deßhalb sein Testament und vermachte seinen Kindern seine Renten, Zinsen und Pächte in der Vogtei, drei Höfe zu Huest, das Gut zu Nißterich, den halben Albenhof bei Blyenbeck, den halben Blammertskamp und mehrere andere kleinere Güter.

Indessen dies genügte den Kindern nicht; sie wollten im Besitze wie von Blyenbeck, so von Afferden und Walbeck bleiben und mußten zu diesem Zwecke um jeden Preis die Ehe ihrer Eltern und damit ihre Legitimation zu Stande bringen. Hiervon aber wollte der Vater nichts wissen, wie er schon früher ein solches Ansinnen entschieden zurückgewiesen hatte. Es war nämlich im J. 1518 oder 1519, als die Pest in der Stadt Geldern regierte und Derick krank auf der Diesdonk bei Geldern bei einem gewissen Johann Schenk, Rolman's natürlichem Sohne, lag. Diese Gelegenheit wahrnehmend baten Derick's Kinder Johann dringend, doch ihren Vater bereden zu wollen, daß er ihretwegen Alheid Cüsters eheliche. Johann versuchte dies denn auch, erhielt aber eine entschieden abschlägige Antwort. Nichtsbestoweniger verloren die Kinder den Muth nicht; was auf diesem Wege nicht zu erreichen war, sollte auf heimliche, unehrliche Weise erzielt werden. Vorerst verschafften sie sich eine Erklärung des Vaters, daß er ihrer Mutter, der Alheid Cüsters, vor 40 Jahren Treue gelobt und versprochen habe, sie nicht zu verlassen und nur durch den Tod von ihr sich trennen zu lassen, was er seiner Verwandten wegen bisher verschwiegen habe. Zur Bekräftigung mußte Jan van Kessel diese Urkunde, datiert vom 14. Januar 1525, besiegeln, jedoch ohne daß er wußte, was er besiegele, wie er später vor vielen Rittern nach

einem Zeugniß vom 26. Februar 1534 selber erklärte. Schon
dieser Umstand wirft einen starken Verdacht auf die Aechtheit
dieses Dokuments; allein das ganze folgende Treiben rechtfer-
tigt auch die bestimmte Annahme, daß dies Actenstück von den
Kindern untergeschoben worden sei.

Die Vornahme der Trauung scheint indessen von dem
Pfarrer von Afferden, Heinrich Schenk, verweigert worden zu
sein, so daß die Kinder zum erzbischöflichen Hofe von Cöln
ihre Zuflucht nehmen mußten. Der Official des genannten
Hofes befahl denn auch am 25 Februar 1525 „den Herren
„Peter Erphagen, Pastor in Bergen und Henrich Schenk, Pa-
„stor in Afferden, daß Einer von ihnen von den Eheleuten
„Derick Schenk von Nydeggen und Aleid Cüsters, welche die
„kirchliche Einsegnung ihrer Ehe begehren, einen Eid darüber
„abnehmen solle, daß sie mit andern lebenden Personen weder
„verlobt noch verehelicht seien und daß zwischen ihnen keine
„Verwandt- oder Schwagerschaft oder ein kanonisches Hinderniß
„bestehe, wodurch eine Ehe verhindert würde; er sollte sich sodann
„von ihnen Bürgschaft über 1000 Gulden stellen lassen, welche
„Summe sie im Falle eines sich später ergebenden Ehehinder-
„nisses als Strafe an den Erzbischof zu zahlen hätten. Dem-
„nächst solle er wegen der Schwach- und Krankheit des Derick
„Schenk nach dreimaligen Aufgeboten, die zur selben Zeit in
„der Kirche zu Afferden und der Kapelle ') der Burg Blyen-
„beck zu geschehen hätten, die Genannten in dieser Kapelle jedoch
„ohne Pomp ehelich verbinden und zwar an einem Tage, der
„zwischen dem Tage des Befehls und dem Sonntage Oculi
„dess. Jahres liege, wie es den Eheleuten genehm sei." Der
Pastor von Afferden, Heinrich Schenk, der den Kindern nicht
willfährig war, mußte für den zur Trauung bestimmten Tag

') Blyenbeck hatte keine eigentliche Kapelle. Im Saale befand sich
eine Nische, in welche ein geweihter Altarstein gelegt wurde, wenn dort
ein Priester Messe lesen wollte.

entfernt werden, damit er nicht die ganze Sache vereitele. Am Sonntag den 12. März 1525, als die Ehe in aller Stille vollzogen werden sollte, wurde Johann Schenk, einer von den Bastardsöhnen, früh Morgens vor der Messe an den Pastor von Afferden mit dem Begehren gesandt, mit diesem zur Stunde nach Bormeer, das unterhalb Afferden an der andern Seite der Maas gelegen ist, zu gehen, um dort ein Lathgut zu sinnen. Während der Abwesenheit des Pastors wurde nun dessen Kaplan Derick von St. Thoenis unter Vorlegung des Erzbischöflichen Befehls ersucht, die Aufrüfe in der Kirche vorzunehmen. Vergebens bat der Kaplan, die Rück-kunft seines Pastors abzuwarten: unter Androhung von Strafe wurde er gezwungen, die Proclamation vorzunehmen. Vorher. hatte man alle Leute aus der Kirche entfernt. Nach einem gerichtlichen Zeugniß wurde die Frau des Küsters, welche i n der Kirche ihre Leinwandkiste stehen und aufgeschlos-sen hatte, um ihrer Tochter Leinentuch abzuschneiden, gebeten, „wenn sie fertig wäre, aus der Kirche zu gehen, indem Leute die Kirche etwas allein haben wollten." Die Frau entfernte sich, und die Ehe wurde dreimal hintereinander den leeren Wänden und Bänken proklamirt. — Der Kaplan wurde darauf mit nach Blyenbeck genommen, mußte aber vor der Kammer bleiben und erfuhr weiter nichts von dem, was darin vorging.

Willfähriger als der Pastor von Afferden zeigte sich Peter Erphagen, der Pastor von Bergen, einem Nachbardorfe Affer-dens. Dieser, der außer seiner Pfarrei noch das Kanonikat zu St. Stephan in Nymwegen verwaltete, war durch Ver-sprechungen zum willigen Werkzeug der Kinder gemacht worden; denn wie er später selber dem Herrn von Well, Adrian v. d. Byland, erklärte, hatten die Kinder ihm um diesen Preis die von Blyenbeck zu vergebende Pastorat von Heyen für den Fall, sie vakant würde, zugesagt und verschrieben. Peter Erphagen verfügte sich an dem besagten Tage nach Blyenbeck, wo sich noch der Notar Paul v. d. Heiden von Venray, der Kaplan

von Bergen (spätere Paſtor v. Well) Thoenis Helden, Meiſter
Paul Grunter von Venray und der Schöſſe Jan Veltgens ein-
gefunden hatten.

Ueber die hier vorgenommene Handlung ruht ein geheim-
nißvolles Dunkel, indeß läßt ſich wohl mit einiger Gewißheit
Folgendes als richtig bezeichnen:

Derick Schenk v. N. lag in einem Thurmzimmer der Burg
krank zu Bette, und wurde außer den Kindern nur der Paſtor
Erphagen zu ihm gelaſſen. Der Notar und die genannten Zeugen
mußten auf einer Leiter zu einer Thüre des Gemaches hinanklimmen,
um von da aus durch ein Fenſterchen der Handlung zuzuſehen,
weil, wie die Aleid Cüſters angab, Derick Schenk die Handlung
geheim halten und keine Fremden einlaſſen wollte, in Wahrheit aber deßhalb, um die Erſchleichung des Eheſakramentes zu
verheimlichen. Der Paſtor kleidete ſich nun zum Meſſeleſen
an und nahm die vorgeſchriebenen Aufgebote vor. Darauf
ſoll er die Hände Derick's und der Aelheit in einander gelegt
und die Copulation vollzogen haben.

Es bleibt bei den ſich widerſprechenden Ausſagen der
Perſonen, welche bei dieſer Handlung anweſend waren, allerdings ſchwer, feſtzuſtellen, ob eine wirkliche Copulation vollzogen oder ob nicht das Ganze gegen den Willen des ſchwachen
Derick Schenk nur pro forma geſchehen iſt. Die draußen vor
der Thüre Stehenden konnten von den im Zimmer geſprochenen
Worten nichts hören, wie ſie ſich auch ſelbſt nicht einmal
darüber Gewißheit verſchaffen konnten, ob Derick Schenk, den
ſie, wie ſie wiederholt erklärten, von ihrem Platze aus nicht
ſehen konnten, (Derick's Bett war mit Gardinen behangen) von
dem um ihm Vorgehenden Kenntniß habe. — Sei dem aber
wie ihm wolle, gewiß iſt, daß der in dem Erzbiſchöfl. Befehl
vorgeſchriebene Eid in Bezug auf Verwandtſchaft u. ſ. w. nicht
geleiſtet worden iſt: dies geſteht ſelbſt die Aelheit Cüſters. —
Ein Ehehinderniß beſtand aber wirklich.

Ueber die ganze Handlung wurde am ſelben Tage in

Gegenwart der schon genannten Zeugen vom Notar Paul von der Heiden eine Urkunde aufgenommen, worin auch des verlangten Eides, als sei er geleistet worden, gedacht wurde. Wie die spätere Untersuchung herausstellte, war dieser Akt jedoch nicht von dem Notar, sondern von dem Pastor von Bergen und Andern schon vor der Handlung angefertigt und später von Ersterm auf gutem Glauben an die Frömmigkeit des Pastors unterzeichnet worden, obschon er den Inhalt weder recht überlesen noch verstanden hatte.

Das erwähnte Ehehinderniß bestand aber in der Verwandtschaft der Aelheit Güsters mit der frühern Concubine des Derick Schenk v. N., der Gertgen Bürgers, die ihm, wie vor erwähnt, einen Sohn geboren hatte.

Nachträglich suchte man den begangenen Fehler zu verbessern und in Rom Dispens zu erlangen. Sie erfolgte auch wirklich, aber erst am 7 Dezember 1525 und lautete in Uebersetzung etwa wie folgt: „Laurentius, Cardinalpriester ꝛc. ꝛc. Nach dem von Derick Schenk und Aelheit Güsters vorgebrachten Gesuche haben diese sich, nicht wissend, daß zwischen ihnen ein Ehehinderniß bestehe, mit einander geehelicht und dies durch fleischliches Verbündniß vollzogen, nachher aber erfahren, daß sie im 4. Grad verwandt seien. Es würde großer Scandal entstehen, wenn sie wieder geschieden würden und haben sie deßhalb um Dispens gebeten. Um nun das Seelenheil der Petenten zu sichern und Scandal zu verhüten, befehlen Wir, daß so fern dies also ist, die Genannten in der Ehe verbleiben können und wird hiermit dispensirt."

Die Dispens kam aber zu spät: Derick Schenk v. N. war am 3. August 1525 zu Blyenbeck, nachdem er vorher aus den Händen seines Beichtvaters Derick v. St. Thönis die h. Sacramente des Altars und der h. Oelung empfangen hatte, gestorben. Doch auch jetzt wußte man sich zu helfen: die päpstliche Urkunde wurde gefälscht und ein Jahr älter gemacht. So bezeugt nämlich Johann von Daell 1538, der die Urkunde von Doctor Johann van Hoelen, Pastor von St. Johann Baptist zu Cöln empfangen, dem gleichnamigen Bastardsohne von Derick Schenk eingehändigt und später bei einer Untersuchung die Verfälschung entdeckt hatte. —

Nach Derick's Tode behaupteten sich die Bastarde im Besitze der väterlichen Erbschaft, auf die sie als durch die erschlichene Ehe ihrer Eltern legitimirte Kinder ausschließliches Recht beanspruchten. Die Ehe scheint damals auch allgemein als zu Recht bestehend anerkannt worden zu sein.

Die rechtmäßigen Erben waren indessen 1. die oben erwähnte Frau zu Arßen '), Aelheid Schenk von Nydeggen,

---

') Arßen, Schloß und Herrlichkeit, soll, wie uns van de Sande in seinem Commentar S. I. mittheilt, ein Sonnenlehen gewesen sein, während das Lehnbuch des Herzogthums Geldern „dat huys ende dorp tot Arssen mit den Gerichte daerto behorende, hoge ende lege", als Lehn aufzählt. — Als Herr von Arßen wird uns zuerst Otto von Büren 1355, genannt: 1390 empfängt Johann von Büren, Sohn Johanns die Belehnung, obschon das Gut entweder wegen versäumter Lehnerhebung oder aus andern Gründen dem Herzoge verfallen war. Herzog Reinald von Jülich und Geldern vermählte den genannten Johann von Büren mit seiner Nichte Maria, Tochter seines verstorbenen Bruders, des Herzogs Wilhelm von Geldern, und gab ihm 1402 am 20. April zur erblichen Aussteuer „das Schloß und die Herrlichkeit von Aerßen mit Büschen und Broechen, mit Fischereien und mit allen andern Gulden und Renten, Pächten und Zubehör." (Lacomblet Urk. Buch IV. 13.) Der Sohn dieser Ehe Johann von Büren heirathete Aelheid von Arenbael, die ihm zwei Töchter schenkte: Alheid, Gemahlin von Derick Schenk von Nydeggen, dem sie Arßen zubrachte, und Maria, vermählt mit Johann Hoen von dem Broech.

Arßen kam demnächst an Derick's ältesten Sohn Winand Schenk von Nydeggen, dessen einzige Tochter Aelheid 1. Reyner von Gelre und 2. Deverich von der Lippe genannt Hoen heirathete. Die fünf Kinder Reyners: Winand, Derick, Catharina, Anna und Valenus schlossen am 9. März 1536 mit ihrem Stiefvater Deverich von der Lippe gnt. Hoen einen Erbvertrag, welcher durch Verordnete des Herzogs Carl von Geldern angefertigt und vom Herzoge bestätigt wurde; hiernach behielten sie das Schloß und die Herrlichkeit Arßen, das Gut zu Huest bei Weeze,

Wittwe von Reyner van Gelre und 2. Gobart Haes, Herr zu Hüls, der Ehemann von Catharina v. Hüls, welche eine Tochter der Petronella Schenk v. N. war.

Gobart Haes ließ sich auch am 18. November 1525 von Hermann, Erzbischof von Cöln mit ⅔ der Herrlichkeit Afferden belehnen. Aelheit Schenk v. N., Wittwe von Gelre, hatte übrigens noch andere Forderungen. Ein Jahr vor seinem Tode nämlich hatte ihr Derick Sch. v. N. für 6000 „enkele goldene oberl. kurfürstl. Rhein.-Gulden", die theils sein Bruder Rolman schuldig geblieben war und theils von ihr geliehen worden waren, die Herrlichkeit Walbeck verpfändet, diese Verpfändung aber am 25. Juni 1525, also kurz vor seinem Tode, widerrufen.

Natürlich hatte Derick Schenk v. N., wenn anders der Widerruf durch ihn geschehen ist, nicht das Recht, diesen geschlossenen Vertrag einseitig aufzuheben, so lange er seinen Verpflichtungen nicht nachgekommen war und die Schuldsumme abgetragen hatte. Die Frau von Aerßen machte deshalb ihre Rechte geltend und erlangte unter Vermittelung der Schiedsfreunde Loef von Egeren, Gairt von Bocholt und Heinrich van der Hatert einer- und Jan von Witenhorst, Wilhelm Nervick und Jan von Kessel andererseits am 29. Juni 1526 eine Ueberkunft, wonach die Bastarde verpflichtet wurden, ihr 419 Goldgl. und 164½ Mltr. Roggen als Rest ihrer Forderungen an Rolmann Schenk und dazu, um allen Streitigkeiten gründlich ein Ende zu machen, noch 1200 enkele Goldgl. zu zahlen.

Unterdessen blieben die Bastarde auf Blyenbeck, von wo sie Zehnten, Zinsen, Gewinne und Pächte erhoben, unbeküm-

---

den Hof opgen Ray (jetzt Stenmans) zu Wetten und die Hoheit zu Velden. (Orig. Vertrag im Archiv Haag.) Arßen vererbte sich nun in der noch in Baiern blühenden Familie der Grafen von Geldern-Arßen, worüber folgende Stammtafel, die wir nach von Spaen's Nachlaß, jedoch mit einigen Zusätzen geben, die beste Auskunft geben möchte.

(Fortsetzung in der Beilage.)

Reyn

1. Winant
2. Carl, F
3. Johann

1. Reyner
    b. 1. W
    Friedr.
    Walra
    v. Wre
    v. W.
    dingha

1. Reiner
    Palan
    von B

1. Marti

mert um die Belehnung des Gobart Haes und die geltend
gemachten Ansprüche.

Gobart Haes wandte sich nun an den Herzog von Geldern, indem er die Rechtmäßigkeit der Ehe des Derick Schenk
und die Legitimität der Kinder angriff. Der Herzog Carl v.
Egmont, den Kindern freundlich gesinnt, setzte, indem er die
Frage wegen der Ehe den rechtmäßigen Richtern zuwies, zur
Vergleichung auf den 3. resp. 16. Juli 1527 einen Tag an,
auf welchem die streitigen Punkte auf gütlichem Wege zur Besprechung kommen sollten. — Ob ein Vergleich abgeschlossen
oder überhaupt der angesetzte Tag abgehalten worden, ließ sich
nicht ermitteln, jedoch wurde die Angelegenheit bald nachher
zu Gunsten der Bastarde erledigt. Diese wußten nämlich die
ihnen günstige Gesinnung des Herzogs klug zu benutzen und
ihn dadurch völlig für sich zu gewinnen, daß Derick Schenk,
der älteste der Bastarde, dem Herzoge „sein Haus Blyenbeck
mit allen Rechten rc. und die Herrlichkeit Afferden mit dem
hohen und niedern Gerichte, den Gütern u. s. w. zu einem
Lehn und Offenhaus auftrug". Diese List gelang ihnen völlig.
Der Herzog belehnte Derick Schenk andern Tages wieder mit
den ihm aufgetragenen Gütern, indem er ihm Schutz und Beistand versprach. Auch erließ der Herzog an den Amtmann
von Kessel. Joh. von Wittenhorst, Herrn zu Horst, unterm 25.
Januar 1528 den ernstlichen Befehl: Den lieben getreuen Die
rick Schenk v. N., Herrn v. Afferden, ohne Umwege von Stund
an ohne Zögerung im Gebrauch des Hauses Blyenbeck und
der Herrlichkeit Afferden zu stellen und zu schützen. Der Erlaß lautet wie folgt: Lieue getrouwe. Soe sich onse lieue
getrouwe Dierick Schenk van Nydeggen, Heer van Aefferden, tot ons ergeuen heefft, dairop wy hem mitten Huyse
Blyenbeck ind der Heerlickheyt van Aefferden beleendt
hebn, Beuelen wy v mit gantze ernst, dat ghy hem van
stunden aen sonder enich verthuenen in gebruyck dess
Huyss ind Heerlickheyt mit allen oeren toebehoeren stelt

ind haldt ind dair inne geen simulatie off omwege vurneempt, by soe lieff wy v syn, op dat onse ondersaiten dair durch in gheynen Lasten off noeden en komen. Hyr inne laet geen gebreek vallen off wy denken v dair vur aen to sien, des verlaeten wy ons guetlicken. Gegeuen den XXV. January A°. etc. XXVIII. Charles. [1]).

Ein solches Verfahren des Herzogs war offenbar ein Eingriff in die lehnsherrlichen Rechte des Erzbischofs v. Cöln, der denn auch durch seinen Offizial unter Strafe des Bannes und 1000 Goldgl. den Bastarden verbot, „die Güter zu entfremden, zu verkaufen, zu verbringen, zu beschweren oder zu verderben" und der Gemeinde v. Afferden, „sich mit den Kindern irgendwie einzulassen, von ihnen zu kaufen u. s. w."

Die Schenk spotteten jedoch des Verbotes; ja einer von ihnen, Peter, erklärte öffentlich „den Bann nicht höher zu achten, als wie es sein junger Rabe, den er grade in der Hand halte, thue." Gobart Haes ging übrigens energisch vor; er brachte die Ehesache vor das geistliche Gericht und belegte die Güter von Walbeck mit Sequester. — Nun setzte Herzog Carl auf den 8. Januar 1529 einen Tag an, auf welchem in der Stadt Geldern in Gegenwart von Loef v. Egeren, Drosten v. Geldern u. Johann v. Wittenhorst, Drosten des Lands v. Kessel mit Zuziehung von Heinrich Schenk v. A., Herrn zu Walbeck und Drosten v. Wachtendonk, Goessen v. Hoenselaer, Drosten zu Krakaw, Wilhelm v. Warenburch, Vogt, Conrad Poeyn u. Gart v. Afferden die Auslieferung des zu Walbeck sequestrirten Korns an den Herrn v. Hüls verfügt, die Endentscheidung aber auf eine spätere Zusammenkunft verschoben wurde.

Das Treiben der Kinder auf Blyenbeck wurde mittlerweile immer ärger. Sie hausten dort der Art, daß das Schloß mit der Vorburg, die Thore, Brücken und Scheunen verwüstet

-----

[1]) Orig. Urk. im A. H.

und dach- und fensterlos geworden waren. Der Stall mußte, um den Einsturz zu verhüten, gestützt werden; über die Brücke konnte man weder reiten noch gehen und mußten Bretter darüber gelegt werden, um hinüber zu kommen. Die andern Güter und Höfe waren so sehr verwüstet und verkommen, daß sie kaum die Hälfte des früheren Ertrages aufbrachten. — Jedoch am meisten litten bei diesem Unwesen die rechts- und schußlosen Unterthanen, die allen Brutalitäten schlechter Nachbarn ausgesetzt waren. Es lag den Bastarden wenig daran, die Gerechtsame und Privilegien der Herrlichkeit zu wahren und zu schützen und frech griffen die Nachbarn, welche hier ungestört im Trüben fischen konnten, in die Rechte der Herrlichkeit Afferden ein. Einer dieser Nachbarn war Adrian von dem Bylant, Herr von Well u. Bergen ¹), übrigens ein sehr

¹) Die Herrlichkeit Well und Bergen, nördlich an Afferden und südlich an Arßen grenzend, finden wir 1320 im Besitze des Arnold Vogten von Straelen, der sie in eben diesem Jahre an seinen Verwandten Seger von Straelen Well übertrug (. . . . . vendidimus omnia et singula bona nostra in parochys de Welle et Bergen scilicet omnem nostram jurisdictionem, altum seu summum et bassum seu quotidianum juditium . . . . . . que videlicet jurisdictio se extendit a vinculo dicto rubea ripa juxta Arssen usque ad jurisdictionem ville de Afferden . . . . Urk. im Archiv Haag.) Ein Drittel derselben war Lehn der Herrlichkeit Kuid. 1401 empfing sie Rolman von Arendael, der eine Aelbeit von dem Berg zur Frau hatte, zu Lehn. Sein 1450 belehnter Sohn Johann war vermählt mit Beatrix von Rheidt, der Erbin von Rheidt und vererbte Well an seine Tochter Johanna, die Heinrich von Byland ehelichte, während Rheidt an seine zweite Tochter Adriana, Gemahlin von Wilhelm von Nesselrode, kam. In der Herrschaft von Well folgten sich nun Heinrichs Sohn Otto von Byland, vermählt mit Elisabeth Schenk von Nydeggen; demnächst Adrian von Byland, der Vorigen Sohn, Ehegatte von Anna von Virmund. Adrians Tochter Catharina brachte dem Balthasar von Flodorf Well in die Ehe. Auf Balthasar folgte als Herr von Well sein Sohn Wilhelm Graf von Flodorf, verheirathet mit Anna von der Fels, dessen Sohn Adrian Balthasar Graf von Flodorf Well um das Jahr 1624 an den Statthalter Gelderlands Heinrich, Grafen von dem Berghe verkaufte. Heinrichs Tochter Bernardina Anna heira-

tapferer, im Kriegsbienste erfahrener Mann, der dem Herzoge von Geldern gute Dienste leistete und besonders 1543 an der Seite des Herzogs Wilhelm eine große Thätigkeit entwickelte [2]).

Zwischen den Herrlichkeiten Afferden und Bergen lag und liegt noch das sogenannte Venn, von dem eine jede Herrlichkeit einen Theil besaß. Um die eben angedeutete Zeit der Herrschaft der Bastarde waren einige Bewohner von Affer-

---

thete Bernhard Albrecht Grafen zu Limburg-Bronkhorst-Stirum, dem sie Well zubrachte. Die jüngste ihrer Kinder Juliana Petronella ehelichte Henri comte de Pas, Marquis de Feuquières, Seigneur de Habrunières und erhielt Well als Aussteuer. Graf Pas hatte drei Söhne; Heinrich, Carl und Maximilian. Graf Heinrich war Brigadier in spanischen Diensten und starb kinderlos; Carl, Graf von Pas-Feuquières, Herr von Well, Bergen und Annendael, Kurfürstlich Baierischer Kammerherr und spanischer Obristlieutenant wurde am 11. Mai 1702 bei der Belagerung von Kaiserswerth durch eine feindliche Kugel, die sein Haupt traf, getödtet. Er starb in den Armen des P. Paderborn nach Empfang der heil. Sakramente und wurde in der Kapuzinerkirche dort begraben. Sein Bruder Graf Maximilian erhielt nun Well; dessen Gemahlin ist unbekannt. Ihn beerbte sein Sohn Anton Maximilian Graf von Pas-Feuquières, der eine von Steprath zur Frau hatte, aber kinderlos starb. Er übertrug Well an einen Herrn Lidel, der, wie man sagt, sein Leibarzt war. Der Sohn, dessen Vorname uns nicht bekannt ist, heirathete eine Kojet; er hinterließ einen Sohn und eine Tochter. Ersterer, Peter Bernard, Kammerherr der Kaiserin Maria Louise und durch Napoleon in den Freiherrnstand erhoben, heirathete eine Freyin von Schloisnig, während seine Schwester einen Freiherrn von Schloisnig ehelichte. Peter Bernards Kinder starben vor dem Vater: eine Tochter Sophia und ein Sohn Wilhelm Ludwig Johann Baptist Baron von Liebel, Mitglied der Provinzialstaaten zu Maestricht und Ritter des Ordens vom niederländischen Löwen (geb. 1790 zu Well, gest. 10 März 1849 zu Bonn). Nach Peter Bernard's Tode (185.) kam Well an die freiherrliche Familie von Schloisnig im Oestrreichischen. — Merkwürdigerweise findet im Vorgehenden die noch heute verbreitete Sage, daß im Besitze von Well immer nur drei Generationen einer Familie gewesen, ihre Bestätigung! (Die gegebenen Notizen beruhen auf urkundlichen Nachrichten des Archivs Haag.)

[2]) Slichtenhorst p. 461.

ben, wie gewöhnlich, beschäftigt auf dem genannten Venn, aber auf Afferdenschem Boden, Torf zu graben, als Adrian von dem Bylant, eine Grenzüberschreitung vorschützend, mit Gewalt in das Venn fiel, den gegrabenen Torf wegführte und das verbrannte, was er nicht mitschleppen konnte, oder in die Torfgrube stieß. Hiermit nicht zufrieden, nahm er auch einige der dort arbeitenden Leute gefangen mit nach Well und warf sie dort in den Thurm. Einer von ihnen mußte „eine Tonne Bier geben, bevor er los kam."

Zur selben Zeit am St. Pantaleons-Tage 1529 drang Adrian von dem Bylant mit einem Haufen Bewaffneter in das Dorf Afferden, erbrach gewaltthätig verschiedene Häuser und schleppte mehrere Einwohner gefangen nach Well. Einer derselben, Derick de Wyhe, erzählt diesen Ueberfall folgender-maßen: In der genannten Nacht sei der Herr v. Well mit Gewalt in die Herrlichkeit Afferden gefallen, habe den Unter-thanen die Häuser gewaltthätiger Weise aufgebrochen und ihn und den jungen Jan Veltgens mit eigener Hand gefesselt, mit einem Messer durch seinen Aermel gestochen und seine Arme auf dem Rücken zusammen gebunden. So habe er sie gefan-gen nach Well geführt, dort in einen „beschwerlichen" Thurm geworfen und sie allda als Missethäter unter Hunger und Durst verwahren lassen, bis sie sich losgekauft (was er oftmals ihnen habe empfehlen lassen), oder ihm Kundschaft über die Grenzscheidung seiner Herrlichkeit Well (natürlich in seinem Sinne) ertheilt hätten. Sie seien indessen standhaft geblieben und hätten ihm geantwortet: sie wollten lieber dort sterben, als ihm einen Stüber geben, den sie nicht schuldig wären. — Später seien sie nach Stellung von Bürgen bis auf Weiteres der Haft entlassen, ungefähr 14 Tage vor Weihnachten aber wieder ein-geholt, in den Thurm geworfen und neuerdings beinahe einen Monat lang unter Hunger und Durst festgehalten worden. Sie mußten sich schließlich mit vier Goldgl. loskaufen und wurden erst nach Erlegung derselben aus der Haft entlassen.

Ein anderer Jan Boll entzog sich der ihm zugedachten Gefangenschaft, indem er noch frühe genug in der Person eines Schulzen aus dem Lande Knik einen Bürgen stellte.

Zweien Einwohnern von Afferden ging es schlimmer. Jan Abels wurde mit weggeschleppt, in den Thurm geworfen und mußte sich auf folgende originelle Weise loskaufen. Wie er später im Verhöre erzählt, mußte er nämlich „eine Töte Bier, die „Krentgen“ hieß und ungefähr 3 Quart hielt, in zwei Zügen austrinken und dem Herrn v. Well einen Fisch liefern, der mit beiden Enden über den Roster reiche. Unter der gewiß charakteristischen Bedingung, daß unter letzterem das Kirchenröster (die Todtenbahre?) nicht gemeint sei und daß Jan Abels für jeden Zug mehr einen Salm liefern müsse, trank Jan Abels die Töte in zwei Zügen aus. Da habe, erzählt Abels weiter, der Herr v. Well gesagt: „Gott geb' dem Kerl 100 Drüsen; desgleichen ist mir zuvor nie vorgekommen.“ (Gott geeff den Kerle hondert druese, desgelix en is my nyc meer toe voeren gekoemen.) Jan wurde entlassen und lieferte dem Herrn von Well einen Salm von 15 Pfund. — Der Andere, Jacob Verkynderen, welcher gleichfalls in den Thurm mußte, konnte kein Lösegeld bieten, er wurde an den Flegel gesetzt und mußte ungefähr ½ Jahr lang dreschen, wobei er nur die Kost frei hatte.

Ein Zeugniß der Frau des Küt Hopmanns ist zu interessant, als daß es hier übergangen werden sollte; sie erklärte nämlich, daß der Herr v. Well in eigener Person an dem Hause des Jan Beltgens, dessen Thüren verschlossen waren, eine Glasscheibe entzwei geschlagen und, als sich Niemand im Hause regte, seinen Boten durch die Oeffnung ins Haus habe einsteigen lassen, der dann die Thüre öffnen mußte. Nun sei er selbst in das Haus gedrungen, habe Söller, Keller und Kammern durchsucht, aber den Jan Beltgens, der in die Kirche geflüchtet, nicht gefunden.

Die Veranlassung zu diesen Gewaltthätigkeiten bildete, wie

bereits angedeutet, die Grenze zwischen Well und Afferden, auf welcher das streitige Venn lag. Adrian von dem Bylant suchte auf jede Weise seine Grenze hinaufzuschieben und bediente sich dabei eines Mittels, dessen hier besonders Erwähnung geschieht, um auf einen eigenthümlichen Gebrauch der alten Zeit aufmerksam zu machen, der hier zu Lande allenthalben in Uebung war. Der Herr v. Well fiel nämlich in die Herrlichkeit Afferden und ließ eine (wahrscheinlich zum Tode verurtheilte) Frau an einen Pfahl an der Hoekelumschen beeck (Bach) binnen den Hecken (Grenze) der Bauerschaft Hoekelum rechtfertigen und verbrennen. (Hoekelum gehört zur Herrlichkeit Afferden.)

Die Richtplätze lagen in der damaligen Zeit fast alle auf der Grenze, unzweifelhaft deßhalb, um dadurch diese Grenze dem Gedächtniß der Lebenden besser einzuprägen und Adrian von dem Bylant beabsichtigte durch diese Hinrichtung den Platz als sein Eigenthum in Beschlag zu nehmen. Es gelang ihm dies jedoch nicht, da glücklicher Weise das Gedächtniß der Hoekelumer weiter reichte [1]).

------

[1]) Aehnliches geschah ungefähr 20 Jahre vorher zu Goch. Christoffel v. Wylack, Drost zu Gennep, ließ nämlich auf dem sog. „Geist hoevel" einen Galgen errichten, um einen Dieb, Jelisken genannt, daran zu richten. Die Gocher aber behaupteten, der Galgen stände im Amte Goch und verhinderten die Hinrichtung. Der Dieb mußte auch wirklich in Gennep gerichtet werden; der Galgen aber scheint noch längere Zeit dort gestanden zu haben.

Der Richtplatz von Afferden stand, wie wir oben gesehen haben, gleichfalls auf der Grenze. So auch zu Walbeck, wo z. B. Rolmann Schenk v. N. einen gewissen Gerard Stynen und seinen Sohn genau auf der Grenze auf dem Wymbder Dyk am Galgen hinrichten ließ. Eine Ausnahme fand statt bei Hinrichtung eines Mordbrenners, Heynken Roß, der wegen einer Fehde, worin Walbeck verwickelt war, binnen der Herrlichkeit an der Rupedehegge verbrannt wurde, gleichwie zur selben Zeit aus gleicher Ursache zwei Verbrecher „vor Geldern am Dyk dicht vor den Stadtthoren" und nicht an der gewöhnlichen Richtstätte, der Bynbrügge, gerichtet wurden.

Dieser Zustand der Dinge erheischte nothwendig eine Aenderung in der Herrschaft von Afferden. Aber nur eine kräftige Faust konnte die so verkommenen Verhältnisse wieder in Ordnung bringen, den systematisch niedergerissenen Bau wieder aufrichten und die Eindringlinge, die Bastarde, aus dem usurpirten Blyenbeck hinauswerfen. Es gehörte nicht wenig Muth dazu, die vom Herzoge geschützten, anscheinend rechtmäßigen Besitzer aus ihrer festen Position zu vertreiben. Diesen Muth besaß Deberich von der Lippe genannt Hoen, Herr v. Betgenhausen, der Ende 1529 oder Anfangs 1530 die Wittwe Reyners von Gelre, Aelheit Schenk von Nydeggen, Frau zu Arsen heirathete.

Er war der Sohn von Reynart von der Lippe gnt. Hoen (Hohne), Herrn zu Kassel und Betgenhausen, und von Anna von Krickenbeck gnt. Spoir, die eine Tochter von Johann und Marg. von Betgenhausen ¹) war, und hatte sechs Geschwister: 1. Bertram, Hr. zu Dreveren (Treuen), Drost zu Krakau, der Beatrix von Galen heirathete; 2. Wilhelm, Propst zu Ruremonde und Kanonikus zu St. Gereon in Cöln; 3. Johanna, h. Johann v. Ahr, Erbvogt zu Antweiler; 4. Sophia, Nonne im Kloster St. Cäcilia in Cöln; 6. u. 7. Catharina und Anna, Nonnen im Kloster zum h. Mauritius in Cöln.

Deberich von der Lippe gnt. Hoen war beim Herzoge Carl hoch angesehen und von ihm zu vielen wichtigen Dienstleistungen und hohen Aemtern verwandt, so zu seinem

---

¹) Der Ehevertrag Reinhard's und der Anna von Krickenbeck datirt vom 24. Januar 1491 und ist besiegelt von Bertram von Nesselroide, Herr zu Erensteyn, Ritter, Erbmarschall des Landes v. Berg; Wilhelm v. Nesselroide, Sohn zum Steyn, Wilhelm v. d. Reynen u. Gobart v. Haißfeld, Hr. zu Wyldenbergh und Reynhard v. Krikenbeck gnt. Spoir, Oheim der Braut, Joh. v. Krikenbeck, Vater der Braut, Gerhard v. d. Heystern, Neffe der Braut, Bertram v. Geverthagen gnt. v. Luhenraide, Joh. v. Ruyschenberg, Conrads Sohn, Joh. v. Ruyschenberg, Hr. zu Setrych und Dam v. Roryck.

Rath und später zum Drosten des Amtes Kessel[1]) ernannt worden. Seine tiefe Frömmigkeit und große Rechtlichkeit, verbunden mit Energie und Festigkeit, leuchtet aus allen seinen Handlungen hervor: eine wohlthuende Erscheinung in Mitten character- und schamloser Menschen. Er erheirathete mit Aelheid Schenk von Nydeggen deren Recht auf Blyenbeck und Afferden, das sie bisher als schwache und hülflose Wittwe nicht verfolgt hatte. Ihm war somit das nichts weniger als angenehme Loos zugefallen, sein Erbe den Händen der Usurpatoren zu entreißen und die angegriffenen Rechte und Privilegien seiner Herrlichkeit wieder herzustellen. — Das Erste, was er that, war, den Herzog genau von dem Zustande der Dinge zu unterrichten und ihm die Gefahr vorzustellen, welche für das Land daraus entständen, wenn das hart an der Grenze des Herzogthums gelegene Blyenbeck in fremde Hände gerathe. Der Herzog, der auch wohl früher schon von dem Treiben der Bastarde eine richtigere Vorstellung erhalten haben mochte, gab am 17. März 1530 an Loeff van Egern, Drosten v. Geldern und Franz Voß v. Schwarzenberg, Drosten von Krickenbeck, den Befehl:

„Da ihm berichtet worden, daß die nachgelassenen Kinder des sel. Derick Schenk unehrlich und schlecht mit einander leben, so daß vorauszusehen, daß sie Blyenbeck mit der Herrlichkeit Afferden abstehen und vielleicht an Fremde verbringen werden — was ihm und dem Lande nicht angenehm sei, da die Güter auf der Grenze lägen — so beabsichtige er, die genannten Güter zum Behuf der Aelheit Schenk von Nydeggen Frau zu Arßen, die dazu am meisten Berechtigung habe, nach ihrem Werthe anzukaufen, indem Blyenbeck und Afferden

---

[1]) Als Solcher entwickelte er besonders 1538 nach dem Tode Carls v. Egmont eine nicht unbedeutende Thätigkeit, wovon seine noch vorhandene Drostamtsrechnung von 15³⁸/₃₉ den Beweis liefert. Eine Zeitlang verwaltete er damals auch das Drostamt Krikenbeck.

sein Lehn und Offenhaus sei und ihm als Landfürsten und Lehnherrn der Vorkauf zustehe, und befiehlt deßhalb, sich mit Derick von der Lippe gnt. Hoen, Herrn zu Gribbenvorst ohne Verzug und Weigerung nach Blyenbeck zu begeben, um das Haus für ihn, den Herzog, einzufordern. Weigerten sich dessen die Schenk, so sollten sie Mittel und Wege suchen, das Haus einzunehmen und demnach den Kauf abschließen, zu welchem die Kinder ihre Freunde und Verwandten laden dürften, damit er ehrlich und aufrichtig geschehe, da es nicht seine Absicht sei, die Kinder zu betrügen, sondern er nur wünsche, daß die Güter nicht in fremde Hände gelangen."

Bereits am 26. März wurde der Befehl ausgeführt. Die beiden Drosten nebst Deberich von der Lippe gnt. Hoen und einigen Bewaffneten nahmen an dem genannten Tage, ohne Widerstand zu finden, Besitz von Blyenbeck und der Herrlichkeit Afferden; die Kinder wollten sich aber in einen Verkauf nicht einlassen. — Die Drosten verlangten nun neue Instructionen und am 28. März ertheilte der Herzog den Drosten der vier Aemter des Oberquartiers, Loeff v. Egeren, Johann v. Wittenhorst, Franz Voß v. Schwarzenberg und Wilhelm v. Blodorp Befehl: sich erster Tage an einem gelegenen Orte zu versammeln, die Kinder vor sich laden und mit ihnen zum Nutzen des Landes über die Uebertragung des Hauses Blyenbeck mit der Herrlichkeit an ihn gegen eine vereinbarte Summe verhandeln zu wollen. Der Herzog benachrichtigte hiervon auch den Erzbischof von Cöln. (Orig. in Arnheim.)

Nun kam zwischen Deberich von der Lippe gnt. Hoen und den Kindern der Kauf zu Stande, abgeschlossen wurde er jedoch noch nicht. Zuvor machte Deberich von der Lippe dem Herzoge hiervon Mittheilung, der den Kauf indeß sanktionirte und am 14. Mai 1530 die Räumung des Schlosses an den Drosten des Amts Kessel, Johann v. Wittenhorst verfügte, indem er an ihn folgendes Schreiben richtete:

„Lieber Getreuer, Derick von der Lippe gnt. Hoen, Herr

zu Gribben, hat uns zu unserer Freude geschrieben und zu
erkennen gegeben, daß er mit eurer Hülfe und der des Johann
Druener mit Derick Schenk wegen des Hauses Blyenbeck und
der Herrlichkeit Afferden sich vertragen und des Kaufs eins
geworden sei. Demnach lassen wir euch wissen, daß uns der
Kauf und Vertrag gefällt und wir uns darüber freuen; befehlen
darum mit Ernst, daß ihr euch ersten Tages nach Blyenbeck
verfügt und der nachgelassenen Wittwe von Derick Schenk mit ihren
Kindern in unserm Auftrage befehlt, das Haus unverzüglich zu
räumen und daß ihr Zugehörige mit zu nehmen, was ihr gütlich zu verabfolgen ist. Auch wollet ihr den nachgelassenen
Söhnen von Derick Schenk in unserem Auftrage bei Leib und
Gut ernstlich befehlen, daß sie sich weder mit Worten noch mit
Werken an Derick von der Lippe und an seine Diener stören,
sondern ihn im unbehinderten, friedlichen Besitz und Gebrauch
des Hauses ꝛc. belassen sollen. Des verlassen wir uns gütlich.
Gegeben in unserer Stadt Arnheim 14. Mai 1530."

Charles.   gez. Birssen.

Zehn Tage nach diesem Befehl, am 24. Mai, wurde dann
auch der Vertrag in Gegenwart der Lehnmänner Loef v. Egeren, Johann v. Wittenhorst und Johann Druener, Bürgermeister von Ruremonde — jedoch noch nicht in gesetzlicher
Form — abgeschlossen. Es wurde darin stipulirt, daß für die
Summe von 3500 goldnen enkeln (einzelnen) kurf. rhein.
Gulden (wovon 600 gleich gezahlt, der Rest von 2900 Goldgl.
nach einer am selben Tage beurkundeten Verschreibung als
Rente von 150 Goldgl. jährlich auf St. Servatius zahlbar[1])
dem Gute Betgenhausen im Amte Tilz zur Last gelegt wurden).
Seitens Derick Schenk von Nydeggen (ältesten Bastardsohn)
und Marie von Galen, Eheleute, an Derick von der Lippe gnt.
Hoen und Aleit Schenk v. N., Eheleuten und deren Erben

---

verkauft werde: die ganze hohe Herrlichkeit Afferden und das Haus Blyenbeck mit allen Hoheiten, Kirchengiften, Hörichkeiten, Lehnen, Lathen, Leibgewinnen und Erbzinsgütern, den Jahrrenten, Zinsen, Gütern, Pächten und Rechten, welche dazu gehören und von den Brüdern Johann und Derick Schenk ehedem besessen worden waren, nebst allem dem, was davon versetzt, verkauft oder verdunkelt worden ist; desgleichen alle Herrlichkeit, Hoheit und die Güter betreffenden Urkunden, Register u. s. w., welche Verkäufer besitzen. Einzig ausgenommen bleibt das von Derick Schenk in Hockelum vererbpachtete Leibgewinnsgut. Erst am 20. August desselben Jahres erhielt dieser Vertrag seine Authenticität, indem darüber in Gegenwart und unter Mitbesiegelung von Loef v. Egeren, Cornelius v. Boetberg, Erbmarschall v. Geldern und Gaert v. Boickholt nach Bezahlung der 600 Golbgl. eine Urkunde in legaler Form unter Hinzufügung der Bedingung aufgenommen wurde, daß, im Falle das Urtheil in der zu Cöln zwischen dem Hrn. v. Hüls und den Kindern wegen der Unrechtmäßigkeit der Ehe schwebenden Prozesses gegen Letztere laute, Verkäufer und ihre Erben keinen weitern Anspruch auf den Rest-Kaufpreis von 2900 Ggl. oder 150 Ggl. Rente haben sollten, dagegen nicht verpflichtet seien, die bis dahin empfangenen Summen zu restituiren. Deberich v. d. Lippe ließ nun Blyenbeck wieder in einen bewohnbaren Stand setzen und legte die nöthigen Befestigungen an, was bei der großen Verwahrlosung keine kleine Sache war und große Kosten verursachte.

Der von Derick Schenk als ältestem Sohne betriebene und abgeschlossene Verkauf mißfiel indessen den übrigen Bastarden gar sehr; das vorhin erwähnte herzogliche Gebot nicht achtend, erschienen sie, mit Gewehr und Büchsen ꝛc. bewaffnet vor Blyenbeck, indem sie Deberich von der Lippe „unter Schimpf- und spitzigen Worten schmähten, dessen Diener unter Drohungen herausforderten und sich überhaupt als Eigenthümer gerirten." Hiervon benachrichtigt, erließ der Herzog am 6. Juli 1530

an die Drosten von Geldern und von Kessel den ernstlichen
Befehl, „sich erster Tage dahin zu begeben, wo sie die Bastarbe,
ihre Mutter und Schwestern zu finden wüßten, und ihnen
nochmals bei Leib und Gut zu befehlen, daß sie sich fürber
weder mit Worten noch mit Werken an den Herrn von Afferben sowohl als an die Seinigen und seine Güter anders als
auf gerichtlichem Wege wendeten; handelten sie hiergegen, so
gedenke er sie zum Exempel für Andere zu strafen. Wenn
baher der Herr von Afferden ihnen (ben Drosten) bießfalls
Mittheilung mache, so sollten sie die Bastarbe ohne Aufschub
festnehmen und ihm überliefern." — Zu gleicher Zeit verfügte
der Herzog auch die Auslieferung der noch von den Bastarben
zurückgehaltenen Archivalien.

Dessenungeachtet ließen die Kinder von ihrer Art nicht;
ihr gemeiner, zu niedrigen Excessen geneigter Charakter konnte
sich nicht zur Ruhe bequemen. In einer Anklageschrift sagt
hierüber Deberich von der Lippe gnt. Hoen, daß er sie zu Afferden
in der Kirche auf dem „Koir" mit geladenen Büchsen schimpfend,
nicht als fromme Leute, sondern als Buben und Feinde gefunden habe; sie hätten den Engel vom Kirchthurme herunter-
geschossen, an des Pastors Haus, wo die Frau von Hüls
grabe anwesend gewesen, geschossen, und dem Herrn Pastor
gedroht, ihn mit einem Pfeile zu durchbohren. — Ein Brief
an Deberich von der Lippe lautet wie folgt:

„Wisset mein lieber Junker, daß dieser verzweifelte Pfaffe
(Wynand Schenk) gestern während unserer Frauen Lob in
der Kirche gewesen ist mit der Büchse auf der Schulter und
dem Horn um den Hals und daß er seine Lunte an unserer
lieben Frauen Kerze auf dem Altare angezündet, den Kaplan
einen unfrommen Mann gescholten hat. Darauf hat er vor
des Richters Thüre Gewalt gethan, die Frau schlagen wollen
und in die Wand mit einem Beile geschlagen."

Zwischen Peter, Heinrich und Winand Schenk und ihren
Vettern, dem Pastor von Afferden, Heinrich Schenk, dem Rich-

ter Lambert Schenk und deren Schwager Arnt Kremer hatte schon lange Zeit Haß und Streit bestanden und bereits viermal hatte Dederich von der Lippe durch die Schöffen Frieden bieten lassen. Erstere waren jedoch wenig geneigt, diesen zu halten; Heinrich Schenk sogar verwundete den Pastor löblich. Nun ließ Dederich von der Lippe Heinrich und Wynand verhaften und nach Blyenbeck bringen; zwar gab er sie auf die Bitten seiner Frau bald wieder frei, jedoch mußten sie vorher in einem gerichtlichen Vertrag d. d. 28. März 1531, den sie annahmen und unterschrieben, geloben, von nun an nichts mehr gegen Derich von der Lippe und seine Kinder, gegen den Pastor, den Richter und gegen Arnt Kremer oder Andere von Afferden vorzunehmen, was Gezänk verursachen könnte und in Kleinem und Großem, mit Worten und Werken Frieden halten zu wollen. Hätten sie gegen Vorgenannte Klage zu führen, so sollten sie dies auf gebührlichem Wege thun. Im Falle sie dagegen handeln, verpflichten sie sich, auf Begehren des Tederich von der Lippe freiwillig auf Blyenbeck zu erscheinen. Die Veranlassung dieses Streites war das früher erwähnte Verbot des Erzbischofs von Cöln wegen der Verpfändung u. s. w. der Güter von Derick Schenk geworden, welches Verbot der Pastor von Afferden von der Kanzel verkündigen mußte.

Damals schon suchten die Bastarde dieses auf jede Weise zu verhindern, sie schickten sogar ihren Halbbruder Otto Schenk zum Pastor und ihren Tiener Reynard zum Kaplan mit der Drohung, sie zu erstechen, wenn sie den Erlaß proklamirten.

Die händelsüchtigen Bastarde lebten übrigens auch unter sich nicht in Frieden, besonders aber war es der älteste Bruder Derick, der durch den selbstständig abgeschlossenen Verkauf Blyenbecks, wie schon erwähnt, den Streit anfachte. Derick war klug genug, einzusehen, daß Widerstand ihre Lage nur verschlimmern könnte und indem er der Nothwendigkeit wich, sorgte er zugleich dafür, daß er dabei pecuniär gewann. Hiermit waren natürlich seine Geschwister nicht zufrieden und der Streit unausbleiblich. An eine gütliche Einigung war dabei nicht zu denken, selbst gewählte Schiedsfreunde konnten sie nicht erzielen. Als solche hatte Derick Schenk, Joh. v. Wittenhorst, Herrn zur Horst und Joh. Dryoener, Bürgermeister v. Ruremonde; seine Mutter und Geschwister, Joh. v. Kessel und Wolter v. Meer mit Conrad Poenn, Secretair der Stadt Gelbern, gebeten, zum Obmann aber Jacob v. Domburg, Ritter, Herrn v. St. Achten und Johans-Kirche, Stallhalter des Oberquartiers, erwählt. Als auch erstere sich nicht einigen konnten, mußte der Obmann, dessen Urtheil die Partheien sich im Voraus unter Strafe von 1000 Ggl. unterworfen hatten, Recht sprechen. In der von ihm aufgerichteten Erbscheidung wurde nun festgestellt:

1. Derick Schenk erhält im Voraus von dem Kaufpreis von Blyenbeck (3500 Ggl.) 2000 Ggl. und dazu zwei Leib-gewinnsgüter u. s. w.

2. Die übrigen Geschwister bestätigen den Verkauf Blyen-becks und geloben, fortan nie mehr eine Klage oder Ansprüche deswegen zu erheben oder erheben zu lassen; sie verpflichten sich, alle darauf bezüglichen Bücher, Briefe, Register ꝛc. ab-zuliefern.

3. Johann Schenk erhält die Hoheit Walbeck und alles dazu Gehörige bis zu 50 Ggl. Einkünfte. In ein plus sollen die Geschwister theilen; jedenfalls aber muß er an seine Mutter jährlich nach Gelbern oder Walbeck 20 Fuder Torf liefern und seinem Bruder Peter eine Hofstelle zur Erbauung eines Hau-ses, bienst- und steuerfrei und einen Walbeck'schen Morgen groß, anweisen. Sodann soll er zu den Heiligen schwören, daß er den Schenkungsbrief von Walbeck von seinem Vater ehrlich erhalten habe; so er dieses nicht thue, solle der Obmann urtheilen.

4. Die Mutter erhält als Leibzucht von den, vom oben genannten Kaufpreis erübrigten 1500 Ggl. 75 Ggl. jährlich ihr Leben lang durch ihren Sohn Derick ausgezahlt und fallen die 1500 Ggl. nach ihrem Tode an die Kinder zurück.

5. Alle andern hier nicht genannten Güter, welche die Kinder besitzen, kommen unter diesen zur Theilung u. s. w.

In Bezug auf den Punkt 2 schon erwähnten Verkauf Blyenbeck's wurde noch in einer besondern Urkunde festgestellt und vom Obmanne bestätigt, daß die Bastarde (Mutter und Kinder) bei Strafe von 1000 Ggl. den Dederich v. d. Lippe gnt. Hoen, dessen Ehefrau und Erben allzeit bis zu ewigen Tagen in dem Besitze der Herrlichkeit, Hoheit und Burg zu Afferden mit dem Hause Blyenbeck und allem Zubehör, es seien Zehnten, Zinsen, Leibgewinne, Lehne u. a., nichts ausgenommen, belassen und nun und nimmer Ansprüche darauf machen sollen.

Wie wir so eben gesehen, hatte Johann Schenk sich im Besitz von Walbeck behauptet, wie es ihm auch in der Erbscheidung wiederum zugesprochen wurde. Seine Ansprüche auf Walbeck gründeten sich, wie vor bemerkt, auf eine angebliche Schenkung seines Vaters an ihn. Diese existirte wirklich; sie trug das Datum vom 4. September 1522 und war in aller Form Rechtens von dem Gerichte von Walbeck aufgenommen und besiegelt. Indessen zweifelten schon seine Geschwister an der Aechtheit dieses Aktenstückes, so daß ihm selbst der Nachweis der Aechtheit durch Eidesleistung auferlegt wurde. — In der That sprachen auch gar gewichtige Gründe gegen die Aechtheit. So hatte Derick Schenk v. N., Johanns Vater, noch 1524 eine Schuld auf Walbeck contrahirt, wegen welcher nach dessen Tode zwischen der Frau zu Arßen und .ben Bastarden der schon früher gemeldete Vertrag abgeschlossen wurde. War Walbeck Johann's Eigenthum schon 1522, wie konnte Derick 1524 Walbeck verpfänden? Letzterer wurde denn auch bis zu seinem Tode Herr von Walbeck genannt, wie die sämmtlichen Schöffen nebst dem Pastor und dem Kaplan von Walbeck ausdrücklich bezeugen. — Nach Johann's Behauptung war ihm nämlich Walbeck nicht etwa testamentarisch vermacht, so daß er erst nach dem Tode des Vaters den Besitz hätte antreten können, sondern förmlich zum sofortigen vollen Eigenthum geschenkt worden, also ein Geschenk inter vivos, was er allerdings, um seine Besißung zu retten, angeben mußte, da eine solche testamentarische Verfügung wegen der vorhandenen rechtmäßigen Erben null und nichtig gewesen wäre. — Uebrigens wurde die Unächtheit der Urkunde auch später bewiesen.

Am 23. Juni 1534 nämlich erklärte vor Richter und Schöffen der Stadt Geldern, Conrad Poeyn, Secretarius der Stadt, daß er auf Ersuchen von Antonis Frenkel, Scholtis und etlichen Schöffen von Walbeck ein oder zwei Jahre nach dem Tode von Derick Schenk v. N. über die Uebertragung der halben Herrlichkeit Walbeck durch eben diesen Derick Schenk v. N. an seinen Bastardsohn Johann einen gerichtlichen Act entworfen, den genannten Schöffen vorgelegt und nach deren Genehmigung angefertigt habe! Die Urkunde von 1522, welche sich originaliter im Archiv Haag befindet, ist hiernach falsch, ca. 6 Jahre später angefertigt und zurückdatirt. — Wir werden hierauf zurückkommen.

Während dieser Zeit hatte der von dem Herrn von Hüls bei dem geistlichen Gericht betriebene Prozeß wegen der Ungültigkeit der Ehe zwischen Derick Schenk v N. und Aelheit Cüsters seinen Fortgang genommen. Anfangs nahm derselbe eine den Bastarden günstige Wendung, indem das erste Urtheil, wahrscheinlich zu Cöln gesprochen, die Ehe aufrecht erhielt; die Sache aber wurde nun einer zweiten Instanz überwiesen und die damit beauftragten Commissare cassirten d. d. Coblenz 26. Novbr. 1533 das frühere Urtheil und entschieden: „daß, weil „eine Ehe zwischen Derick Schenk und Aelheit Cüsters nicht bestanden habe und nicht habe bestehen können, darum deren Kinder unächt seien und den Vater nicht haben beerben können, „die Kläger Cath., Frau zu Hüls und Hermann, ihr Bruder, „als nächste Erben zur Erbschaft des D. Sch. zuzulassen seien.“

Die Bastarde griffen indessen ihrerseits dieses Urtheil an und appellirten nach Rom.

Wir haben aus dem Vorhergehenden ersehen, daß der Herzog immer noch an der Rechtmäßigkeit der Ehe von Derick Schenk und Aelheit Cüsters festhielt; bei dem Verkaufe Blyenbecks kam lediglich die schlechte Lebensweise der Bastarde und damit die Befürchtung einer dem Lande ungünstigen Verschleppung des Hauses zur Sprache, nicht aber die Rechtmäßigkeit oder Unrechtmäßigkeit der Ehe; selbst Deberich v. d. Lippe gnt. Hoen scheint diese Frage nicht berührt und sie seinem Verwandten, dem Herrn von Hüls, einzig überlassen zu haben. Das Urtheil von Coblenz änderte die Sachlage: auch der Herzog begann nun an der Legitimität der Bastarde zu zweifeln. Am 18. Februar 1534 verfügte der Herzog an den Drosten zu Geldern, Loef von Egeren:

„Lieber Getreuer. Wir erfahren, daß die Kinder des sel. Derick Schenk unächt sind und sich bisheran mit falschen Kundschaften, Zeugnissen und Beweisstücken für ächt gehalten haben und haben beschlossen, die Sache zu untersuchen und beide Partheien vorzuladen; befehlen euch deshalb mit Ernst, daß ihr die nachgelassenen Güter von sel. Derick Schenk, in eurem Amte gelegen, zur Stunde beschlagnahmt und den Pächtern bei ihrem Leibe und Gute aufs Schärfste befehlet, daß nichts verbracht werde, bis die Sache untersucht und beendigt ist."

Sodann erließ der Herzog im Einverständniß mit seinen Räthen am 18. März 1534 die Verordnung, daß ein Verwalter die Schenk'schen Güter bis zur Endentscheidung zu administriren habe, so zwar, daß die Einkünfte in drei Theile getheilt, den Kindern ein Theil, zur Fortführung des Prozesses ein Theil und ein Theil zur Reparatur und Unterhaltung der Güter, wie zur Besoldung des Verwalters verwendet werde. Als Verwalter wurde gleichzeitig Martin Schenk, Scholtis des Landes von Kessel, ernannt, der eidlich geloben mußte, die Verwaltung gut und treu zu führen.

Sodann verfügte der Herzog am selben Tage die Untersuchung in Betreff derjenigen Güter, welche die Kinder vor dem Tode ihres Vaters in ruhigem Besitz gehabt hatten und demnach von der Sequestration ausgeschlossen blieben, und übertrug diese Untersuchung dem Statthalter Ritter Jacob von Domburg.

Der Herzog hatte mit der Untersuchung der Ehesache verschiedene seiner Räthe, u. A. den Statthalter Jacob v. Domburg, Ritter, Joh. v. Wittenhorst, Hr. zu Horst, Dr. Werner v. Boebberg, Fürstl. Rath und Joh. Schirvell, betraut, welche die Zeugen zu vernehmen und dem Herzoge Bericht zu erstatten hatten.

Es wurden der Reihe nach sämmtliche Personen, die mehr oder minder bei der Eheschließung betheiligt oder darüber Aufschluß zu geben im Stande waren, vorgeladen oder ihre Zeugnisse eingefordert. — Der Pastor von Afferden, Heinrich Schenk, gab zuerst (26. Febr. 1534) sein Zeugniß ab; er erklärte, von der Ehe nichts zu wissen und auch von Niemandem zu einer Dienstleistung bei derselben aufgefordert worden zu sein. Am Tage der Trauung sei er früh Morgens vor der Messe auf das Verlangen des Derick Schenk mit dessen Sohn Johann nach Vormeer gegangen, um dort ein Lathgut zu sinnen und zu winnen und währenddessen seien durch seinen Kaplan, der hierzu unter Androhung von Strafe und Bann gezwungen worden, die Aufrufe in seiner Kirche vorgenommen worden. — Die Aussagen des genannten Kaplans bestätigten vollständig des Pastors Zeugniß.

Thoenis Helden (auch Thys von Aldekerk genannt) Kaplan zu Bergen und später Pastor von Well, welcher, wie wir sahen, bei der Eheschließung als Zeuge fungirte, gibt, indem er Deberich v. d. Lippe um Gottes Willen um Verzeihung bittet, die Erklärung, daß er alle Aussagen in dem von ihm unterzeichneten Actenstücke fälschlich erdacht und erlogen habe und zu dem Zeugniß durch den Bastarden Derick Schenk mit

schönen Worten unter den Versprechungen, später auch bei Erledigung eines Benefiziums seiner gedenken zu wollen, überredet
worden sei. — Um der gerechten Strafe zu entgehen, machte
er sich auch später aus dem Lande.

Die abgegebenen Zeugnisse der Richter und Schöffen von
Afferden, Arßen, Walbeck u. s. w. alle hier mitzutheilen, kann
nicht unsere Aufgabe sein und soll nur des Verhörs hier gedacht werden, das der Notar v. d. Heiden zu bestehen hatte.
In diesem erzählt er getreu den Hergang der Handlung, so
wie er vorhin mitgetheilt worden, und gesteht, daß ihm diese
Sache viele Arbeit verursacht habe; er sei auch in derselben
Angelegenheit nach Köln gegangen und habe dafür nur 1
Malter Gerste und 6 Stbr. Zehrgeld erhalten. Nachdem er
eingestanden, daß er den über die Eheschließung handelnden Act
leichtsinniger- und fälschlicherweise vollzogen habe, wurde er festgenommen und gefangen auf das Haus Horst gebracht, wo
auch die Aelheit Güsters auf Befehl des Herzogs 30 Wochen
lang festgehalten wurde. Des Notars Kopf saß nicht mehr sehr
fest auf dem Rumpfe; er hatte sein Leben verwirkt. Da bat
er die Schöffen von Venray, Henrich v. Beckt und Johan
Schoermans, für ihn durch Vermittlung des Amtmanns Joh.
v. Wittenhorst und des Statthalters Jacob v. Domburg beim
Herzog Gnade zu erflehen. „Nicht ohne große Mühe und Arbeit", wie der Statthalter an Joh. v. Wittenhorst schreibt,
erlangte er vom Herzoge die Freilassung des Notars unter der
Bedingung, daß dieser 400 Gulden zur Anschaffung von Kalk
und Steinen ꝛc. (wozu ist nicht gesagt) zahle. Der Notar
zahlte und wurde seiner Haft entlassen.

Was die Schuld der Bastarde noch vergrößerte, war die
fortgesetzte Fälschung von Urkunden und Zeugnissen, die zum
Beweise für ihre schlechte Sache dienen sollten. So hatten
sie ein Zeugniß von dem Pastor von Well und dem Vicar
von Afferden Johan Helden, dem Vicar Derick von St. Thoenis und dem Kirchmeister unterschreiben lassen, worin diese

erklären, „gesehen und gehört zu haben, daß die Copulation zwischen Derick Schenk von Nydeggen und Aelheit Cüsters nach dem
Befehl des Erzbischofs von Köln vollzogen worden sei und daß
D. Sch. zu seiner Frau nach derselben gesagt habe: „Siehe Aelheit, seid ihr nun nicht wohl zufrieden? Was ich vor 40 Jahren
euch gelobt, habe ich nun vollbracht; nun will ich friedlich
und ruhig sterben u. f. w." Diese Erklärung trägt als Datum
den 16. Juli 1529. In Bezug auf dieselbe bekannten die
Unterzeichner sämmtlich, die Urkunde auf gutem Glauben und
auf die guten Versprechungen der Bastarde hin ohne Kenntniß
des Inhalts unterschrieben zu haben; der Pastor von Well
erklärte sogar ausdrücklich, niemals mit Derick Schenk eine
Unterredung gehabt, ja ihn sein Lebtag nicht sprechen gehört
zu haben.

Die Untersuchung legte das ganze Gewebe von Fälschun-
gen und Betrügereien, das von den Bastarden mit so vieler
List zur Rettung des usurpirten Besitzes angelegt worden war,
blos. Ihre Schuld war evident erwiesen und der Herzog erließ
am 20. April 1584 folgendes Placat:

„Wir thun kund; also uns von einem Theile unserer
Räthe, die davon unsertwegen gut unterrichtet sind, berichtet
worden von der merklichen unerhörten Listigkeit und Falschheit,
welche in der Sache und Zwistigkeit unseres lieben getreuen
Derick v. d. Lippe gnt. Hoen, Herrn zu Gribben und Afferden
mit seinem Schwager, dem Herrn v. Hüls, wegen der nachgelassenen Kinder des sel. Derick Schenk, des Alten, gebraucht
worden, wodurch dessen Nachlassenschaft ersteren Beiden bisher
durch die Kinder entzogen blieb, und da wir wie billig als
Landfürst und Lehnherr darauf zu sehen und solches zu remi-
biren haben, — so bekennen wir Herzog 2c., daß wir um deswillen
den vorgenannten Derick v. d. Lippe und seinen Schwager in
allen nachgelassenen Gütern, es seien herrliche oder andere
Güter, die der genannte alte Derick Schenk hinterlassen (ausgenommen die Güter, welche er seinen natürlichen Kindern

ehrlich in Siegel und Briefen gegeben und vermacht hat, und welche wir auf besondern Rath und wegen der uns verfallenen Strafen an uns selbst noch behalten) gestellt und gesetzt haben, stellen und setzen mit diesem unserm offenen Placat; befehlen hierum Euch, unsern lieben Rath und getreuen Herrn Jacob v. Dombergen, Ritter und Statthalter, sodann unsern sämmtlichen Amtleuten und Unterthanen unseres Oberquartiers von Ruremonde, worunter diese genannten Güter gelegen sind, daß Ihr unsern lieben getreuen Derick von der Lippe und seinen Schwager in die bemeldeten Güter (ausgenommen die oben schon bezeichneten) stellet und im Gebrauch derselben haltet rc. Das ist also unser ganzer Wille und unser ernste Meinung." —

Zwei Tage später am 22. April verkaufte der Herzog an Derick v. d. Lippe und dessen Ehefrau alle ihm zugefallenen beweglichen oder unbeweglichen Güter des Derick Schenk v. Nydeggen.

Es handelte sich hierbei nur um die Herrlichkeit Walbeck und die kleinern Güter, welche im Besitze der Bastarde geblieben waren, die Hauptgüter Blyenbeck und Afferden waren ja schon an die rechtmäßigen Erben gelangt. Wegen Walbeck's erließ der Herzog am 23. April 1534 an die Drosten von Gelbern und Kessel, Loef von Egeren und Joh. v. Wittenhorst, Herrn zu Horst, folgendes Schreiben:

„Liebe Getreue. Nachdem die Kinder des sel. Derick Schenk als unächt befunden worden und darum die nachgelassenen Güter desselben an die rechte Erbin, nämlich an unsere besonders liebe Aelheit Schenk, Frau zu Arßen, gefallen sind, so befehlen Wir euch mit Ernst, daß ihr euch mit unserm lieben getreuen Derick von der Lippe genannt Hoen, Herrn zu Gribben und Afferden in die Herrlichkeit Walbeck verfügt und den Unterthanen der halben Herrlichkeit in unserm Auftrage befehlt, ihm als Mann und Vormund seiner genannten Hausfrau an Stelle der Schenken als Herrn zu huldigen und den Eid zu schwören."

Johann Schenk, der, wie vor gemeldet, ein Recht auf Walbeck beanspruchte, gab aber sein Besitzthum nicht gutwillig auf; er mußte zwar dem ausdrücklichen, herzoglichen Befehle weichen, jedoch versuchte er, seine auf die Schenkung seines Vaters sich gründenden Ansprüche aufrecht zu erhalten und wandte sich an den Herzog um nochmalige Untersuchung. Sie wurde bewilligt, und nachdem die nöthigen Beweisstücke beschafft waren, wurde Johann Schenk nebst seinen Geschwistern auf Montag den 6. Juli 1534 nach Arnheim vorgeladen. Nur Johann erschien. Nochmals wurde nun hier die ganze Ehe-Angelegenheit einer gründlichen Prüfung unterworfen und am 11. Juli vom Herzoge in Gegenwart seiner Räthe: Ritter Jacob von Domburg, Heinrich von Groiff, Erbdrosten von Erkelenz, Magister Arnold von Grunthuys, Licentiat Hermann Knoppert, Magister Sweder von Kervenheim, Werner von Boedbergh und Alex von Harbewick folgendes Urtheil gefällt, das in authentischer Form mit des Herzogs Unterschrift und Siegel versehen, im Original vorliegt und in deutscher Uebersetzung also lautet:

„Wir Karl von Gottes Gnaden Herzog von Geldern und Gülich, Graf von Zütphen u. s. w. Thun kund: Also seit langer Zeit Zwist und Streitigkeit bestanden und sich erhalten hat zwischen unserm lieben getreuen Derick von der Lippe gnt. Hoen, Herrn zu Gribben und Afferden und Gaedert Haeze, Herrn zu Hüls, als Männer und Vormünder ihrer Hausfrauen, einer- und des seligen Derick Schenk von Nybeggen nachgelassenen Kindern andererseits, herkommend von der vermeinten Ehe des vorbenannten Derick Schenk und der Aelheid Cüsters, haben Wir hiebevor etlichen von unsern Räthen und Dienern Befehl und Auftrag gegeben, Unserwegen hierüber Alles zu untersuchen; dieselben haben befunden, daß die nachgelassenen Kinder des sel. Derick Schenk und der Aelheid Cüsters durch vorbedachte Falschheit und List die hinterlassenen Güter des Derick Schenk bis heran besessen, und daß sie eine Sentenz, die Ehe betreffend, erlangt, dabei den Richter betrogen und umgangen haben zur großen Verachtung des Sakramentes der Ehe und zum Nachtheil der rechten Erben, wodurch allein sie Leib und Gut verwirkten. Wir haben dieser billigen Ursachen halber unserm lieben getreuen Derick von der Lippe und seiner Hausfrau Aelheit Schenk von Nybeggen, Frau zu Arßen und ihren Erben alle die Güter, welche den Bastardkindern von Derick Schenk vorhin gegeben worden oder zukommen mögen, bewegliche oder unbewegliche, nichts davon ausgenommen, gleichwie Uns dieselben, wie gesagt, verfallen und verwirkt sind, für eine Summe Geldes ganz und all verkauft und übertragen, Alles vermöge Siegel und Briefe, welche sie darüber besitzen. Worauf Johann Schenk, Bastard, des alten Derick Schenk Sohn, an uns supplicirt und geklagt und den genannten Derick Hoen höchlich verklagt und seine Ehre und guten Namen geschmäht hat, was wie billig, Derick Hoen sich angezogen und um die Klage und Supplik als erlogen zu beweisen und seine Ehre und guten Namen zu vertheidigen, sich erboten hat, Bürge dafür zu stellen, wogegen Johann Schenk keinen Bürgen zu stellen hatte als seinen Hals, den er, falls er seine Supplik nicht beweisen und wahrhalten könne, verlieren und abschlagen lassen wolle. Da aber Johann Schenk Kläger war und keinen Bürgen stellen konnte, sind Wir billigerweise genöthigt worden, den Bürgen zu „leenen" und ihn auf St. Johanns-Thor binnen Arnheim gefänglich setzen zu lassen; jedoch haben Wir ihn, damit weder er noch seine Geschwister klagen könnten, verkürzt oder gedrängt zu sein, mit Belieben und Erlaubniß des Derick Hoen wieder auf gebührliche, durch den hochgelehrten, Unsern lieben Rath und getreuen Meister Hermann Knoppert vorgenommene „Handtastingh" freigelassen. Und haben Wir Derick Hoen und Johann Schenk mit seinen Brüdern und Schwestern (wofern sie die Falschheit vertheidigen und dagegen eintreten wollten, was der obengemelte Johan angenommen hat), einen bequemen und gelegenen Tag angesetzt zur Vorlegung ihres Bescheides, der Siegel, Briefe, Kundschaften und Beweisstücke und den Derick Hoen dahin bringen und bewegen lassen, daß er dem Johann Schenk soviel Geld entrichten und geben wolle, als diesem in dieser Sache zur Verfolgung seines Rechtes nöthig sein würde, wozu sich Derick Hoen gutwillig, obgleich dessen nicht schuldig, erboten hat.

Bekennen Wir Herzog, daß der obengedachte Derick Hoen mit seinen Freunden und Johann Schenk mit seinem Vertheidiger allein, da seine Brüder und Schwester ausgeblieben, nun allhier binnen unserer Stadt Arnheim dem letzten Abschied gemäß vor unsern sämmtlichen Räthen erschienen sind, wo ein jeder seine Beweise, Reden und Gegenreden des Längern zwei oder drei Tage nach einander gründlich erörtert und hat verhören lassen, wo auch ein Theil der Zeugen, namentlich der Notar und Andere, die bei der Trauung und Solemnisation der Ehe gerufen und requirirt gewesen sein sollen, in Person verhört und examinirt worden sind, welche offen bekannt und zu erkennen gegeben haben, daß sie durch Falschheit und List betrogen und dazu gebracht worden seien und haben deshalb Gnade anstatt Recht begehrt, da sie unwissend und auf gutem Glauben und Vertrauen, auch durch Drohungen der genannten Bastardkinder ihre Unterschrift abgegeben hätten.

Also sich nach reiflicher Erwägung der Sache, der Siegel und Briefe, Kunden und Kundschaften abermals klar und offen befunden hat, daß in dieser Sache nichts anders, denn Falschheit und Buberei von Anfang bis zum Ende gebraucht worden ist, und daß Johann Schenk, Bastard, seine Supplik und Klage in keiner Weise hat können bewahrheiten, sogar selbst bekannt hat, schlecht und fälschlich hierin gehandelt zu haben und von Uns Gnade, von Derick Hoen und seinen Miterben Freundschaft begehrt und Letztere gebeten hat, seiner als eines armen Bastarden und Blutsverwandten zu gedenken, was auch Unsere Räthe, wie sie zu erkennen gegeben, erbaten; Aus welcher Ursache und Rechtsverletzung Wir mit Rath und Billigkeit vor

Gott und der Welt genugsam verursacht worden sind, die natürlichen Kinder des seligen Derick Schenk an Leib und Leben zu strafen und alle ihre nachgelassenen Güter einzuziehen und damit nach Unserm Willen zu thun, gleichwie Wir dieselben unserm lieben getreuen und besondern Derick Hoen und Alheit Schenk seiner ehelichen Hausfrau und ihren Erben, wie vorgesagt, verkauft und aufgetragen nach Inhalt unserer Siegel und Briefe, die sie darüber besitzen, und die Wir noch bei Rath und Gutdünken Unserer sämmtlichen Räthe und aus vorstehender Ursache confirmirt, bestätigt und ratifizirt haben mit diesem unserm Brief, also daß sie an den vorgl. Gütern berechtigt und bis zu ewigen Tagen hiermit gesichert sein sollen.

Sonder Arglist; Des zu Urkunde und ganzer, fester Beständigkeit haben Wir Herzog Unser gewöhnliches Handzeichen hierunter gesetzt und unser Siegel von unserer rechten Wissenschaft hier neben anhangen lassen. In dem Jahr unseres Herrn 1534, den 11. Juli.

(gez.) Charles."

Tags darauf befahl der Herzog den Schöffen und Unterfassen von Walbeck, „daß sie die zwei (Diderich von der Lippe und Gaedert Hase) oder denjenigen von ihnen, dem die halbe Herrlichkeit zufällt, als ihren Herrn empfangen, erkennen und halten und ihm nach alter Gewohnheit huldigen und den Eid leisten sollten, wie es sich gebühre." — Einige Zeit vorher, nämlich am 15. April 1534 waren Gabert Haes, und dessen Ehefrau Cath. v. Hüls mit Deberich v. d. Lippe gut. Hoen und dessen Gemahlin Aleib Schenk v. N. in einem Vertrage übereingekommen, daß Letztere das Haus Blhenbeck mit der Herrlichkeit Afferden, das Gut zu Risterich, gelegen im Reiche von Nymwegen, und dem Höfchen zu Bergen — und Erstere die halbe Herrlichkeit Walbeck, das Gut in der Vogtei, die Güter zu Hulst im Amte Goch, das Gut zu Ottersum und das zu Haffum erhalten, Deberich von der Lippe aber eine

Schuldforderung des Heinrich Schenk von Nydeggen, Drosten von Wachtendonk, von 600 Ggl. übernehmen sollte."[1]

So waren denn die rechtmäßigen Erben rechtlich und factisch in den Besitz der ihnen so lange vorenthaltenen Schenk'schen Güter gelangt, die Bastarde vollständig entlarvt, ihre Betrügereien aufgedeckt und sie auf die geringen Erträge der kleinen, ihnen belassenen Besitzungen angewiesen. Daß die an Verschwendung und gutes Leben gewöhnten Kinder sich in ihr verdientes Schicksal in Geduld ergeben sollten, war nicht zu erwarten: sie hatten nichts mehr zu verlieren und wenn sie auch nicht hoffen konnten, wieder in den Besitz ihres vermeintlichen Erbes zu kommen, so konnten sie doch ihren Gegnern den Besitz recht sauer machen. Zudem war der Prozeß vor dem geistlichen Gerichte keineswegs entschieden, vielmehr schwankte der Sieg in Rom noch gar sehr zwischen den Partheien. Die Bastarde hatten in der That nichts versäumt, auch in Rom die Sache zu ihren Gunsten zu wenden, sie waren in der Wahl ihres Sachwaltes sehr glücklich, indem sie einen gewissen Adolph Kolben gnt. Crevelbia, Doctor zu Cöln, hinsandten, welcher das in ihn gesetzte Vertrauen rechtfertigte.

Deberich v. d. Lippe und Gabert Haes mußten, wollten sie das so lange und mit vielen Opfern und Beschwerden Errungene nicht auf's Spiel setzen, sich auch beeilen, ihrerseits einen Vertreter nach Rom zu senden. Ihre Wahl fiel auf Meister Otto von Wachtendonk, doctor juris, Pastor von Roeßbeck, Kanonikus zu St. Andreas und St. Cunibert in Cöln. Am 22. September 1535 schlossen sie einen Vertrag mit ihm ab, worin sein Aufenthalt auf ein Jahr festgesetzt wurde; (sie ahnten damals nicht, daß der Aufenthalt 12 Jahre dauern würde); er wurde darin zu allem möglichen Fleiß in der Sache

---

[1] Die Söhne von Johann Schenk, Diedrich und Heinrich verzichteten 1567 auch noch förmlich auf alle ihre Ansprüche an Walbeck zu Gunsten von Cath., Frau zu Hüls.

verpflichtet und ihm für das Jahr eine Summe von 200 Ggl. als Lohn und „zu seinem Aufzuge ein Pfennig in den Beutel und ein Pferd" geschenkt; was er darüber für Unterhalt und Geschenke an Procuratoren, Notare, Advokaten, Richter und anderen Personen nöthig habe, sollte ihm noch dazu geliefert werden. Otto von Wachtendonk gelangte, wie er am 2. Dezember 1535 schreibt, mit der Gnade Gottes, mit Hülfe der gebenedeiten Mutter Maria und unter dem Geleite der hl. 3 Könige vor vielen Gefahren bewahrt, gesund nach Rom, von wo er seine Clienten bat, „zum Danke hierfür zu Cöln, wie er auf der Reise gelobt, vor den hl. 3 Königen 3 Messen zum Gedächtnisse des bittern Leidens Jesu und Mariae und zu St. Gereon eine hl. Messe lesen und sie mit einem Hornsgulden bezahlen zu lassen."

Er fand die Bastarde wirklich im Vortheile und mußte „gegen Crevelbia, welcher die Sache sehr erschwerte und in die Länge zog, und gegen die vielen heimlichen Gönner und Freunde der Kinder" seine ganze Kraft aufwenden, um dem Prozesse eine bessere Wendung zu geben, der übrigens wahrscheinlich auch wegen der in Deutschland ausgebrochenen kirchlichen Wirren nur sehr langsam fortrückte.

Auf ihre Bitte verwies der h. Vater die Sache an den Auditori Camere i fisco, welcher die Kriminalsachen richtete. Dieser beauftragte etliche Prälaten mit Untersuchung derselben.

Hier müssen wir eines interessanten Zwischenfalles erwähnen, der uns die Person des Dr. Adolph Crevelbia etwas näher kennzeichnet.

Crevelbia nämlich hatte in Rom auf die herzoglich gelbrischen Urtheile geschmäht und sie angegriffen, und setzte dies, als er mittlerweile wieder nach Cöln gekommen war, hier fort. Dem Herzoge war dieses zu Ohren gekommen; er wandte sich deshalb an den Magistrat der Stadt Cöln, dessen Bürger Crevelbia war, und schrieb an denselben unterm 10. Januar 1537: „daß einer genannt Adolphus Crevelbia, Doctor, euer

Stadt Eingesessener, derjenige sein soll, welcher unsere fürstliche
Ehre in Nachtheil und Verschmähung bei Sr. päpstlichen Heiligkeit Auditoren und rechtgelehrten Rota zu Rom bringt,
(welcher päpstl. Heiligkeit wir alle Zeit ein christliches Glied
und der h. christlichen Kirche ein toestender gewesen und noch
sind) und unsere fürstliche Sentenz zu verwerfen und dagegen
zu streiten sich untersteht," die Stadt möge diesen dahin bewegen, daß er sein böswilliges Vornehmen, womit er seine Hoheit und fürstliche Ehre gröblich schmähe, gänzlich und sofort
abstelle und nichts weiter zur Vernichtung der von ihm mit
seiner Freunden wohlbedachtem, reisem Rathe gegebenen Sentenz unternehme, und zweifle er nicht, daß sie Mittel und Wege
dazu finden würden. So aber Crevelbia dabei beharren sollte,
so hoffe er, daß sie ihn als seinen Feind behandeln und nicht
länger dulden werden.

Bürgermeister und Räthe der Stadt Cöln antworteten
am 15. Januar 1537: „daß sie dem Crevelbia sein Verfahren
vorgehalten hätten und dieser die Sache gerne fallen lassen
wolle, worüber dieser selbst an ihn schreiben werde."

Crevelbia suchte sich beim Herzoge zu reinigen und schrieb
am 16. Januar 1537 an benselben: „Er habe aus dem
Schreiben des Herzogs an die Stadt Cöln dessen Unwillen
erfahren und erkläre, daß er weder mit Wissen noch Willen
Sr. fürstlichen Gnaden zuwider, heimlich oder offenbar, in
geringen oder großen Sachen gehandelt habe; er bekenne, in
dem Schenk'schen Handel fleißig und treu gedient zu haben,
nicht aber in den Sachen, wo sie als Buben oder Fälscher,
sondern wo sie als uneheliche Kinder gerichtlich angegriffen
worden seien. Die ihm übergebenen Acten hätten kein Urtheil
Sr. fürstlichen Gnaden enthalten, nur seine Ordonanz, womit
die Sache dem geistlichen Gerichte zu Cöln überwiesen worden
sei, die dann auch viele Jahre vor dem Offizial, vor dem De-
kan zu St. Joeris und Dr. Peter Klappis als Commissare,
den vortrefflichsten Rechtsgelehrten zu Cöln, gehangen habe,

vor welchen Richtern die Schenk mit der Zeit unter großen Kosten und Arbeiten im Recht und Hoen im Unrecht geblieben seien. Da Hoen das Urtheil als falsch angegriffen habe, sei die Sache nach Rom gegangen, wo auch Hoen seinen Sachwalter habe. Er wolle gerne dem Fürsten zu Liebe die Sache aufgeben und erkläre schließlich, daß ihm wegen der Beschuldigungen unrecht geschehe."

Er schließt seinen Brief unter Darlegung seiner bisherigen Thätigkeit.

Inzwischen hatte sich Crevelbia auch noch durch andere Händel verdächtig gemacht, so daß der Erzbischof von Cöln gegen ihn einen Verhaftsbefehl ausschrieb. Wir lassen ihn hier wörtlich folgen, da er besser als alles andere das Treiben Crevelbias charakterisirt:

„Wir Hermann, von Gottes Gnaden Erzbischof von Cöln, des hl. Römischen Reichs durch Italien Erzkanzler und Churfürst, Herzog zu Westfalen und Engern, Administrator zu Paderborn. Thun kund und bekennen: Nachdem Adolf Kolden von Crefeld in den verflossenen Jahren auf viele Weise gegen uns, die Unsrigen und unsere Reputation und Achtung trotzig, muthwillig, widerwärtig und freventlich gehandelt und unangesehen, daß dieses den Schriften und der Meinung Sr. päpstlichen Heiligkeit und der Röm. Kaiserl. Majestät nicht gleichförmig sondern zuwider gewesen, auch noch durch Anschlagen etlicher Mandate, wodurch, wiewohl wir nicht wissen, ob die Originale vorhanden, diese jedoch hinterlistig ausgebracht sind, er an vielen Orten die Böhmische Beschwerung und dadurch Aufruhr zu erwecken und einzuführen vorgehabt, und an allem dem nicht genug, auch noch dazu etliche unserer trefflichsten Stathalter und Räthe aufs allerschändlichste abmalen, solches in Druck bringen und unter Bezeichnung von deren Amt, so sie tragen, (welches wir zu unserer Schmach vorgenommen erachten) öffentlich, ja auch an etlichen der schändlichsten Orte nicht allein in unserer Stadt Cöln, sondern auch draußen selbige (wie es dann selbst bekannt genug ist) aufgeschlagen hat und Dasselbe hat thun lassen und schließlich er, einer Ruwerbungk, sein Mithelfer, und einer aus unserm Fürstenthum Westfalen gebürtig, der den Druck geschnitten, sich dermaßen gehalten, daß sie an keinem Ort, ja auch in den Kirchen und auf dem Hochaltar nicht frei sein sollen.

Daß wir demnach Befehl und Erlaubniß gegeben haben und geben Kraft dieses Briefes, vorgenannte Uebelthäter in unsern Fürstenthümern und Gebieten auch auf geweihten Stätten, es sei in Kirchen oder Klöstern, so weit und fern unser Christenthum sich erstreckt, gefänglich einzufangen und uns nach dem Rechte zu liefern, damit dieselbigen nach Erkenntniß Rechtens Andern zum Exempel gestraft werden. Urkunde unseres hierunter aufgedrückten Secrets. Gegeben zu Poppelstorf am XXVIII. April 1537."

In Folge dessen erließ auch der Herzog von Geldern den Verhaftsbefehl gegen Crevelbia, den wir auch in wörtlicher Uebersetzung hier wiedergeben:

Karl, Herzog von Geldern und Gülich, Graf von Zutphen. Wir thun kund, Also wir mit Wahrheit berichtet worden sind, daß einer Adolphus Crevelbia genannt, unehrliche, schändliche und diffamatore Briefe und Gemälde binnen den Städten Cöln und Soest über des Hochwürdigsten in Gott durchlauchtigsten Fürsten insbesondere Kurfürsten Kanzler und Offizial, gegen päpstl. Heiligkeit und Kaiserl. Majestät Mandat unlängst aufgeschlagen hat aus bloßem Muthwillen, zum Nachtheil und zur Schmach desselbigen unseres Herrn und Neffen.

Auf daß solche Uebelthat gestraft und fürberhin vermieden werden möge, lassen wir allen unsern Amtleuten, Drossarten, Schultheißen, Richtern, Vogten, Dienern und Offizieren, denen dieser unser Brief gezeigt werden soll, wissen, mit ganzem Ernst und befehlen, daß sie den vorg. Crevelbia, wenn derselbe in unser Land und Gebiet mit seinen Dienern kömmt, festnehmen und wohl bewahren und uns das unverzüglich verkündigen sollen, um ihn vor Gericht und zur Rechtfertigung zu stellen und nach Befund darin geschehen zu lassen, was Rechtens ist.

Wir wollen auch und befehlen euch bei dem Eid, den ihr uns geschworen habt, daß Niemand von dieser Sache spreche, vielmehr sie heimlich halte, bis daß er verhaftet sein soll. Das ist also unser ganzer Wille und ernste Meinung. Alles Vorgeschriebene ohne Arglist.

Urkunde unseres gewöhnlichen Handzeichens und Secretsiegels hieraufgesetzt, den 7. Mai 1537. gez. Charles. (L. S.)

gegengez. Birßen.

Crevelbia machte sich aus dem Staube; er ging nach Rom, wo er für die Schenk auch ferner thätig war und bis zur Beendigung des Prozesses blieb, ohne daß wir über seine ferneren Umtriebe etwas Näheres erfahren.

Unterbeß glaubten die Bastarde die im Herzogthum Geldern ausgebrochenen Wirren [1]) benutzen zu müssen. Ihre

---

[1]) Um diese Zeit stand das ganze Geldrische Land in hellen Flammen. Der Herzog Carl von Egmont, dessen Ehe mit Elisabeth v. Lüneburg kinderlos geblieben war, hatte bereits im Jahre 1534 aus Haß gegen die Burgunder, welche ihn beerben sollten, heimlich alle seine Länder an den König von Frankreich abgetreten. Den mit dem Könige abgeschlossenen Vertrag legte er 1537 den zu Arnheim versammelten Ständen zur Genehmigung vor, indeß weigerten diese sich entschieden, sich einem ausländischen Fürsten zu unterwerfen und setzten dem Herzoge, der seine Pläne mit Gewalt durchsetzen wollte, Gewalt entgegen. Alle Städte des Landes, mit einziger Ausnahme von Arnheim und Geldern, rüsteten gegen den Herzog, auch Venlo. In dieser Noth schrieb Carl an Deberich von der Lippe gnt. Hoen am 11. November 1537:

Kairle Hertouge van Gelre ind van Guylich Greue van Zutphen, Heer van Gruenyngen der Omlanden to Coeuerden ind Drenth.

Liene getrouwe, Soe gy ons alle tyt toegesacht ind gepresentyrt hebbt vwe lyff ind leuen by ons op to setten ind by ons to blyuen willen, Ind nu onse Steden vast rebell wuirden ind sich tegen ons werpen, ind die Werlt ytzont auontuerlik ind nyet to gelouen is, Begeren wy guetlik, dat gy idt Huyss tot Arssen wail bewairen, proni-

Armuth und Noth klagend, wandten sie sich, an ihrer Spitze
Peter (Derick war während deß gestorben), an die zu Nymwegen

---

dyren ind offt noedich wurden tegen den van Venloe off sus anders
yetwess vur to nemen, ons ind den onsen to willen aipenen Ind nu
by ons doin ind halden als wy v genselick toebetrouwen, Ind hier van
uwe wederbeschreuen antwoirdt omb ons dair nae moegen weten to
regulyren. Dess verlaiten wy ons gutlick tot v. Gegeuen in onser
Stadt Arnhem den XIen Nouembris A°. XXXVII. (gez.) Charles.

Vnsen lieuen getrouwen Dederich van der Lippe genaådt Hoen
Heer tot Aefferden ind tot Gribbenfoirst.

Diederich antwortete folgendermaßen:

Mynen oitmoedigen guetwilligen schuldigen dienst sy v. f. g.
altyt voiraen bereit, Durluchtige hoichgeboeren vermoegende furste,
genedige lieue Heer, v. f. g. schryffte van date den XI. Novembris
heb ick gysteren maendach oetmoedelick ontfangen, dair inne dan
v. f. g. my hebben doen schryuen, gesynnende, dat ick idt Hnys toe
Arssen waell bewaeren, prouidieren vnd ofs noedich woerd tegen den
van Venloe off sus anders jetwes voer toe nemen, v. f. g. ader derse-
luer v. f. g. toegehoerigen toe willen apenen etc. Alsoe genedige lyeue
Heer vnd Furste twyfel ick nyet, v. f. g. sy wael bewust woe dat ick
sampt myne Huysfr. dat selue Huys durch v. f. g. belycuen vnd toe-
doen myner Huysfr. soen Derick mit der jonxter dochter van Voerst
vnd Keppel in Hylixvorwaiden (dwelken v. f. g. als lantfurst vnd mom-
ber myt hebben doen besiegellen) oeuergeuen vnd han datselue in
verlieden sunt Reniers misse, woe allen menschen kondich, geruymt,
oeuerantwoirdt vnd in gedaen hebbe, vnd oick zeder der tyt nye
dair vp gewest, hebben hem oick in vnsen aff vnd syneu vptrek myt
allen flyt befalen dat he sye vnd gedencke, dat hy idt selue Huys
alsoe bewaeren als ick sampt syner moeder biss aen dye tyt ver-
waert hebben. Euer genedige lyeue Heer vnd Furst soe voell in v. f.
g. schryfft my belangende, will ick my nyet anders halden dan als
eyn gehoirsamer vnderdeniger vnd guetwilliger getrouwer dyener, myn
lyff vnd guet als billick vp to setten by v. f. g., dye der almechtige
ewige got in hoichgeluckzelige regiment victorien vnd gesontheit bewaeren vnd voir allen onwillen behueden moet. Geschryeuen den XIII
Nouembris Anno p. XXXVII.

Von den Ständen gezwungen mußte der Herzog schließlich nachgeben
und darein willigen, daß ihm Wilhelm, ältester Sohn zu Cleve, Jülich
und der Mark als Mitregent zur Seite gestellt wurde.

versammelten Stände des Herzogthums Geldern, von ihnen ein günstiges Urtheil erflehend. Doch auch hier wurde am 7. Juni 1538 ihre Schuld erkannt, sie jedoch an den nächsten Landtag nach Ruremonde verwiesen. Auf Geleitsbrief des Herzogs waren sie nach Nymwegen gekommen, hatten aber dort der Art Scandal verursacht, daß einige von ihnen gefangen auf den Valkhof gebracht werden, die andern entfliehen mußten.

Einige Monate später — der Herzog Carl war eben (31. August) gestorben — traten die Stände zu Ruremonde zusammen; auch ihnen wurde die Sache vorgelegt. Nach Untersuchung der von beiden Seiten eingereichten Schriften und Gegenschriften, welche letztere 36 Seite folio füllen, einen dicken Band Beweisstücke ungerechnet, erklärten die Bannerherrn, Ritter und Städteabgeordnete am 6. September 1538: „daß „sie über die Sache, da sie noch vor dem geistlichen Gerichte „schwebe, nicht urtheilen, auch nicht erkennen können, ob ein „Spolium geschehen sei oder nicht, indem die Kinder ihr „Recht nach Lehn-, Stadt- und Land-Rechten nicht nachgewie- „sen hätten.“

Nun blieb nur noch Rom übrig; in Geduld mußten die Bastarde die Beendigung des langen Prozesses abwarten. Erst am 6. Juli 1541 kam es dort nach langem Hin- und Herreden zu einem definitiven Urtheil. In demselben wurde das Urtheil zweiter Instanz bestätigt, approbirt und confirmirt, die Kinder der Fälschung der hauptsächlichsten, die Ehe betreffenden Documente überführt erklärt, die Catharina und Hermann von Hüls von allen Anklagen der Kinder wegen Spollen freigesprochen und die Kinder der, böswilliger, einfältiger, ungebührlicher und unrechtmäßiger Weise gegen die genannten Catharina und Hermann von Hüls vorgenommenen Quälereien, Belästigungen und Behinderungen schuldig erklärt. Den Kindern und ihren Helfern wurde ewiges Schweigen auferlegt und sämmtliche Prozeßkosten ihnen aufgebürdet.

Hiernach, sollte man glauben, hätten die Schenk endlich jede Hoffnung auf eine ihnen günstige Entscheidung aufgegeben; doch der Instanzenzug schien noch nicht erschöpft und wiederum — jedenfalls um im Trüben fischen zu können — wurde das Urtheil angegriffen und appellirt. — Characteristisch für die damaligen Zustände ist ein Brief des Otto von Wachtendonk, der nie versäumte, in seinen Berichten von den für ihn zu reservirenden Pfarreien und Pfründen als Belohnung für seine großen Mühen, zu sprechen; am 12. November 1541 meldete er an Deberich von der Lippe die Appellation der Schenk gegen das Urtheil: „Ich habe die Sentenz vom 6. „Juli c. in Händen und den Notar, die Prokuratoren und „Advokaten bezahlt, auch den Richter zufrieden gestellt; doch „da wir des Richters, der Appellation pro defensione senten- „tiae suae wegen noch bedürfen und seine Gunst uns von „Nutzen ist, so habe ich ihm etliche Geschenke für die Tafel, „Servietten und Tischtücher aus unserm Land, zu schicken ver- „sprochen. Er ist ein tüchtiger und gelehrter Mann, dessen „Gunst und Freundschaft zu bewahren uns nöthig ist. Wir „haben jetzt einen andern Richter und Notar, dazu alle Audi- „tores Rotae, welche sämmtliche Acten und Verhandlungen, „über 4000 Blätter zählend, abermals durchsehen und dem- „nächst die vorige Sentenz beurtheilen. Vor denselben müssen „wir einen neuen Prozeß in allen Punkten der Sentenz be- „ginnen und sind selbst neue Beweise zugelassen. Wir sind, „Gott Dank, im Vortheil, aber doch dürfen wir weder Geld „noch Zeit sparen."

Die Vertheidigung der Schenk führte wiederum Adolph Crevelbia. Er führte neue Zeugen vor, meist uneheliche Kinder. Diese Untersuchung schleppte sich, gleichwie die erste, sehr langsam vorwärts und erst fünf Jahre nachher — am 26. März 1546 — wurde ein zweites und letztes Urtheil zu Rom gefällt, welches lediglich das erste bestätigte.

Wie schon oben angedeutet, waren die damaligen wirren

Zeiten auf den Gang des Prozesses nicht ohne Einfluß; die Schenk hatten die noch bei Lebzeiten Carl's von Egmont ausgebrochenen Streitigkeiten um die Erbfolge eifrigst benutzt, für sich irgend einen Vortheil daraus zu ziehen; so auch versuchten sie, die im Frieden von Venlo am 12. September 1543 erfolgte Verzichtleistung des Wilhelm von Cleve zu Gunsten des Kaisers Carl V. auf die Herrschaft über Geldern, für sich nutzbar zu machen. Sie wandten sich 1544 an den Kaiser mit der Bitte um Restitution ihrer vermeintlichen Erbgüter. Der Kaiser ging auf die Sache wirklich ein und sein Statthalter Philipp von Lalaing, Graf von Hochstraten lud Deberich von der Lippe gnt. Hoen und Gobart von Haes auf den 1. Dezember 1544 nach Arnheim, um dort andern Tages ihre Beweise zum Gott weiß wie vielsten Male vor Kanzler und Räthe vorzulegen. Deberich protestirte zwar gegen diese nochmalige Untersuchung; sie wurde aber am 2., 3. und 4. Dezember vorgenommen und am 4. entschieden, „daß die Kinder in Bezug auf die Ehesache den Prozeß in Rom verfolgen sollten, sofern sie nämlich glaubten, daß die Sache dort noch unentschieden hange; was die Restitution derjenigen Güter betreffe, welche die Kinder nach ihrer Angabe von ihrem Vater erhalten oder später erworben hätten und die mit dem statu nativitatis nichts gemein hätten, so sollten sie ihr Recht weiter verfolgen und da sie arm seien, sollten Deberich von der Lippe und Gobart Haes ihnen 200 Carolus-Gulden zu zahlen verpflichtet sein." — Deberich von der Lippe hatte in seiner Replik die Bastarde wegen ihres böswilligen Handelns und ihrer Verläumbungen hart mitgenommen, sie, nach den Worten des Urtheils, Betrüger, Fälscher und Schelme genannt; der Advokat der Schenk Doctor Hermann Crevelbia hinwiederum hatte das römische Urtheil in der ungebührlichsten Weise angegriffen und den Deberich von der Lippe der Bestechung des römischen Richters angeklagt: beiden Theilen wurde zugleich jede Ungebührlichkeit untersagt.

Auf Grund dieses Urtheils begannen nun die kleinen

Prozesse; Quälereien, die dem Herrn von Blyenbeck erst recht viele Sorge und Mühe machten, so daß er mit Recht einem Freunde schreiben konnte, „Türken könnten ihn nicht schlechter behandeln, als er von seinen Nachbarn behandelt werde." Nichts war den Schenk, die, wie alle Schlechten, großen Anhang im Lande hatten, zumal damals, wo der Unzufriedenen mehr als Zufriedene im Lande waren, zu gering, zu schlecht, um ihrem Todfeinde Deberich von der Lippe zu schaden oder ihn zu ärgern. So hielten sie etliche von Deberich nach Goch zum Bereiten gesandte wollene Tücher dort gewaltthätigerweise zurück und mußte der Herzog Wilhelm von Cleve die Stabt Goch zur Vermittelung auffordern. Auf jebe Weise suchten sie ihn zu schmähen und begnügten sich nicht damit, ihn mit schändlichen Worten bei Jedermann zu beschimpfen; sie ließen auch an den Kirchen zu Ruremonde, Venlo, Stralen, Goch und Nymwegen Schmähschriften anschlagen, worin Deberich als Uebelthäter und dem Banne verfallen nach Rom geladen wurde. Natürlich machte dies gewaltiges Aufsehen, zumal da Deberich ein angesehener Mann war. Deßhalb wurde denn auch auf die Klagen des Deberich Seitens des Statthalters Phillipp von Lalaing unterm 18. November 1545 an den Scholtis zu Ruremonde nnd Venlo, den Drosten von Stralen und den Burggrafen von Nymwegen der Befehl gesandt, den Schenk solche Schmähungen zu verbieten und sie im Wiederholungsfalle zu verhaften und zu bestrafen.

Wegen der Güter, wovon im letzten Urtheil die Rede war, machten sie ihm, wie gesagt, den Prozeß. — Heinrich Schenk hatte zu Hassum im Amte Goch einige Güter, als vor seines Vaters Tode ihm überwiesen, sich zugeeignet. Ein desfallsiger Prozeß war jedoch früher gegen ihn ausgefallen. Nun griff Peter Schenk als Erbe Heinrichs die Sache wieder auf und führte sie zu seinen Gunsten zu Ende, so daß Gobart Haes in die Bezahlung der Renten und Pächte von 12 Jahren verurtheilt und Peter in dem Besitz befestigt wurde.

Ebenso ging es mit dem sogenannten Spolium im Kloster Nazareth. Dort waren in einigen Kisten verschiedene unbedeutende Gegenstände im Werthe von 100 Goldgulden, dem sel. Derick Schenk von Nydeggen gehörig, aufbewahrt, die Aleid Schenk von Nydeggen, Frau zu Arßen und Catharina Frau zu Hüls als Erben Derick's in Beschlag nahmen. Der Herr von Hüls wurde nun auch, gleichzeitig im obigen Urtheil, deswegen zur Zahlung von 2000 Rosenobeln verurtheilt. — Weiter beanspruchte Peter Schenk das Recht, im Schenkenpaß Holz zu fällen u. s. w., und auch dieses veranlaßte lange Correspondenzen.

Am Allerwenigsten aber zeigten die Schenk Lust, den in Rom gegen sie gefällten Urtheilen und Erecutorialen nach zu leben, wie sie auch die geistlichen Censuren, welche über sie verhängt waren, wenig achteten. Die weltliche Gewalt kam jedoch dem geistlichen Gerichte zu Hülfe und das Reichskammergericht erließ zu Speier am 31. Oktober 1549 folgende Sentenz, den Schenk eine peremptorische Frist zur Vollziehung der Römischen Urtheile und zur Reinigung von den geistlichen Strafen stellend:

Wir Carll der Fünffte von Gottes gnaden Romischer Kayser etc.

Embieten vnsern vnd des Reichss lieben getrewen vnd andechtigen Dietherichen, Peteren, Heinrichen, Johann, Winandten, Adelheiten, Marien vnd Margarethen, weiland Diederichs Schencken van Nydeggen verlassen Kinderen aus Adelheyten Custers seiner geweste Beiwonerin geboren vnser gnad, Vnserm Kaiserlichem Kammergericht hat onser liebe andechtige Caterina van Hülss fürbringen, wie sie vnd Hermann ir Brueder verweilter Zeitt vor den Colnischen Churfürstlichen Ertzbischoflichen Official vnd Verordneten Geistlichen Commissarien in Rechtfertigung gestanden, dar in wider sie geurtheilt, aber solche sach ferner appellationsweise gehn Rohm fur Bapstliche Heiligkeit erwachsen, etliche Jahr des Orts rechtlich geschwebt, daselbst sie dan vor etlichen Bapstlicher Heyligkeit darzu verordneten Auditorn vnd Richtern nach vorgehalten ordentlichem gerichtlichen processen drei gleichformigen Urtheiln damit voriger Colnischer Richter Proces vnd Urtheile als nichtegelich ubell vnd widder Recht geubt ergangen, vnd aussgesprochen, vffgehebt, widerrueff abgethaen, Auch ferner das zwischen weiland obgemelten Dieterichen vnd Adelheid Cösters Eweren Eltern kein Ehe sein moegen, Ir als vnehelich erkant vnd erclert, vnd das ir auch darumb zu seinerr weiland gedachte Dieterichs verlassenerbschafft nit, sonderr Sie Caterina vnd Herman ir Bruder als erben darzu zulahsen seien etc. ferners clerlichen Inhalts vnd inuerleibter condemnation erlittener Cösten vnd scheden nacheinander für sich erhalten, die in ir wircklicheit erwachsen vnd wiewoll nu sie Caterina vnd gedachter Herman ir Bruder nach beschehener Taxation vnd messigung berürter Cösten gewoenliche Baptstlicher Heyligkeit Executorial vnd Gebotsbriefe gegen Euch zu gehorsamer Vollnziehung solcher irer behapten Rechten erworben, ir auch mit darzu verleibter Penen geistlichs Banns Aggranation beschwerung vnd gebotten gnugsamblich (wie sie angegeben) requiriert, ersucht vnd erfordert weren, berürten Urtheilen Folg zu thuen vnd von den streittigen Guetern, auch Lehen abzustehen, So sollen Ihr doch des allen ohn angesehen solchen Urtheilen, executorialen vnd gebotten gaer nit gelebt, Sie auch derhalben bei dem general gemeinen Executorn daselbst zu Rom ferner vmb hilf angerueffen, auch derselbigh vff, vor, an Euch auhsgangen geburende Ladung erklerungh aller obgemelter vorbetheurter Peenen des Bannes mit anrueffung weltlichs Gewalts oder schwerts erkent vnd aussgehen lassen . . . Darumb so gepieten wir Euch allen vnd jeden obgemelt von Römischer kayserlicher macht, auch Gerichts vnd Rechtswegen bey vierzigh Marcken löttig goldes halb in vnser Kayserlicher Camer vnd zu dem andern halben Theyll den obgemelte Clegern vnablehslich zu bezalen hiemit ernstlich vnd wollen das ir in sechs Wochen vnd dreien Tagen, den nechsten nach vberantworttungh od. verkundigungh dihs Briefs, allen vnd jeder opgemelt. Romischen ergangnen Urtheylen, erkenntenissen vnd daruf geuolgten Executoriale ires Inhalts gehorsame vollziehung thuet, Euch auch in solche Zeit von berurten Bapstlichen Censurn, Bann vnd beschwerungen (souil darein erclert weren) wiederumb absoluieren erledigen lassent zu geburlicher gehorsam stellet, vnd in dem allen ond jeden nit verzuzig seict, noch Euch anders haltet, als lieb Euch seie die obgestimpten Penen zuuermieden, Daran thuet ir vnser ernstlicher Meinong, wo ir Euch aber dis vnsers Kayserlichen gebots beschwert, vnd in Recht gegrundte Inreden, worumb Ir dem volgh zu thuen nit schuldich sein zu haben vermeintendt, Alsdan so heischen vnd ladeu wir Euch von ohberurter vnser Kaiserlicher macht, das Ir vf den 33. tagh den nechsten na vssgangh obangesetzter Zeit der sechs Wochen vnd dreier tagh, Der wir Euch elf für den ersten, elf für den andern, vnd elff fürden dritten, letzten vnd endlichen Rechtstagh setzen vnd benennen peremptorie . . . . selbst oder durch Eweren Volmechtig Anwald an demselben vnserm Camergericht erscheinen, dieselben Inreden im Rechten furzubrengen . . . .

Geben in vnser des Reichs Statt Speier am 31 tag des Monats Octobris Nach Christi vnsers hern gepurt 1549.

Hiermit waren alle Rechtsmittel erschöpft, die Schenk mußten sich enblich unterwerfen und ihr Schicksal tragen. In Dürftigkeit mußten sie, die einstigen Herren dreier Herrlichkeiten, die Sünde ihres Vaters büßen und sich mit dem Wenigen,

was ihnen die Gerichte zugesprochen hatten, begnügen. Zehn
Jahre blieben sie auch wirklich ruhig; das schöne Blyenbeck mit
seinen reichen Besitzungen mochte aber für die darbenden
Schenk zu lockend erscheinen, denn 1559 um Weihnachten versuchte Derick Schenk, Sohn des mehrfach genannten Bastarden
Derick Schenk, mit Gewalt das zu erringen, was seine Verwandten während 30 Jahre auf gerichtlichem Wege nicht erreichen
konnten. Um die gemeldete Zeit machte dieser nämlich von
seinem Wohnorte Goch aus mit seinem Anhange den Versuch,
heimlicher Weise das Schloß Blyenbeck in seine Gewalt zu
bringen. Der Anschlag mißlang und Deberich von der Lippe
klagte beim Gerichte zu Goch, wohin Derick Schenk nach miß-
glückter That zurückgegangen war. Dieser mochte nun wohl
an die schlimmen Folgen seines Attentats denken und für sein
Leben bangen; er suchte deßhalb durch den Drosten von Ravenstein, Otto von Wachtendonk und als dieser die Vermittelung nicht übernehmen wollte, durch Wilhelm von Schewick
die Sache gütlich in's Reine zu bringen. Letzterer übernahm
es, mit Deberich von der Lippe zu unterhandeln und erwirkte
auch, daß die Schlichtung des Zwiespalts durch Schiedsfreunde
geschehen und Schenk nicht festgenommen werden solle: dagegen
mußte dieser geloben, nicht mehr nach dem Leben und Hause
des Herrn von Blyenbeck, wie er vorhin gethan, trachten
zu wollen. Hierüber wurde auch am 2. Januar 1560 zu
Goch eine Urkunde aufgenommen. Ein gütlicher Vergleich kam
am 29. März 1560 auch wirklich zu Stande, worin merk-
würdiger, oder besser spöttischer Weise Deberich von der Lippe
zuließ, die Frage wegen des Hauses Blyenbeck der Endentscheidung des Hauptgerichts Jülich zu überantworten. Derick Schenk
indeß erbat sich Bedenkzeit bis Pfingsten nächsten Jahres, kam
aber zu dem Schlusse, daß jetzt schweigen das Beste sei. Blyenbeck scheint denn auch längere Zeit Ruhe gefunden zu haben,
doch nur um sich — wie wir später sehen werden, — auf
ärgere Stürme, die nicht so gnädig an ihm vorübergehen

sollten, vorzubereiten. Eine kräftigere Faust mußte die Thore des festen Blyenbeck zu brechen: Martin Schenk, der wilde Kriegsoberste und Sohn des eben genannten Derick Schenk, welcher 1559 vergebens versucht hatte, Blyenbeck zu erobern, führte diese Faust.

Sehen wir uns nun nach dem um, was währenddessen Deberich von der Lippe genannt Hoen zur Wahrung seiner Interessen und der seiner Unterthanen den Gewaltthätigkeiten des Herrn von Well gegenüber, gethan hat.

Gleich nach der Besitzergreifung von Blyenbeck und zwar am 24. October 1530 hatte Deberich mit Adrian von dem Byland einen Vertrag abgeschlossen, wonach die Herren von Afferden fortan nach alter Gewohnheit und Ausweise ihrer Lagerbücher und der alten Beweisstücke im Besitze der Gerechtsame ihrer Herrlichkeit verbleiben und beide Partheien zur Festsetzung der streitigen Grenze des Venns ein Schiedsgericht erwählen sollen, dem die nöthigen Beweisstücke zur Entscheidung vorzulegen wären. Der von beiden Seiten ausgeworfene Torf durfte von den Betreffenden weggeführt, aber bis zur Regelung der Sache kein neuer auf dem streitigen Platze gestochen werden. Die erwählten Schiedsfreunde: Loef van Egeren, Johann von Wittenhorst, Franz Voß von Schwarzenberg, Rolmann von dem Byland und Bertram von der Lippe gut. Hoen untersuchten in verschiedenen Zusammenkünften die vorgelegten Documente und stellten am 6. Juni 1531 die Grenze zwischen Afferden und Well fest.

Die Streitigkeiten waren aber hiermit keineswegs beendigt. Denn schon am 14. März 1548 mußten durch schiedsrichterlichen Spruch neu entstandene Zwistigkeiten behandelt werden. Diesmal handelte es sich unter Anderm um das Recht der Unterthanen von Bergen, in der Herrlichkeit Afferden „zu heiden und zu weiden", und um den Besitz der zwischen dem See- und Bergerbyck gelegenen Pesche.

Deberich von der Lippe klagte in einem Schreiben vom

12. Dezember 1547 dem Johann von Wittenhorst die feindliche Gesinnung des Herrn von Well, „indem er sich nicht erinnern könne, welche Ursache ihn zu einem solchen Verfahren bewege, da er ihm doch nie etwas in den Weg gelegt oder zu Leibe gethan habe, vielmehr sei ihm die Nacht nicht zu düster gewesen, wo er ihm mit seinem Leib und Gut habe dienen können." Beiderseitige Freunde und zwar Johann von Wittenhorst als gemeinschaftlicher Freund, Teis von Eyll zu Geysteren und Evert von Haren auf Seiten des Herrn von Well und Hermann von Hoinstein genannt Boenenberg, Jost von Bemel und Bertram von der Lippe gnt Hoen auf Seiten des Herrn von Afferden kamen nun in dem oben erwähnten Schiedsurtheil überein, daß die beiden früher aufgerichteten Verträge in ihrer vollen Kraft verbleiben, der Herr von Well seine Beweise zur streitigen Sache dem Herrn von Afferden zuschicken, dieser darauf antworten, jener dann repliciren und dieser dann dupliciren solle. Alsdann sollen beide Theile den Statthalter Philipp von Lalaing und die Kanzler und Räthe Gelderlands ersuchen, die Sache zu prüfen und zu entscheiden.

Der Herr von Well begnügte sich aber nicht damit in seiner Beweisschrift, die er „Casus" nennt und nebst 10 Beweißstücken am Speer und Nageltag 1548 durch seinen alten Stallknecht überreichen ließ, die streitigen Punkte zu besprechen, er beschuldigte darin auch den Herrn von Afferden, die Verträge nicht geachtet und seinen Unterthanen im laufenden Jahre die Kühe weggenommen zu haben. Dies rief Seitens des Deberich von der Lippe, der indeß seine Antwort durch den Pastor von Afferden übersandte, eine gleich heftige Widerlegung der ihm gemachten Anschuldigungen hervor, wobei er nicht unterließ, des Herrn von Well vorgenommene Gewaltthätigkeiten gegen Afferden'sche Einwohner zu rügen. Replik und Duplik folgten bald nach einander, aber der Herr von Well suchte auf allerlei Umwegen die Sache aufzuhalten und im Dezember waren die Acten noch nicht an den Statthalter abgeliefert.

Deberich von der Lippe glaubte sich darum nicht länger an den letzten Receß halten zu müssen und verbot den Unterthanen von Bergen die Benutzung der streitigen Wege und Stege. Doch kam es auf Ersuchen von Johann von Wittenhorst und Alart von Goer zur Untersuchung der Streitpunkte; die auf Befehl des Statthalters Phillpp von Lalaing den Schiedsfreunden: Meister Wilhelm von der Lippe gut. Hoen, Kanonikus zu St. Gereon in Cöln und Propst zu Ruremonde, Martin von Rossum, Marschall, Jan von Palant, Drost zu Wageningen; — und Deberich, Herrn zu Mylendonk und Drachenfels, Drost zu Montfort, This von Eyll und Evert von Haren, Drost von Bormeer, vorgelegt wurden. Die Acten wurden untersucht und befunden, daß selbige zu persönlich und scharf verfaßt seien; sie wurden deshalb verworfen und die Anfertigung neuer verfügt.

So schleppte sich die Sache langsam vorwärts und erst am 18. Januar 1553 kam es durch die Kanzler und Räthe Gelderlands zu einem endgültigen Urtheil, das nun beiden Theilen den Frieden brachte.

Um dieselbe Zeit wurde auch eine andere Streitigkeit beigelegt, die zwischen dem Deberich von der Lippe und dem Niederamte Goch entstanden war und gleichwie die vorige, die Heide auf der Grenze zwischen Afferden und Goch zum Gegenstande hatte. — Das Niederamt Goch, die Ortschaften Hoelum, Siebengewalt, Hassum, Pleze und Mull umfassend, prätendirte das freie Recht, auf der Heide von Afferden das Vieh zu weiden und zu plaggen, wogegen der Herr von Afferden dies von seiner Erlaubniß, welche gegen Entrichtung des sogenannten Weidhafers bisher immer ertheilt worden war, abhängig machte. Beide Theile gaben nicht nach; der Herr von Afferden ließ das Vieh, das ohne seine Erlaubniß auf der Heide weidete, confisciren und nach Afferden treiben, die Gocher rächten sich und trieben hinwieder die Schafe des Herrn von Afferden fort. Dies währte bis 1549, wo Deberich von

der Lippe einen Mann aus Hoelum, der in der Herrlichkeit
Afferden beim Torfstechen betroffen wurde, arretiren und verhaften ließ. Die Gocher klagten bei der Cleve'schen Regierung
über diese Gewaltthätigkeit, trieben es aber selber nicht besser.
Sie fielen nämlich bewaffnet, eine Plagge auf einem Stocke
statt des Fähnleins, mit Wagen und Karren in das Afferben'sche Venn und führten unter Schimpfen und Spotten den
Torf weg. Aber auch noch in anderer Weise suchten sie ihr
Grenzrecht zu behaupten. In einem Hause im Afferden'schen
Venn kam eine Frau in Wochen; wie ehedem ihre Kinder alle
zu Afferben getauft waren, so sollte auch dies Kind dort getauft werden. Jedoch der Richter von Goch drang mit vielem
Volk vor und in das Haus der Wöchnerin, holte das Kind
heraus und brachte es unter dem Vorgeben, das Haus
liege auf Goch'schem Boden, nach Goch, um es dort taufen zu
lassen. — Zwei Jahre später starb vor dem Kloster Gaesdonk
gleichfalls auf Afferden'schem Gebiete ein Kind: das Gericht
von Hoelum (Hülm) verbot unter der Drohung, den Vater in
den Stock zu setzen, das Kind zu Afferden zu begraben, ja sie
holten das todte Kind selbst aus dem Hause; einer nahm es
zu sich aufs Pferd und sie begruben es in Hoelum.

Unterdeß wurde durch die Cleve'sche Regierung ein Vergleich angebahnt, wozu Deberich von der Lippe als seine
Schiedsfreunde den Kanzler Johann Gogreff, den Propst zu
Aachen, Johann von Flatten, den Hofmeister Werner von
Hochsteden, den Erbschenk Reiner von Flatten und den Herrn
von Horst Johann Wittenhorst bezeichnete. Nichts destoweniger
fuhr Deberich von der Lippe fort, die auf seinem Territorium
weidenden Kühe und Schafe zu beschlagnahmen und sandte
noch besonders zwei seiner Schöffen zu den benachbarten Bauern
des Niederamts Goch, um sie dieserhalb zu warnen.

Der Drost von Goch, Franz von Loe zu Wissen,
drang nun seinerseits mit dem Richter und Bürgermeister von
Goch und 20 Pferden nebst einem großen Haufen Fußvolk,

und der Richter von Aesperden Hermann Koeboeckum mit dem Gerichtsboten von Hoelum und andern bewaffneten und geharnischten Leuten in der Nacht des 25. Juni 1552 ungefähr um 2 Uhr in die Herrlichkeit Afferden. Sie stürmten in die Häuser und nahmen etliche Einwohner mit nach Goch. Doch wollen wir hierüber lieber die Zeugen sprechen lassen. So erzählt die Frau von Peter Koenen, daß in der genannten Nacht der Richter von Aesperden mit den oben bezeichneten Leuten in ihr Haus gedrungen seien, nachdem sie die hintere Thür in Stücken geschlagen hätten. Sie sei aufgestanden, habe die mittlere Thüre, auf die auch losgeschlagen worden, geöffnet und nun sei das Haus voll Bewaffneter gewesen. Richter und Gerichtsboten seien darauf in Begleitung eines Menschen, der mit einer brennenden Strohfackel geleuchtet, in die Schlafkammer gegangen und hätten nach Koenen gesucht, drohend ihn zu erstechen, wenn er nicht antworte. Der Richter zog sein Messer und nachdem die Frau, welche zur Rettung ihres Mannes herbeieilte, gewaltsam hinweggeführt war, kam Koenen aus seinem Versteck hervor. Er wurde gefangen weggeführt. An der Heesterheeze angekommen, fand er den Thönis Klinkerz, mit auf dem Rücken gebundenen Händen, und beide wurden nach Goch gebracht. — Des Letztern Frau sagte aus, in der erwähnten Nacht sei ein großer Haufen Volks in ihr Haus gefallen, habe eine Wand eingelaufen, ihren Mann zu Boden geworfen, seine Hände mit Seilen gefesselt und ihn dann nach Goch geschleppt.

Frau Peterken auf dem neuen Erbe bezeugt, daß zur selben Zeit der Drost von Goch in eigener Person an der Spitze der genannten Mannschaft vor ihr Haus gekommen sei; man hätte ihre Schafe weggetrieben und nur auf inständiges Bitten die bereits gefesselten Pferde und Kühe zurückgelassen. Unter den Leuten des Drosten befand sich auch des Bastarden Derich Schenk gleichnamiger Sohn, der zu der Frau sagte: „Sagt eurem Junker, Derich Schenk habe die Kühe selbst geholt, er würde bald wieder kommen." Mit dem Nachbarn der Frau Peterken, Henrik Drießen, machten sie es nicht besser. Sie holten auch ihn aus dem Bette, führten ihn sammt seinen Kühen, Pferden und Schafen zum Drosten und dann nach Goch, jedoch gaben sie ihm auf sein Flehen seine Kühe bis auf elf zurück.

Ein gewisser Gerit Henßen wurde gefesselt, mit einem Seile an das Pferd des Richters gebunden und so fortgeführt.

Hiernach kam es nun bald zur Entscheidung. Die Königin-Wittwe Maria als Herzogin von Geldern und der Herzog Wilhelm von Cleve ordneten Commissaire ab, die Sache wurde untersucht und am 12. November 1552 in einem Vertrage verglichen, die Grenzfeststellung aber erst in dem darauffolgenden Jahre vorgenommen.

Im engen Rahmen eines Familiengemäldes liegt nun das Bild einer durch und durch verkommenen Zeit vor uns. Wir sehen, wie in alle Schichten der Gesellschaft, selbst in's Heiligthum der Kirche der unlautere Geist menschlicher Leidenschaft gedrungen war und furchtbare Verheerungen angerichtet hatte. Die gröbste Ausschweifung und Unsittlichkeit zerstörte das Familienleben, erniedrigte den geistlichen Stand; viele aus ihm, die zwar hiervon rein blieben, beschmutzten sich mit elender Habsucht. — — Wir wollen hier nicht nach den Ursachen eines Zustandes forschen, gegen den die Kirche unaufhörlich durch die ernstesten Mahnungen und Verordnungen ankämpfte; es gehört dies auch nicht hierher. Die Kirche blieb rein und unversehrt; sie legte mit starker Hand den Leidenschaften die Zügel an und bändigte sie auch, während die Reformatoren in Lösung aller Bande Heil für die Gesellschaft zu finden wähnten, aber natürlich nicht fanden.

Deberich von der Lippe starb 1565. Nach dem Tode seiner Frau Aelheit Schenk hatte er Johanna von Merode zu Schloßberg, Tochter von Johann und Lucia Haes zu Conradsheim geheirathet. Diese schenkte ihm zwei Töchter: 1. Margaretha, die 1592 Wilhelm von und zu Cortenbach, Fürstlich Jülich'schen Stallmeister, ehelichte und zu Aachen am 15. November 1633 starb; 2. Veronica, vermählt mit Jacob von Marnix, Herrn zu St. Albegonde, Saurburg und Leßbin. Sein einziger Sohn erster Ehe Caspar von der Lippe genannt Hoen — ein zweiter Sohn Reiner war 1541 gestorben — folgte ihm als Erbe von Afferden, Blyenbeck, Betgenhausen, Gribbenforst und als Pfandherr der Grafschaft Horn. ¹)

Caspar wurde schon als Kind von seinen Eltern mit Walrave, der Tochter von Johann von Voerst, Herrn von Dorenveert und Maria von Wittenhorst verlobt, auch der Ehevertrag 1548 bei erlangter Großjährigkeit Caspars unter Beistand seiner Oheime Bertram u. Wilhelm v. d. Lippe gnt. Hoen, des Aelhart von Haeften, Herrn von Calbeck und des Martin von Rossum, Herrn von Puderoyen und Rathum geschlossen, indessen scheint die Ehe nicht zu Stande gekommen zu sein. Vielmehr finden wir als seine erste Gemahlin Cornelia von Harff genannt, nach deren Tode Caspar 1565 Gertrud von dem Byland, Tochter von Rolmann von dem Byland, Herrn zu Spalborp,

----

¹) Mit Urkunde vom 14. November 1550 und 15. Februar 1555 hatten Anna von Egmont, Gräfin Wittwe von Horn und ihr Sohn Philipp von Montmorency, Graf von Horn, an Dederich von der Lippe die Grafschaft Horn für die Summe von 22,000 und 31,666½ Carolus Gulden und gegen Zahlung einer Jahrrente von 1100 resp. 1900 Gulden verpfändet. — Gleicherweise verpfändete am 16. August 1549 Lamorael Prinz von Gauere, Graf von Egmond und Bannerherr von Baer, an Dederich von der Lippe für 20,000 Carolus Gulden oder eine Jahrrente von 1000 Gulden den Zoll zu Arnheim auf dem Rhein und der Yssel und die Herrschaft Baer.

Graf von Horn und Graf von Egmond wurden 1568 bekanntlich hingerichtet.

Droften zu Ravenstein und von Barbara (Margareta) von
Virmundt, heirathete. Der am 31. Dezember 1565 abgeschlof-
fene Ehevertrag ist mitbesiegelt von: Gobbart von Ahr, Com-
mandeur zu Beckefort, Diedrich Quaebt, Herrn zu Wickrath und
Erbhofmeister von Gelbern, Arnt Schenk von Nybeggen, Herrn
zu Hillenrath, Peter von Steprath zu Parick, Heinrich von dem
Byland zu Spalborp, Christina von Wachtendonk, Wittwe
von Johann von dem Byland, Herrn zu Halth, Ulrich Scheif-
farb von Merode, Herrn zu Neuenrath, Adrian von · dem
Byland, Herrn zu Well. Otto von dem Byland, Herrn zu
Rheid und Brempt, Arnt von Wachtendonk, Clev. Rath und
Marschall, Heinrich von dem Byland, Demherrn zu Mainz und
Ambrosius von Virmund, Herrn zu Neerßen. ¹)

------

¹) Die in diesem §. mitgetheilten Briefe und Urkunden befinden sich
entweder originaliter oder in authentischer Abschrift im Archiv Haag.

Dritter Abschnitt.

Geschichte des Kriegsobristen Martin Schenk von Nydeggen.

Erstes Kapitel.

Martin Schenk's Herkunft und Familienverhältnisse.

Ueber die Herkunft des Kriegsobristen Martin Schenk von Nydeggen waren bisher die irrigsten Ansichten verbreitet; be Leeuwen behauptete in seiner Batavia illustrata [1] sogar, daß er ein Abkömmling des Ritters Otto Schenk von Nydeggen, Herrn von Walbeck und Drosten von Wachtendonk, gewesen sei. Mit Hülfe von authentischen, dem Archiv des Schlosses Haag angehörigen Actenstücken, denen von Spaen in seinem handschriftlichen Nachlaß bestätigend und ergänzend zustimmt, erhalten wir über seine Abstammung vollständige Gewißheit.

Martin Schenk stammt aus der im vorigen Abschnitte §. 6 abgehandelten Linie zu Blyenbeck und ist der Urenkel des dort viel besprochenen Ritters Derick Schenk von Nybeggen und von dessen Concubine und Magd Aelheit

---

[1] S. 83.

Lüsters. Der älteste Sohn derselben, Derick Schenk, verheirathet mit Maria von Galen, aus der im Gelbrischen angesessenen Familie dieses Namens, hatte einen Sohn auch Derick Schenk geheißen, welcher mit einer von Berlaer verheirathet war und der Vater unseres Martin Schenk von Nydeggen ist.

Martin scheint zu Goch, woselbst sein Vater wohnte und von wo derselbe den oben berührten Anschlag auf Blyenbeck versuchte, geboren zu sein, wann, bleibt indessen bei dem Mangel der Kirchenregister unerforscht. Nur wissen wir, daß er bei seinem Tode (1589) noch „jung an Jahren" gewesen, also vielleicht in den 40er Jahren des 16. Jahrhunderts geboren ist.

Von Martins Geschwistern werden uns genannt: 1. Peter Schenk, im Auftrage seines Bruders Martin vielfach thätig bei den damaligen Kriegsereignissen, verheirathet mit der Tochter des Richters von Doesburg, Johann von Scherpenzeel und der Gerberich von Bentink[1]); er hatte eine Tochter Wilhelma;

2. Johann Schenk, Oberst in spanischen Diensten;

3. Maria Margaretha, verheirathet 1. mit Christoffel von Tellicht, Sohn von Sander und Elisabeth von Münster; 2. mit Adrian von Camphusen zu Glinthorst 1569, und 3. mit Anton von Vorst;

4. Maria Magdalena Schenk.

Martin Schenk war vermählt mit Maria von Gelre, der Tochter des Herrn von Arßen, Derick von Gelre und der Friederica von Rechtern zu Vorst und Keppel. Sie

---

[1]) Fahne gibt in seiner Gesch. d. Westph. Geschl. S. 305 an, daß Peter Schenk die Tochter des Ernst von Momm und der Gerbrich von Bentink, der Wittwe von Johann von Scherpenzeel, geheirathet habe. Ernst von Momm sei der Vergiftung des Johann von Scherpenzeel angeklagt 1596 im Gefängniß zu Arnheim gestorben.

schenkte ihm eine Tochter, Friederica, welche jung gestorben
ist. Sie liegt mit der Mutter, welche nach Martin's Tode den
Sander von Tellicht, Sohn von Sander und Elisabeth
von Münster, ehelichte, in der Kirche zu Goch begraben, woselbst
von Spaen ihren Grabstein noch gesehen hat.

Martin besaß zu Goch ein Haus, das an der Stadtmauer
vor dem Mühlenthor gelegen war und ziemlich bedeutend gewesen sein muß, indem eine Jahrrente von 96 Gulden darauf
lastete, wegen deren Nichtbezahlung dasselbe 1590 in's Voigt-
geding gelegt, d. h. subhastirt wurde [1]).

Zweites Kapitel.

Schenk's kriegerische Thätigkeit in staatischen und demnächst in spanischen Diensten. 1576—1585.

Bevor wir auf das kriegerische Leben Schenk's näher
eingehen, ist es zur Orientirung unerläßlich, den Schauplatz
seiner Thätigkeit und die Zustände der damaligen Zeit etwas
näher in's Auge zu fassen und versuchen daher, in einigen Sätzen
eine Uebersicht über die damaligen Ereignisse zu geben.

Die durch Verschwendung und Genußsucht und damit
verbundener Ausschweifung und Unsittlichkeit unter allen Ständen längst vorbereitete Revolution, welche in der Reformation
eine willkommene Gelegenheit fand, sich über das Land zu
ergießen, war in den Niederlanden unter Philipp II. zum
offenen Ausbruch gekommen. Dieser vielgeschmähte Fürst, der
der halben Welt gegenüber muthig und offen die Vertheidigung
der katholischen Kirche führte, wollte auch in seinen Niederlanden eine Reaktion im katholischen Sinne durchführen. Unterstützt vom Bischofe, spätern Kardinal Granvell, versuchte er
auf kirchlichem und politischem Gebiete Veränderungen durch-

---

[1]) Gerichtsbuch von Goch.

zuführen, die das Wohl der Kirche wie des Staates bezwecken sollten. Doch auf politischem Gebiete fand er Widerstand: seine spanische Abgeschlossenheit hatte ihm die Herzen des Volkes, das an den freundschaftlichen Verkehr mit seinen Fürsten gewohnt war, entfremdet, und auch der Adel, der sich nach Philipps Abreise nach Spanien, 1559, in seiner Stellung durch den bevorzugten spanischen Adel geschwächt sah, wurde unzufrieden. Philipp hatte an seine Stelle seine Halbschwester Margaretha von Parma als Oberstatthalterin gesetzt, ihr Granvell beigegeben und den einzelnen Provinzen die Großen des Landes, besonders den Prinzen Wilhelm von Oranien, den Grafen von Egmont u. A. vorgesetzt. Der Erstere, von Jugend auf dem protestantischen Bekenntnisse zugethan, hatte jedoch die Würde eines Generalstatthalters erwartet, fühlte sich zurückgesetzt und wurde die Seele aller von den Unzufriedenen ausgehenden Bewegungen.

Der erste Gegenstand des Streites war das von Philipp zurückgelassene spanische Kriegsvolk: die Regentin vermittelte, und brachte es dahin, daß die Truppen 1560 abberufen wurden. Die Veränderung der kirchlichen Verfassung gab willkommene Gelegenheit, den Herzenswunsch der Unzufriedenen, nämlich Granvell's Entfernung, verwirklicht zu sehen. Die schwache Regentin glaubte durch dieselbe der Aufregung des Volkes zu begegnen und bewirkte die Abberufung dieses entschiedenen und besonnenen Mannes. — Nun warf sich der Adel, der sich bisher durch die beengende Nähe des Karbinals noch zurückgehalten hatte, in die Aemter, riß fast alle Geschäfte an sich und bald war der Staat vollständig in Anarchie aufgelöst.

Der erste zur Empörung hinzielende Schritt war der zu Breda errichtete sogenannte Geusenbund, der in Brüssel in förmlichem Aufzuge eine Bittschrift gegen die in Betreff der Religion getroffenen Maßregeln und um Berufung der Stände und Generalstaaten überreichte. Darauf folgten fernere Versammlungen, so zu St. Tronb, wo die Geusen zu Tausenden bewaffnet erschienen und bald war das Land mit Hülfe der herbeigeeilten Prediger der neuen Lehre im Aufstand: an 400 Kirchen und Klöster wurden in wenigen Tagen schmählich beraubt, entweiht, zerstört. Nun erst schickte der durch die ihm mitgetheilten Gräuel empörte König den gewaltigen Herzog Alba. Oranien und sein Anhang waren beim Heranrücken der Armee aus dem Lande geflüchtet und Margaretha, die sich als Statthalterin durch Alba's Nähe beengt fühlte, ließ sich von ihrer Stelle entheben und ging nach Italien.

Ferdinand Alvarez von Toledo, Herzog von Alba war unter den Waffen aufgewachsen und nur mit Kriegsgetümmel und Schlachtenruf bekannt. Unerbittlich gegen Freund und Feind und stumm gegen jede Stimme der Natur, sobald seine Pflicht ihm gebot, drang er an der Spitze seiner besten Soldaten, mit denen er so manche Schlachten ausgefochten und noch keine einzige verloren hatte, in die Niederlande ein. Schrecken ging vor ihm her, Blut mußte fließen, nach seiner Ansicht, um Ruhe und Ordnung wieder herstellen zu können. Mit starker Hand warf er seine Feinde, besiegte und verjagte den von Deutschland aus mit Heeresmacht heranrückenden Ludwig von Nassau, Oraniens Bruder und Oranien selber.

Das Schicksal der Niederlande lag in seiner Hand; doch Alba verstand es nicht, Völker zu regieren und ihre Zuneigung sich zu erwerben; er legte trotz der Abmahnungen Granvell's neue in Natur und Form ungerechte Steuern auf, machte sich dadurch auch die Katholiken des Landes zu Gegnern und hatte seitdem mit der ganzen Bevölkerung zu kämpfen.

Oranien fand nun überall Unterstützung; die von ihm organisirten Seeunternehmungen waren von Erfolg. Blutiger Krieg zog sich über das ganze Land, von beiden Seiten wurde gleich unmenschlich gekämpft. Zu spät zog Philipp Alba zurück (1673). Zu seinem Nachfolger setzte er den bisherigen

Statthalter von Mailand, Don Louis de Requesens. Das Land war in zu traurigem Zustande, als daß dieser auf bessern Erfolg bei seinen ungebahnten Unterhandlungen hätte rechnen dürfen. Dagegen erfocht er 1574 gegen den von Deutschland von Neuem anrückenden Ludwig von Nassau einen glänzenden Sieg auf der Mooker Heide. Nicht so glücklich war er bei der Belagerung von Leyden, das sich mit der äußersten Anstrengung wehrte, und die Spanier vertrieb. Sein am 15. März 1576 plötzlich erfolgter Tod, der den Aufständischen sehr günstig kam, verursachte kurze, wenn auch nicht allgemeine Waffenruhe, während dessen sich die Partheien organisirten [1]).

In diese furchtbar aufgeregte Zeit fällt die Jugend Martins. Sie bildete ihn zu jenem wilden, gefürchteten Parteigänger, als welchen wir ihn später kennen lernen werden. Er erhielt auch eine durchaus militairische Erziehung, diente zuerst unter dem Kapitain Enkhuysen, später unter dem Junker Christoffel von Isselstein, einem rheinischen Edelmanne und Obristen in staatischen Diensten, als Knappe und folgte Letzterm später mit zweien Pferden in's Feld [2]). Wir finden ihn somit zuerst in staatischen Diensten, ohne über seine Thätigkeit dort Näheres zu erfahren. Diese eröffnete er durch einen Gewaltstreich, der von vorne herein zeigt, wessen Geistes Kind Schenk war. Derselbe galt dem Schlosse Blyenbeck, dessen Besitz ihm größeres Ansehen verschaffen und seinen ehrgeizigen Bestrebungen Vorschub leisten sollte.

Die eben angedeutete, 1576 eingetretene Waffenruhe benutzend, suchte er die von seinem Großvater und Vater ererbten nichtigen Ansprüche auf Blyenbeck neuerdings geltend zu ma-

---

[1]) Vergl. „Ueberblick über die erste Periode der niederl. Revolution des 16. Jahrh. von Dr. Joh. Janßen“ in der deutschen Ausgabe der Civiltà cattolica. 1855. S. 30 f. f.

[2]) Bor, Nederlandsche Oorlogen III, 460. van Meteren Historie 301.

chen. Gewiß war keine Zeit dazu geeigneter, als die, wo Gewalt an Stelle des Rechts getreten, wo das Heiligthum frech geschändet, Kirchen und Klöster niedergerissen wurden, und auch feste Burgen keinen Schutz mehr boten gegen aufrührerische, räuberische Horden.

Ein Vorwand zur Ausführung der Plane Schenk's fand sich bald. Am 15. April 1576 schrieb er von Goch aus an den Herrn von Blyenbeck, Caspar von der Lippe genannt Hoen, ihn kurzweg fragend, „ob er (Hoen) die beim Verkaufe Blyenbecks (1530) creirte Rente auf Betgenhausen zu bezahlen, also den Kaufvertrag zu halten gesonnen sei? Wenn nicht, so werde er wissen, was er zu thun habe, indem er nicht länger Unrecht erleiden wolle u. s. w." [1])

Die Zahlung der in Rede stehenden Rente war im Vertrage ausdrücklich von dem Ausgange des damals noch schwebenden, römischen Prozesses abhängig gemacht worden [2]) und fiel selbstverständig nach Publikation der für die Schenk ungünstigen Urtheile fort. — Caspar Hoen fragte denn auch in etwas spöttischer Weise zurück: was er (Martin) denn eigentlich prätendire, ein Recht auf Blyenbeck oder auf Betgenhausen und ob er dies auf einen Kauf oder auf Erbfolge gründe? Ohne eine klare Erklärung darüber könne er keine Resolution geben [3]).

Doch Martin Schenk brachte die Antwort sofort persönlich. Mit Hülfe einiger übelberüchtigter Spießgesellen überrumpelte er bei Nacht Blyenbeck und brachte es in seine Gewalt. Als solche, die bei Eroberung Blyenbecks thätig gewesen sind, werden uns genannt: Martins Neffen Derick (der uns noch später als gemeiner Mörder und Wegelagerer begegnen wird) und Bernhard Schenk, auch genannt die Hessen,

---

[1]) Orig.-Brief im A. H.
[2]) conf. S. 105.
[3]) Copie im A. H.

Conrad und Wilhelm Camphuys, Johann van Galen, Mathieß Ryder, Hellebrant von Münster gnt. Scraepduyvel (Schrapteufel), Boerhans und einer genannt Blutsuper.

Nach einem uns vorliegenden, vor dem Meihouder von Herzogenbusch abgelegten Geständnisse[1]) waren die Genannten mit Ausnahme von Bernhard Schenk in jedem Verbrechen zu Hause.

Conrad Camphuys, ehemals Richter zu Coesfeld, wegen Mißbräuche vom Amte entfernt, steckte mit Hülfe seiner Kinder Wilhelm, Friedrich, Margaretha, Maria und Anderer, nachdem sie sich vorher auf seinem Hause vor Coesfeld mittelst Handschlag dazu förmlich verbunden und vorbereitet hatten, die Stadt aus Rache in Brand.

Jan van Galen hatte u. A. zu Cöln im Dome mit dem Bruder des Rentmeisters des Judentributs, der den Tribut im Betrage von 5000 Gulden an „den Türken" liefern wollte, verabredet, diesen auf dem Wege zu berauben; es wurde jedoch durch die eingetretene Krankheit des Rentmeisters vereitelt.

Hellebrant Scrapenbuyvel hatte mit seinen Genossen zwischen Bocholt und Winterswick verschiedene Frauenspersonen beraubt.

Mathys Ryber erschoß den Junker Barthel Kerckerink. — Das Haupt der Bande, der auch noch Andere, als die Genannten, angehörten, war, wie es scheint, Wilhelm Camphuys, von dessen Raubanfällen das Actenstück voll ist.

Man sieht, Martin Schenk hatte für seinen Zweck die besten Truppen geworben!

Diese bildeten denn auch fürderhin die Besatzung Blyenbecks, bis sie wegen der Brandstiftung Coesfeld's verfolgt, das Haus verlassen mußten.

---

[1]) Copie im A. H.

Caspar von der Lippe gnt Hoen, welcher sich auch der staatischen Parthei angeschlossen hatte, verlangte von den Staaten Hülfe. Doch diese konnten in den damaligen Kriegswirren ihrem Befehle der Restitution an Martin Schenk keine weitere Folge geben; und als dieser von Zurückgabe nichts wissen wollte, mußten sie es dem Hoen selbst überlassen, Landsknechte zu werben um mit deren Hülfe sein Haus sich wieder zu erobern.

Am 19. November 1577 schloß Hoen mit Bewilligung der Stände im Beisein von Bertram von dem Bylant, Herrn zu Walbeck, Peter von Sieprabt zu Parick und Didrich von Westrum zu Langenvelb mit dem „manhafften Godhart Mynderfuiss" einen Vertrag und verpflichtete ihn, 25 gute Schützen „unverzüglich zu bestallen und gen Blyenbeck zu fertigen, und „daselbst im Dienste neben sich selber ehrbarlich, treulich und „fleißig, wie sich nach Kriegsordnung gebührt, bis zur Eroberung „des Hauses zu halten und zu unterhalten, dergestalt, daß sie „seine Unterthanen, Pächter und Nachbarn nicht beschweren „sollen; weshalb er ihm monatlich bei abliger Ehre und Treue „zusage und gelobe, 225 Gulb. brab. und dazu für die Mann- „schaft den nothbürftigen Proviant, Pulver und Blei." [1])

Caspar's Versuch mißlang jedoch; Schenk behauptete sich auch ferner auf Blyenbeck.

Unterdessen waren an den staatischen Obristen Philipp Grafen von Hohenlo gegen Martin Klagen eingelaufen, als habe er dessen Soldaten zu seinen Zwecken gebraucht u. m. a. Schenk rechtfertigte sich in einem Schreiben [2]) d. d. Blyenbeck, 25. Novbr. 1577: daß er des Grafen von Hohenlo [3]) Reiter

---

[1]) Original im A. H.

[2]) Copie im A. H.

[3]) Der Graf belagerte damals Ruremonde, das er Ende Januar 1578 unverrichteter Sache wieder verlassen mußte, indem Johann von Oestreich dem hart bedrängten Ruremonde Entsatz schickte. (Bor. Nederl. Oorl. I. p. 897 f.)

und Knechte gebraucht habe, sei fälschlich erdacht und erlogen, und wer dies berichtet habe, sei ein ehrloser Schelm. Hoen habe einen seiner Leute getödtet und dafür diesem desgleichen gethan ꝛc. Den Vögeln des Himmels sei bekannt, daß seinen Voreltern Gewalt geschehen sei, geschweige denn den Menschen u. s. w.

Schenk's Stellung den Staaten gegenüber wurde indessen immer mißlicher; die Landstände wie die Statthalter Gelderlands beharrten auf die Restitution Blyenbecks und Schenk, dem es gleich war, für wen er kämpfte, hielt es für gerathen, den staatischen Dienst zu verlassen und zu den Spaniern überzutreten, um mit deren Hülfe Blyenbeck zu behaupten. Bevor er aber das Lager verließ, stach er in seiner Wuth einen staatischen Fähnrich über den Haufen[1]). Leider ist uns über diesen ersten Uebertritt Schenks zu einer andern Parthei nichts Näheres aufbewahrt worden; er mochte wohl auch damals wenig Aufsehen gemacht haben, indem Schenk noch bis dahin wenig Gelegenheit hatte, sich in weitern Kreisen bekannt zu machen.

Natürlich gewann Blyenbeck hierdurch an Bedeutung, indem Schenk von dort aus die ganze Gegend beunruhigen konnte, was er, wie wir später sehen werden, nicht unterlassen hat. Trotzdem vermochten die Staatischen nicht, Hoen zu seinem Rechte zu verhelfen und die Landstände mußten in einem Schreiben[2]) vom 23. Juni 1578 ihre Ohnmacht erklären, ihm jetzt zu seinem Hause zu verhelfen.

Caspar Hoen wandte sich nun im August 1578 an den Statthalter Gelderlands, Grafen von Nassau-Catzenelnbogen: „Er sei wider göttlichem Gesetz, dem kaiserlichen Landfrieden und den Privilegien und Concordaten des Landes seines Hauses und vorelterlichen Sitzes Blyenbeck mit der anklebenden Hoheit

---

[1]) Areud, vad. gesch. II. VII stuck f. 343.
[2]) Orig. im A. H.

unb Herrlichkeit Afferben fammt bem Eigenthum unb Zubehör durch einen ftolzfertigen Straßenfchänber, ber fich nennt Martin Schenk, lanbfriebbrüchiger Weife entfetzt unb fpolirt worben; die Lanbftänbe hätten bie Reftitution ausgefprochen unb habe er bisheran burch bie Belagerung von Camp unb Deventer mit feiner Bitte um Erecution biefes Befchluffes zurückgehalten. Nun aber bäte er, ihm zur Erecution zu verhelfen.[1]

Den Kapitainen von Venlo wurbe wirklich bie Orbre ertheilt, Blyenbeck wieber zu erobern; jeboch hielt es ber Freiherr von Hohenfachfen auf besfalls an ihn ergangenen Bericht für gefährlich, bas fchwach befetzte unb bebrohte Venlo von Truppen zu entblößen unb fiftirte vorläufig bie Erecution. Nichtsbeftoweniger gab Hohenfachfen am 9. October 1578 an bie Kapitaine ben Befehl[2], „ba ber Winter vor ber Thüre unb „allerlei Unwetter zu beforgen fei, unb fpäter bie Erecution, „wenn man fie jetzt verfäume, fchlecht fich thun laffe, im Falle „es ohne bie Stabt Venlo in Gefahr zu ftellen, gefchehen kann, „fo fchnell wie immer möglich bie Erecution vermöge ihres Auf- „trags unb Befehls an bie Hanb zu nehmen.“

Zugleich aber gab er Hoen für ben Fall einer nochmaligen Weigerung ber Kapitaine ben Rath[3], „etliche anbere „Solbaten ober fonft gute Gefellen, bie mehr Luft hieran haben „möchten, anzufprechen, unb mit beren Hülfe bas Haus ein- „zunehmen, was auch an feinen Rechten nicht präjubiciren könne, „ba es mit Vorwiffen ber Obrigkeit unb in Kraft bes erlang- „ten Dekrets gefchehe.“

Inbeffen weber bie Orbre noch ber Rath wurbe befolgt unb Hoen wanbte fich nochmals im November 1578 an ben Statthalter Johann von Naffau. Wir laffen bie Eingabe[4]

---

[1] Copie im A. H.
[2] Orig. im A. H.
[3] Schreiben im A. H.
[4] Copie im A. H.

zur Vervollständigung des vorhin Gesagten in der treuen Uebersetzung hier folgen:

„Wohlgeborner Graf, Gnädiger Herr Statthalter!

Euer Gnaden tragen unzweifelhaft ohne diese Erinnerung
noch gnädige Wissenschaft, welcher gestalt Dieselben im abge-
laufenen September auf mein unterthänig Ersuchen und der
Herren Deputirten dieser Landschaft Bericht und Erkenntniß,
mich zu der zum öftern Male erkannten Execution des Hauses
Blyenbeck durch die Benlo'schen Kapitaine zu verhelfen, gnädig
versprochen, auch mir dazu für beide Kapitaine die nöthigen
Befehle mitgetheilt haben, worauf ich auch zur selben Zeit mit
den gemelten Kapitainen dermaßen freundlich mit dankbarer
Verheißung einer stattlichen Verehrung gehandelt habe, daß sie
alsbald zu der befohlenen Execution sich gutwillig erboten und
von mir nur nothwendige Kundschaft über die Lage des Hauses und wie stark dasselbe besetzt und bewacht werde, begehrt
haben, welche Kundschaft ich gleich überflüßig eingeholt und
ihnen angezeigt habe mit dem Vorschlag, ihnen noch zwei
von meinen Dienern zuzugeben, die bei der Besteigung des
Hauses die Soldaten durch die Gräben an bekannten und gelegenen Orten nicht allein führen, sondern auch vorgehen sollen.
Und als ich in der unzweifelhaften Zuversicht stand, es sollte
die Execution unverzüglich von den Kapitainen in's Werk gerichtet werden, so hat der eine der Kapitaine, Gouwenberg [1])
gnt., noch für nöthig erachtet, daß man zuvor die innere Lage
des Hauses oder zum wenigsten den Wall von außen besich-
tigen müsse, zudem noch wegen der Uneinigkeit, die zur Zeit
zu Benlo in Veränderung der Religion vorgefallen, eine Be-
schwerde gemacht.

---

[1]) Gisbrecht von Gouwenberg zeichnete sich bei der Belagerung
Ruremond's 1577 durch großen Muth aus. Der Protestant Bor erzählt,
es hätten bei der Gelegenheit drei bis vier Schüsse sein Harnisch, das
schußfrei gewesen, getroffen, ohne ihm zu schaden. (Bor. l. c. p. 897.)

Wiewohl aber später die begehrte Besichtigung durch einen abgeschickten Soldaten geschehen, auch die Uneinigkeit zwischen den Bürgern zu Venlo gestillt ist, so hat doch der genannte Kapitain zu seiner Entschuldigung vorgegeben, daß er mit verschiedenen Aufträgen von Ew. Gnaden beladen und zu deren Ausführung nicht mit nothdürftigen Kriegsleuten versehen sei und ihm deswegen Ew. Gnaden Erklärung nöthig sei, wie er sich in den verschiedenen, ihm auferlegten Aufträgen zu verhalten habe und welche von denselben vorgehen solle. Als ich nun deshalb den Lieutenant des einen abwesenden Kapitains auf meine Kosten nach Arnheim gefertigt habe, bringt derselbe gegen alle Erwartung den Bescheid, daß man eine Zeitlang mit der Execution bis auf weitere Ordre warten solle. Nachdem ich mich dieses nachtheiligen Verzugs wegen in Ew. Gnaden Abwesenheit bei dem edlen Freiherrn von Hohensachsen beklagt und nicht allein den großen Schaden, sondern auch die große Gefahr, welche für das ganze Oberquartier aus dem Verzug entstehen könne, vorgestellt habe, so hat derselbe den Kapitainen abermals befohlen, so bald immer möglich die Execution vorzunehmen. — Obgleich nun dieser Befehl vor bereits 4 Wochen den Kapitainen überantwortet worden und ich bei wiederholter Weigerung von den Kapitainen für mich 30 Soldaten zu der Besteigung des Hauses begehrt habe, ist gleichwohl bis jetzt von ihm weder Execution noch Hülfe und Beistand mir geleistet worden und ist leider durch den langen Verzug das Vorhaben auf Blyenbeck bekannt geworden, in wessen Folge Martin Schenk aus dem Lager berufen und persönlich zu Blyenbeck angekommen ist. Weil nun aus dieser treulosen Offenbarung sehr zu befürchten, daß der muthwillige Landfriedbrecher entweder alle Nutzbarkeit der umliegenden Höfe verschlingen und dieselbe sammt dem Eigenthum des Hauses verkaufen und dasselbe dann in Brand stecken oder es dem Feinde in Ruremonde (den Spaniern) einräumen werde, wodurch dann nicht nur mir ein verderblicher, sondern auch

diesem Fürstenthume und sonderlich beiden Quartieren Nymwegen und Ruremonde nebst dem Lande von Cuick ein un-
wiederbringlicher Schaden zugefügt werden könne, so gelangt
an Ew. Gnaden meine fleißige Bitte, dieselbe wollen nunmehr
andere nothwendige Mitteln gebrauchen und diesfalls nicht
allein meinen unbilligen verderblichen Schaden mitleidig, sondern auch dieses Fürstenthums große Gefahr vorsichtig erwägen
und daher ernste Vorsehung thun, damit der Landfriede unterhalten, mir das gewaltthätige Spolium restituirt und das
Fürstenthum sammt dem Lande von Cuick vor größerer Gefahr
verschont werde. Daran thun Ew. Gnaden ein göttliches,
rechtmäßiges und zur Handhabung des Landfriedens, auch zur
Abwendung der Gefahr, ganz nöthiges Werk.

Caspar von der Lippe gnt. Hoen."

Hierauf erfolgte [1]) d. d. Arnheim 13. November 1578
nachstehende Antwort:

Johann Graf zu Nassau Catzenellenbogen ꝛc. Statthalter
des Fürstenthums Geldern u. der Grafschaft Zütphen.

„Edler und ehrenfester, insonders lieber und guter
Freund! Auf die durch eueren Bevollmächtigten Licentiat
Hauß übergebene Supplik, die Restitution des Hauses Blhenbeck betreffend, wollen wir euch in Gunst nicht vorenthalten;
obgleich uns wohl nicht allein die Gefahr so diesem Lande aus
dieser freventlichen Vorenthaltung des gedachten Hauses zu
besorgen, der Gebühr nach angelegen, sondern auch sonst leid
ist, daß diese und dergleichen Spolia sich zutragen und geduldet werden, woraus nichts anders als eine gefährliche Consequenz erfolgen kann, so ist uns doch nicht möglich, bei jetzigen
beschwerlichen Läuften die gebührliche Remebia an die Hand
zu nehmen und ist es besonders jetzt, wo sich der Feind binnen Ruremonde so stark macht, gar nicht rathsam, die Garni-

---

[1]) Orig. im A. O.

son zu Benlo dieser Ursache halber zu schwächen, wie ihr als Sachverständiger selbst allen Umständen nach ermessen sollt. Es ist deshalb unser Begehren, daß ihr bis zu besserer Gelegenheit hiermit Geduld habet und wollen wir euch, sobald es eben füglich geschehen kann, gern zu Euren Rechten verhelfen. Euch hiermit dem Allmächtigen empfehlend. Datum 2c.

Euer guter Gönner und Freund

Johann Graf zu Nassau Catzenellenbogen.

Verlassen wir für einen Augenblick Blyenbeck, um uns nach dem, was währenddessen im Lande vorgegangen war, umzusehen.

Der nach Requesen's Tode von den unbezahlt umherschweifenden spanischen Truppen angerichtete Unfug brachte auch die bisher den Spaniern noch treu gebliebenen südlichen Provinzen zu engerem Anschlusse an Wilhelm von Oranien. Im sog. Genter Frieden vom 8. November 1576 schlossen sie mit den nördlichen Provinzen ein Bündniß zur Vertreibung der spanischen Soldaten, wobei denn auch u. A. ausdrücklich ein jedes Attentat auf die Ruhe und den Frieden des Landes, und besonders auf die katholische Religion und die Uebung derselben unter Strafe verboten wurde (Art. 4 d. V.). Zugleich wurden die Generalstaaten einberufen und ihnen die Regelung der Landesangelegenheiten übergeben. — Da erschien als neuer Statthalter 1577 der Sieger von Lepanto, Johann von Oesterreich, welcher dem Genter Vertrag beitrat und die spanischen Truppen entfernte, aber Oraniens Macht nicht brechen konnte. Die Generalstaaten hingegen beriefen zur Statthalterwürde Mathias von Oesterreich, Bruder des Kaisers Rudolf II., dessen Anstengungen aber eben wenig Erfolg hatten. Der Krieg brach von Neuem aus. Johann von Oesterreich rief die spanischen Truppen zurück, sein Feldherr Alexander von Parma schlug die Staatischen bei Gemblour und er stellte die spanische Herrschaft im Süden wieder her. Johann starb jedoch schon am 1. Oct. 1578, nachdem er den

genannten Alexander Prinzen von Parma zu seinem Nachfolger
ernannt hatte. Dieser befestigte durch sein besonnenes Eingehen in die Wünsche der Provinzen die spanische Herrschaft
in den südlichen, wallonischen Provinzen. Die nördlichen
Provinzen hingegen schlossen sich enger zusammen und errichteten 1579 zu Utrecht einen Bund, der unerschütterlich den
Spaniern gegenübertreten sollte. Holland, Seeland, Utrecht,
Geldern mit Zütphen, Gröningen, Friesland und Oberyssel
traten ihm bei.

Das Oberquartier, was uns hier zunächst angeht, war
zu der Zeit zum größten Theil von den Staatischen besetzt;
nur Ruremonde, die Hauptstadt und die Kastelle Blyenbeck
und Well, welch' Letzteres Martin Schenk am 10. Februar
1579 eingenommen hatte [1]), waren in spanischer Gewalt;
Venlo, Geldern, Stralen und Wachtendonk hatten staatische
Besaßung. Trotzdem bewahrten sie eifersüchtig ihren katholischen Glauben, der ihnen auch im Genter Frieden gewähr-
leistet war.

Johann von Nassau, Oraniens Bruder, der Statthalter
Gelderlands, der Reformation sehr zugethan, wußte indessen
Mittel und Wege zu finden, die neue Lehre einzuschmuggeln:
er gab z. B. verschiedenen Fähnlein seiner Soldaten Prediger,
deren Vorträgen auch die Bürger beiwohnen konnten und erreichte
so seinen Zweck; so geschah es zu Wachtendonk, wo ein gewisser Peter Hackius predigte, zu Venlo, Geldern und an
andern Orten [2]). Doch nicht genug hiermit, verbot auch der
neu ernannte Drost des Amtes Geldern, Engelbert v. Wissel
zu Caen, den Katholiken seines Amtes geradezu die Uebung
ihrer Religion und führte allum neue Prediger ein, gleich wie
es auch zu Wachtendonk geschah; die Soldaten von Stralen

---

[1]) Urk. im Archiv Venlo.
[2]) Vor I. p. 995.

verwüsteten, plünderten und schändeten die Kirchen und Bilder zu Arßen und Velden [1] u. s. w.

Im Verein mit den Ständen von Zütphen klagten die Stände des Oberquartiers über diese unter den Augen des Statthalters und theilweise von ihm selbst veranlaßte Treiben bei den Generalstaaten. Zwar wurde dem Statthalter Weisung gegeben, die Ordnung herzustellen [2]), doch wie wenig dies befolgt wurde, beweist die in dem Jahre 1581 oder 1582 von den Soldaten von Geldern vorgenommene Bilderstürmerei im nahen Dorfe Veert, wo man mit kannibalischer Wuth alle Paramente, Kelche, Meßbücher, Kirchen- und Gemeinde-Papiere in Mitten der Kirche verbrannte [3]).

Die erste Folge der Utrechter Union für das Oberquartier war die Uebernahme der dort stationirten Soldaten Seitens des Bundes. Junker Gisbert von Duvenvoorde, Herr von Opdam und Alexander von Tellicht wurden als Commissare zur Musterung derselben abgeordnet. Sie zogen von Ort zu Ort, die zerstreut liegenden Fähnlein in Eid und Pflicht zu nehmen [4]). Martin Schenk, der hiervon Kenntniß bekommen hatte und seine ersten Sporen verdienen wollte, versuchte die Herrn aufzufangen; mit 45 Pferden und etlichem Fußvolk erschien er am 20. März 1579 vor Stralen, forderte es zur Uebergabe auf und das nur schwach besetzte Städtchen ließ ihn sofort ein. Die Venloer versuchten vergebens, sich wieder

---

[1]) Klage der Stände bei Bor I. p. 995.
[2]) Bor I. p. 996.
[3]) Urkunde im Anhange Nr. VI.
[4]) Bei diesem Geschäft stießen die Commissare vielfach auf Widerstand. So waren von der Besatzung Venlo's 5 Fähnlein Soldaten nur erst nach vielen Anstrengungen der Commissaire zu bewegen, den Eid zu leisten; ein Fähnlein verweigerte ihn beharrlich. Die 2 Fähnlein, welche die Besatzung Wachtendonk's bildeten, folgten ihrem Beispiele, jedoch gelang es später einer List des Hauptmannes Gerit de Jonge, sie zur Eidesleistung zu vermögen.

in den Befiß Stralens zu feßen, fie mußten unverrichteter
Sache wieder abziehen. Unterdeß aber waren die Commiffare
durch den Oberften Johann von Stockum von Venlo auf die
Gefahr aufmerkfam gemacht worden; unter ftarker Bedeckung
reiften fie von Geldern, wo fie am 25. März die Mufterung
abgehalten hatten, nach Venlo. Schenk erfuhr es zu fpät
und konnte fie nur noch mit einem Theil feiner Reiterei
bis dicht vor Venlo verfolgen. ')

Die Stadt Straelen war am 18. Januar 1579 durch die
Spanier unter Monbragon erobert, von Parma aber ohne Be-
faßung gelaffen worden, da fie nicht zu halten und ohne
Wichtigkeit war. Anfangs März 1579 wurde fie von den
Staatifchen hart bedrängt und bat den in der Nähe weilenden
Martin Schenk um Hülfe. Er verfprach binnen 3 Tagen
die Stadt zu entfeßen. Wir laffen feinen Brief hier folgen:

Meinen Dienst beuor, Erbare wollweise gunstige
Herrn, vmb euger negst an mich getanes anwerbenn,
Bitten vnd begerenn euger Stadt Stralo wegen Köning-
lichr Maiestat zu Hispanien mit Hülff vnd Beistandt zu
entsatzen, welches Ich nach eugern beger auss begelegden
Schreiben des gestrengen Hern Obersten Leuten Ambt
schreiben werdet ersehen, spüren vnde mercken. Werdet
euch derwegen alss ehrliebende Leute vnd Getreuwen
koningklicher Maiestat zu Hispanien also verhalten vnd
koningliche Stadt also uicht vberlieffern vnd vbergeben,
den ir der Burgerschafft solches vermeldet, sofern Ich
ein Ehrliebender von Adell in drei dagen euch so es
noodich sein wirdt, entsetzen will; Den es an entsatzungk
zu keiner zeit mangeln soll. Auch mach Ich euger guder
meinungk nicht verhalten, dass dieselbe abgesandten au
Printzen von Parma, so vmb eugers besten willen gerit-

---

¹) Vor. l c. II. p. 34.

ten, von den Goesen gantz hardt gewundt, werdet euch derwegen hierinnen gutwillig entzeigen vnd dieselbigen abgesanten, so vmb engers besten willen gantz hardt verwundt, mit ein fünffzigh Kronen zu steur vnd hülff kommen, damit ich vf ein ander mal zu eugem besten wiederumb Leutt wilfarig, zu reisen haben mag. Euch sunsten zu dienen bin ich zu jedertzeit willigk. Datum Welle den 3. Tag Marty A°̲ 79.

(gez.) Marten Schynck van Nydeggen.

Den Erbarn vnd wolweisen Burgermeister vnd Radtmannen der Koniglichen stadt stralo meinen gunstigen Hern vnd guitten freundten.

Straelen aber kam balb nachher in bie Gewalt ber Staatischen, in ber es blleb, bis Schenk es, wie vor erzählt, wieber zurück eroberte (20. März).

Zur selben Zeit hatte Johann von Nassau bie beffere Befestigung bes ihm untergebenen Fürstenthums Gelbern in's Auge gefaßt unb bies am 20. März in einem Kriegsrathe in ber Art zum Beschlusse gebracht, baß u. A. Afferben unb Well eine Schanze mit einem Fähnlein, bas Haus Arßen 25 Mann, Venlo 6, Gelbern 3, Wachtenbonk 2 Fähnlein, Krikenbeck 3, bas Schloß Haag 40, Blasrath 50 Solbaten u. f. w. als Besaßung haben sollten. [1]

Dieses konnte inbessen nicht hinbern, baß bie Spanier ober richtiger baß Martin Schenk bie ganze Gegenb branbschaßte, bas platte Land unb bie Dörfer bis vor ben Thoren von Nymwegen, Venlo, Gelbern unb Wachtenbonk beraubte. Stralen, Well unb Blyenbeck, bie noch burch Parma in Pebro be Tolebo Verstärkung erhalten hatten [2], ließ er stark befestigen. Zu Well auf ber Maas legte er 1580 eine feste Schanze an. Von bort aus machte er bann seine Raubzüge. Ein An-

---

[1] Vor l. c. I. p. 37.
[2] Slichtenhorst S. 543.

schlag auf das Schloß Haag bei Geldern wurde dem Besitzer desselben, dem Erbmarschalle Cornelis von
Boedberg, frühzeitig verrathen, so daß dieser sich vorsehen
konnte [1]. Selbst die Schiffe auf dem Rheine waren vor ihm
nicht sicher; mit Hülfe eines Herrn von Anholt erbeutete er
ein stromabwärts fahrendes Schiff, welches italienische Güter,
Seidenwaaren und andere Kostbarkeiten geladen hatte und
theilte den Raub mit dem Kriegsvolke [2]. — Doch ganz besonders mußte die nächste Umgebung Blyenbecks leiden.

Die Einwohner von Well verließen in Folge der Be-
drückung größtentheils ihre Häuser und Ländereien und flüchteten auf fremdes Gebiet, von wo sie erst 1691 zurückkehrten.

Sambeck, ein Dorf im Lande von Kuick gelegen, mußte
an ihn allein 1447 Gulden 6 Stüber brab., in Terminen,
anfangend am 8. Februar 1579, Hafer, Malz und Roggen
nicht gerechnet, als Strafe dafür zahlen, daß sie bei dem durch
die spanischen Soldaten angerichteten Kriegsrumor auf die
Glocke geschlagen hatten.

Außerdem hatten die Dörfer Sambeck, Bierlingsbeck,
Beugen und die andern umliegenden Ortschaften an Blyenbeck, Middelaer und Well eine monatliche Contribution zu
liefern, die bis zum 16. Januar 1584 an Geld die Summe
von 5022 Gulden 3 Stüber und 1 Ortchen brab. erreichte;
der regelmäßigen Lieferungen von Malz, Hafer, Roggen, Schwei-
nen, Hühnern, Schinken, fetten Kühen, Schafen, Speck, fetten
Gänsen, Pfeffer, Fischen, Wein und täglich 4 Pfund Käse
nicht zu gedenken. Als Ueberbringer des Geldes wurde ein
Neffe Martin's, Bernhard Schenk, welcher in Sambeck wohnte,
gebraucht, indem dieser bei Martin noch einigen Einfluß hatte

---

[1] Orig. Warnungsbrief des Drosten zu Kessel, Wilhelm von Mer-
wick im U. H.

[2] van Meteren l. c. S. 166.

und seine Unsättlichkeit, die immer noch nach mehr fragte,
mäßigen sollte. [1])

Das nahe Kloster Gaesdonk wurde dreimal von Martin Schenk rein ausgeplündert und die Canoniker gezwungen,
ihr Haus zu verlassen [2]).

Am 9. Juli 1579 nahm er von Blyenbeck aus mit nur
40 Mann die Stadt Deutecom (Doetinchem) ein. Uner-
wartet drang er Morgens beim Oeffnen der Thore in die
Stadt, überraschte die Besatzung und setzte sich dort fest [3]).
Er wurde aber bald gezwungen, die Stadt wieder aufzugeben.
Aus Zütphen, Deventer und andern Overysselschen Städten
zogen gewaffnete Bürger unter Anführung des Barons von
Curtzbach heran, schlossen die Stadt ein und zwangen Schenk,
die Stadt wieder zu übergeben. Schenk erhielt zwar das Versprechen freien Abzugs für sich und seine Leute; er wurde
aber vom Baron Curtzbach gefangen zurückgehalten. Parma
theilte dieses unterm 15. Juli dem Könige Philipp II. vom
Lager bei Mastricht aus mit. Er schreibt: „Einer mit Namen
Martin Schenk, welcher vor einigen Monaten mit zwei Schlös-
sern im Geldrischen, Blyenbeck und Well, in den Dienst Ew.
Majestät übergetreten ist, hat den Rhein überschreitend sich zum

---

[1]) Daljé Geschied- en Aardrykskundige Byzonderheden van Boxmeer etc. p. 96.

[2]) Nach den Mittheilungen des Herrn Dr. Bergrath von Goch
enthält das neue Kalendarium des Klosters Gaesdonk über eine Plünderung von 1580 folgende Notiz: pag. 18. Annivers. fratris Petri
Adolphii Venradiensis subprioris, qui post 32 annorum exilium (quo
tempore Gochiae fratres a Calviniano Batavorum milite ejecti, spoliato
prius anno 1580 monasterio, continere se ob assiduos bellorum tumul-
tus coacti sunt) tandum ad locum professionis a° 1612 reversus obiit
hic in pace 1616. pag. 21. ·Annivers. Patris Gerardi Schildt de No-
vimagio Prioris nostri. Obiit in Goch tempore exilii a° 1587. Tempore huius Prioris ejecti sunt fratres et spoliatum est monasterium a°
1580 a militibus Blienbecanis.

[3]) Originalbrief im Archiv von Hattem. Register S. 39.

Herrn der Stadt Deutecom gemacht; er wurde aber gezwungen, da er nicht genug Volk bei sich hatte, der Entsatz weit entfernt war und er sofort von einer guten Zahl Kavallerie und Infanterie belagert wurde, die keineswegs haltbare Stadt wieder zu übergeben. Die Feinde, ihm freien Abzug mit seinem Volke versprechend, haben dieses Versprechen gebrochen und ihn als Gefangenen zurückgehalten; fürchtend, daß sie ihm Uebels zufügen möchten, hat er an den Baron von Roeulr geschrieben, auf daß dieser die genannten Feinde ermahne, das ihm gegebene Versprechen zu halten und ihm nichts Böses zu thun u. s. w."[1] — An Schenk's Gefangenhaltung war außer Curtzbach auch der Graf von dem Bergh betheiligt; beide hofften, von ihm ein gutes Lösegeld zu erpressen. Deshalb auch ließen sie ihn auf das dringende Ansuchen des Statthalters nicht folgen und geriethen sogar mit demselben in so heftigen Disput, daß sie beide auf Befehl der unirten Provinzen verhaftet wurden. Graf Johann von Nassau schrieb in dieser Beziehung unterm 31. August 1579 an den Grafen von dem Bergh: „Die vornehmste Ursach aber, so ich dafür halte, daß die unirten Provinzen gegen Ew. Edeln haben möchten, wäre, meines Erachtens die, weil Ew. Edeln den Martin Schenk auf mein Begehren und Erbieten nicht allein bis jetzt noch nicht haben folgen lassen, sondern daß auch die Sage geht, daß Ew. Edeln denselben ranzoniren und frei geben wollten."[2] — Schenk indessen blieb nicht lange in der Gefangenschaft; er wußte seine Wächter zu täuschen und entfloh.[3]

---

[1] Compte rendu des séances ces de la commission royale d'histoire ou recueil de ses bulletins. Tome IV. Brussel 1852. S. 463.

[2] Archives ou Correspondence inédite de la maison d'Orange-Nassau von Groen van Prinsterer. Leiden 1839. VII S. 73.

[3] von Meteren l. c. p. 196. Nyhoff's Bydragen voor Vaderlandsche Geschiedenis IX. S. 44.

Unterdessen erwiesen sich die vom Statthalter im Oberquartier getroffenen Vorsichtsmaßregeln als nicht überflüssig, denn Parma's Volk hatte sich unweit Ruremonde, Geldern und Wachtendonk gelagert und scharmützelte beständig mit den in Venlo und in beiden letztgenannten Städten befindlichen staatischen Truppen. Man fürchtete, daß es, um die Straße nach Nymwegen frei zu machen, Plan der Spanier sei, Geldern von den andern Städten zu trennen. Johann von Nassau sandte neue Verstärkungen; am 17. August in aller Frühe zog Gisbrecht von Gouwenberg mit seiner Mannschaft, Fußvolk und Reiterei, aus Venlo, überfiel bei Heekhuisen unweit Ruremonde vier Fähnlein Schweizer von Parma und schlug sie total, so daß die meisten todt auf dem Platze blieben [1]). Wenn nun auch durch diesen Widerstand die Spanier an weiterem Vorrücken gehindert wurden, so war doch der so eben gemeldete durch Martin Schenk herbeigeführte Zustand den Staatischen so lästig, dazu die Klagen der bedrängten Bewohner so groß geworden, daß die Deputirten der unirten Provinzen, denen die Entscheidung zufiel, in eine Belagerung der drei von Schenk besetzten Orte Stralen, Blyenbeck und Well willigten. Bis heran hatte man nicht darauf eingehen wollen, theils weil man glaubte, die Kosten einer Belagerung würden den Schaden, den die Orte anrichteten, übersteigen, theils auch weil man fürchtete, daß die Feldlager das Land aussaugen und der Feind ins Land gelockt würde. Der Sohn des Statthalters, Wilhelm Ludwig Graf von Nassau, Oberst und Colonel von 10 Fähnlein Fußsoldaten, sollte den Coup ausführen.

Schon bald hatte er das Haus Well mit der Schanze eingenommen; doch Blyenbeck machte ihm mehr Schwierigkeiten, indem es von Schenk ganz besonders befestigt und verstärkt worden war. Dazu waren seine Leute schlecht bezahlt und sein Gegner Martin Schenk, ein im Kriegsdienste aufge-

---

[1]) Bor l. c. II. p. 95.

wachsener kluger Kriegsmann, der nicht so leichten Kaufs das
bisher mit so vieler Mühe behauptete Blyenbeck aufgeben wollte.
Der Graf von Nassau sandte deshalb Mitte Februar 1580
den Commissar Junker Bartholomäus de Wael, Herrn zu
Moersbergen und seinen Obristlieutenant Johann Cuningen
an das Collegium der unirten Provinzen mit einem Memorial,
worin er seine Bedenken und Ansichten in Bezug auf die
Ausführung des Vorhabens niederlegte und bat, Vorsorge zu
treffen, damit seine Soldaten bezahlt würden, indem ohne dies
nichts mit denselben ferner zu unternehmen sei, und er sie nicht
in guter Disciplin und Ordnung zu erhalten vermöge. Er
verlangte zudem zur Befestigung von Well Geschütz und Proviant, und im Falle er auch Stralen belagern solle, eine Verstärkung von 10 Fähnlein, 500 Pferden und 200 Pionieren,
da, um Stralen und Blyenbeck zu belagern und Well zu besetzen, seine Mannschaft nicht ausreiche. Sodann müßten alle
Städte verpflichtet werden, dem Lager Proviant zuzuführen u.
s. w. — Mittlerweile hatte sich der Graf von Nassau mit
seinem Volk vor Blyenbeck gelagert und dasselbe berannt. Er
wurde jedoch von Schenk, der von Parma eine ansehnliche Verstärkung erhalten hatte, gezwungen, die Belagerung aufzugeben
und beschränkte sich nur darauf, zu sorgen, daß Schenk nichts
Weiteres zum Nachtheile des Landes unternehme. [1]

Um dieselbe Zeit (1580) war der staatische Gouverneur
von Vriesland, Groeningen ꝛc., Georg von Lalaing,
Graf von Rennenberg und Freiherr von Ville ꝛc. offen
zu den Spaniern übergetreten. — Er hatte sich Groeningen's
bemeistert, wurde aber, da die versprochene Hülfe von Parma

---

[1] Bor l. c. II. 176.. v. Meteren l. c. p. 166.
Slichtenhost p. 547. Arend l. c. p. 343 erzählt, Blyenbeck sei vom
Hauptmann Hegemann belagert worden, den Martin Schenk mit einem
Haufen Reiter und wenigem Fußvolk zur Aufgabe der Belagerung und
Ergebung zwang. Schenk habe bei der Gelegenheit einen der Haupt-
leute, Herman Hoeles, um's Leben gebracht.

ausblieb, von den Staatischen arg bedrängt. Außer von seinem ehemaligen Regimente, das nun Oberst Bertholt Entens van Mentheda (der später bei einem Anschlage auf Groeningen sein Leben einbüßte) führte, war er von den Regimentern des Grafen von Hohenlo, des Christoffel von Isselstein und des Grafen Wilhelm Ludwig von Nassau, im Ganzen von 24 Fähnlein Füßern und 1200 Reitern, eingeschlossen und noch immer langten frische Truppen an, um den von Parma beabsichtigten Entsatz zu vereiteln. — Nach monatelangem Warten langte endlich die Nachricht an, daß die Spanier, unter Martin Schenk als stellvertretenden Obristen des Friesischen Regiments, gnt. die Malcontenten, heranrückten. — Graf von Hohenlo erhielt am 11. Juni den Befehl, dem Feinde entgegenzuziehen und den Entsatz zu vereiteln.

Mit seinem Regimente, dem Fähnlein unter Obristlieutenant Wilhelm von Wyngaerden, 100 Mann von Cornputs Fähnlein und Geschütz zog er auf Coeverden, wo er den Feind zu finden hoffte. Nach vielen Querzügen in der brennendsten Sonnenhitze fand er Schenk am 16. Juni wohlgemuth im kühlen Schatten bei Brod, Butter, Käse und Bier lagernd, nicht weit von dem Flecken Harbenberg unweit Coeverden. Ohne seinen ermüdeten Soldaten Ruhe zu gönnen, stellte er sie sofort in Schlachtordnung auf. Obristlieutenant Kuningam mit 6 Fähnlein des Grafen Wilhelm von Nassau, das Fähnlein von von Wyngarden und die 100 Mann von Cornputs bildeten den rechten, Isselstein mit 7 Fähnlein und Zebenisca mit 1 Fähnlein bildeten den linken Flügel, den er an einen Busch anlehnte. Drei Fahnen wohlbewaffneter Reiter unter Onsta, Rinswoube und dem Lieutenant von Asingo Entens stellte er vor die Schlachtordnung und behielt um sich die 6 Geschütze und die Reiter von Holstein, Pieck, Lubbert von Remen u. A. — Im Ganzen kommandirte er über 1800 Mann Fußvolk und 1400 Reiter.

Martin Schenk säumte nicht, seine Truppen dem Feinde

gegenüber zu stellen und zwar so, daß sie die Sonne im Rücken hatten, während dieselbe den Feinden ins Gesicht schien. Die 14 Fähnlein seines Regiments, nach Bor's Angabe 3000 Mann stark, bildeten eine lange Linie; die 3 Fähnlein Lanciers unter dem alten tapfern Kapitain Thomas, einem Griechen, und einige Fahnen Carabiniers, im Ganzen 800 Reiter, waren vor der Schlachtordnung aufgestellt. Artillerie fehlte ihm gänzlich. Als das Gebet gesprochen, das Zeichen zum Angriff gegeben war, und die Staatischen ihre Geschütze gelöst hatten, stürzten drei Fahnen staatischer Reiter vor; ihnen warfen sich zwei Fahnen Lanciers mit großem Ungestüm entgegen, wurden aber theils niedergehauen, theils in die Flucht geschlagen und verfolgt. Schon begann Schenk's Fußvolk zu weichen, und bereits schien der Sieg den Staatischen gesichert, als die Schenk'schen Reiter sich ermannten und mit frischen Lanciers und Schützen auf Hohenlo's Volk losstürmten und es zum Weichen brachten. Ein Theil warf sich in den vorgenannten Busch und wehrte sich tapfer, die Uebrigen hingegen stoben auseinander und wurden von Schenk verfolgt. Von den Staatischen blieben todt auf dem Felde der Kapitain Junker Wilhelm von Wyngaerden, der Fähnrich Junker Wilhelm von Nyvelt und viele Edelleute, Offiziere und Soldaten. Der Kapitain Junker Adam von Zuilen von Nyvelt wurde gefangen und nach drei Monaten ausgelöst, desgleichen Hauptmann Renoy und mehrere Offiziere. Schenk erbeutete fünf Feldstücke und einen Theil Bagage.

Der Graf von Hohenlo begab sich nach Oldenzeel, wo er sich festsetzte, um die siegenden Spanier aufzuhalten. Die meisten Reiter und Füßer kamen in wilder Flucht in Coeverden, das eine Stunde vom Schlachtfelde liegt, an. Hauptmann Cornput, der dort mit 50 Mann zurückgeblieben war, versuchte die Flüchtigen aufzuhalten und verlangte von allen den Schlagbaum passirenden Reitern den Schwur, zu bleiben und den Paß zu vertheidigen. Doch sie störten sich an ihren Eid nicht, sondern flüchteten ohne Verzug mit Wagen, Pferden ic. durchs Wasser nach der Drenthe, von dort nach dem Moor beim Kloster Apel und Bourtange, bis sie nach zwei Stunden durch ihre Offiziere zum Stehen gebracht wurden. Die zu Coeverden Zurückgebliebenen entschlossen sich nach langem Hin- und Herreden endlich auch, nach Oldenzeel zu gehen, wohin sie spät Abends aufbrachen.

Schenk zog andern Tages auf Coeverden dem Feinde nach, wo er jedoch weder Katze noch Hund mehr fand: denn selbst die Bewohner waren nach der Niederlage von Harbenberg geflohen.

Beim Herannahen der siegenden Spanier zogen die noch vor Groeningen zurückgebliebenen Soldaten, trotz der Bemühungen des Grafen Wilhelm von Nassau und Souoy's ab, steckten in der Nacht des 18. Juni die Schanzen in Brand und gingen ein jedes Fähnlein seinen Weg.

Schenk wurde von dem nun $3\frac{1}{2}$ Monate belagerten Groeningen mit großem Triumph und Freude empfangen und herrlich bewirthet.

Unglaublich groß war die Niedergeschlagenheit und Unordnung über diese Niederlage in ganz Grießland, den Omlanden und Drente; in größter Eile verließen der Adel und die Vornehmsten das Land, Hausrath, Vieh und Alles zurücklassend; Bor zählt 400 Familien, die ihre Habe verließen [1]).

Schon am 20. Juni 1580 zogen Schenk und der Graf von Rennenberg nach Delfzyl, das an der Mündung der Ems in die Nordsee liegt, welches sie belagerten und stark verschanzten. Nachdem sie hier ihre Dispositionen getroffen und ansehnliche Streitkräfte zurückgelassen hatten, zogen sie mit großer Macht weiter zur Schanze in dem „Opslag". Diese Schanze,

---

[1]) Bor l. c. II. p. 206 ff. Strada, de bello belgico Dec. II. p. 198. v. Meteren l. c. 169.

gelegen unweit Nieuzyl und dem Junker Wigbolt van Eusum,
Herrn von Nyenoort zugehörig, war durch diesen vor Zeiten
gegen die Wassergeusen errichtet, nachher durch Rennenberg
geschlichtet und nunmehr wieder befestigt und mit Truppen
versehen worden. — Die Fähnlein von Rinswoude und Escheda
erhielten sofort Befehl, sich dorthin zu begeben. Junker Gerrit
von Renesse, Fähnrich von Rinswoude, der in dessen Abwesenheit das Fähnlein führte, wurde von Rennenberg, noch bevor
er die Schanze erreichte, total geschlagen und er und viele
seiner Soldaten gefangen; nur ungefähr 30 entkamen. Escheda,
der auf anderem Wege die Schanze zu erreichen suchte, floh
frühzeitig. —

Schenk beging hier eine jener unmenschlichen Grausamkeiten, die seinen Namen so furchtbar gemacht haben. Er
ließ nämlich die armen Gefangenen, nachdem er sie zuvor
reichlich bewirthet und ihre Wunden verbunden hatte, in Gegenwart des Fähnrichs Renesse mit „kühlen Sinnen" umbrin-
gen. Renesse wurde mit noch vier andern, durch ihre energische
Protestation, daß ihnen ihr Leben bei der Gefangennehmung
zugesichert worden sei, verschont [1]).

Der „Opslag" wurde darauf belagert und wie Graf
Wilhelm in Nassau von größter Noth an Sonoy schrieb, früh
Morgens 8 Uhr berannt. Die Besatzung, 5 Fähnlein, war
gänzlich entblößt von Proviant. Die erbetene Hülfe kam zu
spät und so mußte sie kapituliren; sie durfte mit Fahnen,
Trommeln, Waffen und Bagage frei und frank abziehen, mußte
jedoch die eidliche Versicherung ablegen, daß sie in 3 Monaten nicht gegen Spanien dienen wollte.

Hohenlo war währenddessen nach Leuwarden gezogen, wo
auch der Prinz von Oranien, welcher vom Erzherzog Mathias
zum Statthalter von Vriesland ernannt worden war, sich be-

---

[1]) Bor l. c. II. p. 209.

fand. Hier beschloß man den Entsatz von Delfzyl, das arg bedrängt und ohne Proviant war. Mit 50 Schiffen und 700 Mann erschien Hohenlo vor Delfzyl; er hatte jedoch nicht den Muth, zu landen und Delfzyl sah sich nach mehrwöchentlicher Belagerung gezwungen, zu kapituliren. Die Besatzung erhielt freien Abzug. Am 29. Juli zog sie ohne Gewehre mit weißen Ruthen in den Händen, Waffen, Fahnen, Geschütze und Bagage zurücklassend, aus; jedoch hielt Rennenberg sechs Gefangene zurück [1]).

Rennenberg ging nun mit Schenk nach Groeningen zurück. Hohenlo, der zu Norbhorn lagerte und bedeutende Verstärkungen an sich gezogen hatte, zog ebenfalls borthin; da er aber nichts ausrichten konnte, weiter nach Coeverden, das er ohne große Anstrengung einnahm. Rennenberg und Schenk folgten dem Feind und setzten sich am 1. September wieder in den Besitz der inzwischen von den Staatischen eroberten Schanze „den Opslag", die sie schlichteten und trafen bei Slochteren auf den Grafen Wilhelm von Nassau und Michel Caulier, die sie vor sich her trieben nach Hilligerlee und Winschoten, wo Hohenlo mit seinen deutschen Reitern stand. Auf der Bourtange stießen sie auf die Staatischen, erfochten einen glänzenden Sieg und jagten sie, die in der größten Angst die Waffen von sich warfen, in die Flucht und aus dem Lande. — Ihren Sieg verfolgend, nahmen Rennenberg und Schenk Coeverden wieder, zogen nach Oldenzeel, das sich ihnen nach kurzer Belagerung am 24. September ergab und dann weiter nach Zwolle, welches sie gleichfalls belagerten. Trotz des hier zu ihnen stoßenden, 2000 Mann starken, sogenannten Geldernschen Regiments, unter Obristlieutenant Johann Streuff von Emmerich, mußten sie die Belagerung aufgeben und nach Deutekom ziehen, wo sie indessen eben wenig ausrichten konn-

---

[1]) Bor l. c. II. p. 211.

ten. Sie warfen sich nun mit ihrer ganzen Macht auf Steenwyck, wo sie am 18. Oktober anlangten [1]).

Nach verzweifeltem, nichts entscheidendem Kampfe zogen Rennenberg und Schenk, ohne jedoch die Belagerung ganz aufzugeben, nach Sloten und Stavoren, die sie eroberten und weiter durch's Land.

Währenddeß hatte der Drost von Hattum, Ludwig von Montfort, mit dem Prinzen von Parma wegen Uebergabe des Schlosses und der Stadt Hattum heimlich unterhandelt. Des Drosten Sohn, Wilhelm von Montfort, wurde an Rennenberg gesandt, um mit diesem die Ausführung zu berathen. Mit Schreiben von Rennenberg und von Martin Schenk zog Wilhelm dann nach Blyenbeck, von dessen Besaßung er den Sergeanten Fronseco und 40—50 Mann mit nahm, diese bei Nacht in die Burg Hattum, deren Besaßung, 15 Mann stark, durch den Drosten betrunken gemacht und in einem Zimmer eingeschlossen war, einließ. Die Betrunkenen waren bald überrumpelt; nicht so leicht aber die Stadt erobert. Noch in derselben Nacht wurden Oberst Hegemann und Hauptmann Cornelis be Haen und zwei Edelleute, Junker Reiner von Deutecom und Hermann van der Hel gefangen auf die Burg geschleppt; die Bürger hingegen wehrten sich tapfer und als von allen Seiten Hülfe herbeileilte, mußten die Blyenbecker sich ergeben. Sie erhielten freies Geleite und zogen am 18. Dezember wieder ab. Ludwig und Wilhelm von Montfort hingegen wurden als Vaterlands-Verräther enthauptet und geviertheilt [2]).

Rennenberg und Schenk hatten die Belagerung von Steenwyck wieder aufgenommen. Indessen die Stadt hielt sich, da, wie sie mußte, Hülfe nahe war, bis zum Aeußersten und wies jede Aufforderung zur Uebergabe mit der Antwort

[1]) Bor l. c. II. p. 219.
[2]) Bor l. c. II. p. 228. v. Meteren l. c. p. 177 d.

zurück, daß sie dem Prinzen von Oranien treu bleiben wolle.
Rennenberg schickte noch einmal seinen Trompeter mit einem
Schreiben, von ihm, Martin Schenk und Johann Streuff
unterzeichnet, in die Stadt, doch dieselbe Antwort. — Endlich
rückte Oberst Noriz mit 2000 Mann zum Entsatz heran. Rennenberg zog ihm entgegen und obgleich er auch im Rücken von
den Belagerten angegriffen wurde, warf er Noriz zurück, der
sich nach Blockzyl zurückzog. Nachdem er nochmals beim
Kloster St. Jans Camp von Rennenberg angegriffen war,
erhielt er bedeutende Verstärkung. Der Uebermacht weichend,
zog Rennenberg am 25. Januar 1581 des Nachts in aller
Stille nach Steenwyck zurück, wohin Schenk mit seinen Reitern,
die unterwegs die Griethorn und Alles, was früher verschont
geblieben war, niederbrannten, vorausgeeilt war. Noriz folgte
ihm auf dem Fuße und bewirkte nach langen, blutigen Kämpfen, die beiden Theilen viele Menschen kosteten, daß die Be-
lagerungs-Armee am 23. Februar 1581 abzog. Bald war
der durch die langen Kriegszüge sehr geschwächte Rennenberg
aus fast allen Besitzungen vertrieben. Stavoren fiel am 1.
April [1]). Groeningen blieb jedoch mit noch andern nördlich
gelegenen Städten in seinem Besitze.

Martin Schenk trennte sich nun von Rennenberg und
ging nach Blyenbeck. Von hier aus hatte er am 17. April
1581 die Garnison von Nymwegen bei Nacht herausgelockt,
den Rittmeister Derick van der Dordt nebst vielen Andern gefangen nach Blyenbeck geführt und viele Soldaten verwundet
und getödtet [2]).

Während nun, wie gemeldet, den Spaniern Vriesland
wieder verloren ging, hatten sie in beiden Brabant bedeutendere

---

[1]) Bor I. c. II. p. 252.

[2]) Warnungsschreiben des Freiherrn Johann Philipp von Hohensachsen an seinen Bruder Hans Ulrich Freiherr von Hohensachsen im A.
d. Stadt Gelbern.

Fortschritte gemacht. Die Malcontenten hatten sich in den Besitz des Hauses Baerle unweit Turnhout und Hoogstraten, an der Straße nach Breda gelegen, gesetzt, dasselbe stark befestigt und beunruhigten — gleichwie Schenk von Blyenbeck aus — die ganze Gegend. Der Drost von Breda, Roelof von Stackenbrock, versuchte vergebens, sich der kleinen Festung zu bemächtigen und erst den Anstrengungen des Kolonels be la Garde gelang es, dieselbe zu erobern. Prinz von Parma gab unterdeß an Claude de Barlaymont, Herrn von Haultepenne, Statthalter Gelderlands, und Martin Schenk Befehl, mit Hülfe des auf dem Kastell von Breda gefangen sitzenden Charles de Gavere, Herrn von Fresin, die Stadt Breda einzunehmen. Während nun be la Garde die Garnison der Stadt und des Kastells zur Eroberung von Baerle bis auf ein paar Fähnlein geschwächt hatte, zogen Haultepenne und Schenk in aller Eile einen Theil Fußvolk und Reiter um Eindhoven zusammen und eilten auf Breda zu, wo sie am 27. Juli Morgens 2 Uhr anlangten. Das Kastell war bald erstiegen und obschon die Besatzung, durch einige Warnungsschüsse aufgeschreckt, den Stürmern tapfere Gegenwehr entgegensetzte, bald genommen. Die Bürger der Stadt verschanzten sich und sandten an be la Garde Eilboten; doch die Spanier schliefen nicht: bald waren sie in der Stadt. Unter Anführung des Bürgermeisters Gottfried Montes leisteten die Bürger tapfern Widerstand; auch die wenigen Soldaten wehrten sich so tapfer, daß sie die Andringenden 5—6 Mal zurückwarfen und Haultepenne fast schon fürchtete, es seien Hülfstruppen angelangt. Doch Schenk hatte die Eingänge zu gut mit seinen Reitern verwahrt, als daß auch nur ein Mann hätte durchbringen können; sie griffen mit neuem Muthe die kleine Besatzung an und waren bald Herren des Platzes. Die Bürger hatten 100 Todte und viele Verwundete, nur wenige entkamen durch die Flucht. — Die Spanier zählten nach Vor 450 Todte und viele Verwundete. Der Prinz von Oranien verlor hier viele seiner Güter und seine meisten Papiere.

Haultepenne wurde Gouverneur der Stadt, und der Prinz von Parma ließ sofort durch den Bischof von Ruremonde, Wilhelm von der Linden, die entweihten Kirchen, Kapellen, Klöster und Convente weihen und stellte die katholische Religion wieder her [1]).

Bald darauf, am 23. Juli, starb zu Groeningen Georg von Lalaing, Graf zu Rennenberg. — Schenk hoffte, an seine Stelle Statthalter von Driesland, Groeningen ꝛc. ꝛc. zu werden, indessen Prinz von Parma sandte den durch Klugheit und Tapferkeit gleich ausgezeichneten Spanier Francois Verdugo, bisherigen Gouverneur von Harlem, was Schenk sehr verdroß [2]).

Genau zur selben Zeit waren die Generalstaaten zu S'gravenhage versammelt, um sich gänzlich von dem Könige von Spanien loszusagen. Am 26. Juli erklärten sie den König von Spanien „ipso jure vervallen van syne heerschappye, gerechtigheid en ervenisse van de (Neder) Landen." Erzherzog Mathias von Oesterreich legte sofort seine Würde nieder und verließ das Land [3]). Der Prinz von Parma verfolgte aber ruhig und besonnen seine Siegeslaufbahn. In Driesland hatte Verbugo bereits wieder bedeutende Fortschritte gemacht [4]), auch Martin Schenk erfocht über Isselstein, seinen frühern Herrn, einen entschiedenen Sieg. Isselstein nämlich zog Anfangs August mit ungefähr 8—900 Füßern und 20 Pferden nach der Stadt Goor, um sie zu belagern. Er hatte bereits eine Schanze genommen und belagerte die zweite, als Martin Schenk mit vielen Reitern und Fußsoldaten herbeieilte und ihm den Weg abschnitt, so daß ihm kein Proviant zugeführt

---

[1]) Bor l. c. II p. 274.
[2]) Bor l. c. II 276. Wagenaar: vaderlandsche Historie VII. p. 367.
[3]) Bor l. c. II. 276, 282.
[4]) Bor l. c. II. p. 285.

werben konnte. Die Staaten fanbten vergebens Hülfe: noch
bevor biefelbe angekommen war, hatte bie Mannfchaft mit
Schenk unterhanbelt, ihm bie Schanze übergeben unb bie
Offiziere überliefert. Der Oberſt von Iffelſtein, bie Rapitaine
Marmelo, Coen, Diricks Sohn unb Efcheba, Lubbert von
Torck, Herr von Hemert, Obriſtlieutenant Eggerich von Ripper-
ba, Droſt von Sallanb, Haupt ber Lanbesregierung, Johann
von Vorſt zu Grimbergen, Robert von Itterſum zu Nyenhuis,
Johann von Itterſum unb Mathis van Wenckum, Bürger-
meiſter von Deventer, mit anbern Bürgern geriethen in bie
Gewalt Martins. Die Solbaten burften theils frei mit ihren
Waffen, theils mußten ſie wehrlos abziehen, jeboch ſchwören,
in brei Monaten nicht gegen bie Spanier bienen zu wollen.
Schenk verbot babei unter ſtrengſter Strafe jebe Plünberung
unb ſoll viele ſeiner eigenen Leute, bie er bei ber Plünberung
antraf, perſönlich burchſtochen haben.

Die Gefangenen, welche ſich nicht ſofort loskauften, führte
er zuerſt nach Brebevort, bann aber nach Blyenbeck. Iffelſtein
wurbe balb barauf zu Blyenbeck ausgelöſt; Ripperba, Vorſt,
bie beiben Itterſum unb Wenckum hofften auf bie Hülfe ber
Staaten von Overyſſel, an bie ſie ſich ſchriftlich wanbten,
währenb ihre Frauen unb Verwanbten perſönlich bie Ritter-
ſchaft unb Stäbte um Zahlung ber Löſeſumme baten. Die
Gefangenen befanben ſich in ber bitterſten Noth; Schenk hatte
ihnen erklärt, „mit ihnen bes Königs Gerechtigkeit ſtärken zu
wollen“, unb erwarteten beshalb ben Tob, was ſie auch ihren
Angehörigen ſchrieben. Andererſeits fanben ſie bei ben Staaten kein Gehör, ſo baß ſie klagen konnten: „Es iſt betrübenb
für uns, baß bas Lanb unſer ſo vergißt, ba boch ſelbſt Kinber
einſehen können, baß wir nicht ohne Befehl unb Auftrag (in
bie Schanze von Goor) gezogen ſinb, inbem wir weber bas
ſtäbtiſche Geſchütz noch Proviant, viel weniger aber bie be-
ſiegelten Auftragsbriefe ben Stäbten ſchlafenb entrücken konnten. Doch, bem ſei, wie ihm wolle, wir müſſen leiber be-

sauern, was mannichmal gesagt worden ist, daß Diejenigen, welche der Landschaft treu dienen, mit Untreue belohnt werden." — Sie gingen mit Schenk einen Vertrag ein, wonach sie in einer festgesetzten, kurzen Frist die große Summe von 55,000 Gulden bezahlen und 7 goldene Ketten, jede im Werthe von 200 goldenen Kronen, als Lösegeld liefern sollten.

Die Staaten wollten aber von diesem Vertrage, den sie unerträglich und unchristlich nannten, nichts wissen und erklärten, keine Mittel zu besitzen, eine so hohe Summe erschwingen zu können. Sie gaben den Verwandten den Rath, bei Schenk eine Ermäßigung der Summe und eine Verlängerung der Zahlungsfrist zu erwirken, in welchem Falle sie ihnen beispringen wollten, ohne die Sache dadurch jedoch zu der des Landes zu machen. — Schenk befand sich zu der Zeit wegen Bezahlung seiner Reiter in Geldnoth und gestattete, daß Eggerich von Ripperda und Mathys van Wenckum nach Deventer gingen, um dort die Zustimmung zur Bezahlung des Lösepreises persönlich zu erwirken. Indessen mußten die zurückgebliebenen Gefangenen mit ihrem Gut und Blut dafür bürgen, daß die beiden Abgesandten im Falle des Mißlingens nach Bitzenbeck zurückkehrten. Ripperda und Wenckum verfügten sich am 26. März 1582 nach Zwolle, wo sie vor dem versammelten Landtag auf Hülfe drangen und an das mündliche Versprechen erinnerten, daß sie nämlich, falls sie gefangen würden, ausgelöst werden sollten [1]). Der Deputirte von Kampen wollte von diesem Versprechen nichts wissen, dahingegen waren die von Deventer und die Ritterschaft geneigt, die Lösesumme aufzubringen. Um auch Zwolle geneigt zu machen,

---

[1]) „Es ist aber noch wohl im frischen Andenken, daß auf dem letzten Landtag vorgestellt wurde, daß so wir gefangen werden, wir uns alsdann „freien" sollten, worauf der Drost Johann Eloet cum consensu omnium praesentium geantwortet habe, daß es der Landschaft Pflicht sei, uns zu lösen, kregenn wy een pyle int gatt, den hadden wy thoe." Brief vom 10. März 1582.

verfügte sich noch am selbigen Tage eine Deputation der Ritterschaft und Städte zu dem schnell versammelten Gemeinde-
vorstand dieser Stadt, jedoch wollte dieser zuvor die Meinung
der ältern Stadt Kampen hören. Die Deputation ging nun
am folgenden Tage nach Kampen, wo der Bürgermeister von
Deventer, von Wissum, in der Bürgerversammlung die Sache
vortrug, durch das laute Murren der Bürgerschaft aber unter-
brochen wurde. Sie wollte nichts von den Gefangenen wissen,
obgleich der Rath der Stadt gesonnen war, ihnen beizuspringen.
Trotzdem wurde auch Kampen, nachdem sich Zwolle am 28.
März zu einer einmaligen Zahlung von 3000 Gulden verstanden hatte, mit großer Mühe vermocht, die gleiche Summe
anzubieten. Hiermit aber war den Gefangenen lange nicht
geholfen und mußten Ripperda und Wenckum sich zur Rückreise
nach Blyenbeck bequemen. Das aber glaubten die Hauptleute
und eine große Anzahl Bürger von Deventer nicht zulassen zu
dürfen; sie griffen nach dem einzigen Auskunftsmittel, verhaf-
teten Beide und setzten sie auf Norenbergsthurm in Haft. Hiervon gaben sie an Martin Schenk unter dem 3. April durch
den Notar Everharb von Galen Kenntniß in folgender Urkunde: „Also dat upgemelter Drost (Ripperda) und
Wenckum henn vervordert weddcrom nha Blyenbeck tho
vertrecken, diewyl averst wy gespoeret, wie onadelick,
onchristlich unde bauen alle henn in dehr schantzen ge-
dane beloffte in angerichtten verdraege myt innen gehandelt sy, unde sy oick sodane sware onlydeliche conditiones
unde grote summa van penningen tho verschryuen, alss
gevangene und in utherste gevaer ihress lyves und levens
steckende, ghien macht gehatt, hebben wy uth den
und mehr andern unss daertho bewegenden oersacken
dieselvighe gevencklich ingetogen und doen anhalten, nieth
thot den ende, dat wy die ghenighe syn solden, die es
rantzoen begeren tho verhinderen, sonder vyel meers by
ihre freundtschafft unde verwanten, so es ranzoen redelich,

adelich und christlich gemaeckt solde worden, tho bestellen und mede tho bevorderen, dat sulches und so
viel innen mogelich upthobrengen verrichtet worde. Und
so daer en boven dehn anderen gevangenen ietwesz
daetlichs aldaere weddervoere, als wy ons een vyel beters
versehen, moch men es vrilich daervoer baltten, dat ge-
wiszlich den gevangenen in dehr geunierten provincien
wedderom sulches bejegenen sall"[1].

Schenk mochte vielleicht noch nicht im Besitze dieses Acten-
stückes sein, als er zu Xanten gefangen genommen wurde.
Bevor wir indessen hierüber das Nähere mittheilen, wird es
nöthig sein, uns nach Caspar von der Lippe genannt
Hoen umzusehen. Wie bereits mitgetheilt, waren bisher alle
seine Anstrengungen, die Staaten zur Restitutions-Vollstreckung
zu vermögen, gescheitert, theils an den Kriegsumständen, theils
am schlechten Willen der Venlo'schen Hauptleute. Caspar
glaubte nun die Nähe des anrückenden Prinzen von Parma
benutzen und ihn um Hülfe zur Wiedererlangung seines Schlof-
ses bitten zu müssen. In einem langen Schreiben legte er
dem Prinzen die ganze Sachlage klar auseinander und bat,
„ihm wiederum zu dem wirklichen Besitz seines elterlichen Hauses sammt beider Herrlichkeiten (Alpenbeck und Afferben) und
dero Zubehör gnädiglich zu verhelfen"[2]. Zugleich wandte er
sich an seinen Lehnsherrn, den Kurfürsten von Cöln, Gebhard
Truchseß, um Vermittlung bei Parma. Am 11. September
1581 schrieb denn auch Gebhard vom Schlosse Linn aus an
Parma: „Obgleich wie E. E. hierin kein Maaß und Ziel
zu setzen gemeint sind, so haben wir auf sein (Caspars) Ansuchen in Ansehung das Haus Alpenbeck ein erzstiftisches
Lehn ist, E. E. diese Sache empfehlen wollen, freundlich be-
gehrend, E. E. wollen darin verfügen, daß in derselben schleu-

---

[1] v. Meteren l. c. p. 185. — Overysselsche Almanak 1847. p. 184.
[2] Der Entwurf der Eingabe im A. H.

nigst, wie in dergleichen Fällen nach dem Rechte geschieht, procedirt, auch was recht und billig ist, geurtheilt werde“ [1]).

Ob und was Parma in Folge dessen gethan, ist nicht bekannt, jedoch läßt sich bei der Lage der damaligen Zeit leicht errathen, daß Parma dem tapfern Schenk unmöglich ein solches Opfer hätte auferlegen können und wollen, da gewiß schon die einfache Forderung den Schenk ins jenseitige Lager getrieben haben würde.

Kehren wir zu Schenk zurück. Am 4. April 1582 finden wir ihn in Xanten auf neutralem Boden, wo er sich, wie es scheint, in Privatangelegenheiten aufhielt und so sicher fühlte, daß er jede Vorsichtsmaßregel versäumte. Hans Ulrich Freiherr von Hohensachsen, Gouverneur von Gelbern, hiervon benachrichtigt, wünschte nichts sehnlicher, als diesen gefährlichen Gegner in seine Gewalt zu bekommen. Er schickte deßhalb einige Soldaten verkleidet nach Xanten, mit dem Befehl, sowohl in als außerhalb der Stadt auf Schenk genau zu achten und ihn nicht aus den Augen zu lassen. In dem Augenblicke nun, wo Schenk nichts ahnend, Xanten verließ, wurde er von den Soldaten ergriffen und gefangen nach Gelbern geführt [2]).

Die Gefangennehmung des gefürchteten Schenk hatte im ganzen Lande großes Aufsehen erregt. Die Stadt Nymwegen beeilte sich, dem Hofe diese Nachricht „eene tydingh, waer de gansche landschap voel ende hoog angeleghen is,“ mitzutheilen und ihn zu ersuchen, dafür zu sorgen, daß Schenk nicht ohne des Hofes Vorwissen für Geld losgekauft werden möge [3]). Die Staaten von Overyssel wandten sich an den Gouverneur, an die Generalstaaten, den Landrath und den Freiherrn von Hohensachsen, auf daß man Schenk nicht auf

[1]) Abschrift des Briefes im A. H.
[2]) Bor l. c. II. 320. v. Meteren l. c. 196. Le Clerc l. c. 228.
[3]) Original im Archiv zu Arnheim. Register v. Nyhoff S. 365.

Lösegeld stelle, bevor die Auslösesumme der Oweryssel'schen Gefangenen vermindert sei. Im August 1582 wurde es bekannt,
daß der Freiherr von Hohensachsen seinen Gefangenen für
15,000 Gulden abstehen wolle. Nun ging es von Seiten der
Ritterschaft und Städte von Oweryssel an ein Berathen und
Beschließen, an ein Unterhandeln mit den Gefangenen und ihren
Sachwaltern oder Verwandten, mit dem Landrath, mit Kanzler und Rath von Gelderland, mit anderen Autoritäten und
Personen, daß ein Ende nicht abzusehen war. Am 10. Okt.
1582 schrieben Ritterschaft und Städte an den Herzog von
Anjou: „Obgleich der Oberst Marten Schenck uns und unsern benachbarten Provinzen mehr als uns lieb und zu unserm
Schaden bekannt ist, so ist dennoch seine Person, die mehr
durch Glück und unbedachte Anschläge als durch
Erfahrung, klugen Verstand und Autorität, bekannt ist, nicht so anzusehen, als könnten unsere gefangenen
Mitbrüder, welche als gute Patrioten verschiedene gute Dienste
dem Vaterlande geleistet haben und unbezweifelt noch leisten
werden, sobald sie auf freien Fuß gestellt sind, nicht gegen ihn
ausgelöst und befreit werden. Es ist auch geschehen, daß sich
eine gute Gelegenheit zur Errettung der Gefangenen, so noch
theilweise auf Blyenbeck in schwerem, hartem Gefängniß aufbewahrt wurden, geboten hatte, sie auch mit dem Herrn von
Hemert (Lubbert Torck) welcher frei kam, von dem Hause
Blyenbeck bei Nacht entronnen waren, die Oweryssel'schen jedoch
leider zu ihrem großen Unglück und äußersten Verderb, da sie
durch Leibesschwachheit, Alter und Unbekanntschaft mit den
Wegen nicht fort kommen konnten, wieder eingeholt, übel trac-
tirt und in schwererer und härterer Gefangenschaft als vorhin
gebracht wurden." Und da man im November eine Gesandt-
schaft an Anjou abfertigte, drangen die Staaten darauf, daß er
ex plenitudine potestatis die Freilassung von Ripperda und
Wenckum veranlasse, damit sie wieder ihren Aemtern zurückgegeben
und daß er den drei noch auf Blyenbeck Befindlichen zur Freiheit verhelfe.

Es dauerte dessenungeachtet noch bis zum Februar 1583, daß Gerhard von Warmelo abgefertigt wurde, mit Martin Schenk und dem Freiherrn von Hohensachsen persönlich in Unterhandlung zu treten. Er mußte sich zuerst zu Martin Schenk begeben und ihm vorstellen, daß die Frauen, Kinder und Verwandten der Blyenbecker Gefangenen alle Mittel anwenden würden, ihn aus den Händen des Hohensachsen zu befreien, sobald er sich verpflichte, die Gefangenen zu Blyenbeck und Deventer gegen seine Person auszulösen. Wenn sich hierzu der Oberst verstehen und genügende Bürgschaft leisten wolle, daß die Gefangenen wegen aller von Andern zu erhebenden Ansprüchen schadlos gehalten werden, solle Warmelo sich zu dem Freiherrn von Hohensachsen verfügen und bewirken, daß die Summe von 15,000 Gulden vermindert, daß wenigstens der Zahlungstermin verlängert werde. Unterdessen bemühten sich die von Overyssel, die Auslösesumme zusammen zu bringen, was wiederum so große Schwierigkeiten bereitete und die Sache so in die Länge zog, daß der Freiherr von Hohensachsen am 4. Januar 1584, unzufrieden darüber, daß eine Ausflucht nach der andern gesucht werde, um die Zeit zu verlängern, an die Ritterschaft und Städte schrieb: „ . . . So haben wir in Betracht der Gefahr und Sorge, so wir nun fast 2 Jahre mit solchem gefangenen Obristen ausgestanden, deßgleichen auch, da unsere vorhergegangenen billigen Erklärungen bei E. E. keinen Platz fanden, uns endlich mit gedachtem Obristen auf solche Mittel verglichen, wie E. E. aus beigeschlossenem schriftlichem Receß ersehen, welchen wir gleichwohl zuvor überschicken wollten, ob Ihr nochmals die Sache auf anderm Wege zur Befreiung eurer Mitglieder und Verwandten auf Blyenbeck in Ordnung machen wollt."

Inzwischen hörten die armen Gefangenen auf Blyenbeck nicht auf, Klagebriefe zu schreiben. Ihnen fehlte oft das Nöthige. So schreiben von Voorst und die beiden Ittersum am 20. Februar 1583, daß sie beinahe aus Mangel vergingen,

— 184 —

„da wir, seit Christmeß krank und gebrechlich, keinen Wein bekommen, viel weniger das nothwendige Bier erhalten. Wir
schweigen davon, daß wir durch Kälte und Mangel an
Strümpfen und Schuhen halb verderben. So wollen wir Gott
und den Feind bitten, daß wir zu einem kurzen Ende kommen,
indem wir diese auf uns liegende Beschwerniß nicht länger mit
Gebuld tragen können." — Sie mußten eine geraume Zeit
ein Jeder 54 Stüber täglich für die Kost ohne den Wein
zahlen und zu Zeiten hielt die Frau von Martin Schenk ihre
Briefe so lange zurück, bis sie die Kosten gezahlt hatten. Es
wirft dieses wenig barmherzige Benehmen der Frau von Martin, die sich in dem Amte einer Kerkermeisterin gefiel, ein
trübes Licht auf den Charakter derselben. Weiblich war dasselbe jedenfalls nicht. Sie scheint auch in dieser Beziehung
die getreue Gefährtin ihres Mannes gewesen zu sein. — Bei
ihren Freunden fanden sie übrigens nicht mehr Mitleiden, als
bei ihren Feinden, denn während sich ihre Verwandten für sie
gänzlich erschöpften und in Schulden stürzten, ließen ihnen die
Ritterschaft und Städte nur sehr wenig Unterstützung zukommen. Noch im Februar 1584 gaben sie ihre Furcht zu erkennen, daß wenn der Vertrag mit Hohensachsen nicht vollstreckt
werbe, dieser genöthigt sei, Schenk auf andere Weise zu ranzoniren und daß sie dann sicher in der Gefangenschaft verfaulen
müßten oder in die Hände der Spanier oder der Reiter geriethen, um so ein unrühmliches Ende zu nehmen [1]).

Erst im Juni 1584 kam es zur Abschließung des Ver-
trages und zur Auslösung des Martin Schenk wie der
Overyssel'schen Edeln. In diesem Monate begaben sich auf
Ersuchen der Frau von Martin Schenk, Deberich von Schewick,
Herr zu Drießberg, Altter Knippink, Herr zu Heyden und
Winand Schenk von Nybeggen (Bastarb), Richter zu Aesper-
ben, nach Gelbern und auch die Gefangenen aus Overyssel

---

[1]) Overysselsche Almanak 1847 p. 187 i. f.

wurden unter Begleitung von Bewaffneten von dem Hause Blyenbeck dorthin geführt. Hier wurden die Bedingungen endgültig festgestellt und bestimmt, daß Schenk das Lösegeld für die Overyffelschen Edelleute auf 15,000 Gulden herabsetzte und diese Lösesumme für seine eigene Person an den Freiherrn von Hohensachsen abtrete [1]).

Dabei verlangte der Gouverneur von Geldern noch eine Caution für die Obligationen und Handschriften, welche die Overyffelschen Edeln den Reitern Schenk's gegeben hatten. Schenk bot sein zu Goch gelegenes Haus und mehrere im Amte Goch gelegene Güter an. Anfangs wurde dies auch angenommen, später jedoch von den Overyffelschen noch lebende Geißeln gefordert. Als solche stellten sich Martins Bruder, Peter Schenk von Ryheggen und seine beiden Neffen Berndt Schenk von Ryheggen und Johann von Cleeff genannt von Hessen. Erst nachdem die Edeln mit ihren Geißeln zu Nymwegen angekommen waren und dies dem Gouverneur gemeldet hatten, wurde Schenk freigegeben. Auf St. Johannes Geburt alten Styls ritt er von Geldern nach Blyenbeck. Die Geißeln blieben noch so lange in der Gewalt der Overyffelschen, bis Schenk zu den Staatischen übertrat. Johann von Cleeff war währenddeß zu Deventer gestorben [2]).

Es wurde bereits oben angedeutet, daß die Ausbildung der nördlichen Provinzen zur förmlichen Republik mit dem engern Anschlusse der südlichen an Spanien gleichen Schritt hielt: wie durch die besonnene Haltung Parmas die Abneigung gegen Spanien nachließ, wurde der Gegensatz in der Religion mehr und mehr entscheidend für die Stellung der Partheien. Der Norden schloß sich enge an den Protestantismus und

---

[1]) Bor l. c. II. p. 310 gibt als Lösesumme 6000 Gl. und als Verzehrskosten 1500 Gl. an.

[2]) Nach einem Gerichtsprotokoll zu Asperden bei Goch vom 19. März 1592.

bildete nach der in Calvins Lehre wurzelnden Ansicht von der
Berechtigung des Volkes eine Republik; der Süden blieb sei-
nem alten katholischen Glauben treu und kehrte auch bald zur
Treue gegen seinen König und Herrn zurück.

Die so geschwächten Provinzen hatten in der sicheren
Voraussicht, daß sie auf die Dauer den Spaniern nicht ge-
wachsen seien, sich im Auslande nach Hülfe umgesehen. Nachdem
sie bereits von England mit Geld zur Anwerbung von Truppen
unterstützt worden waren, stellten sie nun Anfangs 1582 an
Franz von Valois, Sohn des Königs von Frankreich, Herzog von
Anjou, Alencon :c. das Ansuchen, die Stelle eines Herrschers
in Form eines Statthalters zu übernehmen. Er langte bereits
am 19. Februar 1582 in Antwerpen an, wo er mit großem
Pompe empfangen wurde und den Huldigungseid empfing.
Ihm gelang es indessen nicht, bedeutende Resultate zu erzielen,
zumal da zwischen ihm und Oranien eine gewisse Eifersucht
unausbleiblich war. Er verließ das Land schon Anfangs 1584
und starb bald nachher auf dem Schlosse Tiry am 10. Juni
desselben Jahres. Prinz von Oranien folgte ihm schon bald
in die Ewigkeit: am 10. Juli 1584 wurde er zu Delft durch
Balthasar Geraerts erschossen. Zu seinem Nachfolger ernann-
ten die Generalstaaten seinen Sohn Moritz, Grafen von Nassau.

In dem unterdeß fortdauernden Kriege hatte Parma bedeutende Erfolge erzielt. Er hatte Brüssel, Bilvoorden, Antwerpen,
Mechelen, Gent und Dermond bezwungen und auch in Driesland Steenwyck erobert, so daß Bor gesteht: „somma het
„stond alom in de Geunieerde Provintien seer sober en
„de dood van de Prince van Orangien maekte niet alleen
„den gemenen man, maer ook sommige van de principaelste
„Regeerders van de Lande seer perplex en verslagen"[1]).

Im Herzogthum Geldern machten sich, trotzdem die Stände

---

[1]) Bor l. c. II. p. 455.

bei der Nachricht von Oraniens Tode erklärt hatten, bis zum Aeußersten der Sache der Provinzen treu bleiben und sie mit Gut und Blut vertheidigen zu wollen, bereits den Spaniern freundliche Gesinnungen geltend.

Parma hatte den Gouverneur von Ruremonde, Ritter Adrian von Warluzel, Herrn zu Warluzel, Sombrin, Breiten- und Granbcourt ꝛc. durch Patent vom 15. Juli 1582 beauftragt, sowohl Communitäten, Städte, Dörfer, als einzelne adlige und unadlige Personen, die im Fürstenthume Geldern und der Grafschaft Zütphen unter den Gehorsam des Königs zurückkehren wollten, aufzunehmen; vor ihm kehrte laut Urkunde vom 25. August 1582 Caspar von der Lippe gnt. Hoen zur Treue zurück und legte am selben Tage den Eid in die Hände des Gouverneurs ab. — Denselben Schritt that kurz nachher Wilhelm IV., Graf von dem Berg, Oraniens Schwager, Statthalter Gelderlands[1]), mit seinen acht Söhnen, die fast alle in spanischen Diensten ihren Tod fanden.

Die Gräfin von Styrum und Bronkhorst hatte bereits 1581 im November das Haus und Städtchen Bronkhorst den Spaniern eingeräumt[2]).

Ein Geldrischer Edelmann mußte für seine den Spaniern erwiesene freundliche Gesinnung hart büßen. Dieser, Wilhelm von Hornum gnt. Schramm, bewohnte das alte nicht weit von Geldern in der Gemeinde Wetten an der Niers gelegene Kastell Gestelen[3]), jetzt Gessel genannt, das eine Besatzung von 5 Mann erhalten hatte. Sein Vorhaben, das Haus den Spaniern zu übergeben, wurde dem Gouverneur von Geldern, Freiherrn von Hohensachsen, verrathen. Am 17. Juli 1584 des Nachts um 1 Uhr, zog dieser mit seinen Hauptleuten,

---

[1]) Bor l. c. II. p. 402.

[2]) Urk. im A. H.

[3]) Das noch ziemlich erhaltene Kastell ist jetzt das Eigenthum des Herrn Grafen von Hoensbroech auf Schloß Haag.

seinem Bruder Ulrich, Franz von Limpurg, Splinter Helmig und Engelbert Ingenhaef und den aus den Garnisonen Geldern, Wachtendonk und der Schanze von Well zusammengezogenen Reitern und Fußknechten und einer halben Kartaune groben Geschütz vor das Haus und griff es mit Gewalt an. Wilhelm von Hornum mußte der Uebermacht weichen und ergab sich unter der Bedingung, daß seine Frau (Loef von Syl) und seine Kinder mit den besten Gütern, welche auf dem Hause waren, nach Sonsbeck frei abziehen dürften. Er selbst wurde nach Geldern abgeführt und bis zum 11. Dezember desselben Jahres in Gefangenschaft gehalten, wo er mit 6000 Gulden ausgelöst wurde. Außerdem mußte er bei Verpfändung eines Gutes geloben, bei den Staaten zu bleiben und nimmer gegen sie zu dienen. Gestelen wurde nach der Einnahme mit einer Besatzung unter dem Lieutenant des Hauptmannes Helmig versehen, am 21. Juli desselben Jahres jedoch auf Befehl von Hohensachsen durch einen gewissen Michel Burschleter niedergebrannt [1]).

Doch nicht nur finden wir beim Adel diese Bewegung, auch die Städte warfen das protestantische Joch von sich und riefen die Spanier herbei, was z. B. Nymwegen und Doesburg thaten, wie wir später sehen werden. Campen, Arnheim und Deventer wurden nur durch frühzeitige Verstärkung der staatlichen Garnisonen daran gehindert.

Blyenbeck behielt natürlich während der Gefangenschaft Schenk's spanische Besatzung. Dieser hatte noch kurz vor seiner Gefangennehmung im Anfange des Jahres 1582 gemeinschaftlich mit der Besatzung von Mibbelaer das ganze Land von Kuik durchstreift und überall die Eingesessenen weggeführt. So zu Boxmeer, und obschon die Einwohner hier am 26. Februar 1582 eine Uebereinkunft schlossen, vor dem 1. März 90 Malter Roggen und auch so viel Gerste zu liefern, hörten

---

[1]) Vor l. c. II. p. 498.

die Erpressungen doch nicht auf; das Städtchen wurde noch gezwungen, an Middelaer bis 1584, an Blyenbeck bis 1585 doppelte Contributionen zu zahlen [1]).

Parma, der keineswegs mit diesen Raubzügen zufrieden war, linderte indeß die Noth des armen Landes: Ritter Andreas Cigogna ertheilte auf Parma's Befehl an die genannten Besatzungen Ordre, die Einwohner von Boxmeer um das Rückständige nicht weiter zu belästigen, was, wenn auch ungern, geschah [2]).

Das bei Kuik gelegene schöne Kreuzherrn-Kloster St. Agatha wurde um dieselbe Zeit von Schenk und Sacchini beraubt und gänzlich zerstört. In der Kirche wurden die Altäre heruntergerissen, die Chorstühle, Glasfenster und aller Zierrath ausgebrochen und theils verbrannt, theils weggeführt. Einen Theil der Kreuzherren schleppten sie nach Bommel, einen andern nach Blyenbeck [3]).

Nach seiner Befreiung aus der langen Gefangenschaft trat Schenk wiederum in seine frühere Stellung zurück. Bor, van Meteren, Wagenaar, le Clerc u. A. melden zwar von seinen ferneren Kriegszügen nichts, und van der Leeuwen behauptet sogar, er habe sich seit der Zeit ruhig gehalten [4]), indessen berichtet ein neuerer Forscher vom geraden Gegentheil [5]). Am 16. November 1584 versuchte Schenk einen Angriff auf Nymwegen; des Morgens vor Tagesanbruch erschien er mit seinen Soldaten vor der Stadt. Bereits hatte ein Theil derselben zwischen zweien Wachen durch die Mauern mit Leitern überstiegen, als die Garnison alarmirt und 96 der Eingedrunge-

---

[1]) Boxmeer mußte seine Kirchenschätze nach Gennep flüchten, wo sie 12 Jahre blieben.

[2]) Dülje l. c. p. 99, 100.

[3]) Annales ord. S. Crucis I. 60.

[4]) Batavia Illustrata p. 83.

[5]) P. C. G. Guyot in Nyhoff's »Bydragen« VI. deel p. 189 f. f.

nen niedergemetzelt wurden. Schenk mußte mit dem Rest entfliehen. Darauf zog er mit dem übelberüchtigten Camillo Sacchini, Gouverneur von Middelaer nach Millingen an den Rhein, wo beide eine große Schanze bauten und dadurch Herren des Landes wurden. Von hier aus brandschatzten sie die Oberbetuwe und die ganze Doy.

: Während hatten die Katholiken von Nymwegen [1]) am 6. März 1585 die staatische Besatzung von 500 Mann, worunter 200 Reiter übermannt, den alten von dem Statthalter eingesetzten protestantischen Rath ab- und einen neuen katholischen Rath eingesetzt. Von dem Vorgefallenen setzten sie sodann den spanischen Statthalter Herrn von Haultepenne in Kenntniß, um durch dessen Vermittelung mit dem Prinzen von Parma über Unterwerfung der Stadt zu unterhandeln. Zugleich hatten sie auch an Schenk und Sacchini auf deren Anfragen hiervon Mittheilung gemacht. Diese boten sofort ihre Dienste an, die, soweit es die Sicherheit der durch die von ihnen erbaute Millinger Schanze bedrohten Stadt betraf, gerne angenommen wurde. Schenk stellte unterm 20. März der Stadt folgenden Sicherheitsbrief [2]) aus:

---

[1]) Bis dahin waren alle Versuche, der reformirten Lehre dort Eingang zu verschaffen, gescheitert. Im September 1566 hatte ein Prediger Ludovicus Ornaeus drei Wochen lang in einer ihm eingeräumten Kirche die neue Lehre ohne Erfolg geprediget: er wurde aus der Stadt verjagt. Bis 1578 blieb Nymwegen verschont und ruhig im Besitze seiner 17 Kirchen, wovon die St. Stephanskirche allein über 30 Altäre zählte. In diesem Jahre aber führte der Statthalter Johann von Nassau die Reformation „gegen Recht und Pflicht" gewaltsam ein und im Februar 1585 befahl der Statthalter Adolph, Graf von Neuenar und Meurs dem Rathe sogar: „daß man nicht mehr das Lesen der Messe gestatten, vielmehr die Meßpfaffen verjagen solle. „Ein solches Verfahren mußte nothwendig die Katholiken, welche noch immer die bedeutende Mehrheit bildeten, unzufrieden machen und zu den oben gemeldeten Schritten zwingen.

[2]) Das Original im Archiv der Stadt Nymwegen.

Ick Martten Schenck van Nydeggen, Heere to Blyembeck ende Afferden, Co. Mat. bestalter ouerster, Doen condt ende te weten aen allen den genen die desen voir commen, dat ick vyt crachte mynder, hebbende commissie van Co. Mat. onsen alder genedichsten Heeren, in protexien ende sauvegarde genomen hebbe, ende neme in cracht deses in sauuegarde ende · protexien de stadt Nimmegen, gemeyne borgeren ende alle hunen anderen Ingesetenen, Item den eersaemen Raetbode te paerde ader te voet, om zunderlinge oirsaecken zyne voirss Co. Mat. daeraen gelegen ende my mouerende. Beuelende derhaluen aen allen mynen onderhebbenden crysvolcke zoe wel te paerde als te voeten, van wat qualiteyt seselue zyn, de Ingesetenen in generael te laeten passeren ende repasseren, hun coopmanschap frequenteeren ouer all waer hun goenst ende gelieft, zonder de zelue te beschaeden aen Lyff oft goederen, ader eenige verhinderinge oft molestatien aen te doen, oft laten geschieden in eeniger manieren, versoeckende in naeme van zyne voirss. Co. Mat. aen allen Ouersten-Luytenants en Capiteynen, Scharganten, beuellichhebbenden, Ritmeisteren, ende allen Officieren van wat natue die zyn ingelycken te doen sonder eenige condradictie, om zyne Mat. ende Alteze ongenaede te schauwen, welcke ick gegens een yder geneycht zy to verschulden. Gegeuen int leger to Millingen den XX. Marty 1585 stilo nouo.

Marten schynck van niddeggen. Camillo Sacchini.

Schenk und Sacchini wünschten aber auch bei Parma zu vermitteln. Doch die Stadt wies bestimmt, wenn auch in höflichen Formen deren Einmischung in ihre Angelegenheit zurück, selbst dann noch, als Parma, dem Schenk in aller Eile von dem Vorgefallenen Mittheilung gemacht hatte, der Stadt schrieb: „biddende ulieden daerenbouen te willen „ghehoor gheven ende ghelouen den coronnel Schenk in

„hetghene dat by ulieden zeggen zal". Die Gründe waren eben so einfach als triftig: beide Obristen hatten bis zum 6. März auf ihren Raub- und Plünderungszügen rund um die Stadt ebensowenig die Besitzungen der Katholiken wie der Reformirten geschont und sich so bei Freund und Feind verhaßt gemacht. Dann auch konnte die Stadt troß der Empfehlungen Parma's dem Schenk keinen besonders großen Einfluß auf den Statthalter zutrauen, da sie genugsam davon unterrichtet war, daß Schenk bereits seit einigen Monaten bei Parma nicht mehr günstig angeschrieben war, ja dessen Vertrauen durch die mehrmals fehl geschlagenen Anschläge auf Nymwegen, deren Gelingen er Parma auf's Bestimmteste vorspiegelte, ganz verloren hatte. Ganz besonders aber ärgerte die Nymweger, daß Schenk versucht hatte, bei Parma die Ergebung der Stadt so zu erklären, als hätte er dabei irgend einen Antheil, während sie ganz besondern Werth darauf legten, freiwillig ohne Drängen übergetreten zu sein. — Die Stadt beharrte auch auf die Vermittelung durch Haultepenne und schloß mit ihm am 15. April 1585 den Traktat ab. Zwischen den Obristen Schenk und Sacchini und Haultepenne waren indessen so arge Streitigkeiten ausgebrochen, daß Parma dazwischen treten und an Erstere den strikten Befehl ergehen lassen mußte, in Allem den Herrn von Haultepenne „zu respectiren"[1]).

Schenk war indessen nicht der Mann, eine solche Demüthigung geduldig zu ertragen. Seinen Aerger an Nymwegen auszulassen, fand er später noch Gelegenheit genug, wie wir sehen werden; an Parma rächte er sich, indem er seinen Dienst verließ und zu den Staatischen übertrat. Allerdings bleiben bei gänzlichem Mangel an nähern Nachrichten aus dieser Zeit die eigentlichen Ursachen seines Uebertritts immerhin zweifelhaft, wie denn auch Bor gesteht, daß er die wahre Ursache nicht

---

[1]) Guyon l. c. VI. deel p. 189; Bor l. c. II. p. 565. Original-Correspondenzen im Archiv der Stadt Nymwegen.

kenne, indessen dürfen wir doch im Hinblick auf die Schritte, welche Caspar von der Lippe genannt Hoen zur Wiedererlangung von Blyenbeck bei Parma gethan hat, wohl mit Recht die Ansicht aufstellen, daß die Furcht, Blyenbeck zu verlieren, die gescheiterte Hoffnung, an Stelle des Grafen von Rennenberg Statthalter von Vriesland zu werden und die augenscheinliche Erkaltung der Beziehungen zwischen ihm und Parma zusammen dahin gewirkt haben, daß Martin Schenk zum zweitenmale seine Fahne verließ. Kämpfte Schenk ja doch nicht aus Pflichtgefühl, aus Liebe für seinen König und Herrn, sondern nur um seinem Hange zum wilden Kriegsleben zu genügen, seinen Ehrgeiz und seine Habsucht zu befriedigen.

Drittes Kapitel.

Schenk wieder in staatischen und daneben in truchsessischen Diensten und sein Tod vor Nymwegen 1585—1589.

Mit dem Verlassen des spanischen Lagers trat Schenk in die Dienste zweier Herren, in die der vereinigten Staaten und in die des abtrünnigen Kurfürsten von Cöln, Gebhard Truchseß, eine Stellung, wie sie dem nach größtmöglichster Selbstständigkeit ringenden und beutegierigen Schenk willkommen sein mußte, indem sie seiner Thätigkeit ein großes und freies Feld verschaffte.

Gebhard Truchseß von Waldburg, Erzbischof und Kurfürst von Cöln, war im Jahre 1582 zur reformirten Religion übergetreten und hatte am 2. Februar 1583 die Gräfin Agnes von Mansfeld, Stiftsfräulein zu Gerresheim bei Düsseldorf, geheirathet. Er wollte die Regierung des Kurstaates trotzdem beibehalten und den Protestantismus in demselben einführen: aber das Domkapitel, der Adel und die Städte des Erzstifts erhoben sich einhellig gegen dieses Beginnen. Papst Gregor XIII. verhängte am 1. April

1583 den Bann über Gebhard und erklärte ihn des Bis-
thums verlustig. Das Domkapitel erwählte am 23. Mai
Ernst, Prinzen von Baiern zu seinem Nachfolger. Geb-
hard wollte sich auch ferner behaupten; es kam zum Kriege.
Um den Sieg davontragen zu können, verpfändete er um den
Preis kräftiger Hülfe das Erzstift an den Pfalzgrafen Johann
Casimir, einen eifrigen Calvinisten. Der Krieg endet mit
der vollständigen Niederlage des Truchseß, der nun seine
Zuflucht zu dem Prinzen von Oranien nahm, welcher ihn
freundlich aufnahm. Von hier aus setzte er durch seine An-
hänger den Krieg fort. Einer derselben Adolph, Graf von
Neuenar, Meurs und Limburg war nach gänzlicher
Vertreibung des Truchseß in staatische Dienste getreten, und
dafür mit der Statthalterwürde von Geldern und Zütphen
belohnt worden. An ihn wandte sich nun Martin Schenk,
als er entschlossen war, den spanischen Dienst zu verlassen.
Neuenar war damals im Begriffe, mit 700 Reitern und 300
Füßern ins Erzbisthum einzufallen und Reuß durch einen
Haubstreich zu nehmen. Auf dem Marsche dorthin, am 3.
Mai, war Schenk bereits mit Neuenar heimlich wegen seines
Uebertritts in Unterhandlung getreten, doch wurde der definitive
Vertrag darüber erst nach Einnahme der Stadt abgeschlossen.
Hierzu war Schenk am 19. Mai des Nachts um ein Uhr mit
5 Pferden in Geldern angekommen, wo am folgenden Tage
zwischen dem Grafen von Neuenar und Johann Horenkens als
Bevollmächtigte des Gebhard Truchseß und der Generalstaaten
einer- und Schenk andererseits folgende Uebereinkunft getroffen
wurde:

Erstens ist es des Obersten Schenk Wille und Meinung,
das Haus Blyenbeck von den Staaten der vereinigten Niederlande besetzen zu lassen, doch unter den Bedingungen, daß ihm
dagegen ein ähnliches Haus in Holland oder Seeland, welches
jährlich gleich viel aufbringt, zugesichert werde; daß im Falle
seines Absterbens seine Wittwe oder Erben beschützt und be-

schirmt werden und in demselben Hause verbleiben können und
daß, wenn Friede geschlossen werde, er oder seine Erben das
Haus und die Güter von Blyenbeck als Eigenthum zurück-
erhalten, dagegen das Haus in Holland oder Seeland restituiren müssen.

Zweitens begehrt der Oberst gleichen Unterhalt und glei-
ches Tractament, als er von dem Könige von Spanien erhalten
und den Stand eines Feldmarschalls.

Drittens muß der Oberst, wenn er gefangen wird, von
den Staaten ausgelöst werden, es sei mit Geld oder andern
Mitteln.

Werden viertens zwischen dem Könige von Spanien und
den Staaten Verträge geschlossen, so sind ihm in denselben das
Haus Blyenbeck und die restirenden Tractamente zu sichern.

Was fünftens die (von ihm den Overyssel'schen Edeln bei
seiner Auslösung 1584 gestellten) Geißeln zu Deventer betrifft, so verlangt der Oberst deren Freilassung gegen genug-
same Caution.

Sechstens begehrt Schenk, daß diejenigen, welche jetzt mit
ihm in den Dienst der Staaten übertreten, nach ihrer Qualifi-
cation Unterhalt erhalten, insonderheit, daß der Lieutenant auf
Blyenbeck vor Andern eine Compagnie erhalte.

Zum siebenten fordert der Oberst Schenk, daß er für die
zwölf Geschütze, welche er in des Königs Diensten im Felde
redlich gewonnen hat und jetzt abgeben muß, entschädigt werde.

Achtens verlangt der Oberst, daß die Herrlichkeit Blyenbeck,
im Falle eines Friedensschlusses, bei ihrem alten Herkommen,
ihren Freiheiten und Gerechtsamen verbleibe und von allen
neuen Lasten befreit werde.

Neuntens wurde von dem Obersten in Betreff der Unkosten,
welche er an der Schanze zu Millingen gehabt, verlangt, daß
ihm die Hälfte der Summe gesichert werde, die ihm von spanischer Seite aus dem Quartier Gelderlands und dem Lande
von Kuik gelobt war und sich auf 24,000 Gulden belief.

Dieser in authentischer Abschrift im Reichsarchiv zu S'gravenhage beruhende Vertrag wurde zu Geldern am 20. Mai (10. Mai stilo antiquo) von den Genannten unterzeichnet.

Schenk zog in der folgenden Nacht heimlich wieder nach Blyenbeck, das er mit noch andern festen Plätzen, die in seiner Gewalt waren, den Staatischen übergab [1]).

Sodann bemächtigte er sich des Schlosses Oberassett bei Grave [2]) und ging dann nach S'gravenhage, wo am 16 Juni die Generalstaaten und Staaten von Holland den Vertrag im Ganzen bestätigten, einige Puncte aber, „welche gegenwärtig nicht wohl ausführbar sind," abänderten. So der Punct in Betreff einer Feldmarschallsstelle, welche noch besetzt war. Sie finden deshalb gut, daß er beim Kurfürsten von Köln eine solche Würde bekleide, den Staaten aber unter dem Titel eines Lieutenants des Grafen von Neuenar für einen Monatssold von 1000 Heeren Gulden (1250 Gulden zu 40 Groten) diene. — Schenk erklärte, sich unter diesen Bedingungen einige Monate gedulden und zum Vortheile des gemeinen Besten, wie zum Nachtheil des Königs von Spanien und seiner Anhänger gebrauchen lassen zu wollen. — Weiter wurde in Betreff der Bezahlung der restirenden Summen an Schenk bestimmt, da die Domainen des Landes bereits zu andern Lasten verwandt seien, darauf bringen zu wollen, daß dem Obersten gestattet werde, sich in den in Feindeshand befindlichen Ländern Limburg, Groeningen und der Meyerey von Herzogenbusch bezahlt zu machen, wobei ihm aber aufgegeben wurde, die Beweise vorzulegen, wie hoch sich diese Reste belaufen [3]).

Am darauffolgenden Tage erschien Schenk in dem Rathe

---

[1]) Bor l. c. II, 623; von Meteren l. c. 237 b.; Wagenaar l. c. VIII, 74, 38 Anmerkungen; Famian strada l. c. 460.

[2]) von Meteren l. c. 237 b.

[3]) Resolutionen der Generalstaaten von 1585.

der Staaten, woselbst ihm nochmals die am vorigen Tage
genommenen Resolutionen vorgelegt und er „mit Freundlichkeit
gefragt wurde, ob er sich für entschlagen halte aller frühern
Verpflichtungen gegen den König von Spanien.“ Nach seiner
bejahenden Antwort legte er sodann in die Hände des Raths
den Eid der Treue ab, welchen wir hier wortgetreu mittheilen,
indem er auch über Schenks Stellung zur reformirten Lehre
überraschenden Aufschluß gibt. Er liefert außerdem noch den
Beweis, daß die Sache der Staaten mit der Sache der neuen
Lehre identificirt wurde, da derjenige, welcher für die eine stritt,
auch die andere zu der seinigen machen mußte.

Der Eid lautet: „Ich gelobe und schwöre, den Generalstaaten der vereinigten niederländischen Provinzen, als Brabant,
Gelderland, Flandern, Holland, Seeland, Utrecht, Mecheln,
Friesland und Oueryssel, ihren Freunden und Bundesgenossen,
welche sind und bleiben bei der Union und der reformirten
christlichen Religion, dem hoch- und wohlgebornen Herrn
Mauritz, Grafen von Nassau und dem Rath von Staaten,
beauftragt mit der Verwaltung der genannten vereinigten Provinzen, hold und treu zu sein, denselben zu dienen und zu
gehorsamen, und weiter mich zu ihrem Dienste gebrauchen zu
lassen, wo es ihnen beliebt gegen alle ihre und des Landes
Feinde, in allen Plätzen, es sei in Städten oder Festungen, zu
Wasser und zu Land, wie die Zeiten und die Sachen dies
erfordern werden. Sodann der wahren, christlichen, reformirten Religion vor zu stehen und weiter Alles
andere zu thun, was einem frommen und treuen Obersten zusteht und er zu thun schuldig ist: So wahrhaftig helfe mir
der allmächtige Gott!“ [1])

Leider sind uns über die zwischen Martin Schenk und
dem Truchseß gepflogenen Unterhandlungen keine nähern Details
bekannt geworden, nur wissen wir, daß Schenk von Truch-

---

[1]) Authentische Copie im Reichsarchiv zu S'gravenhage.

seß den Titel eines Feldmarschalls erhielt, welchen er bis zu seinem Tode führte.

Schenk entwickelte nunmehr eine außerordentliche Thätigkeit; bald finden wir ihn im Stifte Utrecht oder in Gelderland, bald in den Kölner Landen oder Westfalen; überall da, wo man es am wenigsten vermuthete, erschien er mit seiner gefürchteten Reiterei [1]).

Seine erste Waffenthat lief nicht glücklich ab.

Es wurde bereits oben gemeldet, daß Parma gewaltige Fortschritte in Eroberung des Landes machte; er nahte mit großer Heeresmacht Gelderland und Utrecht. Im Juni 1585 rückte sein Obrist Johann Baptist Taris mit 600 erfahrenen, auserlesenen Reitern (7 Cornet Lanciers, 3 Cornet Harquebusiers und 100 deutschen Reitern) 1000 Fußknechten und 40 Wagen ins Stift Utrecht und lagerte sich bei Mouwenberg. Hiervon benachrichtigt folgten Adolph, Graf von Neuenar, der Feldmarschall Joos de Soete, Herr von Villers, Statthalter von Utrecht und der Obrist Martin Schenk dem Feinde mit 600 Reitern und 700 Mann Fußvolk bis Amerongen, zwei Meilen von Taris Lager, wo sie sich gleichfalls lagerten. Am 23. Juni zog Taris, der sich zuvor über die Stärke seiner Gegner unterrichtet hatte, auf Amerongen los, legte einiges Volk hinter Büsche und Hügel im Hinterhalt, und stellte sein Heer in Schlachtordnung auf. Neuenar, Villers und Schenk trafen ebenfalls ihre Dispositionen. Die Neuenar'schen Reiter warfen sich zuerst und zwar mit so großem Ungestüm auf die Taris'sche Reiterei, daß sie dessen Schlachtordnung durchbrachen und eine Weile den Sieg behaupteten. Doch Taris fiel im entscheidenden Augenblicke mit 150 Reitern, die er hinter einer auf einer Höhe gelegenen Kapelle aufgestellt

---

[1]) Wagenaar l. c. 38 Anmerkungen, meint, daß Schenk seine Wohnung zu Schloß Perfyn bei S'gravenhage, wo früher Graf Hohenlo wohnte, genommen habe.

hatte, in Neuenars Fußvolk, das er zum Wanken brachte und zerstreute. Hiermit war der Sieg entschieden, die Staatischen wichen an allen Stellen. Der Verlust der Staatischen war groß; Villers selbst wurde verwundet und mit dem Capitain Loys gefangen. Neuenar floh mit nur 13 Pferden nach Amersfort. Schenk hatte sich mit 300 Mann Fußgängern während des ganzen Gefechts gut in Schlachtordnung erhalten, sah sich jedoch von der Reiterei verlassen. Er wurde von den Feinden umzingelt und seine Mannschaft der Art zusammen gehauen, daß von den 300 Mann nicht 60 davon kamen. Viele Offiziere blieben auf dem Platze oder wurden gefangen. Schenk floh nach Wyck und ging von da nach Utrecht, wo er dem Rathe von Staaten das Vorgefallene meldete. — Diese Niederlage hatte im ganzen Lande Schrecken verbreitet; man befürchtete, daß Taxis auch die übrigen Städte des Stifts in Besitz nehmen werde. Utrecht war ganz von Soldaten entblößt und zog in der Eile von Amsterdam 150 Mann heran. Diese verschanzten in aller Eile de vaert, worauf, wie sie meinten, der Feind sein Augenmerk gerichtet habe. Auch Schenk zog hin, stellte gute Ordnung her und griff, um den Soldaten Muth zu machen, selbst zum Spaten. Bald war die Stadt hinreichend befestigt. Taxis war zwei Tage zu Amerongen liegen geblieben und dann Utrecht auf eine Meile nahe gerückt. Indessen zog er, da er die Befestigungen sah, aus dem Stift auf Ryferk und Zütphen los [1]).

An Stelle des gefangenen Herrn von Villers erwählten die Staaten von Utrecht den Grafen Adolph von Neuenar zu ihrem Statthalter.

Diese bedeutenden Erfolge der spanischen Waffen machten die größten Kraftanstrengungen der vereinigten Staaten nöthig, zudem mußte Antwerpen nothwendig entsetzt werden. Die Unterhandlungen mit England über Sendung von Hülfstruppen

---

[1]) Bor l. c. II, 624. v. Meteren l. c. 237 b. Strada l. c. 460.

waren bereits zum Abschlusse gekommen und von Tag zu Tag
wartete man auf deren Ankunft. Doch auch anderwärts suchte
man Soldaten zu werben. Unterm 24. u. 25 Juli 1585 schlossen
die Generalstaaten mit dem Obersten Martin Schenk und
dem Grafen von Neuenar nach vorherigen Verhandlungen über
die leichteste Weise, das Land zu vertheidigen und Antwerpen
zu entsetzen, einen Vertrag [1]), in welchem festgesetzt wurde,
daß ihnen für Werbung und ersten Monatssold von 1000
deutschen Reitern und 3000 deutschen Fußsoldaten 158,000
rheinische Gulden durch die Provinzen Holland, Seeland, Utrecht und Briesland zu zahlen seien. In Betreff einer fernern
Werbung von 2000 deutschen Reitern und eines Regiments
deutscher Knechte wird die Annahme der Erstern bewilligt,
wegen der Knechte aber bestimmt, daß englische Soldaten an
ihre Stelle treten sollen. Anfangs September langten endlich
die so lange erwarteten englischen Hülfstruppen in Utrecht an,
von wo sie nach einer durch den General Johann Moritz vorgenommenen Musterung nach ihren verschiedenen Standquar-
tieren beordert wurden.

Unterdessen hatte Schenk die Stadt Thiel befestigt,
wovon er den Rath von Staaten zu Utrecht am 2. September benachrichtigte [2]). Zugleich schrieb er an den Statthalter
Grafen von Neuenar, daß wenn er nicht zur Stunde die Stadt
Arnheim verstärke, sie gewiß verloren gehe, und beklagt dann,
daß die Garnisonen von Heusden, Megen und Gertrudenberg
so großen Muthwillen an den Bewohnern übten, daß diese
ihre Häuser verlassen müßten, wodurch die ganze Contribution,
welche diese Gegend aufzubringen hätte, in Wegfall käme und
zudem die besten Patrioten mit Abscheu und Schrecken erfüllt
würden. Wenn man ihm vorhalten wolle, daß er dieses durch
das gute Einvernehmen mit seinem alten Meister, dem dort

------

[1]) Gedruckt bei Bor l. c. II, 638.
[2]) Bor l. c. II, 646.

kommandirenden Obersten Isselstein, leicht verhüten könne, so müsse er erklären, daß grade Isselstein der Erste bei allen diesen Unordnungen und diesem Muthwillen sei.

In Folge dessen erließen die Räthe von Utrecht an die Amtmänner von Bommel und Thiel Befehl, die Schuldigen zu fassen und dem Profoß zu überliefern, damit sie nach Gebühr bestraft würden.

Weiter berichtete Schenk, daß eine Menge von Pferden täglich mit besondern Pässen bei Heusden passirten und dem Feind zugeführt würden, wodurch dessen Kavallerie wiederum montirt werde, die sonst ohne Pferde bliebe.

Auch dieses wurde von dem Rathe in Erwägung gezogen und über Beides an die Staaten von Holland berichtet; Arnhelm jedoch ward sofort mit hinreichenden Truppen versehen [1]).

Schenk hielt mit seinen Truppen auch Rheinberg besetzt, das er im Oktober 1585 mit Lebensmitteln versah. Am 14. Oktober ertheilten ihm die Generalstaaten dazu einen Paß zum Transport von 4000 Stück runden Käse, 6000 Stück weißen Käse, 4 Tonnen Butter, 150 Tonnen Salz, 4 Last Hering, 2 Tonnen Fisch, 4 Tonnen Seefisch, 4 Zahl Schollen, 200 [2]) Buschkohlen und 10 Last Malz [3]).

Um dieselbe Zeit bemächtigte sich der Graf von Neuenar mit den frischen Truppen verschiedener fester Plätze und versuchte am 28. Oktober im Verein mit Schenk einen heimlichen Anschlag auf Nymwegen. Sie hofften nämlich die Stadt durch Verrath zu überrumpeln und waren mit einem gewissen Johann Harents, der in einem der äußeren Thürme wohnte, übereingekommen, daß dieser in aller Stille die Steine aus dem Thurme ausschlagen solle, so daß man die

---

[1]) Bor l. c. II, 647.

[2]) Die Maaßbestimmung fehlt.

[3]) Resolutionen der Generalstaaten von 1585 im Reichsarchiv zu S'gravenhage.

Mauer von Außen leicht einschlagen und durch das so entstandene Loch mit wenig Mühe einklimmen könne. Am bezeichneten Tage sollten der Graf und Schenk auf ein gegebenes Zeichen mit ihren Soldaten näher rücken, wozu bereits die Garnisonen von Geldern, Wachtendonk und Venlo zur Hälfte herangezogen waren. Jedoch der Verräther konnte seine Zunge nicht im Zaume halten. Tags vor dem beabsichtigten Anschlag machte er sich durch seine zweideutigen Reden verdächtig: er wurde festgenommen, auf die Folter geworfen und bekannte. Die Untersuchung des Thurmes ergab die Richtigkeit seiner Aussagen. Er wurde andern Tages hingerichtet. Der Anschlag aber unterblieb, indem die draußen Lagernden von dem Vorgefallenen Kunde erhielten und davon zogen. Sie lagerten sich in Nymwegens Nähe im Dorfe Lent, von wo aus sie die Stadt beschossen. Der Herr von Haultepenne sammelte unterdeß bei Nymwegen ungefähr 5—6000 Mann, sezte bei Bommel über die Waal, schlug die Staatischen bei Lent und zu Oosterhout in die Flucht und brachte ihre sämmtlichen Geschüze in seine Gewalt. Der Graf von Neuenar langte mit den Flüchtigen am 14. und 15. Dezember in Thiel an[1]).

Schenk hingegen scheint von hier aus mit einigem Volk in das Fest von Recklinghausen gefallen zu sein, in wessen Folge der bergische Marschall Schenkern allen Fähren zwischen Köln und den Steinen bei Neuß befehlen ließ, ihre Schiffe zu senken, damit sie nicht vom Feinde zu ihrem Schaden gebraucht würden[2]). Am 16. Dezember zog er mit seinen Reitern in Venlo ein. Er nahm Quartier im Hause einer gewissen Met van Beringen und wurde von der Stadt aufs Beste bewirthet. Gleich am ersten Abende verehrten sie ihm 62 Quart Wein,

---

[1]) Bor l. c. II, 650.

[2]) Klageschrift des Gouverneurs ꝛc. der Stadt Neuß an den zu Düsseldorf versammelten Landtag vom 12. Januar 1586 im Prov.-Archiv zu Düsseldorf.

was eine Ausgabe von 31 Gulden veranlaßte. Weiter erhielt er am 20. Dezember 36 Quart, am 28. Dezember eine Aem Wein, zusammen für 55 Gulden 4 Stüber. Am Neujahrstag (1586) beschenkte sie ihn mit einem Pfefferkuchen, der 3 Gulben 15 Stüber gekostet hat, also wohl eine ansehnliche Größe gehabt haben mag. Auch mit Fischen versah sie ihn reichlich, was wiederum eine Ausgabe von 10 Gulden verursachte[1]).

Schenk richtete von hier aus ein Schreiben an den Rath von Staaten, worin er ihm die Lage des Oberquartiers schilberte und verlangte, daß man die Bürger der Stadt Venlo, welche lange zu Dortrecht gelegen, mit ihren Gütern unter starker Bebeckung aufwärts schicke; sobann, daß man von dem Grafen von Leycester zum Entsaß der Stadt die Senbung von 1000 Pferden und 2000 Fußknechten forbere und enblich, daß man Bevollmächtigte mit Geld zur Musterung seiner Reiter und Knechte senbe[2]). — Der Herzog von Parma nämlich bebrängte Venlo sehr und zeigte die Absicht, Grave zu belagern. Er zog mit seinen Soldaten längs dem linken Ufer der Maas auf Grave zu, blockirte Venlo und verschanzte den Kirchhof des gegenüber dieser Festung gelegenen Dorfes Blerick, den er mit Geschüß und einer Besaßung versah.

Zu gleicher Zeit und um zu verhindern, daß die Garnison von Venlo der Stadt Grave Unterstüßung senbe, bemächtigte sich der Graf von Mansfeld der Häuser Blitterswick und Geystern, die er mit Besaßung versah, nach acht Tagen aber wieder verließ, nachbem er Geystern[3]) in Brand gesteckt haben

---

[1]) Stadtrechnungen von Venlo von 1586 im Archiv Venlo.

[2]) Resolutionen des Raths von Staaten 1586 im R. A. zu Sgravenhage.

[3]) Schloß und Herrlichkeit Geystern waren Lehen des Herzogs von Geldern. 1326 hielt Jan van Geysteren das Gut „te Geysteren", woran seine Mutter die Leibzucht hatte, zu Lehn. Jan gehörte wahrscheinlich dem Geschlechte derer von Broeckhuysen an, die wir später im Besitze wie von Schloß und Herrlichkeit Geystern, so von den Nach-

soll. Am 20. Januar kam er mit drei Fähnlein in das Dorf Blitterswick, zog von da mit 10 Fähnlein nach Wansum und dann zurück nach Coltum. Er sandte sodann den tapfern Haupt-

barherrlichkeiten Oerloe, Oestrum und Spraland finden. Letztere beide »het dorp van Oosterhom en die borch Spralandt met heur toebehoer, met water, weyde, bosch, acker« trug Gerrit van Oen 1257 dem Herzoge von Geldern zu Lehn auf. (Die Burg Spraland, 1375 im Besitze der von Appeltern, ist früh verschwunden, indeß ist die Stelle, wo sie gestanden, noch deutlich sichtbar.) 1424 empfing Wilhelm van Broeckhuysen, Herzoglicher Rath und Erbhofmeister von Geldern, Sohn des 1415 gestorbenen Willem, Herrn von Broeckhuysen und der Agnes de Kol, Erbin von Werdenburg, die Belehnung von Oestrum, Spraland und Geystern. Nach Willems Tode wurde sein jüngerer Bruder Johann van Broeckhuysen, Herr von Loe mit den genannten Gütern belehnt. Er war verheirathet mit Anna van der Straeten zu Wissen, mit der er das Kloster zu Oestrum stiftete und starb 1452 im h. Lande. (Die Güter dieses bald nach der Stiftung eingegangenen Klosters wurden dem vom Herzog Reinald zu Straelen gegründeten Kloster Sand zugetheilt.) Geystern, Oestrum und Spraland kam nun an den Sohn Willems, Adrian von Broeckhuysen zurück, der Margriet van Arnhem zur Frau hatte und 1465 belehnt wurde. Jedoch mußte er die Güter im selben Jahre mit Thys van Eyll, muthmaßlicher Gatte einer Schwester Adrian's, und 1469 mit den Kindern von Thys, der 1468 in der Schlacht vor Straelen gefallen war, Jan und Sibert van Eyll theilen, so zwar, daß sie „Haus und Schloß Geystern mit allen Thürmen, Wohnungen, Thoren und Vorburgen, sodann die Herrlichkeiten" gemeinschaftlich besaßen.

Zugleich trat auch noch ein anderer Prätendent mit Ansprüchen auf Geystern hervor: Godart van Harve, Sohn Godarts und der Henrica van Broeckhuysen, der Großtante Adrian's. Er wurde auch 1473 mit der Hälfte von Geystern belehnt, jedoch übertrug er 1483 seine Rechte auf Geystern an Johann von Eyll, Thys' Sohn, für 6000 Gulden, das auch 1486 von Godarts Eidam Derick von Hackvort, Gemahl von Agnes van Harve, seine Bestätigung fand.

Adrian van Broeckhuysen hinterließ eine Tochter Adriana, die im Jahre 1476 dem Friedrich Schellart van Obbendorf, Herrn zu Schinnen, die Hälfte von Schloß und Herrlichkeit Geystern, von Oerloe und Spralandt ꝛc. in die Ehe brachte. Friedrich's Söhne Johann und Winand Schellart van Obbendorf schlossen mit dem Herrn der

mann Peter Corvera mit 100 (nach Bor mit 200) alten
Soldaten aus dem spanischen Regimente Mondragon über die
Maas, das Kloster Betersweert (eigentlich S. Barbara's

andern Hälfte von Geystern, Johann van Eyll und seiner Hausfrau
Elisabeth van Goer 1502 einen Vertrag, wonach sie das oberste Haus
mit dem halben Graben zwischen der Vorburg und dem Walle besitzen,
die letztgenannten die Vorburg bewohnen sollten. (Elisabeth van Goer
legte 1525 als Wittwe den ersten Stein zu dem Thurme der Kirche.)
Dieses Verhältniß blieb bestehen, bis des Johann' van Eyll Urenkel
Jacob van Eyll und seine Ehefrau Helena Türck ihr Besitzthum 1590
an Daem Schellart van Obbendorf, Urenkel des obenangeführten Friedrich
und Sohn Friedrichs von Maria van Palant, verkauften. Daem besaß
somit wieder das ganze ungetheilte Geystern, das er seinem 5. Sohne
Vincenz Schellart aus seiner Ehe mit Walrava van Vorst hinterließ.
Von Vincenz, verheirathet mit Elisabeth von Schagen, kam es an seinen
Sohn Adam, der mit seiner Frau Adelheid von Wittenhorst-Sonsfeld
die unweit Geystern in der Heide gelegene und als Wallfahrtsort viel
besuchte S. Willibrordus-Kapelle herstellen ließ. Adam's Sohn Johann
Vincenz, vermählt mit Albertine Louise de Baviere de Schagen, erbaute
1666 das Schloß Geysteren, wie es heute noch da steht. Ihm folgte
sein Sohn Johann Albert Graf Schellart-Obbendorf, Kurpfälzischer General, welcher Eleonore Magdalena von Metternich zur Frau hatte.
Sein Sohn Johann Wilhelm Joseph Bernard heirathete Alexandrine
Gräfin von Renesse zu Elderen; er war der Vater von Adam Alexander Grafen von Schellart-Obbendorf, mit dem die Familie, Geystern'-
scher Linie, ausstarb. Adam Alexander war vermählt mit Jsabella,
Tochter von Franz Arnold Adrian Reichsgrafen von und zu Hoensbroech, und übertrug Geystern, Schinnen und die andern Güter, da
seine einzige Tochter Therese jung gestorben war, an seine Nichte Maria
Anna Louise, Tochter des Erbmarschalls Franz Lothar Grafen von und
zu Hoensbroech und der Sophia Gräfin von der Leyen und Hohen-
gerolsed. Sie heirathete 1806 Carl Caspar Freiherrn von Weichs zur
Wenne, dem sie sechs Kinder schenkte: 1. Clemens, Freiherr von
Weichs zur Wenne, Herr zu Geystern, vermählt mit Emma Freyin von
Loe-Meer; 2. Adolph, K. K. Major, vermählt mit Maria Reichsfreyin
Henn von Henneberg; 3. Friedrich, vermählt mit Maria Freyin von
Heusch-Scherpenzeel; 4. Antonia, vermählt mit Clemens Reichsfreiherrn
von Fürstenberg zu Borbeck; 5. Theresia, vermählt mit Clemens Reichs-

Werth) zwischen Arßen und Lumm gelegen ¹), zu besetzen. Als Martin Schenk, der sich noch in Venlo aufhielt, dies erfuhr, eilte er in der Nacht mit 600 Mann Fußvolk und 300 Reitern dorthin, umzingelte das Kloster, forderte die Spanier zur Uebergabe auf und als Corvera davon nichts wissen wollte, bereitete er Alles zum Angriff vor. Dreimal hatte Schenk das Kloster mit großer Gewalt genommen, dreimal war er mit größerer Gewalt wiederum hinausgeworfen worden; nun ließ

Freiherrn von Loe zu Conradsheim und Wissen, und 6. Maria, vermählt mit Levin, Reichsgrafen von Wolf-Metternich zu Gracht.

Hier möge man die Mittheilung zweier interessanter Thatsachen aus der Geschichte von Geystern gestatten, die der Vergessenheit entrissen zu werden verdienen. — Geystern war im Kriege zwischen Carl von Egmont, Herzog von Geldern, und Carl, König von Spanien, in des Letztern Besitz gekommen und von ihm besetzt worden. Wie lange dieser Zustand dauerte, ist nicht bekannt; auf die Bitte der Eigenthümer Johann Schellart von Obbendorf und Johann von Eyll ertheilte jedoch am 4. Juni 1518 Carl, König von Spanien ihnen eine Stylsaet für 12 Jahre, wonach sie das Schloß Geystern wieder selbst in Besitz nehmen und bewachen konnten und zwar unter der Bestimmung, daß weder er (Carl) noch der Herzog von Geldern in dieser Zeit irgend ein Recht zu Geystern, Spraland und Oestrum, es seien Glockenschlag, Beden oder Steuern, ausüben könne.

Die zweite Thatsache verdanken wir einem gerichtlichen Zeugniß alter Einwohner von Venray über die Gerichtsbarkeit der Herren von Geystern zu Oestrum. Es wird darin folgendes Factum erzählt: Zur Zeit Herzogs Adolf († 1477) hielten die Hausleute von Oestrum einen Missethäter gefangen, der dort Feuer angelegt hatte. Sie durften über ihn nicht zu Gerichte sitzen, so lange er ein Liedchen sang, dessen erste Strophe mitgetheilt ist. Sie lautet: Sy huyden daer sy huyden, Ick sals yn maecken muyden, Sy wachten daer sy wachten, Ick spreek myn lieff by wachten. Wirklich erschien der Herzog Adolf persönlich zu Oestrum, wo er den Missethäter hinrichten ließ.

(Diese geschichtliche Uebersicht beruht auf urkundlichen Nachrichten des Archivs von Geystern.)

¹) Auf der Stelle, wo dieses Kloster gestanden, steht jetzt der Pachthof Klosterhof.

Schenk, da er keine Hoffnung hatte, auf andere Weise Herr des Klosters zu werden, dasselbe an 4 Ecken in Brand stecken. Doch, was vermag nicht eine verzweifelte Tapferkeit! Die Spanier, durch Corvera ermahnt, nicht ungerächt zu sterben, stürzten wüthend aus dem brennenden Kloster, stellten sich rasch in Schlachtordnung auf und fielen, einer gegen neun, den Feind mit so großem Ungestüm an, daß sie ihn in die Flucht gejagt hätten, wenn Schenk nicht durch das Vorbringen seiner Reiterei den Schrecken der Seinen bezwungen und das Gefecht wieder hergestellt hätte. Obschon die Spanier endlich der Uebermacht erlagen, gaben sie doch Beweise ihrer außerordentlichen Tapferkeit: 250 der Schenk'schen wurden durch sie getödtet. Von den Spaniern blieb Niemand übrig, als Corvera, von drei Kugeln getroffen und mit einem Spies durchbohrt, und 6 andere, desgleichen stark verwundet. Sie wurden als ein Zeichen des zu theuer erkauften Sieges nach Venlo gebracht[1]).

Zur selben Zeit schlug Schenk auch einen Trupp italienischer Reiter unter Upplo Contio in die Flucht, nahm von ihnen 20 gefangen und tödtete 8[2]).

Wir haben hier nachzuholen, daß Mitte Dezember 1585 Robrecht Dubley, Graf von Leycester, zu Vlißingen als General-Gouverneur sämmtlicher englischer Hülfstruppen landete und bald nachher (1. Februar 1586) von den vereinigten Staaten gegen den Willen und zum großen Verdruß der Königin zu ihrem Gouverneur und Kapitain-General erwählt wurde. Wir werden uns später mit ihm mehr befassen müssen.

Von den vorerzählten beiden Siegen schrieb Leycester am 31. Januar an den Secretair der Königin, Walsyngham:

----

[1]) Strada l. c. 478. Bor l. s. II, 693. Keuller Geschiedenis van Venlo. 87.
[2]) Bor l. c. II, 693.

„. . . Seitdem ist Schenk zweimal mit den Spaniern zu-
sammengetroffen, das erste Mal überrumpelte er einen Trupp
Italiener und machte 40 Gefangene, Pferde und Reiter; das
zweitemal, diese letzte Woche, überrumpelte er 500 (?) der
tapfersten Soldaten, welche die Spanier hatten, tödtete
300 und machte einen Hauptmann und 15 Soldaten zu Gefangenen. Ich höre von keinem Manne, der so lustig mit
seinen Feinden umgeht, als er und will ihm demgemäß zugethan sein . . .“ [1]) Die Zahlen dieses Berichtes sind offenbar
übertrieben, wie denn überhaupt des Leycesters Schreiben wenig zuverlässig sind, was wir noch an andern Beispielen erfahren werden.

Vielleicht im Februar 1586 wurde Schenk vom Grafen
Leycester zur Verstärkung von Neuß mit Truppen dorthin gesandt [2]). Dort hatte der Graf Neuenar einen sehr kühnen
und thätigen Mann, Hermann Friedrich von Cloedh [3]),

---

[1]) Correspondence of Robert Dudley, earl of Leycester. Edited
by John Bruce. London 1844. S. 79.

[2]) Löhrer Gesch. d. Stadt Neuß S. 248.

[3]) Hermann Friedrich war der älteste der Söhne von Johann von
Cloedh auf Narteln und Lauterbeck, aus dessen Ehe mit Margaretha
von Westphalen. Wie der Vater am 8. Mai 1587 als französischer
Kriegsobrist in einem Treffen fiel, so sind von seinen Brüdern neun, 2
Generale, 2 Obristen, 2 Obristlieutenants und 3 Rittmeister, vor dem
Feinde gefallen, Johann, Lubbert und Rudolf an demselben Tage, an
welchem auch der Vater den Tod fand. Hermann Friedrich, Anfangs
Rittmeister in Frankreich, trat als Obrist in den Dienst des Truchseß.
Von Neuß aus beunruhigte er durch anhaltende Streifereien die umlie-
gende Landschaft zu beiden Seiten des Rheines, mehrentheils glücklich
in den verwegensten Unternehmungen, manchmal auch blutig abgewiesen,
wie das sich kurz vor seinem Werler Zug in Zülpich ereignete. (von
Stramberg Rheinischer Antiquarius I, 2, 115.) Das Provinzial-Archiv
in Düsseldorf enthält über die von ihm von Neuß aus unternommenen
Raubzüge interessante und zahlreiche Berichte. Es mochte wohl kein
Schloß und Kloster der Umgegend verschont geblieben sein. — Cloedh
war verheirathet mit Agnes von Mylendonf.

zum Commandanten der Stadt bestellt. Mit ihm machte Schenk
seinen berüchtigten Zug nach Werl in Westphalen.

Eberhard von der Reck, früher Notar, dann Richter zu
Werl, ein verschmitzter Kopf, hatte sich an Gebhard Truchseß
enge angeschlossen und die Einführung der Religionsneuerung
aufs Eifrigste betrieben. Nach der Besitzergreifung des Kurstaates und des Herzogthums Westfalen durch Ernst von Baiern
ergriff von der Reck eiligst die Flucht, eine freiwillige Ver-
bannung der ihm sichern Gefangenschaft vorziehend. Bald
fand er Gelegenheit, an Werl, das Gebhard entsagt
und sich freiwillig dem Kurfürsten Ernst ergeben hatte, seine
Rache auszulassen. Er suchte Martin Schenk zu verleiten, mit
Beihülfe des Grafen von Neuenar unter dem Vorwande, als
handelten sie im Auftrage Gebhards, einen Einfall in Westfalen
zu machen, um sich der Stadt und des festen Schlosses Werl
zu bemächtigen und diese wieder in die Gewalt des Truchseß
zu bringen. Mit aller Bereitwilligkeit ging Schenk auf diesen
Vorschlag ein und schritt alsbald unter Hülfe des vorgedachten
Cloedh zur Ausführung desselben. Mit einem zusammengebrach-
ten Haufen von Reitern und Fußsoldaten (Bor und Andere
zählen 500 Reiter und 600 Füßer) setzten Schenk und Cloedh
über den Rhein, fielen dann, ihren Weg über die Ruhrbrücke
bei Kettwig nehmend, in Westfalen ein und drangen in aller
Hast bis Werl vor, um sich dieser Stadt durch Ueberrumpelung
zu bemeistern. In der Nacht vom 8. auf den 9. März (26.—
27. Februar) angelangt, rückten sie in möglichster Stille an
die Stadtmauern heran. Morgens gegen vier Uhr ließ nun
Schenk in der nördlichen Vorstadt ganz in der Nähe der
Stadtmühle ein Haus in Brand stecken, während er seine
Leute nach der östlichen Seite der Stadt hatte ziehen lassen.
Bald ertönte vom Thurme die Feuerglocke; die Bewohner der
Stadt eilten zur Brandstätte um zu löschen, nicht ahnend,
welch' eine Bewandtniß es mit der entstandenen Feuersbrunst
habe. Wie bereits bemerkt, war das Feuer in der Vorstadt,

also außerhalb der Ringmauer der Stadt, doch ganz in der Nähe derselben, ausgebrochen. Es wurde daher das nächste Stadtthor geöffnet, damit diejenigen, welche löschen wollten, zur Brandstätte gelangen konnten. Diese Gelegenheit hatte Schenk vorausgesehen, und daher einige seiner Leute beauftragt, sich durch das geöffnete Thor in die Stadt hinein zu schleichen und an verschiedenen Stellen, welche er ihnen näher bezeichnet hatte, in aller Eile gleichfalls Feuer anzulegen. Der ertheilte Befehl wurde pünktlich ausgeführt, und bald loderten an mehreren Stellen die prasselnden Flammen empor und rötheten weithin den Himmel. Aufs neue ertönte die Brandglocke, Schrecken und Entsetzen bemächtigte sich der Einwohner; die Verwirrung wurde allgemein, da man jetzt weniger an's Löschen als an Rettung seiner eigenen Habe dachte. Indessen stand Schenk's Rotte außerhalb der Stadt nicht müßig. Um von dem Schlosse aus (das Hermann von Wied, Erzbischof von Cöln, zur Befestigung der Stadt erbaut hatte), nicht behindert oder beunruhigt zu werden, hatte Schenk den östlichen als den vom Schlosse entlegensten Theil der Stadt von den Brandstiftern verschonen lassen. Hier ließ er nun Leitern an die Stadtmauern legen und seine Fußgänger auf denselben in die Stadt hineinsteigen. Diese eilten dann zur nächsten Stadtpforte, erbrachen Schlösser und Riegel und ließen die Reiterei einziehen und zwar alles dies in solcher Geschwindigkeit, daß Schenk mit seinem Kriegsvolk schon auf dem Marktplatze hielt, ehe noch die Bürgerschaft von der stattgehabten Ueberrumpelung Kunde erhalten hatte.

Schenk besetzte jetzt alle Thore der Stadt, ließ dieselben schließen und ertheilte den Thorwachen Befehl, Niemanden weder ein noch aus zu lassen, zugleich auch gab er die Weisung, alles zu melden, was an den Thoren vorgehen sollte.

Wie in wilder Flucht eilten die Bürger zum Schlosse, um hier Schutz und Sicherheit zu finden. Der Schloßkommandant, Johann von Werminkhausen, aber fürchtend, daß mit

ben Bürgern auch Feinde ins Schloß eindringen möchten, ließ
Niemanden ein, als den Bürgermeister Gerhard Brandis
und den zweiten Richter Diederich von Lilien. Bald
darauf erging von Schenk an den Schloßkommandanten die
Aufforderung, das Schloß zu übergeben. Dieser aber, welcher
wohl erwog, wie wichtig die Behauptung des Schlosses nicht
allein für die Stadt Werl, sondern auch für den größten Theil
Westfalens sei, wies das Ansinnen höhnisch zurück und fertigte
in größter Eile einen Boten an den Westfälischen Marschall
und Erbdrosten Eberhard Grafen von Solms nach
Arnsberg ab, um ihm Bericht über das Vorgefallene zu erstatten und um schleunige Hülfe zu bitten. Der Landbrost
schickte sofort einige Wagen mit Proviant und Munition und
mit diesen 300 (nach Andern 250) wohl ausgerüstete Kriegsknechte, welche mit den Wagen glücklich in's Schloß gelangten.
Von Werminkhunsen konnte aber wegen Mangel an Räumlich-
keit alle diese Soldaten nicht ins Schloß aufnehmen, weshalb
er 200 (150) derselben wieder abziehen und dem Landdrosten
zur fernern Verfügung stellen ließ. Dieser, ängstlich besorgt,
daß mit dem Falle des Schlosses Werl auch die übrigen festen
Plätze und Städte des Herzogthums dem Churfürsten verloren
gehen könnten, erließ sofort ein Aufgebot an die Städte und
Dörfer des Herzogthums, so wie auch an den Adel, sich ungesäumt aufzumachen und Stadt und Schloß Werl zu entsetzen. Das Landvolk erschien willig und in großer Zahl, auch
die Städte schickten ihre gerüsteten Kriegsknechte (Bor zählt
4000 Bürger und Bauern), der Adel aber zeigte sich weniger
willfährig; von ihm erschienen viele gar nicht, was die nach-
theiligsten Folgen nach sich zog, da es jetzt dem zusammen-
gebrachten Haufen an kundigen Anführern fehlte. Die Kriegsknechte und das Landvolk hatten sich bei dem Schlosse
Waterlappe und in der Nähe des Dorfes Bremen gesammelt. Von hier aus wollte man vereinigt auf Werl losgehen,
und unter dem Schutze der Schloßbesatzung Schenk in der

Stadt angreifen, oder ihn wenigstens umzingeln. Schenk, der durch seine Spione Kunde von dem Zusammenlaufe einer so großen Menge Landvolkes und gerüsteten Kriegsknechte erhalten hatte, fand es bedenklich, sich in Werl einschließen oder gar angreifen zu lassen, besonders da die starke Schloßbesatzung ihm viel zu schaffen machen konnte. Schenk war überhaupt ein Mann der raschen That und des schnellen Entschlusses und hielt es daher für angemessen, mit einem Theil seiner Leute einen Ausfall auf das bei Waterlappe stehende Volk zu machen und sein Glück im offenen Felde zu versuchen. Am 12. März (an einem Sonntage) rückten Schenk und Cloedh gegen die Westphalen nach Waterlappe vor. Schenk, der seine Kavallerie in drei Schwadronen getheilt hatte, warf sich mit dieser auf die westphälische, etwa 80 Mann zählende Reiterei. Diese aber hielt den Angriff mit Muth und Entschlossenheit aus und sie schossen ihre Feuergewehre auf den Feind los. Hiernach machten sie nach Kriegsgebrauch eine Schwenkung, um ihre Gewehre wieder zu laden. Die Landleute aber, die schnelle Wendung ihrer Reiter für eine wirkliche Flucht haltend, ergriffen eiligst die Flucht. Reiter und Fußvolk geriethen durch einander, das ganze Heer der Westphalen kam in Unordnung. Dieses benutzte Schenk zu seinem Vortheile, rasch sprengte er mit seinen Reitern unter den verworrenen Haufen; das ungeregelte und kriegsunkundige Landvolk wurde niedergemetzelt und von den Pferden zertreten; Blut bedeckte die ganze Ebene; die Westphalen stoben auseinander, ohne an Gegenwehr zu denken, ja, sie warfen sogar ihre Waffen weg, um schneller laufen zu können. Ohne weitern Widerstand trieb nun das Schenk'sche Kriegsvolk sein blutiges Handwerk bis zur Ermattung [1]).

Nicht so zaghaft als das Landvolk waren die aus dem

---

[1]) Wegen dieser Flucht erhielt seit diesem Tage ein Weg oberhalb Bremen den Namen: „Am Bremer Loope".

Schlosse Arnsberg hergeschickten 30 Büchsenschützen, welche von der allgemeinen Flucht sich nicht mit fortreißen ließen. Ihrer Sicherheit im Schießen sich bewußt, setzten sie sich in einem Hohlweg fest, wo ihnen die feindlichen Reiter nicht so leicht beikommen konnten, und richteten von hier aus ihre Büchsen gegen den herannahenden Feind mit solcher Geschicklichkeit, daß in kurzer Zeit 40 feindliche Soldaten todt am Boden lagen. Schenk, den Verlust seiner Leute bedauernd, zugleich aber auch den Muth dieser Scharfschützen bewundernd, gab ihnen ein Zeichen, daß sie die Feindseligkeiten einstellen möchten, und ritt dann mit entblößtem Haupte an sie heran, indem er sie mit folgenden Worten anredete:

„Tapferste Männer, ihr habt wie Helden gekämpft,
„ich muß euch loben; — laßt es jetzt aber genug
„sein! Seht doch, die Eurigen sind zum Theile nieder-
„gemacht, zum Theile sind sie auf der Flucht, was
„wollt ihr wenige denn noch? — Ergebt euch! Ehren-
„voll will ich euch aufnehmen und als die tapfersten
„Krieger behandeln".

Während Schenk diese Anrede hielt, die keinen Eindruck auf die Tapfern machte, legte einer derselben seine Büchse auf ihn an und drückte los; der Schuß traf jedoch nicht den Redner, sondern die Brust seines Begleiters, der todt vom Pferde sank. Erschreckt über diese kriegerische Antwort wendete Schenk sein Pferd und jagte im gestreckten Galopp zu den Seinigen zurück. Er hatte diese noch nicht erreicht, als ein zweiter Schütze auf ihn abschoß. Dieser hatte sein Ziel besser gefaßt. Die Kugel schlug durch den Sattel des Pferdes und drang in Schenk's Oberschenkel, wo sie sitzen blieb.

Schenk zog jetzt mit den Seinigen, die nicht mehr vorwärts wollten, nach Werl zurück. — Unter den auf Seiten der Westphalen Gefallenen werden aus dem Adel Heinrich Guntermann von Plettenberg und Meserd von Broech (Borch) wegen ihrer bewiesenen Tapferkeit gerühmt.

Von den Landleuten deckten 280 Todte das Schlachtfeld und blieben zum schaudererregenden Anblick der Vorübergehenden mehrere Tage unbeerdigt liegen. Außer diesen hatten viele auf der Flucht ihr Leben verloren, eine große Anzahl (60) der Fliehenden war bei Neheim in die Ruhr getrieben und in den Wellen umgekommen. Die Gesammtzahl der an diesem Tage Umgekommenen wird über 600 angegeben. Das Chronicon Werlense (gedruckt in Seibertz Quellen der Westph. Geschichte) setzt die Zahl der Gebliebenen auf 1000.

Nachdem Schenk und Cloedh mit den Ihrigen nach Werl zurückgekehrt waren, wurden von ihnen die Stadtthore wieder geschlossen und Anstalten getroffen, sich des Schlosses zu bemeistern. Auch wurden fortwährend Marodeure ausgeschickt, welche vereinzelt liegende Häuser in Brand steckten, in den Dörfern plünderten, und, wenn sie die Gegend beunruhigt hatten, jedesmal mit reicher Beute beladen heimkehrten.

Die Schloßbesatzung war indessen nicht müßig; sie wagte zwar keinen Ausfall, begrüßte aber, wo immer ein Feind auf Schußweite sich blicken ließ, denselben mit ihren Kugeln; auch wurde von ihr das ganz in der Nähe des Schlosses befindliche Stadtthor, Barspforte genannt, niedergebrannt, um den Ein- und Ausgang zur Stadt offen zu halten. Schenk getraute sich nicht, dieses zu verhindern, weil er hier dem sämmtlichen Geschütz des Schlosses zu sehr ausgesetzt war. Dagegen legte er in der Stadt, dem Schlosse gegenüber, ein sehr hohes Bollwerk an und nöthigte die Bürger, es aufführen zu helfen, wobei gegen 40 derselben ihr Leben verloren.

Als der Erzbischof Ernst hiervon Kenntniß erhielt, schickte er in aller Eile an Claude de Barlaymont, Herrn von Haultepenne, um Beistand. Er wurde ihm gleich gewährt. Haultepenne eilte mit vielen italienischen Reitern, die Camillo Capisuccus und Gasto Spinola führten, und einem Regiment Burgundischer Soldaten unter dem Marquis de Varrambon über den Rhein und vereinigte sich mit den von dem Erzbischofe gesandten Truppen, um noch, bevor Schenk in den Besitz anderer Plätze gelangt sei, ihn anzugreifen. Jedoch Schenk, der hiervon Kunde erhielt, fand es nicht gerathen, die Ankunft dieser Truppen abzuwarten, sondern beschloß, Werl zu verlassen; doch hielt er sein Vorhaben geheim. Am 18. März ließ er die Thore der Stadt schärfer als sonst geschlossen, so daß Ein- und Ausgang jedem verwehrt wurde, plünderte die Stadt, lud die Beute auf Wagen und zog Abends gegen neun Uhr, nachdem durch ein Jagdhorn das Signal zum Aufbruche gegeben war, ab. Dreißig der angesehensten Männer, die er zuvor hatte aufgreifen lassen, führte er mit sich. Es befanden sich unter denselben die Gebrüder **Caspar** und **Gerhard von Kleinsorgen** (der bekannte Verfasser der Kirchengesch. Westphalens), der Bürgermeister **Johannes von Papen**, **Michael von Lilien**, der Offizial und mehrere andere Standespersonen, überhaupt diejenigen, welche zur Gegenparthei Gebhard's gehörten. Nur gegen ein sehr hohes Lösegeld, welches zu mehren tausend Thalern angegeben wird, kamen sie wieder in Freiheit, der Bürgermeister Johann von Papen aber starb unterwegs.

Beim Abmarsche hatte Schenk 50 seiner verwegensten Leute in Werl zurückgelassen, die beordert waren, in der Nacht an möglichst vielen Stellen in der Stadt Feuer anzulegen, um dieselbe in einen Schutthaufen zu verwandeln; indeß wurde dies durch die Vorsicht der Bürger verhindert. Sie machten am andern Morgen unterstützt durch die Schloßmannschaft einen herzhaften Angriff auf die zurückgebliebenen 50 Mann, erschlugen 20 und nahmen die übrigen 30 gefangen.

Schenk marschirte über Hamm nach Rheinberg, wo er mit Beute beladen glücklich ankam.

Zehn Tage der Gräuel und Trangsale hatte so Schenk über Werl und Umgegend gebracht. Das Chronicon Werlense schreibt die Schuld des über Stadt und Land gekommenen Unglücks lediglich der verabsäumten Bewachung der Stadt.

mauern und Thore zu und führt daher den damals gemachten Knittelvers an:

„Wen eyn Wyf an den Muren gesetten und hedde gespunnnen
Schenk hedde Weerl nymmer gewunnen."[1])

---

[1]) Bor l. c. II p. 699, 700. Jean François Le Petit, Greffier de Bethune: La grande Chronique p. 527; van Meteren l. c. p. 212 b.; Wagenaar l. c. VIII p. 125. Besonders aber haben wir einen dieser Episode eigens gewidmeten Aufsatz in der Zeitschrift für vaterl. Gesch. und Alterthumskunde. Herausgegeb. von dem Verein für Gesch. und Alterthumskunde Westfalens durch dessen Direktoren C. Geisberg und Giefers. Neue Folge 8. Band, betitelt: Das Treffen beim Kirchdorfe Bremen und dem Schlosse Waterlappe unweit Werl am 2. März 1586 2c. 2c. von J. Deneke, Rector in Werl, der übrigens genau so wie Le petit den Hergang erzählt, benutzt und ihn meistens wörtlich angeführt.

Leycester gab von der Einnahme Werle's dem Secretair Walsyngham sofort Nachricht. Er schreibt: „Schenk hat abermals eine bedeutende That gethan. Er hat eine Stadt und Burg von großer Wichtigkeit zur Hemmung der Feinde in jener Gegend eingenommen, einen Platz, mit dessen Einnahme wir diese ganze Zeit beschäftigt gewesen und den wir jetzt durch seinen Eifer und durch sein entschiedenes Handeln gewonnen haben. Es ist eine Stadt in Westfalen, die Hauptstadt der Provinz, gnt. Werle, dem Kurfürsten von Cöln gehörig, aber in Feindeshand; sie machte uns viel Verdruß". — Einige Tage später schrieb er: „Ich schrieb Ihnen neulich als Neuigkeit, daß Schenk eine Stadt und Burg in Westfalen mit Namen Werle eingenommen habe. Seitdem vereinigten sich die Feinde in jener Gegend, sowohl die Edelleute als die tüchtigsten Männer und begannen eine Art von Belagerung der Stadt. Schenk aber machte einen Ausfall, griff sie an und schlug sie, so daß 2500 Todte auf dem Felde blieben. Er nahm eine große Menge gefangen, unter welchen 25 von sehr guter Familie und die beiden Hauptleute. Nachdem er dieses gethan hatte, nahm er alle ihre Victualien weg, versah damit die Stadt, ließ eine gute Garnison zurück und ging nach Neuß, das wohl bald belagert werden wird . . ." — In dem Appendix der »Correspondence of Robert Dudley, Earl of Leycester« der wir diesen Brief entnommen, findet sich eine Erzählung der Einnahme von Werle, die wesentlich von der unsrigen abweicht, indessen wenig Glauben verdienen dürfte. Denn wenngleich auch der Erzähler, wie hier angegeben wird, in der Nähe

Nachdem Schenk seine Soldaten in ihre verschiedenen Garnisonen entlassen hatte, reiste er zum Grafen Leycester, der ihn sehr freundlich aufnahm, mit großer Feierlichkeit zum Ritter schlug und mit einer goldenen Kette im Werthe von 2000 Gulden beschenkte, was, wie van Meteren hinzusetzt, bei den Engländern damals für eine große Ehre galt [1]). Ley-

Leycesters lebte und ein Mann „von Beobachtung und guter Information" war, so sind doch die gegentheiligen Berichte zu gut verbürgt und zu detaillirt, als daß an der Aechtheit derselben zu zweifeln wäre. Der Engländer berichtet folgendermaßen: „Es ist ein Obrist Schenk genannt, welcher in den letzten Jahren dem Feinde diente, aber, da er nicht so gut behandelt wurde, als er zu verdienen glaubte, heimlich seine Dienste verließ und seit meines Herrn (Leycesters) Ankunft in diesem Lande, dem Feinde zu seinem großen Schaden manche Schlappen beigebracht hat. Vor einem Monat, liegend in seiner Garnison Venlo, wandte er eine hübsche List an, die Stadt Werle zu überrumpeln. Die Städter hatten großen Mangel an Salz, welches er erfuhr; sogleich schickte er einige Soldaten verkleidet in Bauernkleidung mit Salz mehreremale dorthin, wodurch er dort Eingang fand. Er rüstete dann so viele Wagen, als nöthig waren, um eine genügende Zahl von Soldaten zu fassen, aus, steckte seine Soldaten, ganz bewaffnet, hinein und deckte sie zu. In solcher Weise kamen sie unbelästigt in die Stadt, krochen, als die Wagen zu ihrem besten Vortheile aufgestellt waren, heraus und nachdem Schenk seine Compagnie in Ordnung aufgestellt hatte, griff er die Soldaten und Einwohner in allen Theilen der Stadt unter großem Gemetzel an. In einem Theile der Stadt war eine Burg, deren Thore sofort geschlossen wurden, als man dort das Getöse vernahm, und welche in keiner Weise einzunehmen war. Seitdem dies geschehen, hat der Feind zweimal zu seinem großen Nachtheil einen Ausfall gemacht. Schenk sah keine Möglichkeit, die Stadt zu behaupten, da diese ganze Zeit hindurch Anstalten getroffen wurden, ihn darin zu belagern; weshalb er plündern und rauben ließ, soviel seine Soldaten konnten, und die Stadt verließ. Bei seinem Abzug stieß er auf 2000 Mann, theils Soldaten, theils Bauern, wovon er 1000 gefangen nahm und erschlug. Hierauf wurde er von 7 Fahnen feindlicher Fußsoldaten, welche der Bischof von Cöln geschickt hatte, angegriffen; er überrumpelte auch sie und nahm 5 Fahnen. Der Bericht hiervon gelangte gestern an Seine Excellenz (Leycester), den Schenk's Bruder überbrachte."

[1]) Bor l. c. II, 700. van Meteren l. c. 212b.

cester theilte dieses an Walsingham unter dem 9. Mai mit: „. . . . Schenk ist ein tüchtiger Kamerad. Ich machte zwei zu Rittern, wie sie sein sollen, von denen der Eine eine blutige Wunde hatte, die er bei Werl in seinen Schenkel durch einen Schuß erhielt, wo er beinahe 3000 Feinde erschlug, welcher war Schenk. Der Andere war John Norrits . . . ."[1])

Ueber diesen eigenthümlichen Ritterschlag erfahren wir durch die „Correspondence of Robert Dudley" Näheres. Der Herausgeber derselben gibt nämlich zu einem Briefe des Walsingham an Leycester vom 4. Mai folgende Note:

„Obwohl St. Georgstag an Elisabeths Hof ohne besondere Feier vorübergegangen ist, so ist es doch ganz anders an des Grafen (Leycesters) Hof zu Utrecht gewesen. Der Herold Segar theilte dem Stowe einen Bericht über die fürstlichen Handlungen des Grafen bei dieser Gelegenheit mit, welchen der Chronist in seine Annalen (S. 717) aufgenommen hat und den wir gerne ganz mittheilen würden, wenn er nicht zu lang wäre. — Der Graf begab sich „„zur Cathedralkirche, Dom genannt"", mit einem ganz königlichen Gefolge, Alle zu Pferde und unter vielen Andern „„6 Ritter, 4 Barone, mit dem Staatsrath, der Graf von Essex begleitet von dem Bischof von Cöln, Kurfürst, und dem Prinzen (Emanuel) von Portugal. Dann folgten der Hauptmann der Garde, der Schatzmeister und Hofmarschall mit weißen Stäben; nach diesen kamen zwei Edelleute und der Herold Portclose in einem reichen Gewande mit dem englischen Wappen, dann mein Lord, durchaus fürstlich in seiner Ordenstracht, begleitet von den ersten Bürgern der Stadt als Leibwache, welche sich zu diesem Dienste angeboten hatten, und von seiner eigenen Garde, bestehend aus 50 Hellebardieren, gekleidet in Scharlachröcken besetzt mit Purpur und weißem Sammt. Nachdem er (Leycester) so ehrenvoll zur Kirche gebracht worden, nahm er, nach

---

[1]) Correspondence etc. 252.

gebührender Ehrenbezeigung gegen Ihrer Majestät Statue, welche zur Rechten errichtet war, seine Stelle zur Linken, einige Stufen tiefer. Dann begannen Gebete und eine von dem Kaplan des Lords, Herrn Knewstubs, gehaltene Predigt, wonach mein Lord zum Opfern schritt, zuerst für Ihre Majestät und dann für sich selbst, was er mit solchem Anstand und fürstlichem Benehmen that, daß Alle insgesammt sehr rühmend von ihm sprechen."" Er kehrte in Prozession zu seinem Hofe zurück, ein großes Haus, früher den Rittern von Rhodus gehörend, „„in welchem eine sehr große mit reichen Tapeten behangene Halle war."" Hier in Gegenwart einer großen Versammlung schlug er Martin Schenk zum Ritter, worauf „„die Diener das Mahl bereiteten, welches durchaus fürstlich und reichlich war"""; die Tafel war geschmückt mit vielen prächtigen Devisen, mit Backwerk in Gestalt von Löwen, Drachen, Leoparden und dergleichen, von Pfauen, Schwanen, Fasanen, Truthühnern u. A. in ihren natürlichen Federn, ausgebreitet wie in ihrem größten Stolze. Auf das Mahl folgte Tanzen, Springen und Ringen und ‚die Stärke des Hercules‘, welch Letzteres die Fremden sehr ergötzte, da sie es früher nicht gesehen hatten. Das Abendessen war so reichlich wie das Diner; es folgten darauf Turniere und Waffenspiele und wurden des Tages Belustigungen mit einem reichlichen Banquet von Zuckergerichten für die Waffenleute und Damen geschlossen"". — Leycester thut in seinen Briefen an seine Freunde in England gar keine Erwähnung von dieser glänzenden Festlichkeit". — So weit die Note [1]).

Was die oben erwähnte Ueberreichung der goldenen Kette betrifft, so schreibt hierüber Leycester an Walsyngham von Utrecht aus unterm 26. April, also 3 Tage nach dem Feste: „Hier ist Oberst Schenk bei mir gewesen und ich versichere Sie, dieser ist ein würdiger Edelmann und hat seit meiner

---

[1]) Correspondence S. 238.

Ankunft hier hervorragende Dienste gethan. Er protestirt (protesteth), daß er keinem Geschöpfe dienen mag, außer Ihrer Majestät. Sir Thomas Heneage sagte mir, Ihre Majestät wolle ihm ein Geschenk durch ihn übersenden. Ich habe ihm eine Kette überreicht, als habe Sir Thomas sie von Ihrer Majestät überbracht. Wenn Sie hören sollten, daß man dies für zu viel hält, so will ich, was man auch denken mag, das Uebrige lieber auf mich nehmen, als daß eine Unannehmlichkeit daraus entsteht"[1]).

Nach dem Gesagten feierte also Leycester am St. Georgstage (23. April) mit großer Pracht im Namen, wenn auch nicht mit Wissen der Königin, zu Utrecht ein Fest und zwar ein Ordensfest, indem er, wie erzählt wird, in seiner Ordenstracht (Leycester war Ritter des Hosenbandordens) erschien und dabei Martin Schenk zum Ritter schlug, den er zugleich mit einer goldenen Kette, wieder im Namen aber ohne Wissen der Königin, beschenkte. — In England wurde der St. Georgstag alljährlich in ähnlicher Weise mit großer Pracht als Capitelstag des Hosenbandordens gefeiert und es ist außer Zweifel, daß Leycester dasselbe Fest zu Utrecht gefeiert hat. Es liegt daher die Vermuthung nahe, daß Schenk bei der Gelegenheit nicht den gewöhnlichen Ritterschlag empfangen hat, sondern in den Hosenbandorden, wenn auch in ganz ungültiger Weise, aufgenommen worden ist. Die dabei geschehene Ueberreichung einer goldenen Kette bestätigt diese Vermuthung, da seit Heinrich VIII. einem jeden Ordensritter eine solche zugleich verliehen wurde.

Es erhebt sich hier nur die Frage, wie konnte Leycester es wagen, diese Feier und diese Aufnahme in den höchsten Orden seines Landes gegen Wissen und Willen der Königin vorzunehmen? Hierauf erhalten wir die beste Antwort, wenn wir

---

[1]) Correspondence etc. S. 227.

ben Leycefter etwas näher ins Auge faffen. Es ift bekannt, daß diefer ruchlofe, ausfchweifende Menfch, dem eine ganze Reihe der fcheußlichften Verbrechen zur Laft fällt, obfchon verheirathet, in den vertraulichften Beziehungen zur „jungfräulichen" Königin Elifabeth ftand, die er zu ehelichen ftrebte. Er befaß auch das Herz der Königin ganz, beherrfchte den Hof und das Reich, indeffen wurde eine Heirath immer hintertrieben. Leycefter glaubte jedoch, feiner Macht eine feftere Grundlage geben und fich eine Armee und kriegerifchen Ruhm zugleich gewinnen zu müffen. Deßhalb ging er nach den Niederlanden, wo er, entgegen dem Willen der Königin, die höchfte Macht in Befitz nahm und trotz der Proteftationen der Königin, einen Hof hielt, gleich dem in London, fich bei jeder Gelegenheit als fouveräner Fürft zeigend. Er fuchte zugleich Männer, wie Martin Schenk, die er brauchen konnte, an fich zu feffeln und überfchüttete fie nicht nur mit Lob, fondern auch mit allen möglichen Ehren.

Das am 23. April 1586 zu Utrecht gefeierte St. Georgs-Feft hat demnach nichts mehr Auffallendes, die Aufnahme des Martin Schenk in den hohen Hofenbandorden nichts mehr Unerklärliches. Leycefter hütete fich wohl von der Feftlichkeit etwas nach England verlauten zu laffen, er berichtet auch einfach nur von einem Ritterfchlag und hat die Kette lügnerifcherweife als von der Königin kommend übergeben [1]).

Den Aufenthalt in Utrecht benutzte Schenk, dem Grafen Leycefter den Vorfchlag zu machen, auf dem kleinen, klevifchen Eiland s'Gravenweert, wo fich der Rhein in zwei Arme theilt, von denen der eine den Namen Rhein behält und an Arnheim vorbei fließt, der andere an Nymwegen vorbei läuft und Waal genannt wird, eine Schanze (Fort) anzulegen, wodurch man die Gegend beherrfchen und dem Feinde den Eintritt ins Land

---

[1]) Vergleiche über Lebcefter den Artikel Dudley von von Stramberg in der allg. Encyllopädie von Erfch und Gruber. 28. Theil, 148.

verwehren könne. Er stellte ihm die großen Nachtheile vor,
die dem Lande daraus erwüchsen, wenn der Feind den Platz
einnehme und befestige, wonach dieser bereits, wie er erfahren
habe, trachte. Leycester erkannte die große Wichtigkeit des Platzes
und sandte Schenk am 7. Mai mit 1000 Füßern hin, um
von der Insel Besitz zu nehmen und dort auf Kosten der vereinigten Staaten ein Fort zu erbauen. Schenk gab sich sofort,
nach einer spätern Angabe der Wittwe Schenk am 19. Mai,
an die Arbeit und vollendete bald ein Werk, das sich nachher
noch oft als ein überaus praktisches Vertheidigungsmittel aus-
gewiesen hat und von Slichtenhorst „der Schlüssel von Gelderland und Holland" genannt wurde. Es wurde zuerst „den Bril",
auch „Vossenhol" (Fuchshöhle), später nach dem Erbauer
Schenkenschanze genannt (welchen Namen das später entstandene Dorf noch heute führt) und vielfach verstärkt[1]).

Das prächtige Burghaus Bisenberg, an der Waal im
Herzogthum Cleve gelegen und dem klevischen Landdrosten
Heinrich von Wachtendonk gehörig, ließ Schenk, weil es seinem
Werke gefährlich schien, von Grund aus zerstören[2]). Er zwang
auch die Bewohner des Kulck'schen Landes, von Boxmeer und
den Nachbarorten, daran zu arbeiten[3]).

Die Protestationen des Herzogs von Cleve gegen die Anlage der Schanze auf seinem Territorium blieben unberück-
sichtigt.

Noch vor vollständiger Errichtung des Forts ging der
rastlose Schenk wieder in's kölnische Land, das er verheerend
durchzog und gelangte am 16. Mai vor Brühl an. Doch
er fand diese Stadt in gutem Vertheidigungszustand, zog nun
bis vor Köln zurück und führte von dort sowohl gegen die

---

[1]) Bor l. c. II. 711. v. Meteren l. c. 242. Le Clerc l. c. 298.
Slichtenhorst l. c. 88. Correspondence of R. Dudley 252, 265.
[2]) Fahne Gesch. d. Jülich'schen Geschl. I, 209.
[3]) Dulje l. c. 103.

Bauern als gegen die Edelleute einen heftigen und verheeren-
den Krieg, von dem leider weiter nichts bekannt ist. Auf seinem
Rückzuge eroberte er das Schloß Münchhausen und nahm den
Herrn von Groesbeck, einen Neffen des Kardinals Gert von
Groesbeck, Bischofs von Lüttich, gefangen, den er mit sich nach
Neuß führte.

Unterdessen hatte Parma die Stadt Grave, eine starke
Festung an der Maas unter dem Commando des Lubbert
Turck, Herrn von Hemert [1]), welche er seit dem Februar be-
lagert hatte, eingenommen (7. Juni), und dann das kleine
Städtchen Megen und das Haus Batenburg erobert. Par-
ma beschloß nun die Belagerung des festen mit doppelten
Mauern und Gräben und mit guter Besatzung versehenen
Venlo. Er gab sofort an Claude de Haultepenne Be-
fehl, sich eiligs und in aller Stille mit 1500 Fußknechten und
500 Reitern nach Venlo zu begeben, um Schenk, der, wie
Parma wohl wußte, nicht zu Venlo war, den Zugang zu der
Festung abzuschneiden. Sodann ließ er durch Barnabas Bar-
bevio, einem tapfern Jüngling aus Mailand, das linke Maas-
ufer besetzen und das Fort von Gribbenvorst einnehmen.
Auf dem rechten Maasufer suchte der Graf von Mansfeld
Well und Arßen in seine Gewalt zu bekommen. Am 16.
Juni belagerte er mit 13 Fähnlein Deutscher und 3 Fähnlein
Waalen das Haus und die Schanze von Well, welches von
dem Hauptmann Splinter Helmich vertheidigt wurde. Die
geforderte Uebergabe wurde verweigert und nun ließ Mansfeld
die Schanze mit 4 Stück Geschütz beschießen, so daß binnen 2
Stunden 80 Schüsse fielen. Der auf der Schanze komman-
dirende Lieutenant wurde nebst vielen Soldaten verwundet, der
Rest ergab sich. Mansfeld versuchte nochmals, Splinter Helmig zur Uebergabe des Hauses zu überreden; dieser blieb

[1]) Lubbert Turck wurde wegen Uebergabe der Stadt Grave am
28. Juni 1586 enthauptet.

ftandhaft und Mansfeld mußte für jetzt abziehen. Er ging nach Venlo, wo er den Herrn von Haultepenne mit etlichen Fahnen Reitern und einigen Regimentern Fußknechten bereits antraf. Gemeinschaftlich belagerten sie am 19. Juni das Haus Arßen. Auch dieses wollte sich nicht ergeben und so wurde es am folgenden Tage mit 6 Stück Geschütz beschossen. Die Besatzung sandte nun einen Parlamentär in der Person des Hauptmanns Werdenburg ins spanische Lager. Anstatt aber zu unterhandeln, betrank dieser sich und schrieb an die Soldaten, sie sollten nur abziehen, er habe mit dem Feinde accordirt. Als diese nun in gutem Glauben ausrückten, wurden sie von den Spaniern niedergemacht, der Fähnrich gefangen, das Haus dann geplündert. Die Beute war groß, indem die ganze Umgegend ihr Hab und Gut dorthin in Verwahrsam gebracht hatte.

Inzwischen hatte Parma Venlo von allen Seiten enge eingeschlossen. — Schenk war zu der Zeit entweder noch im Kölner Lande oder, wie Bor meint, wieder zu s'Gravenweert. Seine Frau und Schwester, sein Hausgesinde und ein großer Theil seiner Habseligkeit hingegen befanden sich zu Venlo. Als nun Schenk von der Gefahr, in der seine Familie gerathen war, Kunde erhielt, säumte er nicht, das Seinige zum Entsatz der Stadt zu thun. Das Unternehmen war kein leichtes, das Lager der Spanier stark verschanzt und gut besetzt. Ein weniger muthiger als Schenk hätte sicher den Streich nicht gewagt. Schenk aber ging entschlossen an's Werk. Bei Tage jedoch durfte er den Zug nicht wagen, indem der Feind sein Vorhaben sicher vereitelt hätte. Er fiel deßhalb in der Nacht vom 19. auf den 20. Juni mit dem tapfern englischen Rittmeister Roger Williams und ungefähr 400 Reitern (nach Straba mit 500 Reitern und Füßern) in das Parma'sche Lager, sich mit dem Schwert den Weg bis zum Stadtthor bahnend. Während nun hier die Seinigen beschäftigt sind, die gegen die Ausfälle der Belagerten errichteten Sturmpfähle zu entfernen, erhielten

die allarmirten Königlichen Zeit, sich zu sammeln und so mußte
Schenk, um nicht eingeschlossen zu werden, unverrichteter Sache
wieder den Rückzug antreten. Er gelangte gegen Tagesanbruch
mit dem Reste seiner Mannschaft wieder in Wachtendonk, von
wo er den Zug unternommen, an, verfolgt von den Soldaten
des Applo und Tuccio. Nur 30 der Seinigen soll er heim-
gebracht haben. Von den übrigen wurden 50 getödtet, 120
Fußknechte und mehr als 200 Reiter gefangen [1]).

Als Schenk nun vor Venlo nichts ausrichten konnte,
machte er und Cloedt am 25. Juni mit englischen Truppen
von Geldern aus einen plötzlichen Angriff auf Kaiserswerth,
in der Hoffnung, es zu überraschen. Der Versuch scheiterte an
der Wachsamkeit der Besatzung, die frühe genug die Anrückenden bemerkte und tapfer auf dieselben losfeuerte. Schenk streifte
nun bei Düsseldorf umher, zog jedoch bald gegen Westfalen,
um sich dort mit den Truppen des Grafen von Neuenar und
des Heinrich von Braunschweig, die diese dorthin führen wollten, zu vereinigen [2]).

Venlo kapitulirte am 28. Juni mit Parma. Die Soldaten durften frei abziehen, was auch denen aus der Bürgerschaft bewilligt wurde, welche nicht in der Stadt bleiben
wollten. Unter ihnen waren Schenk's Frau und Schwester,
wie auch der Commissair Johann Horenkens, der am folgenden
Tage, man sagt in Folge des verschluckten Geldes starb. Schenk's
Habe kam in die Hände der Spanier.

Nun ging Haultepenne wieder an die Belagerung von

---

[1]) Bor l. c. II. 713. Strada l. c. 490. Correspondence of R.
Dudley 319. In Bezug auf den Schenk'schen Verlust schreibt der Secretair Walsyngham an Leycester am 24. Juni 1586: „ . . . Grafinga
erzählt mir, . . . daß doch nicht so viele erschlagen wurden, als anderwärts berichtet wurde, indem die ganze Zahl nicht über 60—80 be-
nug und von unsern Leuten zwischen 30—40 gefangen und erschlagen
wurden.“

[2]) Löhrer Gesch. von Neuß. S. 251.

Well. Am 30. Juni forderte er den Hauptmann Splinter Helmich zum zweitenmale zur Uebergabe des Hauses auf und als dieser dieselbe wiederum standhaft weigerte, berannte er Well mit 36 Fahnen Fußknechte und 10 Kornett Reiter. Zum drittenmale forderte am 4. Juli Haultepenne die Ergebung Helmichs, nachdem noch 6½ Kartaunen Geschütz zu ihm gestoßen war, doch Helmich blieb standhaft, trotzdem seine Soldaten anfingen zu murren. Am 5. Juli mit Tagesanbruch begann das Bombardement. Bis Mittag wurde der Mühlenthurm und die Flanke des Rondels beschossen, wobei einem Soldaten auf dem Thurme beide Beine abgeschossen wurden. Nun forderten Helmichs Soldaten stürmischer, einen Parlamentär ins Lager zu senden, da sie der Uebermacht doch nicht widerstehen könnten. Noch einen Tag wußte der muthige Hauptmann seinen Soldaten abzugewinnen, doch da mußte er nachgeben und mit Haultepenne unterhandeln. Am 6. Juli wurde eine ehrenvolle Kapitulation unterzeichnet und der ganzen Besatzung freier Abzug bewilligt. Noch am selben Abend zogen die Soldaten ab; über 20 von ihnen gingen zu den Spaniern über. Von den Andern wurden später die Hauptmeuterer zum Tode verurtheilt oder davon gejagt[1]).

Parma zog hiernach nach Neuß, das er am 26. Juli eroberte und dem Erzbischofe Ernst überlieferte. Cloedh, der Gefährte Schenk's, wurde erwürgt und in einem Fenster seiner Wohnung aufgehängt. — Leycester hatte zu spät Hülfe gesandt. Martin Schenk und der Engländer Thomas Morgan, die zu der zum Entsatz von Neuß bestimmten Hülfsarmee gehörten, warfen sich nunmehr in die Stadt Rheinberg, deren Besatzung sie auf 2000 Mann zu Fuß und 500 Reiter brachten. — Parma war, nachdem er unter großen Feierlichkeiten aus den Händen des Nuntius die Ehrengeschenke des Papstes Sixtus V. — einen Degen, dessen Griff und

---

[1]) Bor l. c. II, 713.

Scheibe mit Edelsteinen beſetzt waren und einen mit Perlen
verzierten ſammtnen Hut — empfangen hatte, am 5. Auguſt
von Neuß aufgebrochen, hatte unterwegs das Schloß Crakau
bei Crefeld, die Stadt Moers und ihr Schloß (8. Auguſt),
dann die Feſte Alpen, ferner alle Schlöſſer und Orte in der
Umgegend von Rheinberg eingenommen und führte ſeine Truppen vor dieſe Stadt, ſie zu belagern. Doch bald ſah er ſich
genöthigt, ſein Heer zu theilen und einen Theil der von Ley-
ceſter bedrohten Stadt Zütphen zu Hülfe zu ſchicken. Rheinberg
hielt er indeſſen hinreichend verſchanzt [1]).

Schenk finden wir in den Monaten Auguſt und September vielfach mit Muſterung und Werbung von engliſchen
und deutſchen Soldaten beſchäftigt [2]). Am 6. September kam
er nach Geldern, wo ihm die Stadt eine Ahm Wein von 41
Thlr. verehrte [3]). Im folgenden Monat finden wir ihn mit
ſeinen Reitern im Stift Utrecht, zur großen Noth der Bewohner, die ihre Häuſer verlaſſen wollten. Die Reiter trieben
ſich, wie es ſcheint, vagabundirend im Lande umher, ſo daß
die Bewohner genöthigt waren, ſich vor ihnen wie vor feindlichen Soldaten zu ſchützen. Auf eine Klageſchrift der Ein-
geſeſſenen von St. Martinsdyck im Doſtveen, worin ſie erſu-
chen, von den eingefallenen Reitern des Oberſten Schenk
befreit zu werden, erließ der Rath von Staaten den ſcharfen
Befehl an die Reiter, „ſich ins Lager Sr. Excellenz (Leyceſters)
zum Dienſte des gemeinen Landes zu begeben, wie ſie auch zufrieden geweſen ſeien und geſtern gelobt hätten, durch zu ziehen,
außerhalb des Stifts Utrecht . . .‟ [4])

Schenk ſelbſt blieb zu Utrecht in der Nähe von Ley-
ceſter. Dieſer hatte ſowohl durch ſeine ſchlechte Kriegführung

------

[1]) Bor. l c. II, 739.
[2]) Reſol. der Generalſtaaten im R. A.
[3]) Stadtrechnungen von Geldern.
[4]) Reſol. der Generalſtaaten im R. A.

als durch sein eigenmächtiges, die Rechte und Interessen des Landes verletzendes Verfahren die Sache der Staaten in große Verwirrung gebracht und allgemeine Unzufriedenheit erregt. Dieses und Anderes mochte ihn bestimmen, die Niederlande für einige Zeit zu verlassen und eine Reise nach England zu machen, welchen Entschluß er von Utrecht aus Ende Oktober den Generalstaaten mit dem Bemerken mittheilte, zu S'gravenhaage vorher Rechenschaft über seine Verwaltung u. s. w. geben zu wollen. Am 6. November langte er in S'gravenhaage an, wohin ihn auch Schenk begleitete. Hier wurde Leycester von allgemeinem Murren empfangen. So sehr er die Generalstaaten verachtete, so schwer fand er es, die Vorstellungen derselben zu widerlegen, als welche klagten, daß der Erfolg des Feldzugs den aufgewendeten Kosten keineswegs entspreche, daß Leycester die Privilegien des Landes verletzt, seine Finanzen zerrüttet, die Kriegszucht vernachlässigt und auf ungesetzliche Weise Geld erpreßt habe. Da verlangte ein Befehl der Königin die sofortige Rückkehr des Grafen, indem sie seines Rathes in der hochwichtigen Angelegenheit der Königin Maria Stuart von Schottland bedürfe. Leycester reiste Ende November nach England zurück [1]).

Schenk hatte den Staaten wiederholt die große Noth vorgestellt, worin sich das ganze Oberquartier Geldern befand und wodurch nicht allein die Stadt Rheinberg, sondern selbst das ganze Quartier in die Gewalt des Feindes zu gelangen drohte. Die Staaten von Holland hatten auch sofort die Auszahlung von 25,000 Gulden als Monatssold für Reiter und Knechte in den Garnisonstädten Rheinberg, Geldern, Wachtendonk und den andern unter Schenk's Gewalt befindlichen Plätzen, beschlossen und den Schenk ersucht, seine guten Dienste in der gemeinen Sache fortzusetzen und zur Erhaltung der genannten Städte die nöthigen Anordnungen zu treffen [2]).

---

[1]) von Stramberg am angegebenen Orte.
[2]) Vor l. c. II, 788.

Schenk erklärte sich hierzu auch bereit, benutzte aber die Anwesenheit in S'gravenhaage dazu, für sich möglichst viel zu erlangen. Unterm 6. Dezember richtete er an die Staaten von Holland ein Schreiben, worin er für das ihm Bewilligte dankt und versichert, daß „wo er ihnen einige Dienste erweisen könne, er sich dazu immer bereit finden lasse." Das Oberquartier betreffend, so verlangte er immer mehr Geld: „Item ist es meinen edeln Herren genugsam bekannt, daß das Oberquartier die Schanze dieser Lande ist und die Brücke, worüber meine edlen Herren gehen und wodurch diese Lande beschirmt werden müssen. Und also wir täglich nicht anders erwarten, als die eine oder andre Belagerung und es mir nicht möglich ist, mich länger zu halten, ohne Mittel zur Bezahlung in Händen zu haben, (ich habe dazu alle Mittel gesucht, die ich finden konnte, ja habe meine Juwelen und Pfänder versetzt, um die Soldaten zufrieden zu stellen, und wollte es noch thun, wenn ich die Mittel hätte, indem ich nach nichts trachte, als dem Lande Dienste zu thun) so ist mein dienstliches Ersuchen und Bitten, daß meine Herren Staaten belieben, einige Mittel zur gewissen Bezahlung zu finden, auf daß ich und das Kriegsvolk dem Lande Dienste thun möge u. s. w." [1]).

Zugleich verhandelten auch die Generalstaaten mit ihm, daß er sofort ins Oberquartier zurückkehre und dasselbe beschirme. Am 7. Dezember 1586 wurde „nach reiflicher Besprechung und vorheriger wechselseitiger Communication zwischen den Herren vom Rathe von Staaten neben und im Namen Seiner Excellenz einer- und dem Herrn Obersten Martin Schenk von Nidegen, Ritter, Herrn zu Afferden und Blyenbeck, andererseits, ein gesetzlicher Accord und Vertrag gemacht und aufgerichtet" unter folgenden Bedingungen:

Erstens. Es soll der Oberst selbst executiren, empfangen und genießen alle Contributionen und Brandschatzungen, welche

---

im Oberquartier zwischen Rhein und Maas, im Gelderland, Valkenburg, Limburg, Dalheim und andern unter spanischer Herrschaft stehenden Orten erhoben werden, desgleichen über der Maas im Lande von Kessel, Lüttich und der Grafschaft Horn. Die andern Quartiere der vereinigten Lande sind hiervon ausgeschlossen.

Zweitens. Dazu erhält der Oberst noch die Nutzung des von den Gütern und Kaufmannswaaren zu erhebenden Licents, welcher zu Rheinberg auf dem Rhein und zu Blyenbeck auf der Maas erhoben wird, wohlverstanden aber nur von den Gütern, welche entweder von der Lippe oder andern nicht zu den vereinigten Landen gehörigen Städten und Plätzen kommen und an der Stadt Rheinberg vorbei aufwärts gehen, oder von oben kommen und in den Clevischen Städten und Quartieren ausgeladen werden und nicht den vereinigten Landen zu Gute kommen. Was die aus und nach den vereinigten Landen gehenden Güter, welche an Rheinberg und Blyenbeck vorbei gehen, betrifft, so wird der Licent hierfür von den Staaten erhoben.

Drittens. Außerdem sollen die Herren Staaten von Holland, in Minderung ihrer Quote an der gewöhnlichen Contribution, welche sie zur gemeinen Vertheidigung des Landes bewilligt haben, an Schenk zahlen monatlich 20,000 Gulden.

Viertens. Hiergegen ist Schenk gehalten, um zum Behuf Seiner Excellenz und der unirten Lande die Städte Rheinberg, Geldern, Wachtendonk und die Häuser Krakau und Blyenbeck, sodann die Schanze zu Sgravenweert gegen den Feind zu bewahren, die Zahl von 3350 guten und wohlausgerüsteten Soldaten und 700 wohl montirten Reitern zu halten, zu bezahlen und zu unterhalten und in die Städte zu vertheilen. Wovon er dennoch, wenn er dem Feinde das Haupt bieten oder einige vom Feinde belagerten Städten entsetzen will, das Kriegsvolk zu Felde führen und ein Feldlager errichten muß, welches Lager er auf 1500 Soldaten und 700 Pferden zu verstärken verbunden ist, ohne dafür andere Bezahlung, als die genannten 20,000 Gulden, zu genießen.

Zudem soll Schenk unter seinen Leuten gute Disciplin halten, namentlich Vorsehung thun, daß die Schiffer und Kaufleute über den vorgenannten Licent hinaus nicht beschwert werden u. s. w." [1])

Martin Schenk war durch diesen Vertrag nicht allein militairischer Gouverneur des ganzen Oberquartiers geworden, seine Befugnisse reichten noch viel weiter; nicht nur, daß er den Rhein und die Maas beherrschte, er durfte auch seine Soldaten durch's Valkenburger, Limburger und Lütticher Land brandschatzend schweifen lassen und dazu als Feldmarschall des Truchseß die Kölner Lande und Westfalen beliebig beunruhigen. — Man würde indessen sehr irren, wollte man hieraus auf einen gar großen materiellen Vortheil zu Gunsten von Schenk's Säckel schließen; das Land war durch den langen Krieg vollständig ausgesogen, es konnte bei den total ausgeplünderten Bewohnern nichts mehr erpreßt werden. Was beispielsweise die nächste Umgebung Gelderns angeht, so lagen die meisten, wenn nicht alle Gehöfte leer, die Felder brach und als Vogelweide. Die Bewohner des platten Landes waren entweder außer Landes geflüchtet oder hatten sich sonst verlaufen. Die leeren Gehöfte waren dann dem Muthwillen der umherziehenden Soldaten preisgegeben und wurden meistens niedergebrannt.

Das Schloß Haag bei Geldern hatte eine staatische Besatzung erhalten, welche dort ganz fürchterlich hauste und das Schloß zum Raubhause machte. Die umherziehenden, das platte Land beunruhigenden und ausraubenden Soldaten fanden dort eine Zufluchtsstätte und machten mit seiner Garnison gemeinschaftliche Sache, schleppten Pferde, Kühe, kurz alles Vieh, wie auch Roggen, Heu und Anderes, was sie geraubt hatten, dorthin. Im Schlosse trieben sie allen nur denkbaren Unfug, brachen das Blei von den Dächern, erbrachen die

_____

[1]) Original im R. A. zu S'gravenhaage.

Schlösser, schossen durchs Dach und brachten das Haus mehreremale in Gefahr, gänzlich abzubrennen. Der Vorhof wurde
vollständig niedergerissen, die Büsche geplündert; auf den verwüsteten Wiesen wuchsen nur noch Binsen. Die greise Besitzerin,
Wittwe des Erbmarschalls Adrian von Boedberg geborne Elisabeth von Bocholz, war dadurch gezwungen, den
Gouverneur der Provinz und die Landstände wiederholt um
die Erlaubniß zu bitten, die Wälle des Hauses selbst schleifen
und die Besatzung auf 16—17 Soldaten vermindern zu dürfen. Erst später, als Geldern an die Spanier überging, kam
es zur Schleifung. Der nothwendige Wachtdienst wurde dann
Anfangs von einigen Soldaten, später von vier Bauersleuten
aus Wetten versehen.

Das alte Rittergut Honselaer unter Wetten wurde zur
selben Zeit niedergebrannt, bei welcher Gelegenheit auch die
Archive desselben zu Grunde gingen [1]).

Aehnlich mochte es auch anderswo ergangen sein.

Schenk richtete zuerst sein Augenmerk auf die kleine
Stadt Ruhrort, durch deren Besitz er Herr der Ruhr wurde
und diese Straße nach Westfalen sperrte. Er sandte im Januar 1587 einige seiner Soldaten heimlich in die Stadt, um
sich später mit ihrer Hülfe derselben zu bemächtigen. Am 26.
Januar des Nachts erschien er dann mit seinen Soldaten selbst
vor Ruhrort und hatte mit der vorbemerkten Hülfe bald die
Stadt in seiner Gewalt. Er befestigte sie sofort mit einigen
Bollwerken und zwang das Landvolk durch seine Reiter, die
zurückgelassene Garnison mit Lebensmitteln zu versehen, was
ringsum großen Schrecken verbreitete [2]). Die Verbindung zwischen Ruhrort und Rheinberg unterhielt er mit zwei Schiffen,

---

[1]) Die Belege hierfür finden sich in Menge in den Archiven der
Stadt Geldern und des Schlosses Hang.

[2]) Vor l. c. II, 878.

welche er zu dem Zwecke eigens hatte bauen und ausrüsten lassen. Ein älteres hatte er vor Ruhrort eingebüßt [1]).

Nachdem er hier Alles geordnet hatte, ging er nach Rheinberg und Gelbern, von wo er wiederholt den Rath von Staaten bestürmte, ihm sofort für sein Fußvolk den restirenden Sold und für seine Reiter einen Monatssold zu schicken. Er habe, schreibt er, in Folge der Resolution jedes Fähnlein im Oberquartier auf 209 Köpfe reducirt und Ruhrort und andere Plätze eingenommen, wodurch 1000 Mann anderwärts thätig seien. Um so mehr müsse er aber um Unterstützung bitten, als er das Quartier sehr verwüstet finde und die Contributionen nicht so hoch treiben könne, als man gehofft habe. Endlich ersucht er um Sendung der geforderten Lebensmittel und um Anstellung eines Licent-Empfängers zu Blyenbeck. Hierauf beschloß der Rath, daß wegen des Monatssoldes Deputirte mit Schenk verhandeln, die Staaten von Holland ihm aber 20,000 Gulden zahlen sollten [2]).

In Bezug auf den Empfang des Licents zu Blyenbeck dekretirten die Generalstaaten am 12. März, daß, da das Anlegen der Schiffe allort sehr umständlich und beschwerlich sei, so solle der Licent ferner auf dem Litsenham erhoben werden, jedoch ohne Präjudiz für die Rechte des Obersten Schenk [3]).

Sodann wurde auch für die Proviantirung der Städte und festen Plätze des Oberquartiers gesorgt. Beispielsweise ertheilten die Generalstaaten am 2. März einen Paß zur Abführung von 10 Last Roggen, 20 Last Hafer, 30 Last Malz, 300 Pfund Salz, 3 Last Butter, 5000 Pfund Käse, 2000 Pfund Unschlitt (?) und 4 Last Theer.

Für die Verproviantirung von Blyenbeck wurde am 13. März dem Jan, Jan's Sohn von Goch, Erlaubniß zur Ein-

---

[1]) Resol. d. Generalstaaten v. 1587.

[2]) Resol. des Raths von Staaten von 1587.

[3]) Resol. der Generalstaaten v. 1587.

führung von 3 Last Käse, ¼ Last Butter, ½ Last Oel, 3 Tonnen Seife, 3 Tonnen Laberdan, 3 Tonnen Unschlitt (Ongels), 3 Tonnen Feigen, Rosinen, Pflaumen und andere Spezereien, 200 Pfund Stockfisch und ¼ Last Speck ertheilt; desgleichen dem Peter von Homburg von 3000 Pfund Käse, 6 Tonnen Butter, 2 Tonnen Salz, 2 Tonnen Hering, 500 Pfund Speck, 1 Reisen Stockfisch, 100 Pfund Kerzen, 1 Tonne Seefisch und einigen Spezereien [1]).

Als Deputirten der Staaten hatte der Rath von Staaten den Joris Frinck gesandt, welcher eine Musterung der Schenk-schen Reiter und Fußknechte vornahm, in wessen Folge Schenk eine Eingabe an den Rath von Staaten und die Staaten von Holland richtete, aus welcher wir einige Punkte hervorheben wollen.

Zuvörderst verlangt er prompte Einsendung der ihm noch zukommenden Gelder gemäß Vertrags vom 7. Dezember v. J. und die Bezahlung von 20,000 rheinischen Gulden. An Pulver für Rheinberg, Roerort und die andern Plätze erbittet er außer den versprochenen 25,000 Pfund noch 10,000 Pfund und zu dem Lunten. Roerort und S'gravenweert mußten mit Korn und anderm Proviant versehen werden, da dort und im ganzen Oberquartier keines aufzutreiben sei. Geldern und Wachtendonk seien so schlecht versorgt, daß die Soldaten bereits seit zwei Tagen kein Brod erhalten hätten und er gezwungen war, 3—400 Malter Granen zu kaufen. Er schlägt den An-kauf von 200 Last Roggen und von eben so viel Malz vor und hofft die Plätze des Oberquartiers dann gegen die Spa-nier halten zu können. Er habe Nachricht, daß der Feind be-absichtige, gegenüber seiner Schanze (Schenkenschanze) an der Clevischen Seite gleichfalls eine Schanze zu bauen, wodurch der Paß verloren gehe; deßhalb müsse er Alles aufbieten, die-ses zu verhindern; dazu aber sei Geld nöthig und verlange

—————————

[1]) Resol. der Generalstaaten von 1587.

er die Sendung von 5—6000 rheinischen Gulden zur Bezahlung der Pioniere von Ruhrort. Die beiden Schiffe, die er
zur Verbindung von Ruhrort und Rheinberg kriegsmäßig aus-
gerüstet und die bereit sind, den Feind rundum zu bedrängen
und die Zuführung von Lebensmitteln zu verhindern, begehrt
er, unter die Admiralität zu stellen, mit Lebensmitteln, Geschütz,
Munition und Geld zu versehen. Auch verlangt er, daß, da
ihm von den drei Schiffen, welche er auf dem Rheine gehabt,
zwei in Stücken und eines durch den Eisgang verloren gegangen seien, an deren Stelle er drei neue zimmern und ausrüsten lasse, der Schaden vergütet werde. Anlangend den
Licentempfang zu Blyenbeck sei er unter Vorbehalt seines Rechts
damit zufrieden, daß die Staaten einen andern Empfänger,
als den von ihm gestellten dorthin gesandt hätten, jedoch müsse
derselbe zu Blyenbeck empfangen und wolle er ihm dort ein
Zimmer einräumen. „Und soll," sagt Schenk wörtlich, „ich
rechtlich Krieg führen und meinem Eide wie es gebührt genug
thun, so darf ich nicht leiden, daß Jemand mit feindlichem
Convoy an meinem Hause vorbei gehe ohne darauf zu schießen,
oder ich und das darauf liegende Kriegsvolk müßten Schelme
sein, die dem Feinde zugethan wären, so ich solches leiden
sollte." Wenn die Kaufleute mit neutraler Waare vorbeifah-
ren und zu Afferden anhalten, wolle er nichts dagegen haben,
wenn sie aber dem Feinde Convoy zuführen, so könne er und
das Kriegsvolk sie nicht ziehen lassen, indem er den Feind
nicht speisen wolle.

Weiter verlange er, daß der Gewaltprofoß auf alle Orte
geschickt werde, um die ihm desertirten Soldaten zu bestrafen.
Er habe neue 1000 Knechte angenommen und unter ihnen
viele, die bereits desertirt waren. Endlich empfiehlt er, daß
zu Arnheim gute Ordnung hergestellt und die Stadt mit
12—1500 guten Soldaten versehen und dort sechs gute Fähr-
ponten bestellt und bemannt werden möchten, indem es ihm
vorgekommen sei, daß er bei Nacht mit 50 Pferden nicht
überkommen und so leicht vom Feinde erschlagen werden könne.

Die Staaten gingen in der Sitzung vom 17. März auf die meisten von Schenk's Wünschen ein und beschlossen in Bezug auf den Punkt wegen des Aufhaltens feindlicher Convoys, daß es den Kaufleuten und Schiffern zu überlassen sei, sich selber zu schützen und zu waffnen [1]).

Zur selben Zeit hatte Schenk im Verein mit dem Grafen Hohenlo den Generalstaaten vorgestellt, daß die Besetzung der Stadt Sheerenberge sehr viel Geld koste und ohne Nutzen sei, indem die Stadt sich doch nicht halten könne. Sie schlagen deshalb vor, die Stadt und das Haus zu verlassen, zu demoliren und zu schlichten.

Der Rath von Staaten erklärte sich am 18. März hiermit einverstanden, beauftragte Martin Schenk mit Ausführung des Beschlusses und theilte die auf Sheerenberge kommandirenden Hauptleute, nämlich die beiden Patton, Renton und David de Hond, sodann die Reiter von Friedrich Schultis, dem Obersten Schenk unter dem Befehle zu, ihm so lange zu gehorchen, als sie im Oberquartier sich aufhalten [2]).

Ueber die wirkliche Schleifung der Festungswerke von Sheerenberge erfahren wir nichts Näheres.

Währenddessen war Ruhrort von den Spaniern belagert und hart bedrängt worden. Schenk bat, ihm mit Reitern, Knechten und Lebensmitteln zum Entsatz der Stadt beizustehen; die Generalstaaten beschlossen auch am 4. April, die Staaten von Holland zu ersuchen, in 14—16 Tagen ihm 1500 Mann Reiter und Fußsoldaten zu Hülfe zu schicken, während der Rath von Staaten am 7. April sechs Compagnien aus Gelderland bezeichnete, welche Ruhrort entsetzen sollten. Die Spanier vor Ruhrort warteten aber nicht so lange; bereits am 26.

---

[1]) Resol. der Generalstaaten v. 1587.
[2]) id.

März mußte Schenk nach S'gravenhaage mittheilen, daß Ruhrort verloren sei [1]).

Schenk war damals in Geldern. Daselbst ereignete
sich nun Folgendes. Gouverneur von Geldern war der Schotte
Aristote Patton, einer von denen, die in Sheerenberghe
kommandirt hatten; mit ihm und andern Offizieren saß Schenk
in dem Kloster Nazareth, aus welchem die Nonnen vertrieben
waren, um dort den Tag mit „prassen und banquettiren“ zuzubringen. Als sie so lustig und fröhlich beisammen saßen,
entstand zwischen Schenk und Patton ein großer Wortwechsel,
der damit endete, daß Schenk dem Patton eine Ohrfeige
gab. Natürlich gerieth Letzterer darüber in nicht geringe
Wuth und hätte sicher gleich Rache gesucht, wenn er nicht
von seinem Bruder Wilhelm Patton und andern guten Freunden daran gehindert worden wäre. Indessen andern Tages
als der Rausch ausgeschlafen war, versöhnte Patton sich wieder
mit Schenk [2]).

Einige Zeit nach diesem Vorfalle, im Juni 1587, zog
Schenk mit seinen Leuten aus Geldern, wie Bor glaubt, um
seiner Gewohnheit gemäß irgend einen Anschlag auf einen benachbarten vom Feinde besetzten Platz zu machen, dagegen
nach der Ansicht eines Andern zur Schenkenschanze mit seinem
gemachten Raube von 300 Stück Vieh.

Patton hatte, wie es scheint, schon längere Zeit verräthe-
rische Pläne im Kopf und benutzte nun Schenk's zeitweise Abwesenheit, um dieselben auszuführen und so auch Rache an
Schenk für die ihm angethane Schmach zu nehmen. Er trat
durch seinen Bruder Wilhelm heimlich mit Haultepenne
wegen Uebergabe der Stadt Geldern gegen eine Summe

<hr>

[1]) Resol. der Generalstaaten und des Rathes v. Staaten von 1587.
[2]) Chronik des P. Joh. Godefridus, Karmeliter in Geldern in
»Hondertjaerigen Triumph ofte Jubilee etc.« von P. Taitgbenö, Pastor
in Geldern. Ruremonde bei Ophoven. — Slichtenhorst l. c. 61.

Geldes in Unterhandlung. Ueber die Bedingungen einig geworden, ließ Patton den Herrn von Haultepenne und dessen Volk in der Nacht in die Stadt. Schenk hatte die Gewohnheit, des Nachts von seinen Zügen zurückzukehren; Patton benutzte dies und log seinen Soldaten vor, Schenk habe ihn benachrichtigt, daß er in dieser Nacht mit seinen Reitern zurückkommen werde. Die Soldaten ließen denn auch in dem Glauben, Schenk rücke ein, die Spanier ruhig einziehen.

Die Bürger versuchten zwar Widerstand, konnten aber natürlich nichts ausrichten. Viele von ihnen flüchteten auf's Schloß und mußten sich später mit schwerem Gelde loskaufen; Andere entkamen glücklich über die Stadtmauer.

Haultepenne setzte nun einen neuen Magistrat ein an Stelle des alten, den er verabschiedete und führte auch die von den Staatischen unterdrückte katholische Religion wieder ein. — Schenk verlor hier „viele schöne Pferde, Waffen, kostbaren Hausrath und viel Hafer und Korn"[1].

Trotz dieses Verlustes war S ch e n k doch noch im Stande, im darauffolgenden Monate dem geldarmen T r u ch s e ß eine nicht unbedeutende Summe Geldes vorzustrecken, ein Beweis dafür, daß Schenk bei seinen Zügen seines eigenen Vortheils nie vergaß und daß es nur halb wahr ist, wenn er in seinen Briefen an die Staaten viel von seinen Verlusten und Opfern, welche er erlitten, spricht. Die Obligation des Truchseß, welche das Reichsarchiv zu S'gravenhaage originaliter aufbewahrt, lautet wie folgt: „Wir Gebhardt von Gottes gnaden Churfürst zue Colln, Hertzog zu Westphalen unnd Engern, unndt beneben Iren Churf. G. Wir Carel deß heyl. Romisch. Reichs Erbtruchseß Freyherr zue Waldtpurg. Herr zue Scheer unndt Trauchpurg 2c. Thun hiemit kundt gegen Jedermenniglich, dem-

<hr>

[1] Bor l. c. II, 984. v. Meteren l. c. 265. Strada l. c. 587. Irrthümlich setzt Meteren die Einnahme Gelderns in den Monat Januar.

nach der Gestrenge Ernveste Martin Schenck von Nydeggen, Herr zue Pleyenbeckh undt Afferden, Rytter unnd Oberster ꝛc. uns Gebhardt Churfürsten zue Colln ꝛc. ein Summe gelts von Sechstaufendt Carolßgulden, den gulden zu zwanzig stüber, vorgestreckhet, welche Wir alß von Jme empfangen, Alß geloben unnbt versprechen Wir beyde sampt unnb sonders bey unsern Würdenn unnbt ehren Jme Obersten solche 6000 Gl. von dato ahn über acht Monat, welches sein wurdt der Erste tag Marty nechstkunftig acht und achtzigsten Jars zue Dranckh wieder zuerstatten unnb zue bezalen. Damit aber Er Oberster solcher bezalung besto besser versichert, versetzen unnb verpfenden Wir Gebhardt, Churfürst zue Colln und beneben Jren Chfl. G. Wir Carel Erbtruchseß mit guten vorbedachten sin Jn crafft diß Jme Obersten Schenckh alle unsere patrimonial güttere, nichts davon ußgenommen; zue urkunbt haben Wir beyde uns eigne Hannbt unberschrieben und unnßere Secret Jnsiegele zue enbe ufftrucken lassen. So geben unb geschehen zu Utrecht den ersten July stylo veteris Anno 1587. Gebhardt Churfürst. Karl Erbtruchseß Freyherr zu Walpurg.

Schenk's Stellung im Oberquartier war durch den Verlust von Geldern höchst mißlich, ja fast unhaltbar geworden, indem nun mit Ausnahme von Wachtendonk sämmtliche Städte in Händen der Spanier waren. Seine Reiter verliefen sich auch und zogen plündernd in Holland umher, ein Schrecken der Bewohner. Auch im Cölnischen trieben sie sich umher. Zu Zülpich trieben am 29. Juni sieben schenk'sche Reiter Kühe und Rinder von der Stadtweide weg, welche die Stadt gegen Erlegung von 927 Gulden von ihnen zurücklaufen mußte [1]). Es kam denn auch bei den Generalstaaten zu der Frage, „ob man noch handhaben und unverändert lassen solle ben mit

---

[1]) Erinnerungen an das alte berühmte Tolbiacum v. Broix. Reuß 1842. S. 120.

Martin Schenk abgeschlossenen Vertrag, troß der im Oberquartier durch den Verlust Gelderns vorgefallenen Veränderung?" — Es blieb indessen beim Alten. Wegen der umherziehenden Reiter Schenk's, welche Mitte Oktober Schiedam
heimgesucht hatten, verordnete der Rath von Staaten aber,
daß ein Commissar dieselbe sammele und nach dem Hause
Loenen führe, woselbst sie an Stelle der von dem Grafen
Hohenlo anderswohin gesandten Compagnie des Kapitains
Winßum als Garnison verbleiben sollen [1]).

Mit der Sache der Staaten stand es um diese Zeit recht
schlecht. Das Land war in Partheiungen gespalten; die einen
wollten den Grafen Moriß von Nassau als Statthalter, die
andern, und darunter besonders die reformirten Geistlichen,
eiferten für Leycester. Die am 6. Juli 1587 erfolgte Zurück-
kunft Leycester's machte die Verwirrung nur größer, die Streitigkeiten wurden immer heftiger. Dazu kam, daß troß der
Anstrengungen des Grafen Leycester das seit Monaten belagerte
feste Sluys am 5. August 1587 an die Spanier verloren
ging. Auch diesmal trat die Königin Elisabeth dazwischen;
sie rief den Grafen zurück, welcher Anfangs Dezember 1587
die Niederlande verließ [2]).

Im Dezember 1587 finden wir Martin Schenk in
der Stadt Rheinberg. Ihn beschäftigte ein Anschlag auf
Bonn, der seinem Ehrgeiz und seiner Habsucht besser zusagte,
als in Gelderland der Ruhe zu pflegen oder mit den Staaten
um Geldsendungen zu unterhandeln. Er mußte zudem seinen
Soldaten, sollten sie sich nicht gänzlich verlaufen, Arbeit, Aus-
sicht auf Beute und ein noch weniger ausgepreßtes Land bieten, wo sie ihrer Gewohnheit nach brandschaßen konnten. Mit
Hülfe der noch in Bonn zurückgebliebenen Anhänger des

---

[1]) Resol. des Raths v. Staaten v. 1587.
[2]) Leycester starb ein Jahr nachher zu Cornbury-Park am 4. September 1588.

Truchseß hoffte er, diese Stadt, „des ganzen Erzstift Hauptstadt und Herz, wie der Churfürsten Sitz und Residenz," leicht
in seine Gewalt zu bekommen und dann von dort aus seine
Macht im Erzstift auszudehnen. Hierzu hielt er sich in seiner
Eigenschaft als Feldmarschall des Truchseß für berechtigt und
verpflichtet; hatte er doch bisheran noch wenig Gelegenheit
gefunden, sich in dieser allerdings sehr wenig ehrenvollen
Würde der Welt zu zeigen.

Zur Ausführung seines kühnen Unternehmens glaubte er
die Zeit gekommen, als Parma mit Ausrüstung der für die
spanische Armada bestimmten Schiffe beschäftigt war.

Am 20. Dezember 1587 zog er bei finsterer Nacht von
Rheinberg mit 200 oder 400 Mann Fußvolk unbemerkt aus,
brachte unterwegs noch etwa 200 Reiter zusammen und wandte
sich zunächst auf Zülpich. Hier soll er zwei Tage verweilt
und den Zuzug neuer Kriegsleute erwartet haben. Niemand
errieth seine Absicht, man glaubte allgemein, er durchstreife
das Erzstift, um, wie er früher gethan, Beute zu machen. Am
23. brach er von Zülpich auf; er schien Anfangs seinen Weg
gegen die nahe Eifel nehmen zu wollen, wandte sich aber
bald und kam durch das Ryffelt ziehend noch am selben Tage
in die Nähe von Brühl und Bonn, wo seine Soldaten
bis zum Anbruch der Nacht im Walde lagerten. Sobald es
finster geworden, zog er an Bornheim vorbei näher auf
Bonn zu, und damit die Nachricht davon nicht vor ihm dort
eintreffe, schickte er einige Reiter voraus, um Jeden, den sie
auf dem Wege dahin anträfen, gefangen zu nehmen. Um 8
Uhr Abends war er zwischen Transdorf und Endenich;
hier vergönnte er den Seinigen wiederum eine kurze Rast.
Nach Mitternacht kam er, mit vielen Leitern versehen, in Poppelsdorf an. Hier wählte er die Kühnsten seiner Leute
aus, schlich mit ihnen, ohne von den Wachen bemerkt zu werden, an Bonn heran, längs dem Rheine bis zum Rheinthor,
wo er, wie erzählt wird, einige Schweine in einem nahen

Stalle stoßen und schlagen ließ, um durch ihr Grunzen das Geräusch seiner Bewegungen zu übertönen.

Ungefähr um 2 Uhr Morgens ließ dann Schenk einen Thorbrecher, Petarde genannt, ein neu erfundenes Schieß- apparat [1]), an das Rheinthor bringen und eine Stunde später, nachdem Alles zur Einnahme bereit war, Feuer daran legen. Durch die Explosion wurde das ganze Thor mit einem Theile der Mauer niedergeworfen, zu gleicher Zeit ein zweites, weniger festes Thor mit Aexten und Hämmern zertrümmert und Bonn war eingenommen, noch bevor seine Bewohner Etwas vom Feinde wußten. Die kühnen Sieger liefen über die Wälle und durch die Straßen bis auf den Markt, den sie ohne Mühe be- setzten, da sich kein Offizier blicken ließ, die Bürger und Sol- daten in Ordnung zu stellen und gegen die Eingedrungenen zu führen. Nur einer der Kanoniere brannte seine Kanone ab, tödtete dadurch einen Hauptmann und verwundete einige Sol- daten Schenk's. Schenk ließ alsbald das Stockemer Thor öffnen und seine übrigen von Poppelsdorf her anrückenden Truppen ein. Er selbst ritt durch die Straßen der Stadt, stellte Wachen aus und verbot das Plündern, bis er selbst dazu Befehl gegeben habe. — Die Bürger, durch den gewal- tigen Knall der Petarde, den Allarm der Trommeln und Trom- peten und das Rufen der Soldaten: „Victoria, Victoria, die Stadt ist unser!" erschreckt, wagten nicht, ihre Häuser zu ver- lassen. Wo die Schenk'schen Soldaten Licht brennen sahen, schossen sie durch Fenster und Thüren. — Der Gouverneur der Stadt, ein Doctor der Rechte, Carl Billeus oder Carl von Billehe, sprang, als er die Petarde losknallen hörte, erschreckt aus dem Bette und als er nun gar das Geschrei der Soldaten vernahm, lief er halb angekleidet davon, flüch- tete über die Stadtmauer und entkam glücklich nach Koblenz. —

---

[1]) Strada l. c. 693 bringt eine genaue Beschreibung dieser furcht- baren Waffe.

Schenk bemächtigte sich dann des erzbischöflichen Palastes, ließ die Stadt, nachdem er die Kanzlei vor Beschädigung gesichert und Alles nach seinem Sinne geordnet hatte, eine Stunde lang plündern, wobei die größten Grausamkeiten begangen wurden. Von den Bürgern wurden einige getödtet, andere gefangen, um später von ihnen hohes Lösegeld zu erpressen. Die Besatzung wurde theils erschlagen, theils in die Flucht gejagt [1]).

Das kölnische Archiv schleppte er später nach Holland [2]).

Hierauf traf Schenk die zweckmäßigsten Anstalten, sich in seiner glücklichen Eroberung festzusetzen. Sein Heer verstärkte er bis auf 3000 Mann. Dann sorgte er für reichlichen Kriegsbedarf und Lebensmittel, zu welchem Ende alles nur aufzutreibende Getreide aus den benachbarten Dörfern herbeigeschleppt werden mußte. Auch befestigte er die Stadt mit Wällen und andern Werken, wobei die Bauern helfen mußten. Der Stadt gegenüber ließ er gleichfalls mehrere Schanzen errichten [3]).

Zugleich richtete Schenk „an deß Heyligen Römischen Reichs Churfürsten und Churfürstliche Gesanten, auff jetzigen Collegial Tag" ein Schreiben, „zu Ableynung der Columnien, welche von den Bäpstlichen wider den Herren Churfürsten Gebhardt, vnd ihne Feldmarschalck, wegen recuperierungh der Statt Bonn fälschlich außgegossen werden." Dasselbe ist von Bonn, 2. Januar 1588, datirt, gleichzeitig gedruckt und wahrscheinlich verbreitet worden. Wir lassen dieses interessante Actenstück nach einem uns vorliegenden „Abdruck" in der ursprünglichen Form hier folgen.

Hochwürdigste Durchleuchtigste, Hoch- vnd Wolgeborne, Ehrwürdige, Edle, Ehrnveste, vnd Hochgelehrte, Gnädigste,

---

[1]) Bor l. c. III, 143. Strada l. c. 692. v. Meteren l. c. p. 276. Wagenaar l. c. 304. Löhrer Gesch. der Stadt Neuß. S. 272.

[2]) Thummermuth, Krumbstab schleußt niemand auß, S. 43.

[3]) Bor l. c. III, 143.

Gnädige vnnd Gepietende Herren ꝛc. E. Chur: vnd Fürst:
G. Ehrwürden vnd Liebden, Seyen meine vnterthänigste,
vnterthänige vnd gebürliche dienst, jederzeit zuuor, Gnädigste,
Gnädige vnd gepietende Herren. Nachdem E. Chur. vnd
F. G. Gestreng. Ehrwürden vnd Liebden, nuhn mehr auß ge-
meinem Geschrey wirdt vorkommen seln, daß ich die Statt
Bonn mit meinem vnterhabenden Kriegsuolck widerumb ein-
genommen, vnd dann vnsere Feind, vnd ihr Zustand, Auch
andere mißgönstige Leut, mit vnerfündtlichen nachreden, vnd
Calumnien mich vnd mein Kriegsuolck fälschlich außschreien,
So hab ich nit vnterlassen sollen, bey jetzo fürgefallener gele-
genheit deß Churfürstlichen Collegial Tags zu Speyr, E. Chur.
vnd Fürst. G. Gestrengheit vnd Liebden, alß den Seulen deß
Reichs Teutscher Nation vnsers geliebten Vatterlands, Red vnd
Antwort diser Einnemung vnd Kriegs halben vnterthänigst,
vnterthänig, vnd dienstlich zugeben.

Anfänglichen wissen euwer Chur. Fürst. G. Gestreng.
Ehrwürden vnd Liebden, auß verlauff vnd Progreß dises Cölnischen Kriegs, sich gnädigst, gnädig, vnd günstig zu erinnern,
Wie vnchristlich, vnbillich, vnd mit was Gewalt der Hispani-
schen vnd anderer frembden Nationen, der Hochwürdigst Fürst
vnd Herr, Herr Gebhart erwöhlter vnd bestättigter Ertzbischoff
vnd Churfürst zu Cöln, mein Gnädigster Herr, Vber alles
Rechtmässiges, Billiches vnd Christliches erbieten, vnd an E.
Chur. vnd F. G. auch die Gemeine Ständ deß heyligen Reichs,
gethane offentheUliche Prouocation, Protestation vnnd Appellation, seines rechtmessiglich erlangten Churfürstlichen Stands, vnd
deß Ertzstiffts vnerhörter Sachen, wider deß heyligen Römischen
Reichß Constitution Gegeninhalt, vnd Abschied deß Passawischen
Vertrags, Religion vnd Prophan Frieden, Keyserlichen vnd
Bäpstlichen Rechten: Imò contra omnem rationem & natura-
lem æquitatem, allein auff deß Römischen Antichrists nichtige,
Widerrechtliche, parteylische, vnbillliche, auch im Römischen Reich
vnerhörte, hochschädliche vnd gefährliche Excommunication,

thätlich, trußlich, vnd mutwilliglich, allein auß der vrsachen, daß ire Churf. G. zu vnser waren Apostolischen, vnd in Göttlichen Biblischen schrifften gegründeten Religion Augspurgischer Confession sich bekennet, vnd nach deß Allmächtigen Gottes befelch, auß deß H. Apostels Pauli rath zur Ehe griffen, entseßet, vnd von Land vnd Leuten vertrungen worden.

So werden auch E. Chur. vnd F. G. Gestreng. Ehrwürden vnd Liebden, sich zuerinnern wissen, wie vnchristlich vnd Tyrannisch mit etlichen Getrewen Dienern vnd frommen Christen nach verräterlicher ergebung diser Statt Bonn gehandelt worden, als nemlich, daß man vber achßehen vnschuldiger Leut (darunter zween Prediger gewesen, deren doch einer durch Gottes Gnad wunderbarlich beim Leben blieben) gehänckt, geköpfft, gewürgt vnnd ertrenckt.

Item, dß die Hispanier in iren Jnlagerungen nit allein disem Erßstifft Cölln, sondern auch das Herßogthumb Gülch, Berge, das Land von Cleue, vnd Marckt, Stifft Münster, Graueschaft Bentheim, Theckelnburg, Buchhalts, Lüpp, vnd ganß Westphalen, außgemergelt, beraubt, Jungfrawen vnd Weiber benothzüchtiget, Cleuische vnd andere Stätt, Flecken, Schlösser, Klöster, Abenliche vnd Bawrenhäuser, feindtlich mit Gewalt vnd Practicken eingenommen, verbrennt vnnd verhergt, vnträgliche Exactiones angestellt, die Päß zu Wasser vnd Land allenthalben versperret, die Commercia verhindert, die vnschulbige Schiffer vnd Schiffleut ohne einige vrsach geplündert, Fürstliche Gülchische vnnd Cölnische Geleyt vnnd Compäß zu Junckersborff vnnd andern Orten abgeseßt, Ja vnschulbige arme Weiber vnnd Kinder jämmerlich zu Todt geschlagen, und auffs allergrewlichste vnd schänblichste allenthalben gehanbelt.

Item, daß der Erßstifft Cöln gegen inhalt der Erblandt vereynigung durch außländische, außgeschickte verzweiffelte böse Buben, Pauln Stöhr, Carl Billeum, Blanckenmeyern, Hieronymum Michaelis Abministriet worden, welche nach deß Hieronymi Vrgicht, So hinder dem Rath zu Cöln die Außtheylung vnd Partition gemacht, daß nach absterben ihres Herren deß Bischoffes zu Lüttich, Stöhr, die Statt Neuß, Billeus Bonn, vnd Blanckenmeyer Keysersroerbt, dem Hauß Bayern zum besten sollen innen behalten.

Item, daß auch Billeus, vnnd Hieronymus Michaelis einen Anschlag auff die Statt Cöln gemacht, vnnd einsmal bey Nächtlicher weil inn dem Stattgraben zu Cöln gewessen, vnnd die Gelegenheit besichtiget.

Item, auch dem Hieronymo ein solcher vnglaublicher, erschröcklicher mutwill, blutvergiessen, morden, rauben vnnd plündern, durch den Bischoffen von Lüttich, lange zeit verstattet vnd zugelassen, daß ein frommer Christ der die Vrgicht liset, darob sich entsetzen vnd erschrecken mag, darburch endlich Bischoff Ernst, vnd der Hertzog zu Gülch, wie wir allhie selbst in der Cantzley vilfaltig befunden, vneynig worden.

Deßgleichen, daß die Spanier, die Herrliche vnd alte Statt Neuß, in der Eroberung angesteckt vnd verbrennet haben.

Dann ob wol der Printz von Parma inn Truck außgehen lassen, daß solches vnser Kriegsvolck gethan, So ist es doch fälschlich erlogen, vnd das Widerspiel mit ehrlichen Leuthen, so mit darinn gewesen vnd entkommen seind, warhafftig zu beweysen.

Ferners menigklich bewußt, wie Tyrannisch vnd Vnmenschlich, nicht allein mit den Kriegsleuthen, Sondern auch mit den armen vnschuldigen Burgern, Weibern, vnnd Kindern, zu Neuß gehandelt worden.

Ob nuhn wol höchstgedachter vnser Gnädiger Herr, Vnvermögenheit halben, solches gedulbet, ansehen, vnnd der Zeit beuehlen müssen, so haben doch ihre Churfl. Gnaden nichts weniger, laut vorgemelter offt repetierter vnnd offentlich inn Truck außgangenen, auch den Ständen deß Heyligen Reichs insinuirter Protestation, Prouocation, vnd Appellation, mit hochbeschwerlicher erhaltung der Statt Bergt. Neuß, vnnd anbeter Orten, so lang möglig gewesen actualem & realem auch Ciuilem possessionem beß Erßtiffts Cölln, vnnd ihres rechtmässiglich erlangten Churfürstenthumbs behalten vnnd noch, haben beßhalben zu ihrem Feldtmarschalcken mich bestellet, vnd nach aller möglichheit, ihre Stätt vnd Vestungen, auch Land vnd Leut zu recuperieren, vnd ihm vorigen Gehorsam zubringen, mir Gnädigst aufferlegt vnd befohlen.

Also hab ich inn Krafft solcher meiner Bestallung, Erstlich die Statt Wöhrle, vor zwey Jahren, in ihrer Churfl. Gnaden Namen eingenommen, auch dem Printzen von Parma die Statt Bergk inn derselben Namen vorenthalten, auch jetzo die Statt Bonn, durch Göttliche gnab in namen irer Churfl. Gnaden, als einen Standt beß Reichs eingenommen vnd beseßt, gebencke auch iren Churfl. Gnaden dieselbe zum besten zuerhalten.

Weil ich aber beschreyet werde, als solte ich nicht weniger, als der Printz von Parma frembder Nationen Kriegsleut in den Erßtifft Cölln', gegen beß H. Reichs Constitution führen, rauberey anstellen, mit den benachpaurten Chur. vnd Für: auch andern Herren, vnnd ihren oder bieses Erßtiffts Vnterthanen, vnfreundtlich oder vnbescheiden verhalten, ben Rheinstram verschliessen, bie Commercia verhindern, vnnd vngepürliche Licenten, vnd andere Exactiones forbern, als gebe E. Chur. vnd Fürstliche G. Ehrwürden vnd Liebben, hiemit vnterthänigst, vnd bienstlich zu erkennen, baß ich bise Statt, vnd was ich sonsten mehr vom Erßtifft Cölln, burch Göttlichen segen bekommen werbe, mit Teutschen knechten zubesetzen, vnd zu erhalten gemeinet, vnangesehen, baß der Blschoff von Lüttich ber erst gewesen, ber gegen beß heyligen Reichs Ordnung, bie merckliche vnnb abscheulliche Hispanische, Italianische, vnnb andere frembbe Nationen, so lang ber Cölnische Krieg gewehret, inn bisem Erßtifft vnd anstossende Länder hinein geführet, vnb bieselbe wiederum naher zubringen sich hefftig bemühet.

So will ich auch mich mit den Benachbarten Chur. vnd
Fürsten, Graffen vnd Herren (so fern vnd alß lang sie sich
vnpartheylich erzeigen) mit vnterthänigsten vnd freundlichen
diensten, mich Nachbarlich vnd aller gepür verhalten, ihre vnd
difes Erßstiffts vnterthanen mit vnbillicher aufflag nit beschweren, die Commercia vnd Schiffart (wann der Feind dieselbige
vnuerhindert passieren läßt, vnnd kein vngepür fürnimbt) gegen
erlegung gebürlichen Zols allerdings freylassen, vnd die Vnterthanen mit keiner anderen stewr, alß die vnserm Feind vorhin
auff eine sichere anzahl Jahr zugesagt, vnd einhellig bewilliget,
beschweren oder beladen, sondern will mich durch Gottes Gnad
aller gepür vnd bescheidenheit, gegen jedermänniglich befleissen,
wie ich dann auch meinem Stabhalter, Hauptleuten, Befelch-
habern, vnd gemeinen Reutern vnnd Knechten, bei vermeydung
höchster straff auffs ernstlichst befehlen, aller vngepür, gegen den
benachbarten Herren vnd difes Erßstiffts Vnterthanen sich gänzlich zuenthalten, wie dann beßhalben biß noch keine Klage
vorkommen.

Wiewol nun diefe Statt, beß ganzen Erßstifft Hauptstatt,
Herz. vnd der Churf. Siß vnnd Reßidenz ist, darin ich auch
die stercfest Besazung hab, so vnterstehet sich doch vorgemelter
Blanckenmeyer, die Vnterthanen von irigem schulbigen gehorsam, mit morb vnb branb abzuschrecken, wie dann er vnd
andere schon allbereit etlicher vnschulbigen Vnterthanen Häuser
vnd Scheuren abgebrennt: fangen, spannen, morden vnnd
schezen, die Vnterthanen auffs grewlicheste vnb vnmenschlichst
also, wann beme nit vorgekommen, difer Erßstifft lezlichen in
den grunb muß verberben.

Vnd wie wol ich meinen Gnädigsten Herren noch weiter
zubringen, auch die Vnterthanen, so vil menschlich vnb möglich, vor dem Feind zu beschüzen, vnd für der Spanischen
Belegerung diefe Statt durch Göttliche Gnad zuerhalten
verhoffe.

Demnach weil höchgebachter mein Gnädigster Herr, alß

ein Stand deß Reichs mit ordentlicher vnd vnparteylicher erkantnuß, der samptlichen Ständ deß heyligen Römischen Reichs nicht entsetzt, vnnd gleich wol für vnd für auff deß Reichs Constitution vnd Ordnung sich referiert vnd gehalten, auch zubedencken, wo fern dem Parmischen Kriegßuolck verstattet solte werden, sich widerumb inn disem Ertzstifft einzulägern, daß alß dann nicht allein die Cölnische, sondern auch vmbligende Chur. vnd Fürsten auch Graffen vnnd Herrn, vnschuldige Vnterthanen, gantz vnd zumal verderben. Vnd den frembden Nationen ihrem wünschen vnd suchen nach weiters ins Reich Teutscher Nation einzureissen, vn die lange zeit hero practicierte Execution der Sanctæ Ligæ zuuolnführn, anlaß gegeben, oder verstattet möchte werden. So bitte E. Chur. vnd F. G. Gestrengheit Ehrwürden vnd Liebden, Ich abwesens vnd im namen meines Gnädigsten Churfürsten vnd Herren vnterthänigst vnd freundtlich, die wollen auß angebornen Chur. vnd Fürstlichen miltigkeit vnd vätterlicher getrewer sorgfeltigkeit, deß gemeinen Elends, dises hochbeschwerten Ertzstiffts, sich Gnädigst vnd hertzlich annemen, vnd bey jetziger ihrer versammlung mit den anwesenden Herren, Keyserlichen Commissarien dahin rathen vnnd handeln, auch selbst Gnädigst vnd günstiglich resoluieren, vnd beschliessen. Daß höchstgedachter mein Gnädigster Herr, bey vorgehabten vnd jetzo zum theil mercklich recuperierter possession, durch gebürliche mittel vnd assibenß gehandhabt, frembde Nationes deß Reichs Land sich zuenthalten, ermanet vnd würcklich abgehalten, oder sonsten gütigliche Vnderhandlung, ein beständiger vnd Gottseliger Fried, zu Ehren Gottes vnnd fortpflantzung seines Göttlichen Worts, auch zu errettung dises Vaterlands, erthätigt vnd getroffen mögen werden, daselbst wirdt der Allmächtige GOTT vmb E. Chur. vnd F. G. Gestrengheit, Ehrwürden, vnd Liebden, mit ewigem vnd zeitlichem segen vberreichlichen erstatten, welche dem Allerhöchsten zu langwiriger, hoher Chur. vn Fürstlichen Regierung ich Gesundt entpfehle, denselben auch vnterthenigste,

vntertbenige dienſt vnb freuntlichen wiſſen zuerzeigen, mich
ſchulbig vnb willig erkenne. Datum in ber Stat Bonn, ben
2. Tag Januarii. Anno 1588.

Martin Schenck von Nybecken Obriſter."

Eine Wiberlegung bieſes lügenhaften Actenſtückes kann
nicht in unſerer Abſicht liegen; es genügt, nur auf brei Punkte
aufmerkſam zu machen. — Zuvörberſt iſt es recht ergößlich,
ben grimmigen Schenk, an bem eine jebe Faſer Solbat war,
über beſſen Lippen vielleicht nie ein Gebet kam, hier als Theo-
logen unb Prebiger bes „göttlichen Worts" kennen zu lernen,
ihn von Eifer für bie Ehre Gottes erfüllt zu ſehen. — Die
Klage bes Schenk über bie burch ſpaniſche Truppen allerbings
verübten Gewaltthätigkeiten klingt in ſeinem Munbe eigenthümlich, ba es nur zu bekannt iſt, wie ſchonungslos ſeine Solbaten mit Freunb unb Feinb umgingen. — Grabezu heuchleriſch
iſt ber Vorwurf, baß ber Churfürſt Ernſt von Baiern frembe
Truppen in's Lanb rufe, ba Schenk, wenn er auch, was nicht
nachgewieſen iſt, nur beutſche Sölbner zu ſeinem Zuge nach
Bonn brauchte, boch mit frembem Gelbe benſelben unternommen unb vollführt hat, ſpäter ſogar bie Hülfe ber Königin von
Englanb anrief.

Die plößliche unb unerwartete Wegnahme Bonns burch
Schenk war für ben Kurfürſten Ernſt von Baiern in bop-
pelter Beziehung traurig. Einmal wegen bes Verluſtes an
unb für ſich unb bann weil Schenk von Bonn aus bas Erz-
ſtift beherrſchen unb beunruhigen konnte. Mit einemmale war
ſo bas Stift, bas ſich noch lange nicht von ben im letzten
Kriege erhaltenen Wunben erholt hatte, wieber bem verheerenb-
ſten Kriege anheimgefallen.

Martin Schenk hatte bei ſeinem mit ſtaunenswerther
Kühnheit unb wohlberechneter Klugheit ausgeführten Unternehmen bie Wichtigkeit bieſes Plaßes wohl erwogen, aber nicht
baran gebacht, ſich vorher beſſen zu vergewiſſern, baß ihm bei
ber zu erwartenben Einſchließung Hülfe zugeführt werbe. Es

erging ihm hier, wie bei Werle, daß er wohl einzunehmen, nicht aber zu halten verstand.

Schenk scheint dabei auf die Hülfe der protestantischen Reichsfürsten sicher gerechnet zu haben, was auch schon daraus hervorgehen möchte, daß er bereits acht Tage nach der Einnahme von Bonn eine so wohl überlegte Denkschrift an diese abgehen lassen konnte. Er verrechnete sich hier. Zwar brachte er einige Reichsfürsten auf seine Seite, aber nicht dazu, daß sie ihm in kommender Noth Beistand leisteten. Sie hatten wenig Lust, sich durch eine solche Hülfe in einen Krieg mit Spanien zu stürzen.

Sehen wir, was Schenk weiter that, um sich den Besitz Bonn's zu sichern.

Am 9. Januar benachrichtigte er die Generalstaaten sowohl als die Staaten von Holland von der Einnahme der Stadt. An Letztere richtete er folgenden Brief:

„Edle, ehrenfeste Herren und Freunde!

Nachdem ich durch Gottes Zulassung die Stadt Bonn mit Gewalt eingenommen habe und die große Noth es erheischt dieselbe in der Eile und bei Zeiten vor Jahr und Tag mit allerlei Provision zu versorgen, nehme ich meinen Trost und meine Zuflucht zu euch und bitte ganz freundlich, mich nicht zu verlassen, in diesem meinem Begehren sich, wie ich vertraue, willfährig zu beweisen und die Verordnung zu thun, daß mir ohne Aufschub durch vertraute Kaufleute, Schiffskapitaine und Schiffsleute in zwei neuen „kromsteeffelen" und zwei neuen starken „krabschuyten", worauf man je 8 Stück Geschütze gebrauchen kann, bis nach Köln als Kaufmanns-Schiffe und -Gut zugesendet werde: 100,000 Pfund Käse, 600,000 Pfund Stockfisch, 200 Tonnen Butter, 100 Last Häringe, 10 Last Rüböl, 1 Last Baumöl, 10 Last Laberdan, 1 Last gesalzene Salm, 100 geräucherte Salme, 1000 Schubkarren, 1000 Beile, 2000 Schüppen, 1000 grofholt und 160,000 große Nägel. Wenn es in Köln angekommen ist, weiß ich Rath, es sicher hieher zu bekommen. — Die Stadt Bonn ist eine sehr schöne, große, feste und haltbare Stadt, so gelegen wie nur eine Stadt in Holland gelegen sein mag; von hier kann man diejenigen, so aus Wälschland und Lothringen wollen, genugsam bezwingen und des Prinzen von Parma Wechseln und andere Practiken, die in Köln beschlossen werden, verhindern. So ist es auch ein vornehmer Paß, um deutsches Kriegsvolk in die Niederlande zu bringen und da an diese Stadt nicht wenig und immer so viel als zu diesen Zeiten an Antwerpen gelegen ist, sie auch besser ist als 25 Geldern, darum bitte ich freundlich, Eure Lieben und Gestrengen mögen belieben, die vorbemerkten Schiffe unter guten erfahrenen Schiffskapitainen, vertrauten Kaufleuten und Schiffern mit dem aufgezählten Proviant und andern nöthigen Dingen ohne Verzug hieher zu senden. Wenn die Schiffe mit der Ladung hierorts ankommen, weiß ich hier Geschütz genug zu bekommen, um dieselben zu montiren und bin alsdann des Vorhabens, den Rheinstrom damit hinabzufahren, des Feindes Kriegsschiffe zu nehmen und den Strom mit Gottes Hülfe klar zu machen. — Da ich zur Bewahrung und Besetzung dieser Stadt und auch zur Einnahme anderer Städte 500 Pferde und 2000 Mann zu Fuß werben lasse und zur Annehmung derselben, wie zur Bezahlung der Waffen und des ersten Monatssoldes eine große Summe Geldes nöthig haben werde und da Seine Excellenz (Leycester) mir für den Monat zum Unterhalt von Reitern und Knechten 25,000 Carolus Gulden zugesichert hat, so bitte ich, diese Summe auf 30,000 Carolus Gulden erhöhen und mir alsbald in Rechnung darauf für 3 Monate Sold zusenden zu wollen, wobei ich dann hoffe, mit der Hülfe Gottes mein Kriegsvolk in guter Bezahlung und Ordnung zu halten, damit keine Klagen darüber einlaufen und vor und nach etwas Fruchtbringendes ausgerichtet werde. Ew. Lieben und Gestrengen belieben zu sorgen, daß mir diese Summe zugeschickt werde. — Da auch in dieser Stadt wenig

Pulver vorhanden ist, und die Noth erfordert, dieselbe wie auch
andere Städte, die ich mit Hülfe Gottes einzunehmen hoffe.
mit einem guten Vorrath zu versehen, so ist meine freundliche
Bitte, Ew. Lieben wollen mir einen Wechsel an Kaufleute zu
Köln übersenden, um 100,000 Pfund Pulver zu erhalten. —
Ew. Lieben mögen auch derer von Rheinberg gedenken, damit
dieselben mit Geld und anderer Provision bei Zeiten versehen
werden, indem es mehr als Zeit ist. Die Compagnie von
Gerit de Jong und Kapitain Reckhema, wie auch zwei Compagnien von Groenvelt's Regiment erwarte ich hier mit großem
Verlangen, indem ich wegen Mangels an Kriegsvolk viele
gute Anschläge unterlassen muß. Ew. Lieben hierum nochmals
bittend, in Allem das Beste zu thun, wie ich gänzlich zu Ew.
Lieben und Gestrengen vertraue, so werde ich allzeit bereit und
willig befunden werden, euch sammt und sonders gute Freundschaft zu beweisen, was ich Ew. Lieben mit Empfehlung des
Allmächtigen in guter Meinung nicht vorenthalten will.

Datum Bonn, am 9. Januar 1588 stilo novo.

Ew. Edeln unterthäniger guter Freund

Marten Schenk von Nibbegen, Obrist"[1]).

Indessen waren die Generalstaaten, wie die Staaten von
Holland über diese Nachricht nicht sehr erfreut; einestheils, weil
Bonn so weit von der Hand lag, daß es nicht ohne außer-
ordentlich große Kosten behauptet werden konnte, anderntheils,
weil die Staaten, welche ohnehin genug zu thun hatten, um
sich den siegreichen Spaniern gegenüber zu halten, auf Bonn
keinerlei Recht beanspruchten, es geschähe denn, weil sie dem
Truchseß Beistand versprochen hatten. Dieser aber war ganz
und gar mittellos und nicht im Stande, die geringste Macht
zusammen zu bringen; somit fielen den Staaten sämmtliche
Kosten zu, welche zu tragen sie keine Lust hatten. Dazu hiel-

---

[1]) Gedruckt bei Bor l. c. III, 143.

ten sie es auch nicht für gerathen, die Reichsfürsten durch ein solches Einschreiten zu erbittern [1]).

Aus diesen Gründen leisteten sie Schenk nur geringen Beistand und schickten nur so viel, als sie durch Accord zu schicken verpflichtet waren. Demgemäß hatte Derick Lonck zu Schoonhoven und an andern Stellen viele hundert Malter Hafer; Johann Paull zu Dortrecht etliche Last Roggen und Malz für Schenk gekauft. Auch wurde mit einem Claes Ruysch von Maestricht und einem Finemai von Ruremonde unterhandelt, an Schenk 15,000 Pfund Pulver, 3000 Pfund Lunten, 100 Hellebarden, 100 Schlachtschwerter, 100 Spieße, 200 Corceletten u. a. m. zu liefern [2]).

Ueber Schenk's Stellung der Stadt Cöln gegenüber während dieser Zeit geben die Kölner Rathsprotokolle spärliche Auskunft. — Unterm 1. Januar 1588 stellte er an die Stadt Cöln die Forderung, seine Leute frei aus- und einziehen zu lassen. Nach gepflogener Berathung erwiederte der Rath am 4. Januar: „daß er mit dem Kriegswesen, so sich eine Zeit von Jahren in diesem Erzstift leider verderblich erhalten, gar nichts zu thun und sich weder zur einen noch zur andern Seite geschlagen habe, vielmehr neutral geblieben und noch sei. Derohalb er wohl geduldet hätte, wie er es noch thue, daß seine Mitbürger mit ihren Waaren und Kaufmannschaften zur Vermehrung ihrer Nahrung hinausreisen, kaufen und verkaufen und ihre Handtierung treiben, in Massen Niemand verhindert werde, bei ihnen für seine Nothdurft allerhand Waaren einzukaufen und auszuführen, was er noch zu dulden gemeint sei, vorausgesetzt jedoch, daß die einkommenden Kriegs- und Kaufleute sich ehrbar halten. Gleichwohl sei es Herkommen, daß bei Kriegszeiten die Ordnung beobachtet werde, daß man die Kriegsleute zu einem besondern, dazu bestimmten Thore

---

[1]) Bor l. c. III, 143.
[2]) Bor l. c. III, 236.

einlasse und zwar täglich nur 40, höchstens 50 Personen, die
ihre Waffen am Thore zurücklassen müßten, dieselben bei der
Abreise aber wieder zurückerhielten. Diese alte Ordnung wolle
der Rath auch bei Schenk's Kriegsvolk und Angehörigen halten, dergestalt, daß die hierher Kommenden, wie es Brauch
sei, einen Paß vorzeigen und sich in der Stadt und Herberge
bei Tag und Nachtzeit unverweislich und neutral verhalten,
auf daß Niemand darüber zu klagen habe. Hiergegen ge-
tröstet der Rath sich, daß Schenk seine Mitbürger und Händler,
so unter seine Botmäßigkeit nach Bonn oder anderswohin
kommen werden, in derselben Neutralität schütze und handhabe,
auch sie mit nöthigem Paß versehe. — Schließlich klagt der
Rath, daß in der vergangenen Nacht, wie auch davevor, etliche
von Schenk's Soldaten oben an der Stadt am Rheinstrom
gleich unter der dort bestellten Wache an der Thormauer gekommen seien und auf die Aufforderung, von dannen zu gehen,
fast trotzige Worte gegeben hätten; deßhalb gehe sein dienstliches
Begehren dahin, Schenk möge seinen Soldaten mit gebühren-
dem Ernste anbefehlen, daß dieselben, wenn sie hierher kommen, sich gut verhalten und bei Tag und Nacht der Wache
nicht Ursache geben, in solchem Falle ihre Pflicht zu thun."

Schenk versprach hierauf auch, die Kölner Bürger und
Waaren als neutral passiren und repassiren zu lassen, indessen
hatte der Rath bereits am 1. Februar Veranlassung, über das
Aufhalten von rheinabwärts fahrenden Schiffen zu Bonn
bei Schenk zu klagen. „Wir erinnern uns," so schreibt der
Rath, „daß Ew. Strengen vor diesem unter derselben Hand
und Siegel uns geschrieben, daß nämlich die Schiffe und
Waaren der Kaufleute den Rheinstrom gegen gebührliche Ver-
zollung ungehindert auf- und abpassiren sollen; auf solche
Vertröstung und Zusage unsere Bürger, die wir in gutem Glauben dessen vergewissert haben, desto freier ihre Schiffe und
Güter herabbrachten, nun aber über alle Zuversicht zu ihrem
verderblichen Schaden auf- und angehalten werden; woraus

Ew. Strengen leichtlich ermessen können, zu welchem Miß-
verstand und großer Ungebuld unserer Bürgerschaft dieses Ursache gibt; begehren deshalb die Schiffe und Kaufleute nach
gemachter Zusage nicht länger aufzuhalten."

Schenk erklärte sich nun wohl bereit, die Schiffe passiren
zu lassen, forderte jedoch, daß die Eigenthümer ihm das in
den Schiffen befindliche Korn verkauften. Der Rath fürchtete
indeß, daß die Bewilligung „eine böse Consequenz geben werde,
insonderheit, da er selbst noch ein ansehnliches Korn dabei liegen hatte", und schickte am 8. Februar den Licentiaten Sennep
und Peter von Heymbach an Martin Schenk, „um die Befreiung der fraglichen Schiffe und sonst etliche Befreiung der
Schifffahrt zu fördern." Am 15. Februar statteten die Deputirten vor dem ehrbaren Rath Bericht ab, „wie sie in Bonn
bei Martin Schenk gehandelt"; dieser fiel nicht sonderlich günstig aus und beschloß man, nochmals an Schenk zu schreiben;
weil aber ein Soldat aus Bonn gefangen sei, solle man bei
diesem zuvor genaue Kundschaft einziehen und darnach sich bei
Erlassung des Schreibens verhalten. Schenk hatte gegen sein
Versprechen noch obendrein einen übermäßigen und ungewöhn-
lichen Zoll von den Schiffen verlangt, und dessen Einstellung
zwar versprochen, aber nicht gehalten. Der Rath verlangte
deshalb die Aufrechthaltung der gegebenen Zusage, aber, wie
es scheint, vergebens [1]).

Natürlich hatte Schenk auch den **Truchseß**, welcher sich
damals auf dem Hause Honsterbyck bei Naeltwyck aufhielt,
wie den **Grafen von Neuenar** von dem Geschehenen benachrichtigt und ihre Hülfe in Anspruch genommen. Sie
sollten bei den Staaten ihren Einfluß zu Gunsten Bonn's
geltend machen. Ihre Mühe war vergebens, denn obgleich
Truchseß an verschiedene einflußreiche Personen dieserhalb schrieb

---

[1]) Nach den Rathsprotokollen der Stadt Cöln im Stadt-Archiv
daselbst.

unb ihnen seine Erkenntlichkeit gelobte, so konnte er boch nichts mehr erringen, alß was bereits geschehen war. Schenk war barüber sehr erbittert. Am 28. Februar schrieb er dem Grafen von Neuenar:

„Wolgeborner Graff, gnebiger Herr,

Ew. G. zweivell Ich nicht, werden sich noch zu berichten wissen, waß ich in vorigen meinem schreiben gebetten unb begert hab, nemblich baß Dieselben neben Jrer Curf. Gnaden bie anstellunge unb vorsehung thun wollen, baß mir nicht allein zu besetzunge bieser Statt bie bewuste senbelen knechtz hiehingeschickt, sunbern auch zu erhaltung beren unb anberer Solbaten etzliche Pfennige bei Sr. Exc. unb ben H. Staaten orbenlrt, unb bieser ort per Wechsel ober anbere mitell, mir übergemacht unb zugeschickt werben möchten. Obnunwoll Ich in ber Hoffnung gestanben, man solte meiner in besten eingebenk unb sorberlich ber gemeiner sachen gewesen sein, befinbe Ich in ber thabt, baß sich meiner ober in bieseß gemeinen, heichnottigen werckß wenig babeneben angenhomen wirb, in ansehung mir bie begerte senbelens nicht gefolgt, viellweniger einige mitell von gelbt bestimrt unb zugeorbnet worben sein; **Darburch Ich ban nottrenglich verursacht, auff anbere mitell unb Wege zugebenken, bie ban Jrer Curf. Gnaben unb bem ganzen Ober-Quartier wenig Vortheilß geben unb gebuiren würben.** Will beshalben blenstlich gebetten haben, Nachbem ich Volck unb Gelb haben muß, Ew. G. gefassen wolbt, bie besurberung zu thun helfen, baß alspalbt von Dero G. Reuter, ber ort ankommen sein, mir bie begerte senbelens zugesanbt werben moichten; unb kunten bieselben burch Convoy solcher Ew. G. unb anberer Reuter jenseibt Reinß hoicher uff sicherlich convoyirt werben; zubem auch, baß etzliche Pfenningen burch seiner Exc. unb ben H. Staten hierhin orbinirt unb mir per Wechsel, bieser ort zu empfangen, übergeschrieben werben möchten, bamit allerlei Jnconvenientien unb unrichtigkeiten vermieten werben. Wan aber solches nicht geschehen solte, müste man gedenken, etwas mit Ehren überkommen und wieder mit schanden verlaissen mulssen, denn diese Stadt dermaißen an Vorrhat geschwegt und oedt gemacht, daß die dermegen nicht lang zu halten sein wirdt, und wan es, da Gott vor sei, darzukommen solte, moichte Jch pillig klagen vor Gott und aller Welt, daß ich zum Bedeler geworden wehre und endlich doch nicht mehr dan schandt und unehr davon haben würde.

Jch hatte verhofft gehat, mein Gnedigster Herr, Ew. G. und andere Herrn mehr, würdten dieß werk etwas bei Chur- und -Fürsten unberbamet haben, damit man etwas trostes und heimlichen beistandts bei denen hatte zugewartten gehatt; auch sunsten bei Jrer Maytt. von Engelandtt, Sr. Exc. und der H. Rhetten der Staten befordert haben sollen, daß mir doch innigsinß mit mittel, gelbt oder anders mit Volck wehre assistirt worden. Aber ist nichß darauff gebain, also, daß ich darauß in effectu spüre, daß weder Jre Maytt. Sr. Exc., Jre Churf. G., gemeine Staten und Ew. G. selbst bei mir hilffliches nicht zu thun gedenken, sundern ganß zu verlaißen; Meinende Jch jeßo an bem Ortt zu sein, da ich mein leben laißen und uffgeopffert werden sol, doch der Herr kann mibbelen, beme ich solches bevelhe. — Alß auch Ew. G. dero Reutere und Solbaten, so bießer ortter mit mir gezogen sein, wieder einfordern lassen, gefalle Ew. G. zu vernehmen, daß Jch das Boißvolck noittwendig bießer ortter nicht wegen der besoßung entrathen kan, dan ich deren noch eine anzahll alhie werben laißen, und erwarte die bewuiste senbelens irster tages hie sicherlich, dan das Boißvolck bießer ortter besser als pferde zu unberhalten sein; pitt beshalber das Boißvolck allhie verpleiben zu laißen, angesehen man nicht weiß, waß uns allhie vom fianbt zugemutet werden kan. Eß beklagen sich Haubt- und anbere beveliche Leut auch gemeine Soldaten, so von unden uff kommen sein, daß Jren Weiberen gewoinliche Lenung zuvor enthalten wirbt. in ansehung Jre Männer alhie gewiß beut erlangt hätten; Weil nun mir umb diese gelegenheit bewußt, ist es nicht so gar geschwindt (?), als woll gesagt wirb, dan ist einer ber etwas bekomen, bagegen wieder zehn die nichts erlangt haben; beger beßhalben gleichfalls E. G. beforberen wollen, baß bie solcher anmutunge verschonet unb zu Jrer Lenung wie billich verholfen werden. — Gnebiger Herr, waß Dero Lieutenambt Ew. G: umbstenbiger vorbrengen wirbt, beine wollen E. G. gleich mir selbsten vollen glauben zustellen. — Ew. G. hiemit in schuß unb schirm bes allerhöchsten Gottes zu glückseliger Regierung hiemit empfelen thue. Dat. Bonn ben 28. Febr. 1688.

Ewer guter freunbt

Marten Schnuck von Nybbeggen, Oberster [1]).

Der Ueberbringer bes Schreibens an Neuenar war bessen Lieutenant Bernharb von Hauß, welcher auch in bieser Sache am 1. März an Truchseß geschickt, am 9. März von biesem mit münblichem Bescheib abgefertigt wurde.

Ueber bas zwischen ihnen Verhanbelte erhalten wir in einem Schreiben bes Neuenar an Truchseß vom 26. März (neuen Styls) hinreichenbe Kenntniß. Wir lassen basselbe hier wörtlich folgen:

„Hochwürbigster Churfürst, Gnebigster Herr, Welch gestalt G. Churf. G. auf beß Obrist Martten Schenk verhanbelung unb begeren unb meines Leutenanbts Bernharbt von Hauß berwegen ferner gethan münblichs anbrengenn, beroselben gemuets meynung ettlich maßen gegen Jme eröffnet unb entbecket, hab Jch bießer tagen zu seiner wiberankunft allhie, von Jme nach nottburfft eingenommen. Unb so viel E. Churf. G. begeren anlangt, mich barin zum höchsten beschwert be-

---

[1]) Nach einer Abschrift im Prov.-Archiv zu Düsseldorf.

funden, denn erstlich mir keines Weges gebüren will, deroselben alß Churfürsten und Landtsherrn deß Erzstifts Cöln vorzugreiffen, zu geschweigen, daß E. Churf. G. derselben gelegenheiten und vorhaben auch beßer als mir bekandt sein.

Darrnach wissen Dieselben auch, welch gestalt Ich von meinen Landt und Leuten nichz mehr in meiner macht und gewalt und mich in dißer Landen Dienst und aidtzpflichten begeben, auch die stabt Berck Er. Erc. per modum compromissi in handen gestelt habe. Warum sonder deren vorwissen und willen mir nit verantwortlich fallen will, ich weß in dißer sachen für mich selbst zu thun oder zu handeln. Nicht destoweniger diße Sach und deß Obersten Schenken begeren besto besser zu befürdern, stehet meines einfeltigen erachtens, zu bebenken, ob nach gelegenheit der beiden statten Bonn und Berck rhatsamer sei deß feindts gewaldt ahustundt gewertig zu sein oder aber baß man auß dem Ahnstandt [1]) von so lang Zeit, mehr vortheyl soll verhoffen mögen vor Gewalt deß feindts; wan er ein von solchen beiden örter jetzlg Zeit soll angreiffen, besorge Ich, daß berselbige Keiner nach nottburft soll versehen sein und beßhalben kein ander verlauff und enbe zu gewerten, ban (leyder) mit der Statt Neuß.

Und so vil den Ahnstandt belanget, ob wol die nottürftige Garnisonen etliche maßen mit der Contribution des offenen platten Landes sollen mögen befriedigt werden, so soll boch in acht Monatten Aller vorrhat von Ammunition und Proviandt genßlichen consumirt und inmittels alle frucht, so jetzund uff dem Velbt stehen, eingesamblet, außgebroschen und in die Statt gefueret, auch wiederumb die Winter Saet außgestellet werden, daher unser Kriegsvolk nach verlauff der acht Monatten weder frucht noch Bauren finden solten, geschwiegen, daß der feindt solchen ahnstandt leichtlich und unter allerhandt gesuchten

---

[1]) Ahnstandt soll heißen Waffenstillstand, welcher vorgeschlagen worben war und wovon später die Rebe sein wird.

Schein soll brechen mögen. Nebendessen felbt mir auch be-
benklich vor, ob es rathsamb seye, E. Churf. G. und meine
sach von bißer Landen abzusondern, dieweill Jrer Königl. Mayt.
zu Engelandt Commissary allbereit bey den spanischen ahn-
langt, dann da in bißen Landen darzwischen der Friede solte
getroffen werden, stunde zu besorgen, daß E. Churf. G. neben
mir und den obberürten Staten gantz bloß stehen und von
Niemanden einich hilff sich zu versehen haben und badurch die
Garnisonen in desperation und verlauff gerathen sollen. Auß
welchen und andern bebenklichen ursachen mer, meines erachtens hochnottig sein solte, diße sach den H. Generalen Staten
ahnzugeben und mit gemeinen advis darinne fortzufahren.
Welches E. Churf. G. Ich zur wiederantwurth in unterthenig-
keit also hab ahn melden sollen, dieselbe damit in schütz und
schirm des Almechtigen bevolhendt. Dat. Utrecht den 16.
Marty 1388 stilo vet. [1]).

Des Bernhard von Hüls münbliche Aufträge hatten hiernach lediglich die Abschließung eines Waffenstillstandes
zwischen dem Kölner Erzbischof und Schenk auf 8 Monate zum
Gegenstande. Es wird hier an der Zeit sein, darüber das Nähere mitzutheilen.

Die von der Bonner Garnison verübten Brandschatzungen, welche nicht auf kölnisches Gebiet beschränkt, sondern auch
auf die angrenzenden Jülich- und Bergischen Lande ausgedehnt
wurden, veranlaßten Wilhelm, Herzog von Jülich,
Cleve und Berg[2]) auf das Drängen seiner Ritterschaft
einen Waffenstillstand zwischen dem Erzbischofe Ernst,
oder wie es in den vorliegenden Actenstücken heißt, zwischen
dem Grafen von Jsenburg und dem Domkapitel von Cöln,
einer- und dem Obersten Schenk andererseits, in Vorschlag zu
bringen. Er beauftragte mit den beßfallsigen Verhandlungen

---

[1]) Nach einer Abschrift im Prov.-Archiv zu Düsseldorf.
[2]) Vor l. c. III, 278.

feinen Oberkämmerer Winand von Leerodt, den Otto von Bh-
land, Herrn zu Rheidt und den Licentiaten Andreas Hartsteyn.
Sie schlugen vor, daß alle Streitigkeiten 8 Monate, vom 1.
März bis zum 1. Oktober, ruhen sollen, daß es aber dem
Obersten Schenk auf Grund einer zu Brühl genommenen
Conclusion (über deren Inhalt uns nichts näher bekannt geworden ist), freistehen solle, in den Herrlichkeiten und Dörfern
von Bonn, Godesberg, Rolandseck, Andernach, Ahrweiler und
Albenahr Contributionen zu erheben, welche Orte sich jedoch
mit den Reitern der Bonner Garnison, die die Zahl von 400
nicht überschreiten dürfen, über Lieferung von Heu und Stroh
abfinden können. Alle übrigen Herrlichkeiten und Dörfer des
Erzstifts sollen aber von Schenk während dieses Waffenstill-
stands unbelästigt bleiben. Martin Schenk erklärte sich auch
mit den sonstigen Bedingungen und damit einverstanden, daß
das Ländchen von Kempen von den Contributionen zu befreien sei, dahingegen verlangte er, daß der Rest der Aemter,
Herrlichkeiten und Dörfer, wie auch das Ländchen Drachenfels,
derselben unterworfen würden [1]).

Der Churfürst Ernst von Baiern ging mit Freuden
auf den vorgeschlagenen Waffenstillstand ein; jedoch hatte er
bereits die Hülfe des Alexander von Parma, dem die
Sache der kölner Kirche vorher schon durch den Herzog von
Baiern warm an's Herz gelegt worden war, angerufen und
schickte Ernst deshalb einen Gesandten an ihn, um ihm vorzustellen, wie der Schrecken vor dem Namen Schenk so groß
sei, daß man damit umgehe, einen Waffenstillstand auf einige
Monate zu schließen, wozu man seine, des Parma, Zustimmung
erwarte. Es war die Absicht des Churfürsten, wie Alexander
an Philipp II. schreibt, die Sache zu der des Königs zu machen, damit nicht Schenk, vor den Kölnern durch den Waffenstillstand sicher, nun seine Waffen gegen die Provinzen des

----

Königs wende. Wenn der König aber auf sich die Last des Krieges nehme, so würde er durch seine Macht nach Besiegung des Feindes bald Alles in Ordnung bringen. Diese Absicht wies Parma aber entschieden zurück, dem Gesandten antwortend, daß weder der König noch er einem solchen, eines Kurfürsten unwürdigen Waffenstillstande, der dem Erzstift verderblich sei, je zustimmen würden. In einem in demselben Sinne abgefaßten Briefe an Ernst und dessen Bruder, den Herzog von Baiern, ermahnte er sie, daß sie sich nicht in diese Verträge verwickelten, welche weder dem Könige noch ihnen selbst, sondern nur den Protestanten zuträglich sein würden. Was die königlichen Provinzen anlange, welche hinreichend gegen die Angriffe der Feinde gesichert seien, so hätten diese nicht viel zu fürchten; der König könne aber auf seine eigene Faust die Stadt nicht belagern und in die Grenzen des Kaiserreichs seine Waffen hineintragen, indem dies ohne Beleidigung des Kaisers, ohne große Klagen der deutschen Fürsten nicht gewagt werden könne; es sei dies also nicht von ihm zu erwarten. Er würde jedoch nicht unterlassen, auch fernerhin die Angelegenheit der kölnischen Kirche durch Soldaten und Geld zu unterstützen, mit nicht minderer Sorge und geringerem Aufwande, als wenn er selbst den Bonner Krieg auf sich genommen habe wofern es nur unter dem Namen und in Gegenwart des kölner Kurfürsten geschehe. Obwohl er für jetzt alle belgischen Soldaten, fügt Alexander hinzu, für einen großen und bevorstehenden Feldzug gerüstet habe, so werde er dennoch davon so viele Hülfstruppen an Reitern und Füßern senden, als nöthig seien, um den Fortschritten des Schenk und seinen Befestigungen entgegenzutreten. Unterdessen sei es am Besten, wenn Ernst selbst, da der kölnische Krieg die Ruhe der Religion und des Reiches nahe anging, die Hülfe des Papstes und des Kaisers anrufe, auf daß jener, Sixtus V., so viel Geld sende, als für die Werbung und den Unterhalt auf 3 Monate von wenigstens einem Regimente Deutscher nöthig sei, und daß dieser, Rudolph II., wenn nicht in einer andern Weise so doch wenigstens durch ein kaiserliches Edikt den Schenk und seine Genossen ächte. Parma ermahnte auch zugleich den spanischen Gesandten beim Kaiser, Wilhelm a S. Clemente, daß er auf diese Aechtung bringe und dieselbe beschleunige, da es von großem Gewichte sei, dadurch einige Fürsten Deutschlands von der offenen Vertheidigung Schenk's abzuschrecken und die Waffen des Königs durch den Namen des Kaisers zu ehren. — Desgleichen schrieb Parma an den Gesandten in Rom, den Grafen Olivarius, daß er dem h. Vater den Zustand der kölnischen Kirche vorstellen und von ihm einen Unterstützungsbrief erwirken solle, wodurch der erschütterte und darnieder liegende Muth des Erzbischofs Ernst aufgerichtet werde.

Auch hiermit nicht zufrieden, gab er dem tapferen Blasius Capisuccus Auftrag, mit seiner Schaar Lanciers und 300 Wallonen, in das Bonner Gebiet zu ziehen, um die Schenk'schen an der Plünderung und Verbrennung der Ortschaften zu hindern [1]).

Bereits oben haben wir aus den Verhandlungen zwischen Schenk, Truchseß und dem Grafen von Neuenar die Meinung des Letztern bezüglich des Waffenstillstandes kennen gelernt. Er hatte sie in dem mitgetheilten Schreiben an den Truchseß ausgesprochen und dessen Entscheidung in· dieser Sache verlangt. Truchseß aber antwortete nicht und so mußte der Graf am 28. März stilo antiquo an Schenk schreiben, „daß er biß noch zu ferner von Deroselben keine Antwurdt und Resolution bekommen; worauß Jr leichtlich werdt vermerken können, daß der lange verzug uns mit fuegen nit kan uff und zugemessen werden. Wo die sachen wegen veränderung der Regierung und sonstem in dißen Landen nunmer eine geraume Zeit nit so schwerlich und verhinderlich angelauffen wären, solten wir mit etlichen Assistenz verhoffentlich vor längst bey euch gewe-

---

[1]) Strada l. c. 695.

sen sein, von welchen und dergleichen viel zu schreiben wäre, aber der Feder nit zuvertrauen.“ [1])

Die Frage wegen des Waffenstillstandes war erledigt, nachdem sowohl Parma wie Graf von Neuenar davon abgerathen hatten. Schenk befand sich nun in einer höchst peinlichen Lage, verlassen von seinen Freunden, bedrängt von seinen Feinden, mitten im feindlichen Lande. Noch schlimmer wurde sie, als Parma den Sohn des Herzogs von Aerschot, Carl von Croy, Prinzen von Chimay, mit einem ansehnlichen Heere nach Bonn schickte. Dieser zog im März 1588 mit 6 Benden leichter und ebensoviel schwerer Kavallerie und mit einigen deutschen, wallonischen, lottringischen und italienischen Regimentern, zusammen mit ungefähr 8000 Mann dorthin, belagerte die Stadt und besetzte alle Pässe.

Bor [2]) nennt uns die Führer der spanischen Truppen. Bei der schweren Reiterei führte die Fahne des Herzogs von Aerschot der Herr Desquanes; die des Marquis von Havre der Herr von Courohe; die des Grafen von Reulx der Herr Rolland; die des Grafen Hennin der Herr von Balber, die des Grafen von Bossu der Herr von Plumason und die des Prinzen von Chimay der Herr von Wimly. Die leichte Reiterei stand unter den Rittmeistern Georsio Garsia, Don Juan de Cordua, Don Philippo de Robles, Marquis Bentinole, Conteras und George Basta.

In dieser großen Noth entschloß sich Schenk, persönlich nach England zu gehen und dort die Königin Elisabeth um Hülfe zu bitten.

Dort aber fand er Alles mit Ausrüstung der gegen die spanische Armada zu richtenden Flotte beschäftigt und erlangte nur das Versprechen der Königin, seine Sache bei den Staa-

---

[1]) Abschrift des Schreibens im Prov.-Archiv zu Düsseldorf.
[2]) Bor l. c. III, 278.

ten empfehlen zu wollen [1]). Dies geschah Seitens der Königin mittelst eines Schreibens d. d. Grenwiche am 30. Mai 1588, welches erst am 29. Juni in die Hände der Generalstaaten gelangte [2]). Die Reise Schenk's nach England ist hiernach in den Monat Mai zu setzen.

Schenk ging nun nach S'gravenhage, um mit den Generalstaaten persönlich zu unterhandeln. Er hatte indessen hier einen harten Stand; das Berathen und Beschließen wollte kein Ende nehmen, sobald es sich um Geldausgaben handelte, waren die Herren höchst schwierig. Am 3. Juli wurde der Antrag des Raths von Staaten bei den Generalstaaten vorgebracht, daß wegen des Empfangs des Licents zu Gorkum, zu Blyenbeck, auf der Schanze zu S'gravenweert und anderswo gelegentlich der Anwesenheit Schenk's mit ihm zu unterhandeln sei, wie auch wegen des von Schenk zu unterhaltenden Kriegsvolks und des von ihm zu leistenden Dienstes. — Diese Fragen mußten nothwendig durch die eigenthümliche Stellung Schenk's zur staatischen Sache hervorgerufen werden. — Am 14. Juli wurde ihm von denselben Generalstaaten erklärt, „daß man nichts lieber sähe, als Alles thun zu können, was in Sachen des Oberquartiers und des Entsatzes von Bonn möglich sei, aber daß dieses nun schlecht angehe, indem man alle Soldaten hoch nöthig bereit halten müsse zum Widerstand des 40,000 Mann stark in Flandern einrückenden Feindes." Am 23. Juli erscheint er nochmals vor den Generalstaaten, „um endlich eine Resolution zu erhalten, ob die Stadt Bonn entsetzt werden soll oder nicht, wobei er vorschlug, die rebellischen Soldaten zu Gertruydenberg und noch einige Compagnien Reiter dazu verwenden zu wollen." Es wurde beschlossen, diese Sache brieflich dem Grafen von Nassau zu empfehlen [3]).

---

[1]) Bor l. c. III, 144. Strada l. c. 702.
[2]) Resol. der Generalstaaten von 1588.
[3]) Desgl.

Nunmehr ging Schenk wieder nach Bonn zurück, von wo er bald nach seiner Ankunft den Herrn von Dort und den Kapitain Willem Hendrix nach S'gravenhage abordnete, um dort über den Stand der Dinge zu referiren und wiederholt um Entsatz zu bitten [1]).

Die Belagerung der Stadt Bonn hatte unterdessen noch zu keinem Resultate geführt; ebenso wenig aber konnten die durch den Gouverneur Freiherrn Otto von Putlitz geleiteten Ausfälle der enge eingeschlossenen Stadt Vortheile erringen.

Die Belagerer hatten übrigens durch den Tod des tapfern Obristen Johann Baptist Taxis einen herben Verlust zu beklagen. Er wurde bei Besichtigung eines feindlichen Werkes aus einem Hinterhalt durch den Kopf geschossen und am 26. April zu Cöln mit großem Pomp im Beisein des päpstlichen Nuntius im Kloster der Minderbrüder vor dem Hochaltar begraben [2]).

Die Verhandlungen in S'gravenhage hatten endlich doch zu einem Resultate geführt.

Am 10. August nämlich wurde von den Generalstaaten resolvirt: „daß der Oberste Schenk Abstand thun soll [3]) von dem Empfang der Convoys und Licenten, welche ihm mittelst Accord zugestanden wurden auf dem Rhein, der Maas und Waal zum Unterhalt der Garnisonen von Rheinberg, S'gravenweert und Blyenbeck . . . . ., an wessen Stelle die Staaten diese Garnisonen bis zu 11—1200 Soldaten und 150 Reiter unterhalten und bezahlen wie andere Garnisonen, auch dieselben Plätze mit Lebensmitteln und Munition versehen und zudem anordnen, daß die Garnison von Wachtendonk aus den Contributionen dieses Quartiers unterhalten werden. Item daß die vom Rathe die Staaten von Holland ersuchen sollen, die

---

[1]) Resol. der Generalstaaten von 1588.

[2]) Vor l. c. III, 278. Kölner Rathsprotokoll von 1588, 25. April im Stadtarchiv zu Köln.

[3]) Schenk thut dieses mit Act vom 26. August 1588.

Summe von 14,000 Gulden zur Bezahlung von einem Monatssold für ungefähr 1100 Soldaten in S'gravenweert,
Blyenbeck und Rheinberg, für Tractament der Obersten und
der andern Offiziere aufzunehmen, wogegen ihnen die vorgenannten Einkünfte von Maas, Waal und Rhein verbunden
werden. Zuletzt, daß dem Obersten Schenk belobt und zugesagt
werden solle, daß die Generalstaaten ihm bei seiner Wiederkunft
vom Entsatze von Bonn oder bei seinem Tode der Wittwe oder
Erben alles das bezahlen werden, was sie ihm im ersten Accord gelobt und noch nicht bezahlt haben" [1]).

Zugleich aber (10. August) beschließen die Generalstaaten
und ertheilen darüber Act, daß sie, da Gebhard Truchseß und
Martin Schenk des Vorhabens sind, Rheinberg und Bonn zu
entsetzen, an Hans Casimir Pfalzgrafen bei Rhein
als Unterstützung wegen der dabei gehabten Kosten nach dem
Entsatze Bonn's die Summe von 25,000 Ponden zahlen
wollen [2]).

Martin Schenk war nämlich früher schon mit dem
Pfalzgrafen wegen einer ihm zu leistenden Hülfe in Unterhandlung getreten und deshalb persönlich zur Pfalz gegangen.
Hans Casimir ließ sich auch bereit finden, zum Entsatze von
Bonn sowohl Truppen als Lebensmittel und Munition zu liefern, wofür die Generalstaaten ihm die oben angegebene Summe
von 25,000 Ponden zusichern mußten. Die Generalstaaten
aber wie der Pfalzgraf erhielten hinwiederum von Martin
Schenk das schriftliche Gelöbniß, binnen drei Monaten nach
dem Entsatze Bonn's aus den dort zu erhebenden Contributionen und Einkünften die genannte Summe zurückzuzahlen [3]).

Martin Schenk eilte nun nach Bonn, das immer enger
eingeschlossen worden war und bereits die am rechten Rheinufer

---

[1]) Resol. der Generalstaaten von 1588.
[2]) Orig. im R. A. zu S'gravenhage.
[3]) Die Orig.-Urkunde datirt vom 10. August 1588, ebendort.

errichtete Beueler Schanze verloren hatte. Parma hatte neue
Verstärkungen unter Claubius Barlotta und Georg
Basta hingesandt und der Prinz von Chimay mit ihrer
Hülfe neue Werke errichtet. Schenk wartete auf den Zuzug
der pfälzischen Hülfstruppen, um den Einlaß in die Stadt zu
erzwingen. Doch wurde er auch hier wieder getäuscht, indem
weniger Truppen anlangten, als er erwartet hatte. Er faßte
nun, von Zorn und Sorge bewegt, den Entschluß, Neuß sofort zu belagern, damit er das Belagerungsheer vor Bonn
theile und währendbeß diese Stadt entsetze. Indessen
gelang ihm diese List nicht, da der Prinz von Chimay,
welcher in Bezug auf Neuß beruhigt war, ruhig vor Bonn
verblieb.

Als nun auch noch Peter Ernst Graf von Mansfeld mit seinen Soldaten vor Bonn anlangte, verlor Martin
Schenk die Hoffnung, Bonn länger zu behaupten, gänzlich und
schrieb an Putlitz, er möge sich nur auf eine gute Weise ergeben. So schloß nach sechsmonatlicher, muthig ausgehaltener
Belagerung, am 28. (29.) September 1588, Otto Freiherr
von Putlitz die Kapitulation ab. Die Besatzung durfte mit
den Waffen und der Bagage frei nach Rheinberg und
Wachtenbonk abziehen, wohin sie „eine gute Beute, die sie
allum geraubt hatten,“ mitnahmen [1]).

Graf von Mansfeld rückte nun mit 1000 Reitern
und 6000 Fußgängern vor Wachtenbonk. Schenk hatte
dort sein, 150 Mann starkes Fähnlein Reiter und circa 300
Fußknechte gesammelt. Auch war die Stadt mit Lebensmitteln
und Pulver gut versehen, nur fehlten lange Gewehre. Mansfeld forderte gleich nach seiner Ankunft die Stadt zur Uebergabe
auf; doch die Besatzung antwortete, sie hätte Mittel, sich wie
ehrlichen Soldaten gebühre, zu vertheidigen und keinen andern
Befehl, als die Stadt gut zu bewahren; diesem wollten sie

---

[1]) Bor l. c. III, 328. Straba l. c. 702 f. f.

treu nachkommen. Mansfeld schloß nun die Stadt enge ein, baute mehrere hohe Schanzen und bepflanzte sie mit Geschütz. Von hier aus beschoß er dann die Stadt und richtete darin großen Schaden an: auch das Feldthor wurde stark beschädigt. Die Belagerten vertheidigten sich indessen tapfer, berichteten aber über ihre Lage an Schenk, Nachricht verlangend, ob Mittel vorhanden seien, die Stadt zu entsetzen. Schenk antwortete am 27. Oktober, „sie sollten, wie frommen und guten Kriegs-leuten zukäme, vertrauen, daß er die Stadt entsetze; er habe dazu schon Alles bereit, gute Soldaten beisammen und erwarte nur noch ferneren Beistand von den Staaten".

Bor hat diesen Brief gesehen, wegen Wasserflecken aber zum Theil nicht lesen können. Derselbe schloß: „datum in myner Schanse op der Voren" und hatte von Schenk's Hand geschrie-ben folgende Nachschrift: „Ihr möcht euch fest hierauf verlassen, daß ich meinen Fleiß nicht sparen werde, um euch zu helfen".

Unterdessen beschoß Mansfeld mit seinen zwei Geschützen und vier Ballen die Stadt so gewaltig, daß die Bewohner in die Keller flüchten mußten und keine Gegenwehr möglich war. Trotzdem hielt sich die Besatzung noch zwei Monate, wo sie durch das Wachen und Arbeiten ermüdet, dem sich kund ge-benden Unwillen der Bürger nachgaben und kapitulirten. Sie hatte auch bereits ihre Munition verschossen und jede Hoffnung auf Entsatz aufgegeben, da Schenk nicht in der Lage war, sein Wort einzulösen. Am 20. Dezember zog die Garnison, die Reiter mit ihren Pferden, die Fußknechte mit Seitengewehre, alle mit ihrer Bagage ab. Mansfeld rückte in die Stadt, stellte Ordnung her und zog, nachdem er eine Garnison zurück-gelassen, mit dem Reste in das Jülich'sche Land, wo er Winter-quartier bezog [1]).

Martin Schenk hatte nach der Einnahme Bonn's, im höchsten Grade erbittert über die dort erlittene Niederlage und,

---

[1]) Bor l. c. III, 343.

wie man glaubt, getäuscht in seinen Erwartungen auf die Gouverneurstelle von Gertruydenberg oder auf die Unterstatt-halterschaft des Grafen von Neuenar, nur daran gedacht, sich zu rächen und scheute nicht, in ganz eigenmächtiger Weise Be-sitz von staatischen Plätzen zu nehmen, dort Schanzen zu bauen, überhaupt der Sache der Staatischen feindlich entgegen zu treten. Zwar hatte Schenk schon seit lange auf eigene Faust, nur seinen Vortheil im Auge, gewirthschaftet, durch seine zwar kühnen, aber wenig nußbringenden Züge den Staaten sogar ge-schadet und ihnen dadurch eine Verlegenheit nach der andern bereitet; so offen feindselig wie jetzt war er jedoch noch nicht verfahren. Bisher hatte er wenigstens treue Ergebenheit gegen die Staaten zur Schau getragen, nunmehr fiel die Maske und es zeigte sich, daß ihre Sache ihm wenig, sein Vortheil und sein Nutzen ihm sehr am Herzen lag.

Wie wir aus dem an die Garnison von Wachtendonk gerichteten Antwortschreiben ersehen haben, befand sich S ch e n k am 27. Oktober in seiner Schanze o p d e r V o o r e n (V o o r n). Das kleine Eiland Voorn liegt an der obern Spize des Bommeler Werths unweit Barich, da wo Maas und Waal durch einen Canal verbunden sind [1]). Leicht konnte er von hier aus beide Ströme beherrschen, was bei der Wichtigkeit der Wasserstraßen für die damalige Kriegführung von großer Bedeutung war. — Zugleich auch beabsichtigte er das am Rheine gelegene Haus Wyck zu Duerstede zu besetzen, um auch Herr des Rheines zu werden.

Natürlich brachte dieses Beginnen die Generalstaaten in nicht geringe Bewegung, und beschloß der Rath von Staaten am 4. November 1588, die sofortige Schleifung der Schanze zu beantragen und weiter am 1. Dezember „nach reiflicher Deliberation in Betreff der durch den Obersten Schenk aus

---

eigener Autorität und gegen den Willen der Obrigkeit auf-
geschlagenen Schanze," daß die neulich aus Bergen angekommenen Compagnien zu dieser Schanze hingeführt werden sollen,
daß demnach die dort liegenden Kapitaine und Kriegsleute
aufzufordern seien, die Schanze zu verlassen, indem dieses Fort
gegen den Willen der Obrigkeit errichtet und gehalten werde
und daß, wenn sie sich nicht fügen wollten, alsdann mit den
genannten Compagnien gegen die Schanze Gewalt und wenn
nöthig Geschütz gebraucht werde. Es wurde mit Ausführung
des Beschlusses der Graf Mauritz von Nassau beauftragt, auf
seine Bitte aber, damit es nicht scheine, daß es von ihm allein
ausgehe, die Herren Loosen und Valke ihm beigegeben [1]).

Nichtsbestoweniger aber wünschten die Staaten, die guten
Beziehungen zu Schenk wieder herzustellen und sandten daher
den Herrn von Meynerswick ab, um mit ihm zu unterhandeln.
Am 19. Dezember erstattete derselbe über das Resultat seiner
Sendung im Rathe von Staaten Bericht. Er erklärte, „daß
er Schenk sehr allerirt gefunden durch böse Geister, die ihm
eingeredet hätten, daß man suche seiner Person etwas Böses
anthun zu wollen", daß er ihn aber auf einen bessern Fuß
gebracht und vermocht habe, zum Entsatz von Wachtendonk
das Seinige zu thun. Er habe noch einen Anschlag vor und
wolle dann entweder selbst (nach dem Haag) kommen oder
Vollmacht schicken, um mit den Staaten zu verhandeln oder
seinen Abschied zu nehmen und alle Contracte zurückzuliefern.
Auch begehre er die Zurückgabe und Räumung seines Hauses
Blyenbeck, das er nebst S'gravenweert neutral zu halten gedenke. Der Herr von Meynerswyck erklärte ferner, daß er
Alles aufgeboten habe, Schenk von dieser Neutralität, die ihm
vom Herzog von Cleve, von der Rechenkammer und vom
Drosten von Wachtendonk eingeredet worden, abzubringen. Er

---

[1]) Resol. des Raths von Staaten von 1588.

erſucht ſchließlich, daß Alles gethan werden möge, um den Oberſten zufrieden zu ſtellen [1]).

Der von Schenk in Ausſicht geſtellte Anſchlag galt der
Stadt N y m w e g e n , deren Einnahme ſeinem Anſehen wieder
aufhelfen, ſeiner Macht einen neuen Boden ſchaffen ſollte. Er
hatte mit zweien aus der Stadt gewichenen Bürgern, die mit
zwei andern in der Stadt Befindlichen im Einverſtändniſſe
waren, unterhandelt, daß ſie an einer Stelle die Stadtmauer
untergraben und mit Pulver ſprengen ſollten. Er wollte dann
an zwei andern Stellen einen Scheinangriff bewerkſtelligen und
die Soldaten und Bürger dorthin locken, währenddeß aber an
der geſprengten Stelle eindringen und die Beſatzung überrumpeln.

Der Anſchlag mißlang aber wiederum, da Schenk das
hierzu beſtimmte Volk nicht erhielt und da in der beſtimmten
Nacht das Waſſer der Waal ſo hoch ſtieg, daß es unmöglich
war, die Soldaten in die Nähe der Stadt zu bringen [2]).

Um dieſelbe Zeit erſchien S c h e n k mit ſeinen Soldaten,
die man Pfauhähne (Pouwhanen) nannte, im Kulkſchen Lande,
durchzog plündernd Bormeer, und raubte Venray und Horſt,
welche die Contributionen verweigert hatten, aus [3]).

S c h e n k begab ſich nun nach S'gravenweert, von wo er
in Betreff der nöthigen Verproviantirung von R h e i n b e r g
am 7. Januar 1589 an den Rath des Fürſtenthums Geldern
ſchrieb, daß es nicht nöthig ſei, den für Rheinberg beſtimmten
Vorrath zu Waſſer dorthin zu bringen, da er hoffe, mit einigen
Kaufleuten von Xanten wegen Lieferung von Proviant gegen
Austauſch anderer Waaren zu unterhandeln. Sodann antwortete er auf ein Schreiben deſſelben Rathes, worin er gebeten
worden war, jetzt dem Vaterlande mit ſeinem Dienſte beizu-

---

[1]) Reſol. des Raths von Staaten von 1588.
[2]) Bor l. c. III, 380.
[3]) Dulje l. c. 103.

stehen, wie er bisher gethan hatte: „daß dieses bei ihm nie gefehlt habe; da aber die Staaten für seinen treu geleisteten Dienst ihn so ungetreu behandelt hätten, so sei er entschlossen, aus demselben zu scheiden, sich eine Zeitlang zum Pfalzgrafen (Johann Casimir) zu begeben und in Frankreich und Ungarn gebrauchen zu lassen. Wenn ihm da das Glück günstiger sei, so verhoffe er, daß weder hohe noch niedere Stände oder Personen ihm den Schritt übel nehmen würden, indem dies dem Vaterlande wieder zu Gute komme; er halte sich für einen freien Deutschen und für keinen Engländer, den man zum Dienste zwingen könne, wie geschieht. Und man solle nicht hören von ihm, daß wenn er aus dem Dienste mit Ehre entlassen sei, so eilig wie Isselstein gethan habe, mit den Feinden sich verbinden oder in deren Länder aus- und eingehen werde, obgleich dieser bei den Staaten sein Glück geholt, er hingegen nur Schaden und Unglück gehabt habe, was Alles er ihnen als Antwort nicht verhehlen wolle. Was den Feind betreffe, so habe sich derselbe im Jülich'schen Lande und im Lande von Kessel zerstreut; zu Venray lagere die Reiterei des Herrn von der Horst, 100 Mann stark; zu Sevenum 87 italienische Fußsoldaten; alles armes Volk, das leicht zu schlagen sei, wenn man nur Soldaten bei der Hand hätte. Das lottringische Regiment habe noch zwei Tage zuvor 500 Mann stark im Amte Crikenbeck gelegen [1].)

Die hier ausgesprochenen Drohungen wußte er bei einer sich grade darbietenden Gelegenheit noch fühlbarer zu machen.

Die Verproviantirung der Stadt Rheinberg war dringend erforderlich; sie machte aber den Staaten viel Mühe und Arbeit, zumal die Jahreszeit einem solchen Geschäfte eben nicht günstig war. Nach langen Berathungen waren die Staaten

---

[1] Bor l. c. III, 379.

enblich eins geworden, den Grafen von Neuenar und den Feldmarschall von Villers, die sich mit Schenk vereinigen sollten, nach Rheinberg zu senden. Die Genannten zogen mit einem Theile ihrer Reiter und Fußknechte ihrem Bestimmungsorte zu. In Arnheim angekommen, entboten sie Schenk zu sich, um mit ihm zu berathen, wie am Besten Rheinberg zu verproviantiren sei. Schenk aber kam nicht; er erklärte, wegen eines andern Vorhabens nicht kommen zu können.

Die Staatsräthe, welche mit in Arnheim waren, baten nun den Grafen von Neuenar nach Zevenar zu gehen und Schenk einzuladen, dorthin zu kommen. Die Briefe verzögerten sich, doch ließ Schenk seine Bereitwilligkeit, in Zevenar zu erscheinen, erklären. Er ging auch hin[1]). Hier nun wurde mit Schenk verhandelt und vertragen, daß er noch drei Monate den Staaten dienen solle, welcher Vertrag die Genehmigung der Generalstaaten in allen Punkten erhielt[2]). Das Nähere darüber ist nicht bekannt. Zugleich aber wurde dort die Art und Weise der Verproviantirung von Rheinberg berathen und beschlossen, auf verschiedenen Wegen dorthin zu ziehen. Am 28. Januar 1589 begann Schenk damit, die zum Transport der Lebensmittel nöthigen Karren einzufordern, was, trotzdem Schenk die früher gebrauchten Wagen bezahlte, so wenig gelingen wollte, daß nur 25—30 Karren gestellt wurden. Nun ließ man 32 Wagen von Utrecht kommen, die nebst den andern mit Proviant beladen wurden. Außerdem wurden 160 Mann von der leichten Kavallerie gewählt, von welchen jeder ein Malter Roggen zu sich aufs Pferd nehmen mußte. Unter starker Bedeckung zogen diese nun langsam und vorsichtig vorwärts. Schenk, den Weg kennend und mit den Lokalitäten genau bekannt, nahm sobann mit 200 Mann Fußsoldaten An-

---

[1]) Bor l. c. III, 382.

[2]) Resol. des Raths von Staaten von 1589.

gesichts des Feindes einen Paß, Baert genannt, ein, schlug daselbst in aller Eile eine von den Spaniern abgeworfene Brücke auf und obschon die Spanier Widerstand versuchten, konnten sie doch nicht verhindern, daß die Staatischen mit ihrem Proviant glücklich nach Rheinberg kamen. Sie verloren auf dem ganzen Zug nicht mehr als 3 oder 4 Pferde und zogen sofort wieder ab.

Die Herren von Villers und von Olden-Barnefeld theilten am 1. Februar dem Statthalter Grafen von Nassau alle Umstände dieses so glücklich ausgeführten Unternehmens mit, die hierbei bewiesene große Klugheit, Thätigkeit und den Fleiß des Obersten Schenk preisend, indem sie bekannten, daß ohne Schenk nichts ausgerichtet worden wäre [1]).

Rothbürftig war somit das Einvernehmen mit Schenk wieder hergestellt, doch fehlte es auch ferner nicht an Reibungen; nunmehr war es der Graf von Reuenar, welcher sich durch die dem Schenk gemachten Concessionen beschwert fühlte. Man hatte diesem nämlich gestattet, die Garnisonen von Gelderland zu einem beabsichtigten Zuge um ein Drittel oder ein Viertel zu lichten, ohne davon dem Grafen vorher eine Mittheilung zu machen. Während der Graf sich nun über diese Verletzung seiner Autorität als Statthalter von Gelderland beklagte, laufen andererseits von Schenk Klagen ein, daß er an verschiedenen Anschlägen durch den Grafen verhindert worden sei [2]).

Es geht aus diesen Verhältnissen klar hervor, wie unzureichend die damalige Kriegführung war; schon war es ein großer Uebelstand, daß die Bestimmung der Kriegsoperationen in Händen der Generalstaaten lag, welche meistens aus Männern bestanden, die mehr dem Handelsstande, als dem des Krieges angehörten. Großer Zeitverlust war die natürliche Folge eines solchen Systems. Auch der Umstand, daß die General-

---

[1]) Bor l. c. III, 382.

[2]) Resol. der Generalstaaten 1589.

staaten einzelnen Führern direct besondere Aufträge zu Opera-
tionen ertheilten, wodurch die Uebereinstimmung im Handeln
verloren ging, war der Grund, daß mancher Plan scheiterte und
zum Nachtheil des Staates ausfiel.

Zwischen solchen Klagen und Anklagen vergingen die
ersten Monate des Jahres 1589, ohne daß etwas Ordentliches
zur Vertheidigung des Landes geschah. Die Spanier gewan-
nen daneben immer mehr Boden, bereits war das ganze Oberquartier bis auf das Haus Blyenbeck in ihren Händen.
Dieses hielten die Staatischen noch immer besetzt; von hier
aus zwangen sie nach wie vor die Bewohner von Boxmeer,
Contributionen zu zahlen und an den Wällen von Blyenbeck
zu arbeiten, wie sie auch die Schifffahrt auf der Maas unsicher,
ja fast unmöglich machten. Auf das Verlangen der Städte
Venlo, Nymwegen und Grave, gewiß aber auch auf das Drängen des rechtmäßigen Herrn von Blyenbeck Caspar von
der Lippe genannt Hoen, ging der Marquis von
Vararibon, Gouverneur von Gelderland, welcher in Abwesenheit des kranken Herzogs von Parma das Commando
führte, an die Belagerung von Blyenbeck.

Es geschah dies Ende April. Schenk war zur selben
Zeit nach S'gravenhaage gegangen, um dort mit den Generalstaaten über sein längeres Verbleiben in ihrem Dienste zu
verhandeln. Er forderte und erhielt zu der Reise einen Geleitsbrief, welchen wir hier um deswillen mittheilen, weil er
beweist, wie sehr seine Stellung sich verändert hatte, und wie
wenig er den Generalstaaten mehr traute. Derselbe wurde am
18. April ausgestellt und lautet wie folgt:

„Wir Generalstaaten, Rath von Staaten der vereinigten
Niederlande und Staaten der Grafschaft Holland, geloben mit
diesem freie Sicherheit dem edeln gestrengen Merten Schink
van Nybegen, Ritter, Herrn von Afferden und Blyenbeck, Kurfürstlich Kölnischen Feldmarschall, Obersten ꝛc. um nach Holland
zu kommen und allhier mit uns seine Sachen und Anderes,

des Landes Dienste betreffend, abzuhandeln und darnach, so es ihm gutdünkt, frei und frank wieder zurück zu kehren, und nehmen seine Person wie die Personen von seinem Gefolge und auch seine Bagage in unsere Beschirmung und Sauvegarde gegen alle diejenigen, die demselben an Person, Gütern und Gefolge etwas anhaben wollen. Alles ohne Arg und List haben wir des zur Urkunde dieses durch unsern Secretarius in unserm Namen unterzeichnen lassen" [1]).

Dort angekommen gab er sofort, 5. Mai, den Staaten Nachricht von der Belagerung des Hauses Blyenbeck. Dasselbe sei zu Lande von 700 Mann und zu Wasser von 7 Kriegsschiffen eingeschlossen und ständen zur Beschießung 6 Stück Geschütze bereit. Er bat um Soldaten und Kriegsschiffe, das Haus zu entsetzen. — Hiervon aber wollten die Staaten für's erste nichts wissen; zuvor sollte des Schenk Dienstverhältniß geordnet werden. Dieses geschah mittelst Vertrag vom 12. resp. 16. Mai. Es erklärten die Generalstaaten und der Rath von Staaten in demselben, daß es ihnen sehr lieb und angenehm sei, wenn Schenk sich ferner im Dienste des Landes gebrauchen lassen wolle unter dem gewöhnlichen Eide. Es sollen die zwischen ihnen von Zeit zu Zeit geschlossenen Verträge aufrecht erhalten, und wegen Schenk's Einnahme und Ausgabe gehörig abgerechnet werden [2]). Es wurde bestimmt, daß die Schanze zu S'gravenweert und das Haus Blyenbeck auf Kosten des Landes Besatzungen erhalten sollen, die vom Lande in Eid und Pflicht zu nehmen seien. Schenk wie die Befehlshaber und Soldaten auf S'gravenweert und Blyenbeck sollten weder Licent, Zölle und andere Lasten, noch auch Brandschatzungen, Contributionen u. s. w. auf dem platten Lande in der Nähe der beiden Plätze erheben.

---

[1]) Resol. der Generalstaaten von 1589.

[2]) Schenk's vorgelegte Rechnung wies in Einnahme 854,765 Pfund 18 Schilling, in Ausgabe 1,131,974 Pfund nach.

In diese, seine Zügellosigkeit fesselnden Vertragsbestimmun-
gen stimmte Schenk ein, jedoch behielt er sich vor, für einige
Zeit aus dem Dienste austreten zu dürfen, wenn er vom Pfalzgrafen Hans Casimir dazu aufgefordert würde [1]).

Mit dem Pfalzgrafen scheint also Schenk vorher nähere
Verabredungen getroffen zu haben [2]).

Wiederum verflossen 7 Tage, bevor ihm der Auftrag, das
nöthige Volk und Geld zum Entsatze von Blyenbeck und
zur Verproviantirung von Rheinberg gegeben wurden. Am
23. Mai erschien Schenk vor dem Rath von Staaten; es wurden ihm hier die nöthigen Weisungen ertheilt und die Liste
der zu verwendenden Mannschaft und des nöthigen Proviants
vorgelesen; dann aber von ihm der in dem obigen Vertrage
erwähnte Eid abgenommen, welchen er indessen nicht mündlich
leistete, sondern nur unterschrieb, indem dies sein und Anderer
seines Landes Gebrauch sei. Der Eid lautet:

„Ich gelobe und schwöre, den Generalstaaten der vereinigten, niederländischen Provinzen, die gegenwärtig sind und
bleiben bei der Union und reformirten, christlichen Religion,
hold und treu zu sein, denselben und dem Rath von Staaten
der genannten Lande getreu zu dienen und zu gehorsamen und
weiter, mich zu ihrem Dienste gebrauchen zu lassen, wo es
ihnen belieben soll, gegen alle ihre und der genannten Lande
Feinde, in allen Plätzen es sei zu Felde, in Städten oder
Festungen, zu Wasser und zu Lande, also die Zeiten und Sachen es erheischen; der wahren, christlichen Religion vorzustehen
und weiter Alles zu thun, was einem frommen und getreuen
Obersten zusteht, was er schuldig ist und was sich gehört
zu thun. Alles nach dem Accord, welcher zwischen den
vorgenannten Herren Generalstaaten und Räthen von Staaten
zu einer- und mir zu anderer Seite am 12. und 16. dieses
Monats gemacht worden. So helfe mir Gott!“ [2])

---

[1]) Resol. der Generalstaaten von 1589.
[2]) Resol. des Raths von Staaten von 1589.

Nun wurde ihm hinreichende Mannschaft zum Entsatze von Blyenbeck gegeben und die Admiralität ersucht, ein von Schenk zu Dordrecht zum Kriege ausgerüstetes Schiff mit einem Kapitain und 11 Bootsgesellen zu bemannen und Schenk, der es mit Soldaten versehen werde, zuzuführen.

Erst am 3. Juni beurlaubte sich Schenk von den Staaten und zog mit seinen Soldaten ab[1]).

Blyenbeck war unterdessen von dem Marquis von Varambon enge eingeschlossen worden. Er hatte dort 14 Fähnlein Hochburgunder, 10 Fahnen Waalen und Deutsche von Marquis von Renty; Italiener, welche bisher im Lande Kessel gelegen; 2 Fahnen Schotten unter dem Obersten Patton, demselben, der Geldern verrathen; 1 Fahne Reiter unter Conte Appio, eine Compagnie Harquebusiers zu Pferde, die Garde des Herzogs von Parma, die Compagnie von Geldern und von Brake und 8 halbe Kartaunen zusammengezogen.

Er schlug sein Lager auf jener hügeligen Heide auf, welche sich jetzt von der Blyenbecker Mühle nach dem sogenannten Rhympelt hinzieht und von Blyenbeck aus hinter dem Boßhof belegen ist, daher diese Hügel bis auf den heutigen Tag den Namen „die Legerberg" (Lagerberge) führen.

Es wurden rundum Blyenbeck Wälle errichtet, dieselben mit Geschütz bepflanzt und die Burg am Freitag und Samstag den 19. und 20. Mai bombardirt, wobei 1000 Schüsse gefallen sein sollen und 2 Geschütze sprangen. Doch blieb dies ohne Erfolg; die Burg war von Schenk zu stark befestigt, als daß ein solches Bombardement ihr hätte schaden können. Die Schäden, welche die Mauern erlitten, wurden sofort mit Erde ausgefüllt.

Varambon ging nun an die Erstürmung von Blyenbeck, die der Oberst Alexander del Monte von einem Erdaufwurf, die Katze genannt, aus, mit seinem Geschütze decken sollte.

---

[1]) Resol. des Raths von Staaten von 1589.

Während nun der tapfere Ingenieur Platto bemüht ist, eine aus Fässern bereitete Sturmbrücke über den Burggraben zu schlagen, machte die Besaßung unter persönlicher Anführung des Commandanten einen plötzlichen Angriff, wobei von beiden Seiten mit gleich großer Tapferkeit gekämpft wurde. Die Blyenbecker mußten zuleßt, nachdem sie ihren Commandanten verloren hatten, mit großem Verlust zurückweichen, doch nicht ohne von den Belagerern Viele getödtet zu haben. Besonders empfindlich war für die Spanier der Verlust des Ingenieurs Platto, der von drei Kugeln getroffen fiel. — Unter den Hauptleuten der Besaßung war nach dem Tode des Gouverneurs Zwietracht ausgebrochen. Der Fähnrich mit dem größten Theil der Mannschaft war gesonnen, sich bis zum Aeußersten zu halten und den Entsaß abzuwarten; dahingegen wollte die Minderheit sich ergeben und kapituliren. Sie drang auch wirklich mit ihrer Ansicht durch, obschon noch in der Nacht das Feuerzeichen des herannahenden Entsaßes gesehen wurde.

Am 25. Juni Mittags nach zweimonatlicher Belagerung überlieferten sie Blyenbeck dem Marquis von Barambon; sie durften mit den Waffen und der Bagage frei abziehen und mußten nur ihre Fahnen zurücklassen.

Unter den Todten in Blyenbeck fand man eine Frauensperson, die mit vielen Wunden bedeckt war und mehrere Narben im Gesichte hatte. Sie hatte mit männlichem Muthe — Allen unbekannt — verschiedene Ausfälle mitgemacht [1]).

Der durch die Feuerzeichen angekündigte Entsaß war allerdings nahe. Schenk war mit seinen Soldaten am Morgen des Tages, wo die Besaßung sich ergeben hatte, an Cleve rechts vorbei marschirt und somit ganz nahe an Blyenbeck heran gekommen. Er kam indessen zu spät, um die Uebergabe des Schlosses zu verhindern: Blyenbeck war für ihn verloren.

---

[1]) Bor l. c. III, 443. v. Meteren l. c. 299 a. Straba l. c. 744. Le Clerc l. c. 350. Slichtenhorst l. c. 63.

In der That ein herber Schlag für Schenk, denn für die Erhaltung des Besitzes hatte derselbe seine Thatkraft, sein Wirken,
ja seine ganze Existenz eingesetzt, seine Herren wiederholt ver-
tauscht, den Glauben seiner Väter verlassen.

Nunmehr ging er sofort an die Ausführung des zweiten
Theils seines ihm gegebenen Auftrages, an die Verproviantirung von Rheinberg. Zu diesem Behuf vereinigte er sich
mit dem Obersten Junker Albert Clant, welcher sich mit seinen
Reitern auf Rees warf, woselbst er sich verschanzte.

Die Spanier hatten sich unterdessen vor Rheinberg durch
Hinzuziehung von Soldaten aus den benachbarten Garnisonen
und durch die Belagerungstruppen von Blyenbeck verstärkt
und griffen ungesäumt den Feind in der Schanze von Rees
an. Wie der Rath von Staaten am 27. Juli den Generalstaaten mittheilte, „dauerte der Kampf von 10 Uhr Morgens
bis 4 Uhr Nachmittags und behaupteten die Staatischen endlich das Feld, wobei die Spanier viele der ihrigen, wohl an
1000 Todte und Verwundete verloren, während die staatischen
Truppen nur 50 Todte, darunter Niemand von Ansehen, als
nur den Rittmeister Wolf und ungefähr 120—130 Verwundete zählten." Die Spanier zogen sich auf Kloster Camp
zurück. — Schenk war dabei nicht müßiger Zuschauer; er
hatte alle Mühe angewandt, um seinen Zweck, die Verproviantirung von Rheinberg, zu erreichen. Jedoch fehlte es auch
diesmal wieder an Geld. Die Soldaten murrten, daß sie
neben dem vielen Wachen und Reiten immerfort arbeiten und
schanzen müßten, während sie doch keine Schanzer, sondern
Krieger seien und zudem ihren Sold nicht erhielten. Schenk
ließ am 22. Juli durch den Proviantmeister van der Does die
Staaten um Geld bitten, erhielt jedoch die einfache Antwort:
„daß die Lage des Staates nicht länger erlaube, daß das
beste Kriegsvolk in fremdem Lande sich aufhalte, während im
eigenen Lande der Feind immer mehr Boden gewinne und
ersuche daher, Schenk möge sein Vorhaben auf Rheinberg nicht

länger aufschieben, sondern so schnell als möglich zu Ende führen, zumal da die Lebensmittel und Munition bei der Hand seien." Schenk kam diesem gemessenen Befehle nach. Er ging mit seiner gesammten Reiterei und den ausgelesensten Soldaten, nach Bor mit 400 Soldaten und 100 Matrosen, die er von den Schiffen nahm, auf fremden Wegen und großen Umwegen an Rees vorbei nach Wesel an die Lippe. Hier vertrieb er den Feind, überschritt die Lippe, nahm die dort liegenden Schiffe, versah sie theils mit Proviant und schickte sie nach Rheinberg, wo sie glücklich ankamen; theils benutzte er sie zur Ueberfahrt über den Rhein, um der Stadt noch weitere Unterstützung zuzuführen.

Auf diese Weise versah er Rheinberg mit uugefähr 200 Müdd Korn und anderen Lebensmitteln. Die Spanier, über diesen Streich nicht wenig ärgerlich, wollten nun wenigstens dem Schenk das Wiederübersetzen über den Rhein unmöglich machen. Sie rückten mit ihrer ganzen Macht vor, kamen aber zu spät, indem Schenk sich schon frühe genug hinüber gemacht hatte. Ohne auch nur einen Menschen verloren zu haben, gelangte Schenk in der Schanze von Rees an, die er noch mehr befestigte. Zugleich legte er eine zweite Schanze an der Seite von Rees an [1]).

Kurze Zeit nachher erhielt Schenk durch seine Spione Nachricht, daß Marquis von Barambon an Verdugo nach Driesland eine Summe Geldes unter Bedeckung von 7 Fahnen Fußvolk und 3 Fahnen Reiter senden wolle. Er eilte nun sofort, sich dieses Convoys zu bemächtigen. Hören wir ihn darüber selber. Er schreibt am 9. August vom Lager von Rees aus an den Rath von Staaten:

„Ew. L. soll ich unter Danksagung Gottes als fröhliche

---

[1]) Bor l. c. III, 458, 459. Originalschreiben des Raths von Staaten an die Generalstaaten im R. A. zu S'gravenhaage. — Rheinberg kapitulirte mit Graf Mansfeld am 30. Januar 1590.

Botschaft nicht verschweigen, daß, nachdem ich in Erfahrung gebracht, wie der Feind 3 Fahnen Reiter und des Verräthers Patton Regiment mit 7 Fahnen nach Overyssel und Vriesland beordert hatte, welche zu Kaisersworth übersetzten, ich mich mit einigem Kriegsvolk allhier aufgemacht und nachgezogen bin und daß ich ihn im Stift von Münster, nahe bei Hallern, in der Nähe eines Dorfes und Schlosses, Ostendorp genannt, angetroffen habe, allwo ich sofort auf ihn losstürmte, so daß all das Kriegsvolk auf der Wahlstätte todt blieb. Der Verräther Patton ist allein in der Flucht davon gekommen (wie man sagt), obgleich ich es nicht glaube, indem zwei seiner Brüder mit seinem Obristlieutenant, seine Hauptleute und alle Befehlshaber todt geschlagen sind und Niemand davon gefangen, ausgenommen sein Fähnrich und noch ein anderer Fähnrich, welche beide Edelleute sind, die noch nicht lange unter ihm gedient haben; ich habe also die Fähnlein alle sieben bekommen. Was die drei Fähnlein Reiter angeht, so meinten sie sich in der Flucht zu salviren: ich habe aber dermaßen auf sie angesetzt, daß nur 40 Pferde mit einem Cornet davon gekommen sind, und habe die zwei Fahnen auch bekommen. Es sind auf der Wahlstätte bei 1000 todt liegen geblieben und von meinem Volk nicht einer; einzig drei von den Unsrigen sind so verwundet worden, daß sie davon starben.

Das Kriegsvolk hat gute Beute an Silberwerk, goldenen Ketten und Geld bekommen, desgleichen auch eine gute Anzahl Gefangene gemacht, darunter einen Kapitain, Contraire genannt, welchem die Kavallerie anbefohlen war. Zu diesem Haufen sollte Blankenmeyer mit 1500 Mann noch stoßen, er hat sich jedoch verspätet und wird sich nun fortan der Feind in Overyssel und Vriesland so leicht nicht stärken können"[1]).

---

[1] Original im R. A. zu S'gravenhaage. Vor l. c. III, 459. Röchells münster'sche Chronik Cap. V. in Dr. Joh. Janssen's Geschichtsquellen des Bisthums Münster. III. Band S. 103.

Nach diesem furchtbar mörderischen Kampfe rüstete sich Schenk zu seinem letzten Zuge, der ihm das Leben kosten sollte. Nymwegen war das Ziel seiner jahrlangen Wünsche; alle seine Anschläge waren vor dieser Stadt noch immer zu Schanden geworden, keine List wollte ihm hier gelingen, selbst die Elemente widersetzten sich ihm hier. Doch Schenk war nicht der Mann, den Hindernisse aufhalten, entmuthigen konnten, vielmehr stachelten sie seinen Muth erst recht auf. Hier trieb ihn zudem sein durch Nymwegen so mannigfach verletzter Ehrgeiz, das Aeußerste zu wagen. Er glaubte auch diesmal ganz bestimmt, Nymwegen in seine Gewalt zu bekommen, denn lange vorher und mit der größten Vorsicht hatte er alles Nöthige dazu vorbereitet. In aller Eile fuhr er auf dem Rheine an Emmerich vorbei zur Schenkenschanze, vereinigte sich mit dem hier commandirenden Baron von Putliß, welcher die Reiterei auf dem Landwege nach Nymwegen führen sollte, nahm seine Soldaten und Geschütze in die Schiffe und fuhr am Donnerstag den 10. August Abends mit 20 großen und kleinen Schiffen und 50 Ponten auf der Waal auf Nymwegen zu. Es war seine Absicht, dort vor Tagesanbruch zu landen, die Besaßung zu überrumpeln und die Stadt so in seine Gewalt zu bringen. Doch auch diesmal waren die Elemente seinem Unternehmen entgegen. Der Wind war nämlich so stille, das Wasser so hoch, daß er nur langsam vorwärts kommen konnte, dazu die Nacht so dunkel, daß kaum die nächsten Schiffe sichtbar waren. Der Tag dämmerte bereits, als die Ponten, welche durch rudern vorwärts gebracht werden konnten, an dem Mayen Thore landeten. Schenk war auf einer der ersten derselben; kampfbegierig stieg er sofort, ohne auf die Andern zu warten, an's Land, hoffend, daß diese ihm inzwischen folgen würden. Sofort ordnete er seinen Anschlag und sprengte mit zweien eigens dazu gemachten, schweren Balken das St. Antonius-Thor. Er drang nun mit den Seinigen in die Stadt, ließ die eisernen Fenster-Stäbe eines Hauses am Markte wegbrechen, beſetzte das Haus und glaubte nun des Marktes ſich bemächtigen zu können. Zu gleicher Zeit eröffneten die unter- deſſen angekommenen Schiffe das Beſchießen der Stadt. Die Bürger, durch den furchtbaren Lärm auf die Beine gebracht, waren bald bewaffnet auf dem Platze und begannen das ein- genommene Haus wieder zu beſtürmen. Sie holten auch Ge- ſchütze herbei, beſchoſſen das Haus, und drangen dann in daſſelbe ein und trieben die Schenk'ſchen hinaus. Die inmit- telſt angelangten Schenk'ſchen Reiter verſuchten vergebens, das Heſſel'ſche Thor zu erbrechen: es war zu ſpät am Tage und wurden ſie mit Schüſſen und Steinwürfen zurück getrieben. — Schenk und die Seinigen konnten ſich in der Stadt nicht mehr halten, in größter Unordnung flüchteten ſie in die Schiffe; jeder wollte der Erſte ſein und ſo ſanken mehrere Schiffe. Die nicht ſchwimmen konnten, ertranken.

Schenk mit einem ſchweren, „ſchußfreien" Harniſch be- kleidet, ſprang in ein überladenes Schiff; es ſank und Schenk, deſſen ſchwere Rüſtung das Schwimmen unmöglich machte, ertrank elendig.

Einige Schiffe trieben ¼ Meile ſtromabwärts und landeten bei Doſterholt, wo ſie Schenk vermißten. — Eine große Ponte wurde durch den Strom an S. Hubrechts Thurm getrieben, wo ſie nicht wegkommen konnte; die Mannſchaft wurde theils mit Steinen todt geworfen, theils ertrank ſie. Vier andere Schiffe mußten ruhig dem Spiele zuſehen, ohne helfen zu kön- nen. Zwei geriethen in die Hände der Feinde.

Mit Schenk blieben hier noch 250, nach Andern 600 ſeiner Leute [1]).

Die Nymweger fiſchten mit andern auch Schenk's Leich- nam, den ſie an's Land brachten und an ſeiner reichen Kleidung und ſeinen vielen Wunden erkannten. Man ſchnitt ihm als

---

[1]) Bor l. c. III, 459. v. Meteren l. c. 301 a. Wagenar l. c. Straba l. c. 747.

Hochverräther das Haupt vom Rumpfe und steckte es zum war-
nenden Exempel auf das Antonis Thor; der Körper wurde in
vier Theile getheilt, die man an verschiedenen Stellen in der
Nähe der Thore mit Ketten, welche theilweise noch im Rath-
hause zu Nymwegen aufbewahrt werden [1]), an halben Galgen
aufhängte. Sein Harnisch wurde in die Rathskammer gebracht
und dort zum ewigen Gedächtniß aufbewahrt [2]). Jedoch ließ
Marquis von Varambon 8 Tage später das Haupt und die
übrigen Körpertheile abnehmen, in einen Sarg legen und diesen
„bis zur nähern Nachricht" in dem Kronenburger Wallthurme
beisetzen, wo er bis zum feierlichen Begräbniß stehen blieb [3]).

____

[1]) Diese Kette ist mit folgender Inschrift versehen: Aan dese Ketting, die gemetseld was in den boog van de Burgpoert naar de zyde
van de Burgstraet is volgens overleveringe een gedeelte van het lichaem
van Marten Schenck opgehangen geworden, na dat hy in 1589 voor
deze Stad was verdronken by de nitaluckte pooging tot overromppe-
ling van desdre. Ingevolge Resolutie van Heeren Burgemeester en
Wethouderen der Stad in dato 12. July 1826 is dese Ketting alhier
geplaatst, zynde gezegde poort krachtens Raads Resolutie van den 8.
April 1826 afgebroken.

[2]) Byvoegsel tot de Annales en Chronyck van Nymegen uyt
den Rekenboeken en Guidesdagsboeken p. 42: 1589 den 11. Augusti.
De persoon van Marten Schenck doet binnen dese Stad gebracht
synde, is geordoneert dat syn harnas in de Raitcamer sal gebragt
worden om aldaer te bewaeren in perpetuam rei memoriam; en dat
het lichaem sal werden gequartiert, en de quartieren aen de poorten
der Stadt gestelt, en van den aenslag en van de victorie, die Gott
dese Stadt op huyden verleent heeft, particulierlick ende in het lange
te schryven aen de Hoicheid van den Hertog van Parma. En is den
Portier van der Hoenderpoorte toegefuegt VI gulden eyns om de
tydenghe ain de Heeren gebrocht te hebben van de dood van Schenck.

[3]) Bor l. c. III. p. 460. Byvoegsel tot de Annales etc. p. 42.
den 19. Augusti heeft de Statholder dezer Provincie een Erb. Rait
doin verzoeken, dat die Quartieren van de poorten mitsgaders het
Hooft van Marten Schenck van S. Anthonis poort mogte afgenomen,
en in een kiste bewaert werden tot voirder advys waer inne de Raed
geconsenteert heeft.

So elendig und unrühmlich endigte also der gefürchtete Kriegsoberste Martin Schenk von Nideggen! Er, der unzähligen Gefahren getrotzt, der so oft dem Tode muthig ins Auge geschaut, dessen mit Narben bedeckter Leib Beweise seiner unbändigen Tapferkeit an sich trug, er sollte flüchtend seinen Tod in den Wellen der Waal finden[1]). Und zwar sollte er diesen unkriegerischen, schmählichen Tod finden vor Nymwegen, daß er zu demüthigen geschworen! Sollte man hierin nicht die Hand Gottes erblicken? — Schenk war der eifrigste Anhänger des abtrünnigen Erzbischofs Gebhard Truchseß; er hat — wie Adlzreiter sagt — dem Erzbischofe Ernst von Baiern mehr zu thun gemacht, als der Truchseß selbst und der Graf von Neuenar zu thun vermochten. Und auch Graf von Neuenar fand noch im selben Jahre am 7. Oktober, also nicht 2 Monate später, einen ähnlichen elenden und unrühmlichen Tod zu Arnheim[2]).

Die Sache der Staaten verlor an Schenk nicht viel. Sein Wirken war für sie bisher nicht nur resultatlos geblieben, es hatte ihr sogar oft geschadet. Seine Stellung war daher auch eine völlig unhaltbare geworden; er wurde bei jedem Schritte mit Argwohn beobachtet, hatte alles Vertrauen verloren, sicher wäre es früher oder später doch zum Bruche gekommen, wenn nicht der Tod ihn weggerafft hätte.

Gebhard Truchseß hingegen verlor an ihm den letzten

---

[1]) G. Baudart sagt in seinem „les Guerres de Nassau", wo er Schenk's Tod meldet: „Ein Krieger, der aus so vielen Schlachten und Treffen entschlüpft, kam hier elendig durch Wasser um. Wie er gelebt hat, so ist er gestorben, ohne Kreuz', ohne Licht, ohne Gott!" Den letzten Satz gibt Baudart in klassischem Latein: „Ut vixit, ita morixit sine crux, sine lux, sine Deus!"

[2]) Als der Graf im Zeughaus zu Arnheim eine Besichtigung abhielt, fiel ein Funke in ein Pulverfaß, das explodirte. Mit vielen Andern verbrannte der Graf am ganzen Leibe so gräßlich, daß er nach einigen Tagen starb.

und kräftigsten Kämpfer für seine schlechte Sache, die in eigener Person zu vertheidigen, er nicht den Muth besessen zu haben scheint. Die Nachricht von dem Tode Schenk's gelangte Ende August zu ihm nach Strasburg, woselbst er die ihm übrig gebliebene Domdekanei-Pfründe genoß. Von hier aus schrieb er am 27. August alten Styls (6. September) an den Agenten Schenk's Heynrich Feckens [1]) folgendermaßen:

„Wy hebben met groot leedwesen verstaen den onvall met onse gewesen Veldmarschalk Martyn Schencken von Blyenbeeck, Ribberen, ende oock die barbariteyt zoo die van Nimeggen aen den boode cörper begaen hebben, maer het moet des almogende als oock alles heimgestellt worden, ende verlangt ons daerop te weeten, wat voer aenstellinge in onse stadt Berck oick inde Schanse Gravenwerdt geschiet, we noch meer met hem naemhaft doodt gebleven ende of die Heere von Potliz noch in leven u. s. w. [2])

Schenk hatte seiner Frau Maria von Gelre eine ungeheure Schuldenmasse hinterlassen; ein Verzeichniß zählt die im Dienste des Landes 1588 und 1589 gemachten Schulden auf 10,189 Pfund 8 Schilling, während sich die Privatschulden nach demselben Verzeichniß auf 50,500 Pfund belaufen. Um die letztern zu bezahlen, mußte sie, wie sie angibt, für 9000 Pfund Juwelen und Kleinodien verkaufen, desgleichen die Pferde und Anderes [3]). Kein Wunder daher, daß sie, wie gesagt wird, nunmehr in Armuth leben mußte. Uebrigens scheinen die Staaten sich ihrer angenommen und für sie gesorgt zu haben.

Im Oktober 1591 war die Stadt Nymegen durch Moriz

---

[1]) Feckens trat 1587 auf die Empfehlung des Moriz von Nassau hin bei Schenk als Agent oder Commissair in Dienst. Nachrichten darüber im R. A. zu S'gravenhaage.

[2]) Orig. Brief im R. A. zu S'gravenhaage. Gebhard Truchseß starb zu Straesburg am 21. Mai 1601.

[3]) Orig. Verzeichnisse im R. A. zu S'gravenhaage.

von Naſſau wirklich eingenommen worden. Die Wittwe Schenk's beeilte ſich nun, ihrem Manne ein ehrliches Begräbniß zu verschaffen und schrieb dieserhalb an die Generalstaaten. Dieſe verordneten am 23. Oktober, „dat men deselve requeste sal senden aen der raede van staten ende haer te versuecken, dat zy het voors. lichaem by den eenen ofte andern wegen wel ter eerden willen doen brengen ende begrauen in de kerck van Nymegen voor den hoogen autaer aldaer, daermede de voorscr. mishandelinge soe veel mogelyck van der werelt verschont ende gerepareert mag worden ten contentemente van de voors. monstrante ende van desselfs ouersten nagelatene bloetsverwanten, vrunden ende andere geinteresseerden." [1])

In Folge deſſen wurde denn auch ſogleich der Leichnam mit großen Feierlichkeiten nach Kriegsgebrauch unter dem Geleite des Prinzen Moriz von Naſſau, des Adels, der Offiziere und Hauptleute in der St. Stephans Kirche vor dem Hochaltar in dem altehrwürdigen Grabe der Herzoge von Geldern begraben, eine Ehre, die nicht Schenk und eine Entweihung, die wahrlich nicht die Gruft verdiente [2]).

Viertes Kapitel.

Charakter Schenk's.

Wollen wir über die Perſönlichkeit, den Charakter des Martin Schenk etwas Näheres erfahren, ſo müſſen wir uns nothwendigerweiſe an diejenigen ſeiner Zeitgenoſſen wenden, welche von ſeinen Thaten berichten und ihrer Stellung nach wohl im Stande ſind, darüber Auskunft zu ertheilen. Zwar werden ſie je nach ihrem Partheistandpunkte ein mehr oder

---

[1]) Reſol. der Generalstaaten von 1591.
[2]) Bor l. c. III, 577. v. Meteren l. c. 301 a.

minder günstiges Urtheil über ihn abgeben, jedoch wird sich aus der Zusammenstellung derselben leicht die Wahrheit herausfinden lassen. — Wir wählen aus der Zahl der Schriftsteller der staatischen Parthei zwei entschiedene Anhänger derselben: Emanuel van Meteren und Paul Bor, um ihnen zwei aus gegnerischem Lager: Adlzreiter und Famian Straba S. J. bei zugesellen.

van Meteren[1]) urtheilt in folgender Weise über ihn:

„Er war (bei seinem Tode) noch jung an Jahren; streng und ausdauernd; im Kriege aufgewachsen; groß in Anschlägen und in Ausführung derselben; schnell, vernünftig, stolz und über alle Maßen tapfer und rasch in seinen Anschlägen. Wenn seine Feinde glaubten, daß er, von getrunkenem Weine berauscht, schlief, so war er schon auf ihren Mauern oder vor ihren Thoren. Er war freigebig und deßhalb von seinen Soldaten geliebt. Seine Feinde sagen ihm nach, er könne wohl Städte und Pläße einnehmen, aber nicht halten: doch das vermindert seine Klugheit und Ehre nicht, da er weder König noch Fürst, sondern ein einfacher Edelmann war und seinen Herren dies anbefohlen sein ließ. Da er hochmüthig, eigensinnig und rauh war, so konnte er oftmals schlecht mit den Staaten überein kommen, indessen zuletzt fügte er sich in Allem.“

Aehnlich spricht sich Paul Bor[2]) über ihn aus:

„Er war sehr stolz und unverzagt und sorgte, daß seine Feinde ihn fürchteten, seine Soldaten aber ihn liebten, da er gegen Leßtere sehr freigebig war. Er hatte unter seinen Leuten große Autorität und hielt sie in großer Abhängigkeit von sich. Er wurde von dem Grafen von Leycester im Namen der Königin von England zum Ritter geschlagen, war auch persönlich bei der Königin in England, wie auch bei vielen anderen Her-

---

[1]) l. c. p. 301 a.
[2]) l. c. III p. 460.

ren und Fürsten; aber er war etwas rübe, weil im Kriege
aufgewachsen. Er war sehr scharf von Verstand in Sachen des
Krieges. Was seine Religion betrifft, so ist wenig hiervon zu
sagen (!), da er sich hierum am wenigsten kümmerte. — In
seinen Anschlägen war er sehr klug und rasch; wenn seine
Feinde glaubten, er schliefe, so praktizirte er und führte seine
Praktiken mit Fertigkeit und Eile aus. Summa er ist ein
vollkommener Kriegsmann gewesen, wie er wohl bewiesen hat
in Einnahme von Städten, Kastellen und Schanzen und im
Aufbauen von Schanzen an wichtigen Plätzen zur Vertheidigung
des Landes, dabei aber eigensinnig, jähzornig und hochmüthig."

In kurzen, kräftigen Zügen zeichnet ihn Adlzreiter [1]:

„ . . . . . Dies war also das Ende des so wilden Mannes,
des Mannes von wankelmüthiger und unbeständiger Treue, der
die Waffen nie besser handhabte, als wenn er durch vieles
Saufen von Sinnen war, nie verschwiegener in Geheimnissen
war, als bei den Pokalen; des Lachens völlig unkundig, wild-
begierig nach Blutvergießen und Beute und eben deßhalb den
Soldaten theuer. Mühen ertrug er bis zum Wahnsinn, ge-
wöhnt daran, wenn die Sache es erforderte, Tag und Nacht
auf dem Pferde zu hängen, auf dem Pferde zu schlafen, auf
dem Pferde Speise zu nehmen und gleichsam auf dem Pferde
zu wohnen."

Famian Straba [2] endlich vollendet das Bild:

„Ein wunderbar kriegerischer und wilder Mensch, der in
den Unglücksfällen das Schicksal noch mehr herausforderte, so
daß seine Laster ihm ganz und gar zu dienen schienen. Trotz
seiner Verwegenheit hatte er oft Glück, zuweilen verwandelte
es sich in Ruhm. Die Waffen handhabte er niemals sicherer
als wenn er übermäßig trunken und durch den Wein von Sinnen war; ja man erzählt sogar, daß er selbst durch die Trunken-

---

[1] Annal. Boj. p. 314.
[2] l. c. p. 749.

heit, welche sonst alles Verborgene zu offenbaren und auf-
zudecken pflegt, zur Verheimlichung der Geheimnisse geführt
worden sei. Zu seinem finstern Geiste, vermöge welchem er
niemals gelacht haben soll, fügte er zuweilen einen so großen
Zorn, daß er die Soldaten dann wie Sclaven schlug und
durchbohrte, und dennoch war selten ein Anderer den Seinigen
theurer, da er sie nämlich unaufhörlich mit Hoffnung auf
Beute nährte und wahrhaft reichlich beschenkte. Durch Er-
tragung von Mühseligkeiten war er bewunderungswürdig; wo
entweder die Nothwendigkeit zwang oder die Hoffnung lockte,
pflegte er auf dem Pferde Tag und Nacht zuzubringen, auf
dem Pferde zu speisen, auf dem Pferde zu schlafen und gänzlich zu wohnen. Uebrigens haftete an ihm die Schmach eines
öftern Treubruches; von der königlichen Parthei zur staatischen,
von dieser wiederum zum königlichen Lager, und nachdem er
dieses abermals verlassen und in die Kriegsdienste des Truchseß
getreten, zuletzt sich wieder zu den Staatischen wendend, war
er keiner Parthei sehr angenehm, da Niemand den flüchtigen
Menschen als den Seinigen, außer nur für wenige Tage ansehen konnte, indem man ihn gleichsam nicht beim Fuße, sondern bei einer Feder festhielt. Sein Angesicht behielt noch nach
seinem Tode die Wildheit und drohende Miene und flößte da
noch Schrecken ein."

Fassen wir nun schließlich diese Schilderungen zusammen,
so dürfen wir Schenk als einen religionslosen, rohen, ja grau-
samen Krieger bezeichnen, der das Waffenhandwerk um des
Krieges selbst Willen und als Geschäft betrieb, um seinen
Beutel zu füllen. Allerdings war er ein tapferer Soldat voll
Ausdauer und Hartnäckigkeit, aber ihm fehlte das, was den
Soldaten am meisten adelt: eine edle, hochherzige Gesinnung,
die allerdings nur in dem Bewußtsein wurzeln kann, daß man
für eine gute Sache kämpfe.

Dieses Bewußtsein aber mangelte ihm gänzlich; aus
niedrigen, eigennützigen Gründen hatte er dreimal seine Fahne

gewechselt, schließlich sogar der schlechten Sache des Truchseß gedient, und in derselben Weise suchte er bei allen seinen Kriegsunternehmungen immer seinen eigenen Vortheil; Raub- und Plünderungszüge waren daher auch seine stärksten und liebsten Unternehmungen.

Im Uebrigen war seine kriegerische Tüchtigkeit nicht der Art, daß er auf größere Auszeichnung rechnen durfte. Seine bedeutenderen Kriegsthaten, wie die Eroberung von Werle und Bonn zeugen zwar für eine außerordentliche Kühnheit, Ausdauer und Schnelligkeit seiner Bewegungen, sie liefern aber auch den Beweis, daß sein Blick nicht über die nächsten Tage hinaus reichte, daß ihm jene Klugheit fehlte, die kommende Gefahren im Voraus berechnet und die einem Feldherrn nie mangeln darf, wenn wir sonst nicht annehmen wollen, daß diese Züge nur allein der lockenden Beute wegen unternommen worden sind. Beide Plätze mußte er daher bald wieder zum großen Schaden der Sache, für die er diente, aufgeben.

Unübertroffen war Schenk hingegen in zweckmäßiger Anlage von Befestigungen aller Art, in Ausführung kühner und gefährlicher Anschläge. Durch die Erbauung der Schenken-schanze hat er sich selber ein Denkmal gesetzt; ähnliche Anlagen sind in seiner Geschichte mehrfach erwähnt worden, wo auch Beweise für seine Tüchtigkeit bei kühnen und gefährlichen An-schlägen zu finden sind. Große Schlauheit und Schnelligkeit halfen ihm hierbei am Meisten. In Betreff der ersteren Eigen-schaft erzählt man sich noch heute, daß er einmal seinen Pferden die Hufeisen verkehrt habe anschlagen lassen, um den Feind irre zu leiten. — Für seine Raschheit spricht sein Wahlspruch: „Hodie, cras nihil!“ den eins seiner Bildnisse [1]) trägt.

***

[1]) Dieses sehr seltene in Kupfer gestochene Porträt des Martin Schenk ist im Besitze des Herrn J. J. Merlo zu Cöln. — Zwei sehr schöne in Oel gemalte Portraits von Schenk (siehe Titelblatt) und seiner Frau hingen früher in der Kirche zu Schenkenschanze und befinden sich jetzt auf dem Schlosse Wlyenbeck.

Richtig, wenn auch in etwas harter Weise wird Martin Schenk von einem niederländischen unbekannten Dichter in einer lateinischen Grabschrift[1]) beurtheilt, welche wir nach der „Kronyk von het Historisch Geselschap te Utrecht 1848" hier in der Originalschrift und in einer genialen deutschen Uebersetzung folgen lassen, welche Letztere wir einem hochverehrten Manne verdanken, der zu unserm Bedauern ungenannt bleiben will.

Epitaphium Martini Schenckii.

Qui Neomagenses voluit vi perdere cives,
    Schinckius, est liquidis agglomeratus aquis,
Restinxitque sitim, calidi qui plena cruoris
    Pocula sitiuit: nunc jacet et satur est.
Urbe fugit pulsus, fugientem clare Vahalis
    Suscipis, armorum pondere pressus obit.
Non periit solus, sed cum duce magna virorum
    Turba ruit, Stygio non reditura lacu.
Inferni viuus furys agitatus et oestro
    Discurrit, rapitur quo fuit ante loco.
Non potuit certa nec in una sede môrari,
    Exuperans zephyros mobilitate leues
Post obitum sors est eadem (res mira relatu:)
    Atque datur prima conditione frui.

---

[1]) Herr Tadama von Zütphen, dem wir dieses Epitaphium verdanken, theilt mit, daß dasselbe auf einem losen Blatte Papier von der Hand des Hendrik Ruter oder Rupter, welcher in den J. 1580—1590, wie auch von 1593—1600 als Secretair der Stadt Zütphen vorkommt, geschrieben sei. Diesem glaubt er indessen aus verschiedenen Gründen die Authorschaft nicht zuschreiben zu können und hält dafür, daß er als Freund der Dichtkunst alle Gedichte, die ihm zu Händen gekommen, abgeschrieben habe. Jedenfalls constatirt aber, daß der Dichter ein Zeitgenosse Schenk's gewesen, was dem Gedichte natürlich einen besondern Werth verleiht. Tadama spricht die Vermuthung aus, daß vielleicht Darius der Dichter sein könne.

Ut redit ad naves profugus, descendit in aluum
   Fluminis: Hicne putes posse latere diu?
Non latuit, nec dum foedo de corpore sordes
   Ablutae fuerant, non riguere pedes,
Euomit hunc, quem vix absorpserat ante, Vahalis
   Mundauit fluctus hac ratione suos.
Direptis spolys nudatum Terra cadauer
   Excipit, infoelix hicque manere nequit.
Horret ob innumeras caedes, flammasque vorantes
   Omnia, sacrilegae furta nefando manus.
Concurrit populus, currunt juuenesque, senesque
   Hostem deuictum quemque videre juuat.
Nec mora, terra lubens quod habebat inutile pondus
   Offert, indignum, quod tegeretur humo.
Abripitur, soluit poenas, caput abstulit ensis,
   In quatuor truncum frustra secure secant.
Qua fuit ingressus Neomagum porta cruento
   Hastili infixum gaudet habere caput,
Pendentes alias de pinnis moenia partes
   Monstrant: Hicne diu posse latere putes?
Aër tabificam pestem tolerare recusat,
   Corrumpi dira contagione timet.
Porta caput reddit, reddunt et cetera membra
   Moenia, quae nigro sanguine tincta madent.
Isti, quem renuunt tria dicta elementa tenere,
   In medys flammis anne futura quies?
Nescio, vix ausim impurum committere corpus
   Igni, judicio stetque cadatque Dei.
Ille locum tribuet certum justusque rependet
   Iudex pro meritis proemia digna suis.

Grabschrift des Martin Schenk.

Der die Nymeger gewaltsam gestrebt in Verberben zu stürzen,
   Schenk — verschlungen hat ihn strubelnder Wasser Gewalt.

Und er stillte den Durst; der dürstete, Becher zu leeren,
   Becher voll warmen Bluts, liegt nun gestreckt und ist satt.
Ihn verjagte die Stadt, er floh; Du, gepriesene Waal, nahmst
   Auf den Flüchtling; ihn zog nieder der Waffen Gewicht.
Doch nicht versank er allein; den Führer begleiteten starke
   Rotten, die nie mehr zurückkehren vom stygischen See.
Stets wie getrieben von Wuth, wie gepeitscht von Furien der
               Hölle,
   Rannt' er im Leben umher, stürmend bann hier und
               bann bort,
Niemals konnt' er beharrlich an Einem Plaße verweilen,
   Ungestüm, wild, rastlos, schweifend im Fluge des Winds.
Nach dem Tode (gar wundersam klingt die Geschichte dem
               Ohre)
   Traf ihn dasselbe Geschick, trieb ihn umher wie zuvor.
Als er nun floh zu den Schiffen zurück, da sank in des
               Stromes
   Tief' er hinab. Kann dort lange verborgen er sein?
Nein, nicht lange; noch war vom scheußlichen Körper der
               Schmuß nicht
   Abgespült, noch nicht waren die Füß' ihm erstarrt,
Als ihn die Waal, die kaum verschlungen ihn hatte, schon
               ausspie
   Und so reinigte balb wieder die eigene Fluth.
Ohne Rüstung und nackt liegt nun am Ufer der Leichnam;
   Doch der Unselige kann hier auch nicht lange mehr ruh'n.
Ob des vergossenen Bluts und der Alles verheerenden Flammen,
   Heiligthumsschändung, des Raub's bebt noch und schaudert
               das Land.
Da rennt Alles zusammen, es laufen die Kinder, die Greise;
   Jeder will schauen den Feind, wie er am Boden da liegt.
Aber die Erde, sie mag nicht tragen die Last und dem Frevler,
   Der kein Begräbniß verdient, will sie nicht öffnen den
               Schooß.

Fortschleppt ihn das rächende Volk und schlägt ihm das Haupt ab
  Mit dem Schwert, und in vier Theile zerhaut ihn das Beil.
Dann steht über dem Thor Nymegen auf blutigem Schafte
  Aufgepflanzet das Haupt, sieht es mit Lust und mit
    Grauen,
Und an die Zinnen der Mauer gehängt die übrigen Stücke.
  Meint ihr, es werde wohl hier lange verharren der Leib?
Eben so wenig; es will den Modergeruch, die Verwesung
  Nicht ertragen die Luft, fürchtend Ansteckung und Pest.
Und es verschwindet vom Thore das Haupt und die übrigen
    Glieder
  Von den Mauern, die noch triefen von schwärzlichem Blut.
Drei Elemente verstießen nun schon den Leichnam mit Abscheu;
  Wird denn im Feuer zuletzt endlich ihm Ruhe zu Theil?
Ich mag's nicht den schändlichen Leib in die Flammen zu
    werfen;
  Er mag stehen — er mag fallen — nach Gottes Gericht.
Einen beständigen Platz wird Gott ihm geben; der Richter
  Wird ihm gerecht nach Verdienst zahlen gebührenden Lohn.

Fünftes Kapitel.

Blyenbeck nach dem Tode Schenk's.

Das mit dem Namen des Martin Schenk so eng ver-
bundene Haus Blyenbeck war, wie vor erzählt, wieder in
die Gewalt der Spanier gelangt. Diese nun gaben demselben
eine Besatzung unter Franzisco Mero oder Moro und befestigten
das Haus von Neuem.

Caspar von der Lippe hingegen versuchte nun, wie-
der in den Besitz seines Hauses zu kommen und wandte sich
deshalb 1590, wie ein späteres Prozeßstück erzählt, an den
Gouverneur der Stadt Ruremonde, Ritter Johann Andreas
Cigogna, um durch dessen Vermittelung vom Herzoge von
Parma die Befreiung des Hauses von spanischer Garnison

unb deſſen Reſtitution zu erlangen. — Ritter Cigogna ging nach Brüſſel unb erlangte mit vieler Mühe unb großen Koſten von Parma ben Befehl für Franzisco Moro, Blyenbeck zu verlaſſen, bie von ihm angelegten Befeſtigungen abzuwerfen unb bemnach bas Haus in bie Hände bes Caspar von ber Lippe zu überliefern. Zu bieſem Enbe unb um bie Ausführung bes Befehles zu überwachen, begab ſich Ritter Cigogna perſönlich in Begleitung einiger Kapitaine unb Offiziere, nament⸗ lich bes Kapitains Decker, nach Blyenbeck. Der Commanbant Moro erklärte ſich auch gleich bereit, ber Orbre zu folgen, in⸗ beß verlangte er eine merkliche Entſchäbigungsſumme für bie angelegten Fortifikationen. Durch bie genannten Kapitaine unb Offiziere unb burch ben Herrn Philipp von Balabolib, ehemals Aubiteur ber Garniſon von Herzogenbuſch, wurbe nun zwiſchen Franzisco Moro unb bem Eibame bes Caspar von ber Lippe, Chriſtoffel Schenk von Nybeggen, Herrn von Hillen⸗ rath (bieſer heirathete 1590 Caspars Tochter: Abelheib) ein Vertrag abgeſchloſſen, wonach Erſterm 400 Gulben zu zahlen ſeien, bie auch Ritter Cigogna vorſtreckte. — Die Garniſon verließ jetzt bas Haus unb überlieferte es an ben genannten Herrn von Blyenbeck. — Für bie Mühen unb Koſten, welche Ritter Cigogna hierbei gehabt hatte, verlangte er 1000 Gulben.

Nach einem anbern Schriftſtück inbeſſen iſt bie Reſtitution nicht burch Cigogna veranlaßt worben, vielmehr hat von ber Lippe bieſelbe burch ſeine Freunbe bei Parma erwirkt, ber ben besfallſigen Befehl an ben genannten Gouverneur von Rure⸗ monbe zur Ausführung ſanbte. Cigogna erwies ſich babei ſäumig unb hielt bie Sache ſo auf, baß von ber Lippe gezwun⸗ gen war, ihm eine Belohnung zu geloben.

Der Kapitain Franzisco Moro, ein Italiener, beanſpruchte allerbings 400 Gulben, aber ber Herr von Blyenbeck verwei⸗ gerte ſie wegen bes ihm am Hauſe zugefügten Schabens unb weil man ben Vorhof niebergebrannt unb Alles, was auf

dem Hofe war, verdorben hatte; jedoch mußte er dem Moro
das auf dem Felde stehende Korn abkaufen und bezahlen.

Nichts besto weniger mußte Caspar von der Lippe später
die Summe von 1000 Gulden an die Erben des Ritters Cigogna
zahlen [1]).

So war nun nach 12 jähriger Fremdherrschaft Blyenbeck
und damit auch Afferden in den Besitz des Caspar von der
Lippe gelangt. Wir würden aber sehr irren, wenn wir glaubten, daß auch damit die vielen Leiden, die bisher der Besitz
Blyenbeck's im Gefolge gehabt, aufgehört hätten. Blyenbeck
und Afferden befanden sich im trostlosesten Zustand. Die zu
Blyenbeck gehörigen Höfe waren theils verödet, theils sogar
abgebrannt oder niedergerissen, das dazu gehörige Land aber
durch die langandauernde Verwüstung gänzlich ruinirt und
mit Heide bewachsen. Auch konnten dieselben wegen des
großen Mangels an Menschen und da sie, weit vom Hause
Blyenbeck entlegen, von den Soldaten schwer zu schützen waren, erst spät wieder cultivirt werden. So wurde der Hof
aengen Eyndt im Jahre 1597, der Boshof und Albenhof im
Jahre 1599, der Hof Bülshees gar erst 1606 in Kultur gesetzt
und die Höfe aengen Sandt und Vryenhof 1602 in Angriff
genommen. Die Mühle wurde 1597 neu aufgezimmert. —
Zu Afferden sah es noch schlimmer aus. Auch dort waren
die meisten Häuser niedergebrannt und niedergerissen worden,
bei welchem Geschäft besonders ein gewisser Fuhrmann Jan
sich auszeichnete, der mehrere Häuser zusammenschlug und als
Brandholz wegführte. Das Dorf, menschenleer geworden, bot
einen trostlosen Anblick dar. Erst am 4. Juli 1592 kehrten
einige Einwohner nach Afferden zurück, um ihre Ländereien
und Erbe zu bebauen. Doch sie fanden ihre Häuser nicht
mehr und mußten ihre Zuflucht zur Kirche nehmen, vor welcher sie zu ihrem Schutze eine kleine Schanze, mit einem star-

----

[1]) Nach den Prozeßacten im A. H.

ken Thore oder Schlagbaume versehen, bauten, wozu der Herr von Blyenbeck Holz, Balken, Nägel und Arbeitskräfte im Betrage von 25 Gulden 8½ Stüber hergab. — Die Armen schwebten indessen in immerwährender großer Gefahr und mußten gleichsam in der einen Hand den Spaten, in der andern das Schwert, ihr Land bestellen. Sie setzten deshalb am 8. August 1592 einen Wächter auf den Thurm, der sie bei nahender Gefahr warnen mußte. Er erhielt monatlich 4 Daler und kostete bis zum Jahre 1594 78 Gulden, die gleichfalls der Herr von Blyenbeck bezahlte.

Die kleine Schanze reichte aber, als die Hausleute in größerer Anzahl sich wieder einfanden, nicht mehr hin und wurde daher am 13. Februar 1583 eine größere Schanze um die Kirche gebaut, die dem Herrn von Blyenbeck 119 Gulden kostete [1]).

Die Pfarrstelle war aus diesem Grunde längere Zeit unbesetzt geblieben und dem Bischofe das Collationsrecht zugefallen, indessen bewilligte der Generalvicar von Ruremonde Gregorius Gheriny, sede vacante, am 15. Mai 1593, daß Caspar von der Lippe „wegen der geringen Anzahl der Einwohner von Afferden und der Veränderung des Dorfes wie der Verwüstung der umliegenden Ortschaften, wo die Priester wegen der Grausamkeiten und Verfolgungen der Häretiker nicht frei residiren können, binnen Jahresfrist eine geeignete Person für die Pfarrstelle präsentire [2]).

Afferden erhielt auch in der Person des Wessel von Solyngen einen neuen Pastor, mit dem Caspar von der Lippe 1598 einen Vertrag schloß, der über den Unterhalt desselben das Nähere bestimmt. Es ist bereits früher, wo von den kirchlichen Verhältnissen Afferdens die Rede war, der Verdacht ausgesprochen worden, als habe Wessel von Solyngen

---

[1]) Nach Notizen im A. H.
[2]) Orig. Urk. im A. H.

die Bestimmung gehabt, die neue reformirte Lehre zu Afferden zu
predigen. Begründen wir dies näher.

Es liegt auf der Hand, daß eine Einschmuggelung der
reformirten Lehre hier nur mit der Zustimmung des Herrn der
Herrlichkeit möglich war und muß vorab die Möglichkeit dieser
Zustimmung nachgewiesen werden. Da tritt uns nun zuvörderst die Thatsache helfend entgegen, daß Caspars Oheim und
Vetter Bertram und Wilhelm von der Lippe genannt Hoen,
Drosten von Krakau und Moers auf's Eifrigste bemüht waren,
die Reformation sowohl in Meurs wie in Crefeld auf jede
Weise zu fördern. (Die Stadt und Herrlichkeit Crefeld von
Dr. Keußen II. Heft.) Daß große Gefahren daraus für Caspar's Glauben entstehen mußten, ist klar. — Weiter ist erwiesen,
daß Caspars Sohn Rolmann nicht in der Pfarrkirche zu Afferden, im Grabe seiner Vorfahren, sondern zu Gennep begraben
worden ist, woraus wir den Schluß ziehen, daß Rolmann der
zu Gennep blühenden reformirten Gemeinde angehört hat. Unter diesen Umständen dürfte die Annahme nicht zu gewagt sein,
daß auch Caspar reformatorischen Ideen huldigte und ihre Ver-
breitung in seiner Gemeinde betrieb.

Gehen wir nun zu dem genannten Pastor über, so klingt
schon der Name Wesselius von Solyngen überaus fremd; war
Solingen seine Heimath, was wohl anzunehmen, so ist eigenthümlich, daß er in der Diözese Ruremonde an der Maas seine
Anstellung gefunden. Solingen war aber schon frühe der
neuen Lehre hold. Was nun den bemelten Vertrag betrifft,
so dürfte dessen Mittheilung nöthig sein; er lautet wie folgt:

Anno 1598 den 1. Dach Juny ist durch unterhandlungh
gober freunde zwissen dem Wolebeln Jaspar von der Lipp ge-
nanbt Hoen und Gertrupt von dem Bylandt, Herrn und
Frauwen 2c. und dem Werbigen und Wolgeleerten Wesselius
von Solyngen, pastoren und pfarheren von Afferden ein sekere
verbragh und contract opgericht, belangende des vorsch. pastoren vnderhalt und competentie; ende bat der ursachen browl

die Herlicheit Afferben ganß verborven, vngebouwet vnb doren.
boven mit grote exactien, contributien, vylerunghe vnb bero.
vunghe von solbaten bezwert wordt, also, bat es to besorgen
wer, das ber vorsch. pastor aus ursachen allegirt, niet allein
to Afferben niet hefft konnen wonen, sonber auch bezwerlich
seyn unterhalt albar solbt hebben konnen treffen. Ist baromb
zwissen ben opgenanten Heren vnb Frauwen von Blienbeck,
Afferben ꝛc. vnb vorschr. pastoren veraccorbert vnb verabscheibt,
wormit ber kirckenbienst, insglychen golß wordt tho besser son.
ber einghe letzel off behynberniffe magh geleirt werben, bas
ber Heer vnb frauwen von Afferben alle bes pastors theinben,
Renthen, lenbereien vnb sunst wes lin vermilgh synes Deinst
sol enigsyns mogen cempeteren, vnb barentboven noch alle
personatschappen, barmit ber pastor in ber versch. Heerlicheit
sal mogen beglfftiget werfen, Sullen anstonbt sonber bekromingh
bes pastors, anfangen vnb gebrouken; alle lasten, contributien,
so bieselbige guber to bragen schulbich beuten entgeltenis bes
pastoren bragen, vnb betalen vnb barentboven ben pastoren
noch op ben Haus Blienbeck mit einer kamer, betth vnb sla.
pinghe. Item mit kost vnb branck synes stanbß gemees versieen
enb baerbeneven noch aen gelt jarlix honbert gulben bb. geven
vnb betalen.

Des sol ber pastor wibberomb gehalten syn ben gewont.
lichen kirckenbeinst mit aller bevotion tho abministreren, golß
wort tho lehren, ben onberbaenen ein goet exempel tho wesen
vnb alles tho boen, wes einem oprechten gottfrüchtigen pasto.
ren tho slaet; hyr to sal ber vorschreven pastor noch gehalben
syn, bat wort golß op ben haus Blienbeck alle sonrach vnb
hellighe bagh tho leren vnb prebigen so langh es bem Heren
vnb Frauwen vorsch. gelieven sal.

Noch ist verabscheibt bas bit accorbt so langh bueren sal
als bisse Kriegswesen ein enbe sal genommen hebben vnb bie
Contributie auch cesseren wirbt, alsban sal beser accorbt ge.

expirert und krafftelos wesen und ein jeder op synen vorigen
voet staen . . . .

Actum ut supra op dem Haus Blienbeck[1]).

Was bei dem mitgetheilten Vertrag besonders auffällt, ist,
daß mit keinem Worte der h. Messe oder der h. Sacramente
gedacht wird, während das Lehren von Gotteswort mehreremale und zwar mit großem Nachdrucke eingeschärft wird. Ueber-
haupt ist die ganze Fassung des Vertrags höchst eigenthümlich,
fremdartig und verdächtig.

Aus allem diesem schlossen wir — ob mit Recht oder Unrecht überlassen wir dem Urtheil des Lesers — daß Wessel von
Solyngen bestimmt war, die reformirte Lehre zu Afferden zu
predigen. — Er blieb auf dem Hause Blyenbeck acht Monate
lang (vom letzten Mai 1598 bis zum Februar 1599[2]) und
verschwindet, ohne auch nur eine Spur seiner Thätigkeit zu
hinterlassen. Die Vorsehung schützte Afferden, das den alten
katholischen Glauben in seiner Reinheit bewahrte. Des Wessel
von Solyngen wird nirgendwo Anders mehr gedacht; das
Kirchenarchiv, in welchem ältere Pastore von Afferden verzeich-
net sind, kennt ihn nicht, vielmehr behauptet dasselbe, daß
die Pfarrstelle während der Zeit, wo er zu Blyenbeck wohnte,
unbesetzt gewesen und vom Pastor von Heyen verwaltet worden sei.

Kommen wir nun wieder auf Afferden zurück. Caspar
von der Lippe sorgte für die Reparatur der Kirche, die derselben im Chore, dem Mittelschiff, Thurme und der Sacristei
dringend bedurfte.

Caspar mußte auch, um die Neutralität seines Hauses
nach beiden Seiten hin wahren zu können, Soldaten auf Blyen-

---

[1]) Orig. Vertrag im A. H.

[2]) Item van den Jaer 98 den leste Mey tott den Jaer 99 in
Febr. sint 8 maent dene van Afferden op den huisse Bleienbeck in
koss en dranck onderhalden eine pastor, so de dienst tott Afferden
godaen, werd die kost gereckent op 100 gl. (Notiz im Archiv Haag.)

beck halten, die denn auch 14 Jahre lang daselbst verblieben und mehr als 10,000 Gulden gekostet haben sollen [1]).

Zu diesem Leid gesellte sich noch häusliches Unglück, das die letzten Tage des Caspar von der Lippe vergällte. — Es war vielleicht im Jahre 1595 als Derick Schenk (vermuthlich derselbe, der bei Eroberung Blyenbecks durch Martin Schenk mitwirkte), mit noch zwei Rottgesellen diebischer Weise vor Blyenbeck zwei Pferde vom Pflug spannten und fortführten. Dies sah Caspar's Sohn Wilhelm von der Lippe. Er warf sich sofort auf ein Pferd und jagte den Räubern nach, die er auch auf dem Wege nach Goch auf Geldern'schem Boden ein-holte. Derick Schenk aber stürmte ohne viele Reden zu machen auf Wilhelm ein und tödtete ihn.

Derick Schenk nahm nun Kriegsdienste. Unter dem an-genommenen falschen Namen „Ammendonk von Hinsberg" trat er bei dem Fähnlein des spanischen Kapitains Michel van der Starren ein. Hier aber betrug er sich, nach dem Zeugniß des genannten Kapitains, des Führers Johann Witfeldt und des Profossen Johann Heinrich Ackermann „nicht wie einem from-men Soldaten zusteht, sondern wie ein ehrloser, gottvergessener Schelm, so daß er die Strafe des Galgens verdiente und ohne Paß von seinem Fähnlein entfernt worden sei".

Schenk aber konnte seine alten Straßenschänbereien nicht lassen; mit seinen Complicen plagte er Priester, Hausbewohner, und andere Leute, die sich von ihnen loskaufen mußten, ließ übrigens auch einen der Seinigen ohne Weiteres erschießen und schlug noch vier gleiche Vögel seiner Compagnie todt. Der genannte Kapitain bemühte sich vergebens, seiner habhaft zu

---

[1]) Jan van Calcar erhielt als Soldat jährlich 24 Thlr. und ein Paar Schuhe. — 1599 omtrent den 1. September hefft Peter van Geisteren der Moeller des nachtz met de Soldaeten op de Wael ge-wackt, sael een paar boxen 'ende 1 hnet hebben. — Frederick Ifingh diente als reisiger Knecht und erhielt jährlich 28 Thaler, 4 Paar Schuhe und freie Wäsche. (Aus einem alten Notizbuche im A. H.)

werden, um ihn zum Exempel für Andere zu strafen; er gab auch dem Führer Witfeld Auftrag, mit dem Lieutenant Junker Martin von Saveneel genannt Walrsegger und 16—17 Soldaten den Schenk aufzusuchen und tobt zu schießen. Er wußte sich aber ihren Nachstellungen zu entziehen.

Auch die Clevischen Räthe, denen Caspar von der Lippe sofort von dem Geschehenen Nachricht gab, befahlen seine Gefangennehmung. Schenk wurde, als er sich in Goch sehen ließ, festgenommen, bald aber gegen Caution frei gelassen. Nun wandte sich von der Lippe 1597 an Kanzler und Räthe von Gelderland, seine Bitte um Bestrafung des Mörders wiederholend. Diese sandten die Supplik an die Kanzler und Räthe von Cleve und nun wurde Schenk zum zweiten male festgenommen. Er blieb zwei Jahre ohne Urtheil in Haft und wußte im Jahre 1599 zu entspringen. Er ging wieder nach Goch und ließ vor dem Bürgermeister und den Scheffen der Stadt — der Richter war aus der Stadt geflohen — am 18. Februar 1599 dem Caspar von der Lippe schändlicher Weise vorschlagen: er wolle sich wiederum festsetzen lassen, wenn Caspar von der Lippe sich gleichfalls zu Goch zur Haft stelle. Dort sollten sie zusammen im Gefängniß verbleiben, bis das kaiserliche Kammergericht in ihrer Sache erkannt habe; sei er schuldig, so wolle er sterben; würde er aber freigesprochen, so müsse Caspar alsdann mit dem Schwerte vom Leben zum Tode gebracht werden, indem es billig und recht sei, daß wer einen Leib gewinnen wolle, auch einen verlieren solle. Es ist nicht bekannt, was hierin weiter geschehen ist [1]).

Caspar von der Lippe war um diese Zeit (1599) gestorben. Er hinterließ einen Sohn Rolmann, † 1620 im November und 4 Töchter:

1. Alheid, die Gemahlin von Christoffel Schenk von

---

[1]) Nach den im A. H. beruhenden Acten.

Nybeggen, Herrn von Hillenrath, welche später das ganze Vermögen erbte;

2. **Barbara**, heir. 1. am 1. Februar 1611 Ludger von Winkelhausen, Herrn zu Mierlo, Jülich-Bergischen Rath und Amtmann zu Mettmann, Sohn von Johann und Anna von Ketteler; 2. am 20. April 1626 auf dem Hause Calcum, Albrecht von Hüchtenbruch, Herrn zu Castrop, Herne und Altenmengede, Erbkämmerer des Fürstenthums Cleve, Kurfürstl. Brandenb. und Pfalz-Neuburg., Cleve- und Märkischer Rath und Drost von Dinslacken, Wesel und Scherenbeck, Sohn von Albrecht und Catharina von Heiden;

3. **Margaretha**;

4. **Anna**, heirathete Reiner von Raesfeld, Herrn zu Lütkenhoven;

Ein Sohn **Otto**[1]) war in spanischen Diensten gestorben.

Die Wittwe **Gertrud von Byland** erwirkte nach dem Tode ihres Mannes mit großen Kosten eine Sauvegarde für Blyenbeck und Afferden; nichts destoweniger hatten sie fortan

---

[1]) Von ihm findet sich folgender interessante Brief an seine Mutter im Archiv Haag:

„Ich schicke meiner Frau Mutter hier ein paar Handschuhe, welche ich redlich, allen Jungfrauen unseres Landes zu Ehre gewonnen habe. Es war hier (im Lager) ein ital. Graf, welcher sich dünken ließ, es wären keine schöneren Jungfrauen in der Welt, als die Jungfrauen in Flandern und das wolle er mit drei Lanzen, d. i. dreimal nach dem Ring zu stechen, gegen alle die, welche seine Gegner sein wollen, beweisen. Ich habe derohalben nicht weniger thun können, ich mußte dann die Ehre unserer Jungfrauen vertheidigen und den Preis ihrer Schönheit erhalten, was ich so viel mir möglich gethan habe, indem ich nicht mehr als zweimal gerannt und jedesmal den Ring weggeholt habe, weßhalb sie mich zum drittenmale nicht rennen lassen wollten. Ein Jeder hat so den Jungfrauen unseres Landes den Preis geben müssen. Bitte meine herzliebe Frau Mutter wolle die Handschuhe doch bewahren ꝛc.

Hasenbach. 8. Mai ....

Otto von der Lippe genannt Hoen.“

noch schwere Contributionen zu bezahlen, was bis zur Beendigung des furchtbaren 40-jährigen Krieges andauerte.

Auch der Prozeß um Blyenbeck erneuerte sich 1600 und 1601 wieder. Die Geschwister Martins: Peter Schenk und Maria Margareta Schenk, Ehefrau von Anton von Vorst suchten ihr vermeintliches Recht auf Blyenbeck bei den Staaten geltend zu machen und wurden auch von denselben am 3. Juni 1605 mit Blyenbeck belehnt [1]). Indessen blieb dies ohne weitere Folgen für den wirklichen Besitzer.

------

[1]) Nach dem Lehnregister von Geldern.

Anhang.

I. Anlage.

Grenzbegehung von Afferden vom J. 1436.

Beleydinge.

Thoe weten vnd toe ontheltenisse die beleidonge vnd
heerlicheit beyder heren tot Aefferden. Item inden irsten
aengaende beneden Heyener velt toe midden in gen Maes
vnd soe voirt vp doert velt totten hengelboem, vnd soe
voirt nyederwart beneuen den hoigen berch inder heyden,
all tot twe kleynen bergen toe tusschen beiden doer, dat
een tot Aefferden vnd dat ander hoert tot Heyen toe,
vnd noch nyederwart liggen twe kleyn bergen, dat nyeder tot Heyen, dat ander tot Aefferden, vnd soe voirt
nyeder wart naegen brugvoirt geheiten, beneden doir
opten oirdt van den Mulschen velt vnd dan soe voirt
neuen den veltgraeff vnd soe voirt beneuen Gysenkamp
duer die heiden nae ghen vryede all doir die Raegbyndt
off Ragat vnd soe voirt nyederwart ingen Kendell, vnd
soe voirt beneuen den Kendell vmb ghen vrede beneuen
holtsnyers camp vnd dat soe voirt doer die gemeynde
strait all by sunte Anthoenis kerck al recht vp in gen
kendell vnd soe voirt all doer ghen kendell ront vmb
all doir dat pleesche velt toe middell all doer die Gais-
donck, vnd dat kloister hecken hoert den heren van Aefferden toe, vnd dan soe voirt vpperwart doer die straet
nae Hoellum all tot den Rynboem toe vnd soe voirt beneuen Derick Exken velt, all vpperwart ther heiden vnd

boeuen beneuen den Wynckels eckell beneuen den Ley-
graeff, die doer dat ven gheit, vnd daer steit eynen paill
die wyst recht vp Aeyener berch vnd soe voirt vps heren
haistat vp die rechte strait off halen wech all vmb die
klynckhaemers kow is Aefferdtz, vnd Berger dyck is
Aefferdtz vnd hoert Blitterswick alleyn toe vnd soe voirt
vuer proppen pass duerden graeff naeden witten steyn,
vnd soe voirt nae stintgens acker off stintgens saell geheiten vnd dat soe neuen die saill vurs. all hyn te midden ingen Maes gaende, vnd soe voirt nyederwart all
duer ghen Maeze is Aefferdtz. Item vpter Maesen aen
gheener syden is geheiten Walbertzwerdt daer leydt eyn
stuck dat hoert den heren van Aefferden toe vnd boeren
hoere theenden vnd schattingen dair van, vnd dair moi-
gen die heren van Aefferden vp der plaetzen richten
aen galgen vud aen pütten, vnd die Schiepen die dair
varen mit perden vnd mit lynden oeuer lant, daer
mach die boid van Aefferden koemen vnd slaen vp die
lynden off perden soe is dat schip besat mitten guede,
wanttet herrlicheit van Aefferden is. Item dit vurss. alte-
maill hebben die Heren van Aefferden beleydt mit oeren
Richteren vnd Schepen als mit naemen Wynalt Schenck
vnd Jan Syskens als Richteren vnd die Schepen Harman
die Wyh, Henrik Bruynen, Gerit Claes soen, Jan van der
Bruggen vnd Derick van Hoekelum, Derick Seelkens van
Loen, Jan Delkens, Bellens soen als Schepen vnd noch
meer anderen gueder mannen als Henrik Boll, Welman
etc. vnd nyemant en hefft des bekroent boeuen off beneden, schiedende inden Jaren vns Heren duisent vyerhun-
dert vnd sesvnddertich Jair in dye pynxtheilige daige.
In dese gedechttenis vnd ontheltenis geschiet dair noch
meer zelen (zegelen) vnd hryeff aff syn haldende gelyck
dit vurss. is.

Nach einer Copie des im J. 1540 angelegten Lagerbuches von
Afferden.

II. Anlage.

Wynand Schenk von Aybeggen und seine Frau Aleid von
Bellinchauen bitten den Erzbischof Friedrich von Cöln um
lehnsherrliche Bestätigung des Vertrages, womit sie ihren
großen Zehnten zu Afferden gegen das den Eheleuten Rütger von Alpen und Luckarde von Mierlo gehörige Gut zu
Blyenbeck vertauschen, vom 5 Mai 1405.

Wy Wynant Schinck van Nyddegen Ridder en vrouwe
Aleit van Bellinchauen bidden en begeren voir ons end
voir onse eruen in desen apenen brief den Eirweerdigen
Hre en vader in Gode Hn Friderich Airtz Bisscop toe
Coelne onse lieuen genedigen Hre, dat syn Eirwerdicheit
mede bekene en confirmiren alle sulken Schepenbrief als
dair ynne wi onse grote tyende tot Aifferden verbonden
en verwisselt hebben mit Hn Rutger van Alpen Hre toe
Gairstorp en vrouwe luckarde van mierl, vrouwe toe Gairstorp, dair voir si ons weder gegeuen en geuestet hebben
oir guet en Hof tot Blienbecke gelegen in onser Heerlicheit en gericht van Aifferden, En bidden voirt onsen
lieuen genedigen Hre voirg. sine Confirmatiebrief mit
enen transfixbrief hier in desen brief doir gesteken en
an wille doen hangen, Sonder Argelist in getugnisse der
wairheit hebben wi Wynant Schinck ridder en vrouwe
Aleit voirg. onse segelen an desen brief gehangen, En
wi Heinr. Schinck van Niddegen, Ridder, Hre toe Walbeke
en Heinric Schinc van Niddeggen, knape en soen Hrn
Heinrix vorg want alle dese voirg. wisselinge gelyc in
allen brieuen an beiden siden bescreuen en besegelt
syn mit onsen vrien Wille consent en toe doen geschiet
syn, Soe hebben wi tot ene getuge onse segelen bi segelen Hrn Winands en vrouwe Aleide ons soens, dochter
bruder en suster an desen brief gehangen. Gegeuen in

den Jair ons Heren dusent vierhondt en vieue des dinxdags na des helgen Cruys dach Inuentio.

Original auf Pergament mit noch 1 Siegel in Wachs im Archiv
Haag.

III. Anlage.

Winanb Schenk van Nybeggen trägt dem Erzbischofe Friedrich
von Cöln sein Burghaus Blyenbeck zu Lehn auf und
empfängt dasselbe zu Lehn zurück; vom 29. Oktober 1407.

Ich Wynant Schenck van Nidecken Ritter Doin kunt
allen luden. Want der erwirdiger in goide myn lieue
genedige here her Friderich von goitz genaden Ertzebusschoff tzo Colne mir van synen sunder lingen genaden
gegunt ind verhenget hait, dat ich sulche vonfindtzwentzich par vruchte vyss dem tzienden tzo Afferden, den ich
van myme genedigen heren van Coelne ind syme gestichte
tzo manleen haldende byn, hern Rutger van Alpem,
heren tzo Gairstorp ind Lukarden synre eliger huysfrauwen tzo erfpaichte verkoift han, ind hain darumb myn
burchhuys ind hoff tzo Blidebcke mit syme zubehuere
zo dem zienden van Afferden zo lehen myme genedigen
heren van Colne synen nakomelingen ind gestichte gemacht ind huldinge ind eyde darup gedain, as manleens
recht is, na uysswysongen syns briefs mir darup gegeuen
die van worde tzo worde herna geschreuen volget ind
spricht alsus: „Wir Friderich van goits genaden der
heiliger kirchen tzo Colne Ertzebusschoff, des heiligen
Romischen Rychs in Italien Ertzecanceller, hertzouge van
Westfalen ind van Enger etc. doin kunt allen luden:
Want Wynant Schenk van Nidecken Ritter, vnse man
ind getruwe in vnss ind vnser manne herna geschreuen
enteghainwordicheit geweist is ind hait vns oitmoitlichen

gebeden, dat wir vnsen willen consentt ind volbort dartzu
geuen wulden, dat he ind Aleid van Bellinckhouen, syne
elige huysfrauwe, Rutger van Alpem Ritter vnsem lieuen
getruwen ind Lukarde syner eliger huysfrauwen den tzienden van Afferden van vns ind unsme gestichte tzo manleen rorende verkouft ind wederumb van In tzo erfpaichte
genomen haint vur vonfindtzwentzich malder roggen ind
vonfindtzwentzich malder euen jairliger gulden na ynhalt
der gerichtz ind andere bricue tusschen den vurschreuen
partyen up die sachen besiegelt gegeuen ind vur die vur-
schreuene besweirnisse desseluen vnss lebens des tzienden
tzo Afferden dat burchhuys ind den hoff tzo Blidenbeke
yme Kirspel van Afferden gelegen mit allem ackere,
hoiltze, weiden, wesen ind aller slaichter nutz, nyt daran
uyssgescheiden, so wie de vurs. Wynand ind Aleit die up
hude data diss briefs ynne hant ind besitzent, wulden
weder up nemen ind entfangen: so bekennen wir Ertze-
busschof vurs. vur uns, unse nakomelinge ind gestichte,
dat wir bede des vurs. Wynands Schenken geneitligen
zogelaissen hain ind hain upgeuynge ind updinginge des
burchhuys ind hoifs van Blidenbeke mit yren zobehoeren
vurs. ind mit aller vestongen ind bauwe die nu daran
synt of hernamails daran gemacht werden, uns oeuermitz
den vurs. Wynand mit halme ind mit munde offentlichen
in vnse haue gedain ind geschied entfangen, ind hain
den vurg. Wynand wederumb mit dem vurs. burchhuyse
iud hoeue tzo Blidenbeke mit yren zobehoeren tzo dem
vurs. tzienden tzo Afferden geneitligen beleent mit ge-
woenligen huldingen ind eyden, die hie vns darup gedain ind lyfligen tzo den heilgen geswoiren hat, vns ind
vnsme gestichte eyn getrouwe man zo syn ind da mit
hie vns ouch ind unsme gestichte van des vurs. tzienden
wegen vur was verbunden. Ind hain des tzo urkunde
vnse ingesiegel an desen brieff doin hangen. Gegeuen

tzo Berken in den Jairen vnns heren Dusentvierhundert-
indseuen Jaire des sadersdaigs na sente Symon ind Ju-
das dage. Hie oeuer ind ane synt geweist die eidelen
Emchin greue tzo Lyningen, vnse lieue vetter, Johan here
tzo Ryfferscheit ind Godart van Drachenfeltz Ritter, lieue
raide, Tilgyn van Breempt vnse amptman zu Berke ind
Rost van Monreail vnse huyssmarschalck ind lieuen getruwen." So bekennen ich Wynand vurs. vur mich ind
myne eruen zo ewigen dagen, dat ich ine myns lyues
leens eruen der vurschr. tzienden tzo Afferden mit dem
Burchhuyse ind hoeue tzo Blidebike ind alle syme zo-
beroere sementlichen van myme genedigen heren van
Colne vurs., synen nekomelingen ind gestichte, as dicke
sich des noyt geburt, zo ewigen dagen entfangen ind
halden soelen, mit huldingen, eyden ind diensten as man
leens recht is. Ind des tzo urkunde iud gantzer steitig-
heit hain ich Wynant vurs. vur mich ind myne eruen
myn ingesiegel an desen brieff gehangen, ind hain vort
gebeiden ind bidden mit desem brieue den eidelen mynen
lieuen herenhern Johan heren tzo Ryfferscheit tzo Beidbur
ind zo der Dyckte ind Teilgyn van Breempt, amptman zo
Berke, dat sy yre ingesiegele by dat myn an desen brieff
gehangen zo urkunde ind getzuge alre sachen vurs. Des
wir Johan here zo Ryfferscheit etc. ind Tilgen van Breempt
under vnsen ingesegelen heran gehangen bekennen. Gegeuen in dem jaire vnss heren ind up den dag as vur
in myns genedigen heren van Coelne brieue steit geschreuen.

Original Urkunde im Churkölnischen Archiv zu Düsseldorf.

IV. Anlage.

Wilhelm Schenk van Rybeggen stiftet seiner Gattin Mechtilbis ein Anniversarium in der Abtei Grafenbael. 1271, 13. März.

Wilhelmus pincerna de Nitheke . universis hoc scriptum intuentibus . eternam in domino salutem . Notum esse volumus presentibus et futuris . quod cum dilecta coniunx nostra mechtildis viam fuisset universe carnis ingressa, et apud monasterium vallis comitis consepulta, volentes ut sui memoria vigeret perpetuo . et dies anniversarius ageretur . contulimus abbatisse et conventui dicti monasterii sex maldra annone . tria maldra scilicet ordei . et tria avene . que nobis singulis annis solvebantur in heiden . in die beati martini episcopi . de quibusdam agris qui selegut dicuntur quos agros quidam petrus a nobis tenuit iure hereditario ad pensionem dictorum sex maldrorum tali iure . quod in morte ipsius vel cuiuslibet successoris . succedens heres solvet de manu mortua sex

Wilhelm Schenk van Nybeggen. Allen, die dieses Schreiben sehen, ewiges Heil im Herrn! Wir thun kund den Gegenwärtigen und Zukünftigen, daß wir, da unsere geliebte Gattin Mechtilbis den Weg alles Fleisches gewandelt und bei dem Kloster Gravenbael begraben ist, und da wir wollen, daß ihr Andenken beständig erhalten bleibe und ihr Jahrgebächtniß gefeiert werde, gegeben haben der Aebtissin und dem Convent des genannten Klosters 6 Malter Getreide, nämlich 3 Malter Gerste und 3 Malter Hafer, welche uns alljährlich in Helden am Tage des h. Bischofs Martin geliefert wurden, von Aeckern, welche Selegut (Saelgut) genannt werden und die ein gewisser Petrus von uns nach Erbrecht gegen eine Pacht hält unter der Bedingung, daß bei seinem Tode oder bei dem jedes beliebigen seiner Nachfolger der folgende Erbe von todter Hand 6

maldra . sicut solvuntur in pensione annuatim . Et hec bona contulimus memoratis abbatisse et conventui cum omni iure et integritate quibus nobis attinebant . volentes nichil ominus ut dicto conventui singulis annis pitancia ministretur in anniversario dilecte uxoris nostre supradicte . Et ut hec dicto conventui inposterum firma permaneant, presentem paginam eidem tradidimus sigillo nostro roboratam. Acta sunt hec a nobis apud vallem comitis Anno dni M̊. CC̊. LXX̊I Tercio Jdus Martii.

Malter liefere, wie sie jährlich in Pacht geliefert werden. Und diese Güter haben wir erwähnter Abtissin und dem Convente mit allem Recht und in der Ganzheit so übertragen, wie sie uns gehörten, nichts bestoweniger wollend, daß dem genannten Convente jedes Jahr am Jahrgedächtniß unserer obengenannten geliebten Frau eine pitancia gegeben werde. Und damit dieses dem genannten Convente für die Zukunft erhalten bleibe, haben wir gegenwärtiges Schreiben demselben, mit unserm Siegel versehen, übergeben. So geschehen bei Gravenbael im Jahre des Herrn 1271 am 13. März.

Nach der Originalurkunde im Archiv des Klosters Grafenbael.

V. Anlage.

Wilhelm von Gülich, Herzog von Geldern 2c. bekennt von Heinrich Schenk von Nybeggen, Ritter, aus Gunst vier Jahre lang die Hälfte der im Dorfe und Kirchspiele Walbeck zu hebenden Beben und Steuern erhalten zu haben und verspricht, Walbeck wie sein eigen Land beschützen zu wollen u. s. w.; vom 7. April 1381.

Wy Wylhem van Guilich by der genaden gadz Hertoge va Gelre vnd Greue va Zutphen doen kondt allen luden vnd bekenne oeuermytz desen apenen brieue, dat

want uns H Henrick Schenck van Nydeggen ritter vmb
sonderlinger gonst die he tot vns hefft, geg hefft vier
Jair lanck nae dat. des brieffs nestfolgende alle bede vnd
scattinge halff die men in den dorpe vnd kerspell van
Walbeck dese vier Jaer lanck setten ind boeren sall, soe
sullen wy dat dorp vnd kerspell vurs. dese vier Jaer
lanck vurss. beschudden beschermen vnd verantwoirden
gelyck vns selffs lande vnd luid vnd toe allen tyden
die bede vnd schattinge vurss. dese vier Jaer lanck vit
reicke vnd vit peinden wanneer des toe doen is, gelycker-
wys off die bede vnd scattinge vns aelinck toebehoerende,
vnd bekennen dat wy noch vnse eruen aen den Gericht
hoege vnd lege noch aen der Heerlicheit des dorpes vnd
kerspels vurss. andes geyn recht en hebben dan halff die
bede vnd schattingen dese vyer Jaer lanck vurss. gelyck
vurss. steit vnd dese vurss. voirwairden vnd punten ge-
lauen wy Hertouge vurss. in gueden trouwen voir vns
vnd voir vnse eruen Hen Henrick Schenck vnd synen
Eruen vast vnd onuerbrecklich toe halden vnd toe doen
halden sond. alle argelist. Geg. in den Jaer vns Hen
dusent dryhondet eyn vnd tachtentich vpte heiligen palm-
dach vnd vnsen Siegell dat wy van vnser rechter weten-
heit aeu desen apenen bryeff hebben doen hangen.

Beglaubigte Copie im Archiv Haag.

VI. Anlage.

Erklärung des Carmeliter P. J. Floraeus, Pastor von Beert,
und des Schöffen Wilhelm Wurchmann, betreffend die durch
die Soldaten von Geldern im J. 1580 oder 1581 vorgenommene Beraubung der Kirche von Beert; vom 27.
Juni 1617.

Wy Johan van Afferden scholtheis, Gerhit Lindtgen
ende Gaerdt Engelbergh schepenen der stadt Gelre, doen

kundt tuygen ende bekennen vor die rechte waerheit, certificirende dat der Instantieu van Gerbit oppen Tinnaegell in naemen ende van wegen des Kerspels Veert, vor ons persoenlich commen ende erschienen is, der wehrdiger Heer f. Joannes floraeus, conventus carmelitarium Gelriae gravarius et dispensator et pastor in Veert, ende heeft by seiner priesterlicker ehren ende Wehrden verclaert die rechte waerheit te syn, also hy nae reductie deser stadt Gelre inden Jaere 1590 van de werdige vrouwe abdisse tho nyen clooster als vergifftersche tot pastoor te Veert is aengestellt worden, heft sin w. den cüster tot Veert Gerhit der Kercken, ein goedt aldt man wesende, versoicht ende gefraegt nae den register van Inkhompsten, Rhinten ende thinden in die pastorye gehoerich tsampt anderen schyn ende bescheit van brieff ende segel tot der Kercken gehorigh, daerop so gaff den custer voorn. sein wehrden ter antdwordt. Heer pastoor, int opkhommen van geuscrye deses ortz in die jrste furye omtrent den Jaer 1580 off 1581 sin die soldaeten wth der Stadt Gelre hier khommende, hebben die Kerck opgebroekken, alle die kisten ende kasten in twe geslaege, die ornamenta van kerck ende klenodyen hun dienlick mitgenhomen, die rest van de bilder ende sonst kercken buicken sampt alle zegel brieff ende registeren, so wael der pastorye ende kercken als den gemeinen kerspel toegehoerigh, hebben sy int midde van Kerck gebrocht, het fhuir daerin gestoecken ende geheel verbrandt also datter geine brieff soo wael der kercken als kerspels verschont sin, ende heeft sin Wehrde noyt enige brieff ende siegel vor reductie deser Stadt datirt, ende der Kercken ende pastoryen woe oock den kerspel aengaende gesiehn hiermede dese sinne kondt eyndende.

Dergelycken Instantie als voorn. verclaert Wilhelm Wurchmann onsen mitschepen by seinen gedaenen eedt, alsoo hy als Geerfden tho Veert sich mit des Kerspels verloop ende schulden, daerin dat selue by dese Kriegstieden gerhaeden heel beflitigt ende benerstigt om wederom in goeden staet te brengen, ende tot dien eynde niet allein by die wehrdige vrow abdisse ten Nyencloster ende den Joncker maer ook by den gewesenen Gerichtschryver tot Veerdt zel. Gaerdt sticker ende andere Geerffde Bürgers Alle die papieren, pergamente brieuen den Kierspel eenighsints aengaende geraecken, dan segt eyn yder die selue by dese Kriegstieden ontkhoemen te sin, also dat hy desfals gans geine gesiehn off in handen gehatt hefft, hiermit concludierende in Urkundt der waerheit hebben wy scholtis ende schepenen onse segelen onder opt spatium deses doen drucken geschiet den 27. Juny Int Jaer sestienhondert ende seuentien. was onderth. JRichardt 1617. Hier op stonden gedruckt dry segelen in groenem wassee ouerdeckt mit wit pampier.

Copie im Archiv Haag.

Berichtigungen.

Nach dem uns erst jetzt bekannt gewordenen Werke „De Ridderschap van Veluwe" von Herrn Baron D'Ablaing van Giessenburg ist die über Walbeck S. 41 gegebene Note dahin zu berichtigen, daß die Erbin von Walbeck, Catharina van Gelre, den Heinrich von Steprath, Grafen zu Dornick, Herrn zu Ewick und Dobbenbail, heirathete, deren Sohn Reiner von Steprath († 1586 an der Pest), verheirathet mit Johanna von Voorst, Walbeck ererbte. Von den 13 Kindern Reiners erhielt Derick von Steprath, Gemahl 1. von Mechtild von Dornick, 2. von Johanna Maria von Dornick, Walbeck, welcher es seinem Sohne Reiner Johann hinterließ.

S.   5   Z. 7 von unten: Statt „Domianus"   lies: „Damianus".
„   10   „ 12   „   „ :   „   „Vicarie"   „   „Vicarien".
„   11   „   1   „   „ :   „   „Dimiani"   „   „Damiani".
„   12   „   6   „ oben: „   „Domiani"   „   „Damiani".
„   12   „   8   „   „ :   „   „Dno."   „   „Dna".
„   17   „   6   „   „ :   „   „Priestern" „   „Priester".
„   29   „   3   „   „ :   „   „Linie"   „   „Linien".
„   40   „   6   „ unten: „   „ermächtigte" „   „ermächtigten".
„   98   „ 7, 11, 14 v. u.: „   „Bernard"   „   „Wilhelm".
„   98   „   7. von unten: „   „185."   „   „1852".
„ 160   „   4 „ oben: „   „diese"   „   „dieses".
„ 164   „   8 „ unten: „   „Botavorum" „   „Batavorum".
„ 165   „   6 „   „ :   „   „ces de la" „   „de la".
„ 219   „   9 „ oben: „   „ein großes Haus", „ „einem großem Hause".
„ 234   „ 14 „ unten: „   „zu dem"   „   „zudem".
„ 243   „ 14 „   „ :   „   „Columnien" „   „Calumnien".
„ 262   „ 19 „ oben: „   „derselben" „   „denselben".

www.ingramcontent.com/pod-product-compliance
Lightning Source LLC
Chambersburg PA
CBHW021808110726
47902CB00006B/1698